Lia Kathrina

Prinzessin der See

Melodie des Ozeans

IMPRESS

© David Milan

Lia Kathrina lebt mit ihren zwei Katzen und unzähligen Büchern und Manga in der lauten, vielfältigen und unfreundlichen Stadt Berlin – und möchte niemals weg. Sie arbeitet als freiberufliche Pressereferentin und im Office einer Berliner Firma. Nebenbei betreibt sie einen YouTube-Kanal über Bücher. Von klein auf dachte sie sich mit ihrer kleinen Schwester Geschichten aus und beschloss 2017, endlich ihren Traum zu erfüllen und ein Buch zu schreiben.

Für diesen kleinen Augenblick, als ich auf Gran Canaria im Meer schwamm, zur Klippe hinaufblickte und mich fragte, was wäre, wenn da jemand hinunterspringen würde? Dank diesem Moment voller Glück gibt es dieses Buch.

Damit wir das Leben wieder genießen und wertschätzen, genauso wie unsere Erde.

Wir haben nur dieses Leben und ich werde es genießen.
Jede Sekunde, jeden Augenblick,
jede Freude, jede Wut,
jedes Lachen, jede Träne,
jeden Erfolg, jede Niederlage.
Mayla

Kapitel 1

Positives Nummer 1: Ich bin angekommen und habe überlebt

»Das nächste Mal schwimme ich nach Gran Canaria«, sage ich und stütze mich am Treppengeländer ab. Es ist Mitternacht, als unser Flugzeug endlich den rettenden Boden erreicht und langsam zum Stehen kommt. Jetzt muss ich nur noch die Treppe aus dem Flugzeug hinter mich bringen und ich habe es überstanden. Mit der linken Hand umklammere ich das Geländer und auf der rechten Seite hält Lucia meinen Arm, während wir dem Boden immer näher kommen. Der Wind löst ein paar dunkle krause Strähnen aus meinem Zopf und bläst sie mir ins Gesicht. Aus dem Augenwinkel kann ich den hell erleuchteten Flughafen sehen. Schon von oben sah er wie ein strahlender kalter Fleck in der Finsternis aus. Wie gebannt habe ich aus dem Fenster gestarrt, damit mir auch kein Detail von der Landung entgehen konnte, bis ich wieder die Freiheit außerhalb des Flugzeugs genießen durfte.

»Mitten in der Nacht möchtest du also durch den Atlantik schwimmen?«, fragt Alegria hinter mir. Ich kann förmlich spüren, wie sie grinsend eine Augenbraue hebt. »Meinst du nicht, dass das gefährlicher wäre, als zu fliegen?«

Noch immer ist mir schlecht von der Reise und mein Magen fand das Sandwich, das sie mir an Bord serviert hatten, alles andere als hilfreich.

»Jederzeit würde ich das Meer diesem Blechhaufen vorziehen.« Ich deute mit einer theatralischen Bewegung auf das Flugzeug hinter mir. Den Blick wende ich lieber nicht vom Boden, wer weiß, was sonst passiert. »Und außerdem …« Weiter komme ich nicht. Denn mich beschleicht das untrügliche Gefühl, dass ich lieber meinen Mund halten sollte, bevor etwas rauskommt, das seinen rechtmäßigen Platz in meinem Magen hat. Dabei würde ich

Alegria gern ausführlich erklären, warum Schwimmen die bessere Alternative ist. Davon abgesehen, dass es unseren ökologischen Fußabdruck senken würde. Die Cheerleader beschweren sich doch immer, dass sie mehr trainieren müssten. Von Barcelona nach Gran Canaria zu schwimmen, das wäre doch mal ein Training.

Die letzte Treppenstufe kommt in Sicht. Alegria nimmt meine linke Hand vom Geländer und erleichtert mich seufzend von meinem Rucksack, den ich über der Schulter getragen habe. Bedacht umfasst sie meine Hand mit ihrer. Zu dritt betreten wir das Rollfeld. Ein starker Windstoß peitscht mir ins Gesicht, schafft es, noch mehr Locken aus dem Zopf zu befreien und mir die Sicht zu nehmen. Ich schwanke sogar leicht, doch meine Freundinnen halten mich fest.

»Wow, ich wusste ja, dass es hier windig ist, aber das war ja ein netter Willkommensgruß«, sagt Alegria und stellt den Rucksack zwischen meinen Beinen ab. Der feste Boden unter den Füßen gibt mir genug Sicherheit, sodass mich die beiden halbwegs unbedenklich loslassen können.

Lucia richtet ihren dicken Pullover und setzt sich die Kapuze in dem kläglichen Versuch auf, sich vor dem Wind zu schützen. »Vielleicht begrüßt uns die Insel.« Sie deutet eine Verbeugung an, als wollte sie sich unserem Urlaubsort vorstellen.

Endlich bin ich diesem Monstrum aus Metall entkommen. Vor uns stehen zwei Busse, die die Passagiere vom Flugzeug zum Terminal transportieren sollen. Doch ich fühle mich noch nicht in der Lage, in das nächste Gefährt meiner Alpträume zu steigen.

Alegria kichert leise vor sich hin, während ich Lucias besorgten Blick auf mir spüre.

»Du bist immer noch blass, Mayla.«

Kann ich mir vorstellen, denn mir ist speiübel und wenn ich nicht dieses dämliche Geplapper der Cheerleader hinter mir hören würde, würde ich dem Drang nachgeben und mich einfach auf den Boden plumpsen lassen. Vielleicht sogar in Betracht ziehen, ihm einen Kuss aufzudrücken.

Lucia legt mir eine Hand an den Rücken und streichelt sanft darüber.

Krampfhaft versuche ich meinen Blick auf den Rucksack zwischen meinen Beinen zu fokussieren. *Nicht brechen, nicht brechen,* sage ich mir immer wieder.

Neben mir höre ich das metallische Geräusch von jedem Schritt, während die restlichen Passagiere der Treppe aus Aluminium nach unten folgen.

»Sieh an, verträgt die taffe Mayla das Fliegen nicht?«

Es gibt schönere Stimmen, die ich im Moment hören möchte. Sicher nicht die von Celia. Ihre teuren Turnschuhe schieben sich in mein Blickfeld. Ein Grund mehr, mich zusammenzureißen, denn vor ihr möchte ich mir auf keinen Fall die Blöße geben, mein Abendessen auf das Rollfeld zu befördern. Celia ist groß, durchtrainiert, Cheerleaderin und zu meinem Leidwesen eine Kindheitsfreundin von Alegria. Deshalb muss ich sie leider hin und wieder ertragen. Aber meine Abneigung ihr gegenüber beruht auf absoluter Gegenseitigkeit. Wir haben uns gesehen und fanden den jeweils anderen sofort bescheuert – der einzige Punkt, wo wir einer Meinung sind. Ich möchte den Mund aufmachen, um etwas zu erwidern, doch schließe ihn wieder. Im Moment habe ich andere Probleme.

Das Gequatsche der anderen Cheerleader wird leiser. Sie haben es alle unversehrt aus dem Monstrum geschafft. Ihre Blicke spüre ich deutlich, während sie an mir vorbeilaufen. Doch noch ist die Gefahr, plötzlich zusammenzubrechen, nicht gebannt, weshalb ich weiterhin auf den Boden starre. Nur Celia ließ es sich natürlich nicht nehmen, neben mir stehen zu bleiben und diese unqualifizierte Bemerkung zu machen.

Alegria nimmt meinen Rucksack an sich und raubt mir damit den Fokuspunkt.

»Na komm, Süße, bringen wir dich zum Bus«, sagt Lucia und legt sich meinen rechten Arm über die Schultern.

»Nicht der Bus«, seufze ich und möchte mich am liebsten sträuben, in dieses unheilvolle Gefährt einzusteigen.

Celia kichert erneut. Dieses Geräusch dringt in meinem Kopf ein und der Schwindel wird nur schlimmer. Ich schaue auf. Mittlerweile sind alle anderen Cheerleader bis auf Celia eingestiegen. Wir scheinen die letzten Passagiere auf dem Rollfeld zu sein.

»Allein die Tatsache, dass du den kompletten Aussteigeprozess aufgehalten hast, sollte dir zu denken geben, ob du wieder mit nach Barcelona kommen willst. Vielleicht bleibst du einfach hier.«

Ich möchte ihr das gehässige Grinsen aus der Visage wischen. Das Schlimme ist, dass wir uns normalerweise beide nicht mit Samthandschuhen anfassen und ich sicherlich genauso die Situation ausnutzen würde, wenn es ihr an meiner Stelle schlecht ginge.

»Celia, es reicht. Geh schon, Susan winkt dich ran«, sagt Alegria. Sie mischt sich selten in unsere Streitereien ein, immer nur dann, wenn der andere klar unterlegen ist. Was für eine Blamage, dass ich es heute bin. Celia schaut zu dem Bus, wo Susan, die Kapitänin der Gruppe, sie augenrollend zu sich ruft. Sie zieht einen Schmollmund in Alegrias Richtung, doch läuft dann geschwind zu ihrer Truppe.

»Man möchte von ihrer Art brechen.«

»Aber nicht hier, Mayla.« Alegria lächelt mich verschmitzt an und stellt sich auf die freie Seite von mir. Meine beiden Freundinnen stützen mich, damit ich es zur nächsten Höllenmaschine schaffe. Sie schleifen mich zwar eher, als dass ich selbst gehe, aber je früher ich in das Gefährt komme, desto schneller ist es vorbei.

»Celia weiß wirklich nicht, wann es genug ist«, wispere ich. In meinem Kopf dreht es sich immer noch.

»Das weißt du genauso wenig«, sagt Alegria und ich spüre dabei ihren strengen Blick.

»Wir sollten einfach versuchen, dass wir uns alle vertragen.« Lucias leise Stimme ist bei dem Wind kaum zu verstehen, vor allem da wir uns dem lauten Bus nähern.

Verständnislos sehe ich meine beste Freundin an, ehe Alegria antwortet: »Mayla und Celia? Das wird nie was.«

Lucia streicht sich eine hellbraune Strähne aus dem Gesicht, die sofort wieder zurückgeweht wird. Sie seufzt. »Dann sollten die beiden sich eben aus dem Weg gehen.«

Lucia hat recht, ich lasse mir meine Ferien doch nicht kaputt machen. Dass wir beide überhaupt mit nach Gran Canaria durften, gleicht einem Wunder. Alegria ist ebenfalls bei den Cheerleadern, deren Sommerreise sie auf die kanarische Insel geführt hat. Lucia und ich hatten diesen Sommer nichts Besonderes vor. Ich sollte meiner Tante Carla in ihrer Tapasbar aushelfen und Lucia wollten ebenfalls jobben, um sich weiteres Zubehör für ihre Kamera zu kaufen.

Kurzfristig sind drei der Cheerleader abgesprungen, weshalb wir zwei der freien Plätze belegen konnten. Alegria hatte sich so sehr darüber gefreut und wollte uns unbedingt mitnehmen. Zu Urlaub sage ich nicht Nein, vor allem wenn es ein Strandurlaub ist. Nicht dass wir es zu Hause in Barcelona weit zum Strand hätten, aber mit meinen beiden besten Freundinnen wegzufahren und das Meer zu genießen, hat seinen Reiz.

Zunächst hatte ich ein schlechtes Gewissen, Tante Carla allein in der Tapasbar zurückzulassen, doch sie versicherte mir, dass ich zwei Wochen Urlaub machen könne.

Mit dem Flugzeug zu reisen, behagt mir allerdings gar nicht. Allein schon die Umweltbelastung ist für mich ein eindeutiger Kontrapunkt, und dass mir in jedem Verkehrsmittel schlecht wird.

Irgendwie überstehe ich auch die kurze Fahrt zum Terminal und wenig später stehen wir mit unseren Koffern in der Hand vor dem zweiten Bus. Nächstes Mal, wenn ich den Urlaub aussuchen kann, fahren wir mit dem Rad irgendwo in der Umgebung von Barcelona campen. Ich setze mich auf eine Bank und schaue dabei zu, wie alle Gepäckstücke in den Reisebus verstaut werden und nach und nach alle einsteigen. Währenddessen kommt Lucia mit einer Wasserflasche in der einen Hand zu mir, die andere ist zur Faust geballt.

»Okay, Mayla. Alegria hat mir diese zwei Tabletten gegeben und hält uns beiden einen Platz in der letzten Reihe frei. Wenn du sie jetzt nimmst, bist du für eine Dreiviertelstunde ausgeknockt.« Sie öffnet ihre Hand und zum Vorschein kommen zwei Kapseln, die ich kritisch beäuge. Ich will gar nicht wissen, was genau das ist. Doch solange es mir die Fahrt zum Hotel erspart, würde ich auch sonst was nehmen. Lucia lässt sie in meine Handfläche fallen und schraubt die Wasserflasche auf.

Ich werfe mir die beiden in den Mund und stürze das Wasser hinterher.

»So ist es brav. Und jetzt komm, Alegria wartet schon auf uns.«

Ich bin meinen beiden Freunden dankbar, dass sie mich so unterstützen. Langsam stehe ich auf und steige seufzend in den Bus ein. In der letzten Reihe sitzt Alegria, die großen Kopfhörer auf den Ohren und mit dem Fuß wippend. Ich weiß, was mich während dieser Fahrt erwarten wird, weshalb ich mich bedrückt neben sie fallen lasse. Mein Sitzplatz ist direkt in der Mitte, sodass ich eine gute Sicht auf alle anderen im Bus habe. Lucia lässt sich auf meiner anderen Seite nieder und streichelt meinen Arm. Mehr bekomme ich absolut nicht mehr mit.

***

Aus heiterem Himmel sitze ich mitten in der Nacht auf einer Bank und schaue über einen Parkplatz. Das Rauschen des Meeres dringt an mein Ohr. Es muss nah sein, aber durch das Summen in meinem Kopf gelangt es nur dumpf zu mir durch. Ich fühle mich wie im Halbschlaf. Im Hintergrund sind zwei Stimmen zu hören. Ich muss mich konzentrieren, damit ihre Worte überhaupt Sinn ergeben.

»Sie ist total benebelt. Was waren das für Tabletten?« Das muss Lucias Stimme sein. Wenn sie sich aufregt, wird sie ganz schrill. Ich muss kichern. Ein guter Kontrast zu ihrer sonst mütterlichen Stimme.

»Ich schwöre bei allen Wissenschaften dieser Welt, die waren rein pflanzlich und sollten nur einen Placeboeffekt auslösen.« Dann muss das Alegria sein.

Das Geräusch der heranpreschenden Wellen schiebt sich wieder in den Vordergrund. Ich spüre deutlich das Holz der Bank unter mir. Leider ist es nicht mehr warm und ich lasse meine Hände darüber streichen. Mein Kopf wird mit jedem Augenblick, der verstreicht, leichter, meine Gedanken sind ruhig und ich fühle mich irgendwie fluffig. Ich muss albern kichern und stütze mich dabei mit den Armen auf meinen Knien ab. Meine Hosenbeine sind nach oben gekrempelt und meine Füße mit nassem Sand bedeckt. Ich wackle mit den Zehen und Sandkörner rieseln auf den Steinboden. Scheinbar war ich im Meer.

Das Meer. Meine Sehnsucht danach trifft mich mit aller Macht und ist nicht in Worte zu fassen. Ich muss jetzt sofort zum Ozean. Ich atme zweimal tief durch, nicht sicher, ob meine Füße mich tragen. Aber sie sind voller Sand und man sollte Sand zurück zum Strand bringen. Abermals muss ich über meine Gedanken lachen.

Mit den Händen drücke ich mich von der Holzbank nach oben. Um mein Gleichgewicht zu finden, stehe ich mit ausgebreiteten Armen da wie ein Turner nach seiner Nummer bei den Olympischen Spielen. Da ich nicht weiß, ob ich den Weg zum Meer, ohne zu schwanken, überwinden kann, lasse ich die Arme, wo sie sind, und überquere den Parkplatz. Eine kleine Treppe führt nach unten zum Strand. Wo auch immer ich hier bin, mein geliebter Ozean ist nah. Vorsichtig setze ich mich auf die erste Stufe und schiebe einen Fuß nach dem anderen eine Stufe tiefer, um unbeschadet die Treppe zu bewältigen. Ich hoffe, dass mich niemand so sieht.

Endlich habe ich es geschafft und plumpse in den Sand. Schwerfällig rapple ich mich hoch und schüttle den Kopf, um mich wieder zu konzentrieren. Es ist nicht mehr weit bis zum Meer. Den restlichen Weg sprinte ich und komme erst zum Stehen, als das kalte Wasser meine Beine umspült. Ich ziehe meine Hose sowie Jacke und Shirt aus, um sie weit hinter mich zu schleudern, damit das Meer sie nicht erreicht. Nur noch in Unterwäsche wate ich tiefer in das Wasser und atme erleichtert auf. Langsam verzieht sich der Nebel in meinem Kopf und ich mache einen Schritt nach dem anderen ins Meer. Je weiter ich vorankomme, desto klarer werden meine Gedanken. Was auch immer in diesen Tabletten war, es hat mich verdummen lassen. Placeboeffekt? Von wegen. Erst jetzt realisiere ich, wie wunderschön meine Umgebung ist. Fasziniert schaue ich nach oben. Der Mond schiebt sich hinter den Wolken hervor und wirft sein Licht auf das Meer. Ich bin bis zur Brust im Ozean und lasse mich von den Wellen hin und her wiegen. Das Wasser glitzert und ich fahre mit meinen Fingern dadurch, um zu beobachten, wie das Licht bricht. Jetzt kann ich alles noch besser erkennen. Ich befinde mich in einer Bucht, links und rechts von dem halbrunden Strand ragen riesige Felswände empor. Auf der einen Seite sind Hotels in den Felsen eingelassen, die andere sieht noch unberührt aus. Neugierig betrachte ich die naturbelassene Klippe. Im Vergleich zur bebauten Seite ist diese so niedrig, dass ich sogar Einzelheiten erkennen kann. Es gibt wenige Lichtpunkte, wo ich eine Straße vermute. Aber ich kann keine Hotels sehen, sondern nur ein schlichtes Haus. Es ist wunderschön, wie der Mond die Spitze beleuchtet. Es wird wieder dunkler, als eine kleine Wolke das Mondlicht verbirgt.

Ich kneife die Augen zusammen, denn wenn mich nicht alles täuscht, steht da oben ein Mensch und schaut herunter. Bei dieser Dunkelheit kann ich nur eine Silhouette erkennen. Vorsichtig schwimme ich näher zur linken Seite. Endlich verzieht sich die Wolke und gibt den Mond in seiner vollen Pracht frei. Es ist sogar noch heller als zuvor. Mir stockt der Atem. Die Stimmen vom Hotel sind schon lange verklungen und nur das Rauschen der Wellen ist zu hören, sonst ist es absolut still. Ich kann den Mann dort oben deutlich erkennen. Und er ist wunderschön. Durch die sozialen Medien ist man vieles gewohnt und ich habe schon einiges gesehen. Aber dieser Mann lässt die Zeit anhalten. Er hat einen ernsten Gesichtsausdruck aufgelegt und starrt auf das Meer. Seine dunklen Haare umranden sein Gesicht, wobei sie zerzaust aussehen. Seine Gesichtszüge wirken hart und kantig, sie passen sehr gut zu seinem Ausdruck, wie er in die Ferne auf das Meer starrt. Er trägt kein Shirt, weshalb ich seinen trainierten Oberkörper sehen kann, der aber nicht zu aufgepumpt wirkt. Das Hauptaugenmerk liegt allerdings auf seiner Ausstrahlung. Ich kann meinen Blick nicht von ihm abwenden. Er steht aufrecht, als wäre es seine Bestimmung, da oben zu stehen und das Meer zu überblicken. Sein gesamter Körper wirkt angespannt und strahlt etwas Machtvolles aus.

Jemanden wie ihn habe ich noch nie gesehen.

Dann löst er seinen Blick von dem Meer und geht zurück zum Haus, nur um sich plötzlich wieder umzudrehen und auf den Abgrund zuzurennen.

Ich will noch etwas rufen, irgendetwas, was ihn davon abhalten könnte zu springen. Aber zu spät. Er fliegt bereits oder, besser gesagt, fällt. Ein Quieken verlässt meine Kehle, die Hände schlage ich instinktiv vor meinen Mund. Ich habe die nächtliche Ruhe unterbrochen und kann erkennen, wie sein Kopf ruckartig zu mir zuckt, dann taucht er mit einem leisen Platschen ins Meer ab und ich kann ihn nicht mehr sehen. Meine Hände löse ich von meinem Mund und starre auf die Stelle, wo der Typ eingetaucht ist. Das war absolut waghalsig. Die Klippe ist riesig und mehrere Felsen ragen aus dem Wasser. Selbst wenn er diese Stelle kennt, wenn er die genauen Standorte der Felsen weiß, die Kraft des Meeres sollte man niemals unterschätzen. Es kann den menschlichen Körper wie einen Spielball umherwirbeln und gegen das Gestein drücken.

Ich liebe das Meer, aber ich begegne ihm mit dem nötigen Respekt. Mit angehaltenem Atem starre ich auf die Wasseroberfläche. Doch sie bleibt unberührt, nur die niedrigen Wellen preschen über die Stelle hinweg. Ich muss ihm helfen.

»Mayla! Verdammt, was machst du im Wasser?« Ich drehe mich zu Alegria um. Sie steht mit Lucia am Strand und zieht bereits ihre Kleidung aus. Vermutlich um mich aus dem Wasser zu holen. Ich öffne den Mund. Ich muss ihr sagen, dass hier ein Mann verschwunden ist, dass wir ihm helfen müssen. Doch es kommt nichts raus. Eine plötzliche Kälte greift nach meinen Füßen und eine Gänsehaut überzieht meine nackten Arme. Es wird wieder dunkel. Erneut drehe ich mich zum offenen Meer und sehe, dass sich mehrere Wolken vor den Mond schieben und mit seinem Verschwinden werden auch meine Gedanken undeutlicher. Was ist gerade geschehen? Alegria kommt bei mir an, stellt sich vor mich und schlingt ihre Arme um meinen Oberkörper, über ihre Schulter schaue ich auf das Meer, das mittlerweile erschreckend still daliegt. Wer war der Typ?

Kapitel 2

Positives Nummer 2: Ich bin sicher in meinem Bett aufgewacht

Ich habe keine Ahnung, wie wir in unser Hotel gekommen sind, geschweige denn eingecheckt haben.

Beim Aufwachen schaue ich an eine weiße Zimmerdecke und fühle mich großartig. Von dem benebelten Zustand der letzten Nacht spüre ich nichts mehr. Ich liege in einem weichen Bett und nur ein dünnes Laken bedeckt mich halb. Lucia und Alegria müssen mich in meinen Schlafanzug gesteckt haben, der aus einer kurzen karierten Hose und einem schwarzen Top besteht.

Mein Bett steht am Fenster, sodass ich die Verfärbung am Himmel deutlich sehen kann. Bald geht die Sonne auf. Das erste Licht des Tages fällt durch das Glas und erhellt damit unsere Unterkunft. Unser Zimmer ist nicht besonders groß, aber sauber und in einem neutralen Beige gehalten. Hier kann ich den Urlaub genießen, auch wenn wir vermutlich nur zum Schlafen herkommen werden.

Voller Vorfreude springe ich aus dem Bett und schleiche auf leisen Sohlen zu meinem Rucksack. Meine Füße fühlen sich sandig an. In weiser Voraussicht habe ich den mintgrünen Bikini bereits im Handgepäck verstaut. Mein Koffer liegt offen auf einer kleinen Bank, während Lucias geschlossen danebensteht. Vermutlich hat sie gestern Nacht noch ausgepackt. Geschwind nehme ich das erstbeste Kleid und ziehe mich um. Lucia hatte schon immer einen festen Schlaf, weshalb sie die ideale Zimmerpartnerin für mich ist.

Die Tabletten von Alegria haben mich im wahrsten Sinne des Wortes ausgeknockt, denn ich kann mich nur bruchstückhaft erinnern, was gestern geschehen ist. Aber die Fahrt ist mir vollständig erspart geblieben. Ein

Wundermittel! Ich muss mir unbedingt mehr davon für die Rückreise besorgen.

Immer mehr goldene Strahlen kämpfen sich den Horizont entlang, als ich unser Zimmer verlasse. Die Schiebetür aus Glas führt direkt nach draußen und gibt ein Klick von sich, als das Schloss wieder einrastet. Das Hotel ist in die Felswand gebaut worden, weshalb jedes Zimmer nur einen Zugang über eine Terrasse hat. Das Gebäude ist pyramidenartig aufgebaut, sodass die unteren Stockwerke immer weiter hervorstehen als die oberen. Damit ist vielleicht der Blick zum Strand versperrt, aber die Aussicht über das Meer ist einzigartig. Es sieht wunderschön aus, wie die sandfarbenen Wände sich vom dunklem Fels abheben. Diese Schönheit des Morgens in Verbindung mit dem Vogelgezwitscher speichere ich in Gedanken ab. Das ist einer der Augenblicke, die ich für immer behalten will.

Zwar habe ich keine Ahnung, wie ich zum Meer komme, aber ich finde immer einen Weg. Ich muss nur ein paar Treppen nach unten laufen und gelange zu einer noch leeren Poollandschaft. Eine große Uhr an einem Turm über der Lobby zeigt 05:30 Uhr an. Ich höre schon die Wellen rauschen und nach einer kurzen Erkundung finde ich eine weitere Treppe, die von dem großzügigen Pool nach unten zum Strand führt. Wozu braucht man einen Pool, wenn man das Meer direkt vor der Nase hat?

Ich vergrabe meine mit dunkelrotem Nagellack lackierten Zehen in dem noch etwas kühlen schwarzen Sand. Der marokkanische Wind bläst mir die braunen krausen Locken ins Gesicht, doch es stört mich keine Sekunde. Nur noch ein paar Meter, bis meine Füße endlich das Meer berühren und mich das vertraute Gefühl von Heimat durchfahren wird. Auch wenn die Sehnsucht danach beinahe unerträglich ist, koste ich den Moment davor aus wie eine Tasse meines geliebten Schwarztees. Oder wie die letzten Minuten eines guten Films. Man möchte nicht, dass er vorbei ist, aber kann dennoch das Ende nicht erwarten.

Ich hebe mein bodenlanges Kleid an, damit ich besser über den Strand Richtung Atlantik gehen kann. Zum Glück habe ich dieses gegriffen, es gehört zu meinen liebsten. Sein oranger Stoff ist so leicht, dass er vom Wind hin und her geschoben wird. Viele rote Ornamente sind darin eingewoben, die stark an den Orient erinnern.

Vor Vorfreude auf das Meer kribbelt mein Bauch und ein Lächeln breitet sich ohne mein Zutun auf meinen schmalen Lippen aus.

Langsam gehe ich näher und genieße die Stille, lasse das Kleid los, das über den feinen Sand schleift. Eine sanfte Welle prescht heran und umspült meine nackten Füße. Ich atme auf. Es ist ziemlich kalt, aber zu schön, um zurückzuschrecken. Ich ziehe noch mal die frische Meeresluft ein. Das Meer durchnässt den Saum des Kleides. Im Hinterkopf kann ich Lucias Stimme hören, dass das Salzwasser auf jeden Fall Ränder auf dem Stoff hinterlassen wird. Aber ich bin gerade zu glücklich, als dass es mich kümmern würde. Nach dem tiefen Atemzug halte ich es nicht mehr aus. Ich ziehe mir das Kleid über den Kopf und zum Vorschein kommt der mintgrüne Bikini. Achtlos werfe ich das lange Kleidungsstück hinter mich und renne in das klare Nass. Die Kälte erfasst mich und pikst mir in die Waden. Dennoch sprinte ich weiter, bis ich zur Hüfte im Meer stehe.

»Mayla!«, höre ich Lucia nach mir rufen. Normalerweise ist sie eine Langschläferin, daher überrascht es mich, dass sie schon wach ist. Doch ungeachtet dessen stürze ich mich in die kleinen Wellen. Vielen Menschen ist das Meer am Morgen noch zu kalt, aber gerade dann liebe ich es am meisten. Wenn ich es für mich allein habe und niemand anderes die Ruhe stört.

Ich fühle mich leicht und unbeschwert, als ich die Augen unter Wasser öffne und die verschwommenen Steine unter mir erspähe. Über mir rauschen die sanften Wellen hinweg und auf dem Grund scheint das Wasser zu stehen. Schon als ich klein war, sagte Tante Carla, dass ich einen besonders langen Atem habe. Immer weiter schwimme ich raus, bis mir die Luft ausgeht und ich wieder auftauchen muss. Ich lasse mich langsam nach oben treiben und sauge gierig den Sauerstoff ein, während mich die Wellen sanft hin und her wiegen. Lucia steht mittlerweile nicht mehr allein am Strand. Sie diskutiert mit einer sehr müden Alegria, dabei deutet sie immer wieder aufgebracht zu mir aufs Meer hinaus. Alegria lässt sich missmutig in den schwarzen Sand plumpsen, während Lucia sich auf die Lippe beißt. Denke ich jedenfalls, genau kann ich es von hier aus nicht sehen, aber das ist ihr Tick, wenn sie sich Sorgen macht.

Damit Lucias Lippe nicht zu bluten anfängt, schwimme ich langsam wieder zurück, auch wenn ich mich liebend gern noch weiter hinausgewagt hätte.

Das Wasser wird seichter und ich kann mittlerweile flach liegen und mich nur noch auf den Händen vorwärts ziehen. So bleibe ich immer noch komplett im Meer, aber kann die beiden verstehen.

»Warum seid ihr schon wach?«, frage ich und grinse sie breit an.

Alegria deutet auf Lucia nach oben. »Weil sie sich Sorgen gemacht hat.« Sie gähnt ausgelassen und lehnt sich zurück, um sich auf ihren Unterarmen abzustützen.

Ich betrachte Lucia, die ihre Arme vor der Brust verschränkt hat. »Sorgen?«

Dramatisch wirft meine sonst so ruhige Freundin ihre Arme in die Luft und sieht mich anklagend an. »Ja, um dich! Du warst plötzlich weg. Die Tabletten von gestern haben scheinbar deinen Verstand malträtiert.« Ihr Blick wandert weiter zu Alegria, der ihr sogar einen Schauer über den Rücken jagt.

Abwehrend hebt Alegria die Hände. »Das waren harmlose Tabletten von meinem Vater«, verteidigt sie sich.

Lucia pustet sich eine blonde Strähne aus der Stirn. »Dein Vater ist Apotheker!«

»Die sind rein pflanzlich. Mayla hat nur etwas heftig auf sie reagiert. Konnte ja keiner ahnen.«

»Etwas?« Selten wird Lucias Stimme so schrill wie im Moment. Außenstehende halten Lucia für die Ruhe in Person und ein schüchternes Mäuschen, aber Alegria und ich wissen es besser. Ich kenne Lucia schon seit unserer gemeinsamen Kindheit, sie steht mir von allen Menschen am nächsten. Niemand ist so lang an meiner Seite wie sie. Am liebsten hätten sie uns als Babys getrennt. Denn wenn eine von uns weinte, stachelte es die andere sofort an, auch fürchterlich zu schreien. Aber isoliert voneinander wollten wir auch nicht sein, dann hörten wir gar nicht mehr auf zu weinen. Gemeinsam haben wir dann Alegria kennengelernt, die unser Zweiergespann perfekt ergänzte.

Ständig wurde uns gesagt, niemand könne es schaffen, zwischen uns einen eigenen Platz zu finden. Aber Alegria überzeugte uns sofort mit ihrer verrückten, nerdigen Art.

Grinsend betrachte ich meine Freundinnen, die noch immer diskutieren, und ein Gefühl der Dankbarkeit durchströmt mich. Langsam sollte ich dennoch einschreiten.

»Hey, mir geht es gut«, unterbreche ich die beiden. Ich lasse mich im Wasser hin und her schaukeln, bin aber nah genug am Strand, um den Sog des Meeres noch nicht zu spüren. Der Wind ist erstaunlich ruhig, weshalb es nur kleine Wellen gibt. »Und die Kapseln haben super gewirkt, für dic Rückfahrt hätte ich gern mehr davon.«

Alegria schüttelt den Kopf. »Keine Chance, Mama Bär hat sie gestern alle entsorgt.«

Geschockt schnellt mein Blick zu Lucia, die sich allerdings keiner Schuld bewusst ist. »Glaub mir, das war nötig. Ich weiß ja nicht, ob du dich an dein kleines Schwimmabenteuer erinnerst. Aber das war gruselig und dann haben wir dich kurz hier am Strand auf eine Bank gesetzt, weil du partout nicht wegwolltest, und nur einen Augenblick später hast du dich mit zwei Typen angelegt. Du hast sie beschimpft, weil sie ihren Plastikmüll haben rumliegen lassen. Und die sahen gefährlich aus.«

Ja, das klingt sehr nach mir. »Ich bereue nichts. Sondern bin verdammt stolz auf mein furchtloses, benebeltes Ich.«

Alegria zeigt mir einen Daumen nach oben, doch nach einem strengen Blick von Lucia lässt sie ihn wieder sinken.

»Gott sei Dank ist ein anderer Typ dazwischengegangen«, fügt Alegria schnell hinzu. Moment, ein anderer Typ? Ein Retter in der Not? War das vielleicht eine dieser magischen Begegnungen, bei der man endlich die wahre Liebe findet? Mein Körper ist angespannt und ich starre zu den beiden hinüber.

Alegria begegnet meinem neugierigen Blick und winkt ab. »O nein, Mayla. Glaub mir, das war keine schicksalhafte Begegnung. Es war dunkel und der Typ wollte einfach helfen.« Das Grinsen auf meinem Gesicht wird breiter.

Eine mysteriöse Person, die mir aus der Patsche geholfen hat, mein Interesse ist definitiv geweckt. Alegria schlägt sich mit der flachen Hand gegen die Stirn, als hätte sie es besser wissen müssen. Diese Unterhaltung haben wir schon oft geführt und auch dieses Mal kann sie meine Gedanken lesen.

»Nein, auch keine mysteriöse Begegnung. Lucia, hilf mir«, fleht sie und schaut zu ihr auf. Lucia seufzt theatralisch und schüttelt den Kopf über mich und meine endlose Suche nach Liebe. Nicht nur nach Liebe, sondern nach der einzig wahren und unaufhaltsamen Liebe, die man nicht versteht, wenn man sie nicht selbst erlebt hat. Gefühle, die Künstler auf der Welt dazu verleiten, sie in Worte zu fassen, was ihnen nicht gelingt. Lucia sagt dazu nichts mehr, weil sie mich kennt, und weiß, dass es sinnlos ist. Nur Alegria als abgeklärte Wissenschaftlerin versucht mich immer wieder zu überzeugen, dass meine Suche erfolglos bleiben wird. Aber ich weiß es genau, da draußen gibt es jemanden. Jemanden, der für mich bestimmt ist, an dessen Seite ich gehöre, und davon werde ich mich nicht abbringen lassen.

Alegria kneift die Augen zusammen. »Ich sehe, dass deine Augen leuchten. Wollen wir wirklich wieder diese Diskussion führen, dass Liebe nur eine chemische Reaktion ist?«

Schmunzelnd schüttle ich den Kopf. Auch wenn ich unsere kleinen Wortgefechte schätze, möchte ich mir die Vision von einem unbekannten Retter in der Not nicht nehmen lassen.

Um die beiden auf ein anderes Thema zu bringen, wackle ich auffordernd mit den Augenbrauen und bewege dabei meine Schultern vor und zurück.

»Also? Kommt ihr jetzt rein?«

Alegria steht grinsend auf und zieht sich das T-Shirt über den Kopf. Selbst um diese Uhrzeit ist sie auf alle Eventualitäten vorbereitet und trägt ein schwarzes Bikinioberteil. Sie ist auf dem halben Weg zum Meer, als sie sich zu Lucia umdreht. »Siehst du? Es geht ihr wieder gut.«

Doch meine Freundin setzt sich in den schwarzen Sand und umklammert ihre Beine.

»Ich komme nicht rein.« Fast hätte ich ihre zarte Stimme nicht gehört. Jetzt, wo ich in ihren Augen außer Gefahr bin, zieht sich ihre innere Bärenmama wieder zurück und ihr sanftmütiges Wesen kommt zum Vorschein. Diesen Beschützerinstinkt liebe ich an ihr, da er mir zeigt, wie sehr Alegria und ich ihr am Herzen liegen. Dennoch schiebe ich aufgrund ihrer Ablehnung meine Unterlippe nach vorn.

»Lucia, du hast mir versprochen, dass du zumindest mit den Füßen reingehst«, sage ich.

»Und das habe ich auch getan. Gestern sind wir wie versprochen zu dritt mit den Füßen im Meer gewesen.«

»Das zählt nicht, ich weiß davon nichts mehr«, protestiere ich. »Das Wasser ist sogar angenehm.«

Alegria weicht immer wieder vor den kleinen Wellen zurück, als diese den Sand hinaufkriechen. Ihre Bewegungen ähneln dabei sehr einer ihrer zahlreichen Choreografien.

»Das werden wir gleich sehen.« Aber noch traut sie sich nicht ihren Körper dem Meer auszusetzen.

»Mir reicht es mit dem Ozean, er stößt mich ab. Der Pool ist doch eine gute Alternative«, sagt Lucia und sieht dabei geknickt aus. Schon immer hat sie regelrechte Panik vor dem Meer und wagt nur ab und zu mal die Zehen ins Wasser zu halten. »Da muss ich wenigstens keine Angst haben, dass ich in dieser Weite verloren gehe. Wie könnt ihr so unbekümmert sein? Man kann noch nicht einmal das Ende vom Meer sehen. Es wirkt endlos. Das ist doch einfach nur unheimlich.«

»Also unendlich ist das Meer ja nicht.« Mit dem Wort *Also* beginnt Alegria am liebsten ihre Vorträge. Doch heute bricht sie diesen ab und traut sich endlich tapfer stehen zu bleiben, als das kalte Meer ihre Füße umspült. Doch dann quiekt sie und tänzelt wieder drei Schritte zurück. »Kaaaaalt! Wie kannst da nur drinbleiben?«

Ich zucke mit den Schultern, als sie zu Lucia geht und sich ihr Shirt schnappt. Es ist schwarz und vorne prangt ein Witz mit Schrödingers Katze. Alegria liebt diese Art von Oberteilen und hat viele solcher Wissenschaftsklamotten, wie ich sie nenne. Ungelenk zieht sie es sich über den Kopf und kommt zurück zu Lucias vorheriger Bemerkung. »Ach was, Lucia. Das Meer stößt dich nicht ab. Mayla konnte sich nur nicht auf den Füßen halten und hat dich fast umgerissen.«

Ich strecke ihr die Zunge raus, was Alegria grinsend erwidert.

Lucia betrachtet unglücklich die heranpreschenden kleinen Wellen und beobachtet genau, bis wohin sie den Strand durchnässen. »Tatsache ist, ich werde so schnell nicht wieder ins Meer gehen. Der Pool ist völlig ausreichend.«

Ich verkneife mir den Kommentar, dass man nicht im Meer war, wenn man nur kurz die Füße reingehalten hat. Vor allem weil ich mich nicht so genau an gestern erinnere.

Lucia ist eine der liebsten Seelen, denen ich je begegnet bin. Obwohl sie das Meer nicht leiden kann, sitzt sie hier am Strand mit einem Handtuch neben sich. Vermutlich für mich. Das habe ich komplett vergessen.

Versöhnlich lächelt Lucia mich an und greift nach dem Handtuch, um es auszubreiten. »Und jetzt komm raus, du kleine Nixe. Gehen wir frühstücken.« Die Sonne ist mittlerweile höher gestiegen und man sieht, dass auch in den umliegenden Hotels das Leben langsam erwacht.

Sie steht auf und hält den kuscheligen Stoff so, dass ich nur noch hineinstürmen müsste. Ein Gähnen unterbricht ihre lächelnde Miene. Gestern muss sie erschöpft haben und an den dunklen Schatten unter ihren Augen kann ich sehen, dass sie wenig Schlaf hatte. Ich kann mir gut vorstellen, dass ihre Sorgen sie wach gehalten haben. Also diskutiere ich nicht wie üblich und watschle aus dem Wasser. Sie hüllt mich in das lila Handtuch und hebt mein Kleid vom Boden auf. Der Stoff fühlt sich weich auf meiner nassen Haut an und riecht nach Weichspüler. Es muss eins aus dem Hotel sein, da mir zuliebe keiner von uns Weichspüler benutzt. Seit ich gelesen habe, dass das zusätzliche Waschmittel mit seinen Duftstoffen nur schwer abbaubar ist und das Wasser belastet, verzichten wir darauf.

Aber wir sind hier im Urlaub und ich werde jetzt keinen Angestellten, der diese Entscheidung sowieso nicht zu treffen hat, damit belästigen. Also kuschle ich mich einfach seufzend ein und trotte hinter den beiden her, die bereits die Treppe zum Hotel erreicht haben. Mein Blick ist auf das Meer gerichtet und ich seufze tief. Das Schwimmen hat mir gutgetan. Endlich bin ich auch bei den Stufen angekommen und erklimme sie, während Lucia und Alegria schon in der Lobby verschwinden.

»Bist du nicht das Mädchen von gestern?« Eine tiefe Stimme lässt mich suchend herumfahren. Von der Treppe aus schaue ich nach unten zum Strand zurück und einen Augenblick verschlägt es mir die Sprache. Die Welt hört auf sich zu drehen und ich bin mir absolut sicher, dass ich gerade vergessen habe, wie man atmet.

Kapitel 3

Positives Nummer 3: Es könnte sein, dass die Liebe mich gefunden hat

Ich möchte wirklich kein wandelndes Klischee sein. Aber in diesem Moment bin ich ein Klischee auf zwei Beinen, das vergessen hat zu atmen. Ich bin fünf Stufen von dem Typen entfernt, der mich ernst und durchdringend mustert. Seine dunkelblauen Augen halten mich mit ihrem starren Blick gefangen, als müsste ich eine Prüfung bestehen. Ich habe noch nie ein so tiefes Blau gesehen. Ein weißes Shirt und ein Lederband schmiegen sich an seinen Oberkörper. Man sieht deutlich, dass er trainiert ist. Er hat ein kantiges Gesicht, was ihm eine gewisse Härte verleiht. Ich habe noch nie in meinem Leben ein schöneres Wesen als ihn gesehen. Seine Erscheinung haut mich einfach um. Hat er mich nicht etwas gefragt? Mir war so, als hätte er etwas zu mir gesagt. Ist das diese schicksalhafte Begegnung, von der ich immer geträumt habe? Finde ich meine wahre Liebe tatsächlich hier am Strand? In der Nähe meines Elements? Ich will gerade ansetzen, um etwas zu erwidern, da verdreht er die Augen und ruiniert damit sämtliche traumhafte Vorstellungen.

»Möchtest du weiter starren oder bist du fertig?« Diese berechtigte Frage holt mich unsanft aus meinen Tagträumen zurück.

»*Bist du nicht das Mädchen von gestern?*«, hallt seine Frage in meinem Kopf und eine gähnende Leere macht sich darin breit. Ich müsste mich doch erinnern, wenn ich ihn zuvor gesehen habe. So jemanden würde ich doch nicht vergessen. Vielleicht war es doch keine schlechte Idee von Lucia, die Tabletten zu entsorgen. Ich schlucke einmal, um meine verlorene Sprache wiederzufinden.

»Ehrlich gesagt weiß ich nicht mehr viel von gestern Abend.« Eine Sekunde überlege ich, ob er nicht mein mysteriöser Retter sein könnte. Ich wage den

Versuch, besser scheitern, als es nicht probiert zu haben. »Aber ich habe gehört, du hättest mich gerettet.«

Er schnaubt und ein Anflug von einem Grinsen schleicht sich auf seine verhärteten Züge. »Dich brauchte ich nicht zu retten. Ich habe eher geschaut, ob die Jungs deine Schimpftirade auch gut überstehen.«

Schimpftirade? Eine nette Formulierung, ich wünschte, die Erinnerung von gestern wäre nicht verblasst. Wenn es um Umweltverschmutzung geht, verstehe ich selten Spaß. Ich drehe mich vollends zu ihm um und gehe wieder ein paar Stufen nach unten, sodass ich nur noch zwei über ihm stehe.

Wir sind nun auf einer Augenhöhe, ohne die Treppe dürfte er einen Kopf größer sein als ich.

Jetzt, wo ich ihn näher betrachte, kommt er mir doch bekannt vor. »Sind wir uns schon vor gestern Abend einmal begegnet?« Er schaut auf meine Haare und schmunzelt, doch ich komme nicht dazu, ihn zu fragen, was ihn an diesem Anblick so belustigt.

»Meinst du nicht, der Anmachspruch ist veraltet?«

»Wenn ich dich anmachen wollte, wäre mir sicherlich etwas Besseres eingefallen«, antworte ich und erwidere sein Schmunzeln. Unter seinem durchdringenden Blick steigt Unruhe in mir auf. Dass ich nur in ein Handtuch gewickelt bin, was meinen Bikini vor ihm verbirgt, macht das Gefühl nicht besser. Es kommt mir vor, als stünde ich nackt vor ihm. Der Blick des Fremden bleibt an meinem Hals hängen und ich unterdrücke den Reflex, meinen Fleck mit der Hand zu bedecken.

»Das ist eine Pigmentstörung.« Mir ist es lieber, eine Erklärung zu liefern, bevor die Leute nachfragen, warum ich einen hellen Fleck am Hals habe, der dank meiner sonnengebräunten Haut immer hervorragend zu erkennen ist.

Er zieht eine Augenbraue hoch, doch sagt nichts weiter. Dabei hat er mich doch angesprochen. Stille kommt auf.

»Ich bin Mayla.« Irgendetwas musste ich einfach sagen, um ihn nicht wieder anzustarren.

»Ich weiß.« Er hebt die Hand und zupft mir ein Stück Seegras aus dem Haar.

Mehr sagt er nicht, dreht sich um und geht. Ich bin so perplex von seiner Handlung, dass ich gar nichts erwidern kann, sondern einfach nur zusehe, wie er sich entfernt.

»Das war aber nicht besonders höflich«, rufe ich ihm hinterher, als ich mich wieder gefasst habe. Gratulation an mein Sprachzentrum, es scheint doch zu funktionieren, na Gott sei Dank.

»Warst du letzte Nacht auch nicht«, gibt er zurück und verschwindet mit einem Winken hinter einem Strandimbiss.

Okay, jetzt bin ich doch neugierig, was genau letzte Nacht passiert ist, wer er ist und wie ich ihn wiedersehen kann. Denn wenn das hier Schicksal ist, werde ich dem Ganzen doch ein wenig nachhelfen können.

Mein Magen knurrt laut.

»Mayla, wo bleibst du denn?« Lucia taucht über mir auf dem Parkplatz auf. Sie hat eine Augenbraue nach oben gezogen und schüttelt den Kopf über mich. »Komm, sonst isst Alegria alles auf.« Mit den Gedanken bei dieser merkwürdigen Unterhaltung mache ich mich auf den Weg zum Frühstücksraum.

***

Nach dem Frühstück und einem Telefonat mit Tante Carla stehen wir vor dem Bus, der uns zum Wahrzeichen von Gran Canaria, dem Roque Nublo, fahren soll. Noch gestern beschloss unsere große Reisegruppe, dass wir direkt am ersten Tag das Sightseeing hinter uns bringen. Ich vermute, dass Alegria nicht unschuldig an dieser Idee war.

Auf der runden Auffahrt zu unserem Hotel haben wir genug Platz für den Treffpunkt der Gruppe. Sie ist gleichzeitig das Ende der Straße, da sich unsere Übernachtungsmöglichkeit in einer der vielen großen Buchten von Gran Canaria befindet. Zum Glück liegt das Hotel als einziges direkt am Strand. Die restlichen schlängeln sich an der Felswand entlang und man muss ein Stück laufen, um zum Meer zu gelangen. Unser Weg ist nur aus der Lobby raus über die Auffahrt und die kleine Treppe nach unten, die aus acht Stufen besteht. In der Bucht befinden sich neben Hotels auch Läden mit typischen

Touristensachen. Von Badekleidung über völlig überteuerte Sonnencremes bis hin zu sämtlichen Strandutensilien ist alles dabei. Unten am Strand gibt es Restaurants und Imbissbuden sowie eine Hütte, wo man sich Surfbretter und Jetskis ausleihen und andere Wasseraktivitäten buchen kann. Mein Blick bleibt an einem Katamaran hängen, der direkt vor der Überdachung im Sand liegt. Mit so einem wollte ich immer mal fahren, weiter draußen kann man noch besser das Meer genießen. Und wenn wir schon dabei wären, könnten wir auch direkt nach Müll tauchen und ihn hochholen. Ich seufze bei dem Gedanken, dass die Menschen immer noch nicht kapiert haben, dass Müll im Meer nichts zu suchen hat. Es macht mich wütend, weil es so einfach wäre, den Kram in einem dafür vorgesehenen Behälter zu entsorgen. Meine Hand ballt sich zur Faust. Ich schüttle sie aus, um die Wut verrauchen zu lassen. Heute ist ein zu schöner Tag, um ihn mit trüben Gedanken zu verbringen.

Wir müssen auf ein paar der Cheerleader warten. Natürlich ist auch Celia unter den Verspäteten. Wie sollte es auch anders sein?

»Sie müssen sich bestimmt noch fertig machen«, sagt Susan, als ich immer wieder ungeduldige Blicke auf den Lobbyeingang werfe.

»Wofür? Für den Felsen?« Susan zuckt mit den Schultern, normalerweise hat sie ihre Truppe gut im Griff. Im Urlaub gelten wohl andere Regeln. Ihre Gesichtszüge sind wesentlich entspannter als beim Training, wenn wir Alegria abholen. Ich konzentriere mich lieber auf die Vorfreude auf unseren Ausflug und kann es nicht erwarten, etwas Neues zu sehen. Alegria hat ihre Nase wieder tief in den Reiseführer gesteckt und saugt wie ein Schwamm so viele Informationen wie möglich auf.

»Beim Roque Nublo gibt es nicht nur eine fantastische Aussicht, sondern um ihn ranken sich auch viele Mythen und Legenden.« Aufgeregt blättert Alegria weiter und schiebt sich ihre Lesebrille zurück auf die Nase.

Ich schüttle belustigt den Kopf. Alegria ist die perfekte Touristin, egal wo es hingeht, ist sie vorbereitet und hat sich ausführlich informiert.

»Ist das nicht nur ein Felsen, der hoch oben auf einem Berg steht?«, frage ich, hauptsächlich um sie zu ärgern. Betont langsam lässt Alegria das Heft sinken, um mich aus zusammengekniffenen Augen zu mustern.

Lucia lacht leise und streichelt Alegria beruhigend über den Kopf, was mich darin einstimmen lässt. Ich bin selbst gespannt auf den Roque Nublo. Man bekommt ihn ja nicht alle Tage zu sehen. Dafür nehme ich dann auch die Busfahrt in Kauf. Die beiden haben mir versprochen, dass es nicht lange dauert und wir in diesem Urlaub so wenig Zeit wie möglich in solchen blechernen Ungetümen verbringen. Selbst den Anflug von Ärger über die Verspätung der anderen kann ich nach näherer Betrachtung beiseiteschieben, dafür genieße ich das Rauschen des Meeres und das Zusammensein mit Lucia und Alegria.

»Also, wie hast du vor den Unbekannten wiederzusehen?«, fragt Lucia, während sie ihre Kamera noch einmal checkt. Sie hebt diese hoch und schaut durch den Sucher, ehe sie ein Bild von mir macht, wie ich ihr die Zunge rausstrecke.

»Ich weiß nicht, vermutlich werde ich einfach so viel Zeit wie möglich am Strand verbringen«, sage ich und zucke mit den Schultern. Lucia lässt die Kamera sinken und zieht eine Braue hoch. Alegria schlägt den Reiseführer zu und legt ihre Brille zurück in das Etui, dabei sieht sie mich zweifelnd an.

»Und mehr nicht?«

Ich kann ihre Skepsis verstehen, denn sonst bin ich dafür bekannt, die unmöglichsten Aktionen zu planen. Hauptsache ich genieße jeden Tag bis in das kleinste Detail und wenn ich dafür unvergessliche Dinge tu, um meinen Seelenverwandten zu finden.

Doch es fühlt sich richtig an, dieses Mal nicht mehr zu unternehmen, weshalb ich einfach nur grinse.

»Mehr nicht.«

»Okay, du hast recht, Lucia, die Tabletten haben etwas Merkwürdiges bewirkt.«

Lucia lächelt sanftmütig und lässt die Schutzkappe auf dem Objektiv ihrer Kamera wieder einklicken. »Hab ich doch gesagt.«

Endlich sehe ich Celia und ihre Freundinnen aus der Lobby unseres Hotels kommen.

Ich weiß nicht, ob ihr klar ist, wo es hingeht. Ihre hohen Schuhe sowie ihr knappes Kleid lassen das Gegenteil vermuten. Ich selbst trage meine alten abgewetzten Turnschuhe, die mir einen guten Dienst erweisen, dazu eine kurze schwarze Hose und ein oranges Top. Lucia wollte mir noch einen Hut aufschwatzen, um mich vor der Sonne zu schützen, aber ich bevorzuge es, meine Locken mittels eines Zopfes zu bändigen. Keine leichte Aufgabe. Ein Sonnenhut wäre da nur hinderlich, denn egal in welcher Form, Kopfbedeckungen halten auf meinen krausen Haaren nur selten.

»Wir können dann«, sagt Celia mit ihrer hohen Stimme, die sie immer auflegt, wenn sie besonders weiblich wirken möchte. Meistens in Gegenwart von Männern. Ein wenig unverständlich, denn die Cheerleader auf der Fahrt sind ausschließlich weiblicher Natur.

Schwer atme ich ein und aus, versuche den Kloß in meinem Hals hinunterzuschlucken.

»Geht schon mal rein, ich komme gleich nach.«

Alegria tätschelt mir die Schulter, bevor sie hinter Lucia in das Monstrum klettert. Nach und nach steigen alle in den Bus und ich warte bis zur letzten Minute, damit ich so wenig Zeit wie möglich in dem Gefährt verbringen muss. Ich stehe vor der Eingangstür und atme tief durch.

»Möchte die Dame nicht einsteigen?«

Ein Schauer jagt mir über den Rücken, als ich die Stimme vernehme. Sie ist genauso dunkel und rau wie heute Morgen und sehr nah. Ich drehe den Kopf und erkenne hinter mir erst eine breite Brust und dann ein verschmitztes Grinsen.

Er ist es wirklich.

Und er ist nicht allein. Hinter ihm stehen noch drei weitere Jungs, vermutlich in seinem Alter und direkt einem Hollywoodfilm entsprungen. Gibt es den Cheerleader-Effekt auch bei Männern? Sie alle tragen Badeshorts und ein locker sitzendes Shirt, darin sehen sie verdammt heiß aus. Was ist denn bitte los mit mir? Normalerweise sabbere ich nicht jedem dahergelaufenen Mann hinterher und überlasse diesen Job Celia.

»Auf dem Weg zum Strand?«, frage ich stattdessen.

Einer der drei fremden Jungs mit blonden Haaren, die kreuz und quer liegen, lacht laut auf, als ein anderer ihm etwas erzählt. Er boxt ihm gegen den Oberarm.

Es ist, als würde die Sonne aufgehen, wenn er lacht, sodass ich unwillkürlich auch grinsen muss.

»Ja, wir sind auf der Suche«, er macht eine kurze Pause, als müsste er überlegen, wonach sie suchen, »nach Gesellschaft.«

»Ich würde dir ja sehr gern weiterhelfen, aber wir sind auf dem Weg zum Roque Nublo.«

Am liebsten würde ich umgehend mit den Jungs zum Strand gehen, aber mein Stolz verbietet es mir. Der ungeduldige Blick des Busfahrers bohrt sich in meinen Nacken. Von drinnen höre ich lautes Geschnatter, was sich verdächtig danach anhört, als hätten auch die Cheerleader die Gruppe entdeckt.

»Außerordentlich schade«, sagt der Typ. Aus seiner Stimmlage kann ich heraushören, dass er mich nur aufzieht und er es nicht wirklich bedauert.

Die Jungs sind still geworden. Der Blonde betrachtet mich eingehend, was mir schon fast unangenehm ist. Er kommt auf uns beide zu und legt eine Hand auf die Schulter von seinem Freund.

»Atlan, ist das nicht die kleine Unruhestifterin? Wird sie den Tag mit uns verbringen?« Er grinst, wobei ich eindeutig ein Grübchen in seiner linken Wange erkennen kann. Die Haare an den Seiten sind kurz rasiert, nur oben hat er längere Haare, die allerdings kreuz und quer liegen. Wenn er grinst, lachen seine Augen gleich mit. Dennoch kann ich ihm nicht lang meine Aufmerksamkeit schenken, denn Atlan zieht meinen Blick magisch auf sich.

Atlan also. Ein ungewöhnlicher Name.

»Nein, sie muss zum Roque Nublo«, erklärt Atlan und lässt mich dabei nicht aus den Augen, ehe sein Blick suchend über den vollen Bus schweift, in dem die vielen Mädchen sitzen, die sich an den Scheiben kichernd unterhalten. Wie alt sind wir denn, dass so etwas noch gemacht wird? Ich dachte, mit achtzehn wären wir aus dem Alter raus.

Einer der beiden anderen Jungs hebt lässig die Hand und winkt ihnen zu.

Gott, Atlan muss mich auch für eine von denen halten.

»Vielleicht leistet ihr uns ja später am Strand Gesellschaft«, sagt er ein wenig abwesend.

Plötzlich hakt sich jemand aus dem Bus bei mir unter. Ein süßes Parfüm weht mir um die Nase. Celias Parfüm.

»Wir leisten euch sehr gern später Gesellschaft.« Wieder diese hohe Stimme und ich weiß ganz genau, warum sie mir plötzlich so nah ist.

Das hat sicher absolut nichts mit den Typen vor mir zu tun, die direkt einer Werbeanzeige von Calvin Klein entsprungen zu sein scheinen. Also bitte, Celia wäre doch niemals so berechnend.

Ich will etwas sagen, aber sie kneift mir in den Rücken.

»Wir finden euch am Strand?«, fragt sie.

Der Junge neben Atlan grinst ihn frech an, ehe er nickt.

»Wir werden da sein und auf euch warten.«

Ich betrachte erneut Atlan und komme mir langsam mehr als bescheuert vor.

»Wunderbar, wir beeilen uns«, sagt Celia.

Damit zieht sie mich rückwärts die Stufen empor, wobei ich fast stolpere. Es kommt mir vor, als würde ich gerade aus einem Traum gerissen werden. Diese Jungs haben eine einzigartige Wirkung, durch die man nicht wegschauen kann, wobei gerade Atlan mich gefangen nimmt. So eine Anziehungskraft zu einer Person habe ich noch nie gespürt.

Ich kann mich noch nicht einmal bei Celia beschweren, wie sie mich behandelt hat, so verdutzt lässt mich seine Ausstrahlung zurück. Sie drückt mich einfach in die noch leere erste Reihe und schiebt sich auf den Sitz neben mich. Die Türen schließen und wir fahren los. Das Kichern der Mädchen dringt an mein Ohr. Himmel, wo bin ich hier gelandet?

Nach der ersten Kurve komme ich wieder zur Besinnung und schaue Celia feindselig an.

»Was sollte das?«

Doch sie scheint sich nicht bewusst zu sein, was sie verbrochen hat, stattdessen schaut sie auf ihre lila lackierten Nägel.

»Ich habe dich davor bewahrt, dich noch lächerlicher zu machen. Gern geschehen.«

Mir entgleisen die Gesichtszüge.

»Hast du etwa noch nie einen schönen Mann gesehen? Du hast ausgesehen, als würde der Sabber dir gleich aus dem Mund fließen. Glaub mir, ich habe dir einen Gefallen getan.« Gönnerhaft grinst sie und schaut an mir vorbei aus dem Fenster.

Wenn das wirklich der Fall war, sollte ich mich bei ihr bedanken. Aber das widerstrebt mir so sehr, dass ich lieber zum Angriff übergehe. »Du und mir einen Gefallen getan? Du wolltest nur auf dich aufmerksam machen.«

Sie wirft ihre perfekt gelockten Haare zurück und steht dann auf.

»Traurig, dass du das so siehst. Du hast da übrigens noch Algen in den Haaren.«

Dann stöckelt sie zwei Reihen weiter nach hinten, um sich neben eine ihrer Freundinnen fallen zu lassen.

Seufzend stehe ich auch auf und wanke weit weniger elegant zu Alegria und Lucia, die in der letzten Reihe sitzen. Lucia ist mit ihrer Kamera beschäftigt und Alegria hat ihre Nase schon wieder im Reiseführer vergraben. Scheinbar haben sie von alldem nichts mitbekommen. Wundern würde es mich nicht. Ich lasse mich zwischen die beiden fallen. Unwillkürlich lehnt sich Lucia an mich an, holt aus meinem Haar eine Alge heraus, und Alegria streichelt meinen Arm. Wie sie es immer machen, um mich während einer Busfahrt zu beruhigen.

Wieder kann ich nur dankbar sein für die beiden, meine kleine Familie.

Kapitel 4

Positives Nummer 4: Ich konnte etwas Neues sehen

»Glaubst du, dass sie unter ihnen ist?«, frage ich Atlan, als wir beide dem Bus nachsehen. Ich hebe den Arm, um ihn auf seiner Schulter abzulegen, aber das würde merkwürdig aussehen, also lasse ich ihn wieder sinken. Schließlich ist Atlan zehn Zentimeter größer als ich. Wobei ich mich mit meinen 1,82 Meter auch nicht beschweren kann. Es sind nur diese kleinen Momente, die mich daran erinnern, dass ich etwas kleiner als der Rest unserer Gruppe geraten bin.

Atlan ist mal wieder tief in Gedanken versunken und ignoriert mich. Manchmal verlaufen meine Fragen bei ihm einfach ins Leere. Ein paar Augenblicke warte ich sein Schweigen ab, bis der Bus abbiegt und eine Abzweigung nach oben nimmt, um aus der Bucht rauszufahren. Am liebsten würde ich mich auf seinen Rücken werfen und ihn so aus seinen Gedanken reißen. Die Versuchung ist groß, aber ich erinnere mich zu gut an das letzte Mal. Danach hat er mir einen Vortrag über Respekt vor Anführern gehalten.

Hinter uns albern Kelvin und Dax herum, stoßen sich immer wieder an und machen sich auf Richtung Strand. So sind Atlan und ich auch, wenn wir nicht gerade auf einer ultrageheimen Mission unterwegs sind.

»Die Wahrscheinlichkeit ist groß. Du hast es doch gestern Abend auch gespürt.« Oh, er kann wieder sprechen. Dabei klingt er so ehrfurchtsvoll, dass sogar mir ein Schauer über den Rücken läuft. Aber er hat recht, gestern Abend überkam uns beide ein merkwürdiges Gefühl. Ein Windstoß wehte direkt durch unsere Herzen und ließ uns ruhelos herumwandern, bis unser Blut zu pulsieren begann. Sie hat das Meer berührt, dessen waren wir uns absolut sicher. Dann gerieten Daxton und Kelvin in diese kleine Auseinandersetzung. Noch immer bringt mich die Erinnerung daran zum Grinsen. Selten wurde unser großer Dax so heruntergeputzt, vor allem für etwas, was er noch nicht einmal verbrochen hat.

»Dann hätte unsere Suche endlich ein Ende.« Würde mich schon ein wenig traurig machen. Ich vergrabe die Hände in meinen Hosentaschen und kicke einen Stein vom Parkplatz. Dieses Mädchen hatte Algen im Haar. Ihr ganzes Auftreten hat das Wort *Abenteuer* nur so geschrien. Ihre wilden Locken und diese grünen katzenartigen Augen. Natürlich konnte sie ihre Aufmerksamkeit nicht von Atlan lassen, das kann kein weibliches Wesen. Zwar sehen wir alle vier unglaublich gut aus, aber Atlan sticht sehr hervor. Und nein, ich bin nicht eingebildet, das ist eine Tatsache.

»Wie heißt sie noch mal? Mayla?«, frage ich und will ebenfalls dem Bus hinterhersehen, doch er ist bereits verschwunden. Atlan lässt seinen Blick langsam zu mir wandern und mustert mich eindringlich, wie er es immer macht. Als würde immer nur ich etwas ausfressen, Kelvin ist nicht viel besser als ich.

»Ja, aber sie ist nur der Ankerpunkt, damit wir diese gesamte Mädchentruppe untersuchen können. Vielleicht ist sie unter ihnen.« Seine Stimme klingt gelangweilt, doch ich höre diesen feinen Unterschied heraus, den warnenden Unterton, den ich schon so oft gehört habe. Aber ich kann einfach nicht anders.

»Also ich finde sie echt hübsch und wie sie gestern Abend Kelvin und Dax angefahren hat, war absolut großartig.«

Atlans Augen verengen sich zu Schlitzen, doch ich kann mein Grinsen einfach nicht kontrollieren. »Es ist verboten, sich in Menschen zu verlieben.«

Zwar hat hier niemand etwas von verlieben gesagt, aber gut.

Die Worte klingen gezischt, was mich noch mehr belustigt. Atlan liebt Regeln und Vorschriften, er ist immer darauf bedacht, dass sie eingehalten werden.

Ich verschränke die Hände hinter dem Kopf und wende mich ebenfalls dem Meer zu.

»Und was ist, wenn sie es ist? Stehst du mir dann auch im Weg?«

Nur um seinen Gesichtsausdruck zu bewundern, drehe ich den Kopf noch mal zu ihm um. Atlans finsterer Blick ist diese Unterhaltung allemal wert. Er steckt die Hände in die Hosentaschen und folgt mir.

»Dann stehe ich dir nicht im Weg.« Ein leichtes Lächeln zupft an seinen Mundwinkeln. »Wenn die königliche Hoheit dich überhaupt ranlassen würde.«

Ich rempele ihn spielerisch an, doch Atlan muss nicht mal einen Schritt zur Seite machen und läuft unbeirrt weiter. War nicht anders zu erwarten, nicht umsonst ist er der Anführer von uns.

»Die königliche Hoheit könnte sich glücklich schätzen mich zu haben«, sage ich und mache eine Verbeugung, bevor ich die Treppen zum Strand hinabsteige.

Unten angekommen grinst Atlan und legt einen Arm um meine Schultern. »Wie gut, dass ich noch da bin, um sie vor dir zu schützen.«

***

»Komm schon, Celia, wir sind bald da.«

»Ich kann nicht mehr, Alegria. Meine Schuhe bringen mich um. Trag mich.«

Das geht jetzt seit zwanzig Minuten so. Alegria ruft Celia etwas Aufmunterndes zu und diese bettelt darum, von ihr getragen zu werden. Meine Freundin bietet Celia die Hand an.

»Wir haben es gleich geschafft.«

Sie greift danach und lässt sich theatralisch nach oben ziehen.

Ich verdrehe die Augen und kann mir dieses Schauspiel einfach nicht mehr ansehen.

»Das hier ist ein gut ausgebauter Wanderweg, Celia, und kein Roadtrip durch die Wildnis«, sage ich entnervt und warte auf Alegria und ihr Anhängsel. Celia tut so, als würden wir uns in unerforschtem Gebiet befinden.

Lucia hält Celia eine Trinkflasche entgegen, die sie dankend annimmt. Sie stürzt große Schlucke hinunter, als wäre sie am Verdursten. Denn natürlich hat eine Wasserflasche nicht in ihre kleine Handtasche gepasst. Sie wischt sich über den Mund und blitzt mich an.

»Du hast doch keine Ahnung, wie ich leide.« Es geht noch theatralischer, wer hätte es gedacht? Tatsächlich sehen ihre Füße in den hohen Schuhen gequetscht aus, aber es war ihre Entscheidung, sie anzuziehen, also muss sie die Konsequenzen tragen. Die anderen Mädchen sind schon lange oben angekommen, nur Madame ziert sich und hält uns drei auf. Alegria will sie nicht allein lassen, Lucia lässt sowieso niemanden zurück und ich habe mich meinem Schicksal ergeben.

Also laufen wir zu viert diesen leichten und gut zu bewältigenden Weg entlang, bis wir endlich oben ankommen. Wer hätte gedacht, dass wir es trotz Celia schaffen? Wir haben für einen Weg von einer Dreiviertelstunde fast eineinhalb gebraucht.

Celia lässt sich auf eine Bank nieder und wird sofort von ihren Freundinnen umschwärmt, die Fotos von der Aussicht machen wollen.

Alegria lächelt uns entschuldigend zu, als auch sie dazustoßen soll.

Ich winke ab. Es ist selbstverständlich, dass Alegria mit ihnen ebenso viel Zeit verbringen will wie mit uns.

Lucia verstaut die Abdeckung ihrer Kamera in der Tasche. Sie hebt das schwarze Gerät an und schaut bedacht durch den Sucher, um den Ausblick abzulichten.

Ich stehe still und atme bewusst ein und aus, um den Augenblick einzufangen und mir einzuprägen, was ich sehe. Wir haben es auf den berühmten Berg geschafft und haben einen Überblick über einen großen Teil der Insel Gran Canaria. Der Felsen ist gigantisch, neben ihm fühle ich mich klein und unbedeutend. Ein merkwürdiges Gefühl breitet sich in mir aus, als ich das Meer so weit entfernt sehe. Weiter könnte ich im Moment nicht vom Ozean getrennt sein. Wir befinden uns sogar über den tief hängenden Wolken, die vereinzelt zwischen den Bergketten zu erkennen sind.

Schluchten erstrecken sich vor uns und auch wenn wir bis ins Inselinnere gefahren sind, kann ich deutlich das Meer sehen. Gran Canaria wirkt von hier aus wie ein trockenes Land, da die Landschaft trotz der vielen Bäume steinig und das Grün der Pflanzen eher dunkel und ausgeblichen ist. Die Luft hier oben ist allerdings einmalig. Ich setze mich auf den staubigen warmen Boden und atme mehrmals tief ein und aus, während Lucia ihre Kamera überhaupt nicht mehr senken möchte. Immer wieder höre ich es klicken und sie dreht sich im Kreis, um alles einzufangen.

»Hey, leg doch auch mal die Kamera weg und genieße den Anblick«, sage ich und breite die Arme aus, um ihr zu verdeutlichen, was sie gerade verpasst.

Lucia schaut mich über den Sucher hinweg an und macht ein Foto von mir.

»Erst wenn ich die perfekten Bilder habe.« Sie geht in die Knie und legt sich sogar auf den Boden, um weiter auf den Auslöser zu drücken.

Ich lächle nur und warte geduldig ab. Es kann dauern, bis Lucia mit ihren Bildern zufrieden ist.

Jemand setzt sich neben mich und ich kann, ohne hinzusehen, erkennen, dass es Alegria ist. Laut blättert sie die Seiten ihres Reiseführers um.

»Wusstest du, dass der Roque Nublo ein Überbleibsel eines damals viel höheren Vulkans ist?«

Natürlich wusste ich das nicht. Alegrias Augen glänzen, als ich ihr meine volle Aufmerksamkeit schenke. Jedenfalls versuche ich das, aber meine Gedanken driften immer wieder zum Meer und zu der Person ab, die weit weg am Strand ist. Ich kenne diesen Atlan überhaupt nicht, aber dennoch hat er mich in seinen Bann gezogen.

»Vor über vier Millionen Jahren war das. Aber nicht nur die Geologie ist interessant.«

Die Stimme meiner Freundin rückt in weite Ferne, während ich immer mal wieder nicke. Über die Jahre hinweg habe ich bemerkt, dass es Alegria nicht wichtig ist, ob ich ihr wirklich zuhöre. Manchmal muss sie einfach alle Einzelheiten herunterrattern, als würde sonst ihr Kopf explodieren. Seit wir uns kennen, erzählt sie mir so viele interessante Fakten, die mein Gehirn aber recht schnell wieder herausfiltert.

»Die Mythologie ist hier besonders hervorzuheben. Seit vielen Jahren soll es hier eine Steintafel über die Meeresmacht von Mayim geben …«

Celia hat sich mittlerweile von ihrer Bank aufgerappelt und nach unzähligen Fotos mit ihren Handys scheint die Truppe wieder bereit zum Aufbruch zu sein. Ich kann sie verstehen, ich möchte auch zurück zum Strand, andererseits werde ich diesen Ausblick vermutlich nie wieder so genießen können.

Ich bemerke nur am Rande, wie Alegria aufsteht, dabei weiter doziert und ihre Stimme immer leiser wird. Vielleicht sucht sie jetzt nach dieser Tafel.

»Ist es nicht faszinierend, wie klein wir neben diesem Felsen wirken?«, fragt Lucia, die mittlerweile genug von der Aussicht und das Monstrum als neues Motiv auserkoren hat.

Ich schlage die Fußspitzen gegeneinander und lasse so meine Beine wackeln. Spitze Steine piksen meine nackte Haut, aber noch will ich die Wärme des Bodens genießen.

»Das habe ich auch schon gedacht.« Langsam winkle ich die Beine an und streiche mit den Handflächen darüber, um die Steinchen loszuwerden. »Aber es kommt darauf an, wie groß du dich fühlst.« Abwartend schaue ich zu meiner besten Freundin.

»Ich fühle mich wie 1,66 Meter.« Lucia lacht über ihre Aussage und entfernt sich von mir, nur um sich wieder hinzulegen und ein Foto von mir zu machen mit dem Felsen im Hintergrund. Um sie nicht zu ärgern, bleibe ich einfach still sitzen. Sie hat ein Auge für Motive und wenn es ein schönes Bild wird, habe ich ein Erinnerungsfoto von diesem Moment.

»Komm schon, setz dich zu mir und genieße den Ausblick«, fordere ich Lucia auf. Ich schaue mich um, wo Alegria steckt. Sie hat ein Notizbuch in der Hand und macht von irgendetwas auf dem Boden ein Foto. Nach kurzer Zeit sieht sie auf und entdeckt mich. Ich winke sie heran.

Die beiden setzen sich zu mir und wir schauen einen Augenblick schweigend über Gran Canaria.

Dann platzt es allerdings aus mir heraus und ich erzähle den beiden von meinen Begegnungen mit Atlan. Sie haben tatsächlich nichts davon mitbekommen, weder heute Morgen noch vor der Abfahrt hierher.

Lucia verstaut ihre Kamera vorsichtig in ihrem Rucksack. »Und du bist dir sicher, dass Atlan der schönste Mann der Welt ist?«

Ich höre deutlich, dass Alegria neben mir sich das Lachen verkneift, außerdem sehe ich Lucias warnenden Blick. Das macht es für Alegria nur noch schwieriger, sich zusammenzureißen.

»Ja, ich bin mir absolut sicher. Vielleicht seht ihr ihn nachher am Strand.«

»Das erklärt auch, warum Celia so schnell wie möglich zurückwill«, sagt Alegria und deutet auf ihre Freundin, die uns mit verschränkten Armen mustert. Zu allem Überfluss tippt sie ungeduldig mit ihrem Fuß auf den Boden.

»Und plötzlich habe ich es gar nicht mehr so eilig.« Ich grinse und lehne mich wieder bequem zurück. Alegria verdreht die Augen und klopft sich beim Aufstehen den Staub von ihrem schwarzen Shirt. Dieses Mal ist aus den Elementsymbolen des Periodensystems das Wort *Genius* geschrieben. »Na komm, vertragt euch diesen Urlaub.«

Sie hält mir die Hand hin, damit ich mich ebenfalls erhebe.

»Ich gebe mein Bestes, aber garantiere für nichts«, erwidere ich und lasse mich auf die Beine ziehen. Während ich noch den Dreck abklopfe, hilft sie auch Lucia hoch.

»Dann mal ab zurück zu Mister Schönster Mann der Welt.«

Lucia fährt sich durch die hellbraunen Haare, um sie zu richten. »Ob der Titel auf eine Medaille passt?«

Alegria und ich prusten los und ich lege einen Arm um Lucia, während wir uns an den Abstieg machen.

***

»Freiheit!«, juble ich, als ich die frische Luft in mich einsauge. »Das war das letzte Mal für die nächsten Tage, dass ihr mich in einen Bus bekommen habt.«

»Übermorgen gehen wir shoppen«, trällert Alegria und springt hinter mir die Stufen aus dem Wagen.

Mit großen Augen betrachte ich das Schauspiel. »Neeeeein, ich bin dafür nicht bereit.«

Lucia tätschelt mir den Kopf. »Du hast zwei Tage, um dich seelisch drauf vorzubereiten.«

Ich könnte eine Diskussion anfangen, dass es völlig unnötig ist, mit dem Bus zum Shoppen zu fahren, obwohl wir das auch super zu Hause tun können. Aber die beiden fahren in Barcelona wegen mir immer mit dem Fahrrad, sodass ich mir vorgenommen habe, im Urlaub meine Vorträge über Abgase einfach zu unterlassen. Sie gehen Richtung Lobby, doch ich bleibe auf dem Parkplatz stehen.

»Wir können doch auch direkt zum Strand«, schlage ich vor.

Lucia dreht sich um und deutet auf ihre Kleidung. »Wir müssen uns noch umziehen.«

Ich hebe mein Shirt hoch, sodass sie meinen weißen Bikini mit roten Punkten sehen können, der im Kontrast zu meinen dunkelbraunen Haaren und der gebräunten Haut steht.

»Dann gehst du schon mal vor und wir kommen nach«, sagt Alegria und schiebt Lucia an der Schulter nach drinnen.

»Bringt ihr mir ein Handtuch mit?«, rufe ich noch hinterher und sehe, wie Lucia mir einen Daumen nach oben zeigt.

Grinsend drehe ich mich zum Meer und laufe los. Endlich kann ich die verschwitzten Klamotten loswerden. Meine Schuhe streife ich in einer flüssigen Bewegung ab und kicke sie zu meinem Top, das bereits im Sand liegt. Achtlos werfe ich die kurze Hose dazu.

Das Wasser ist angenehm kühl, nicht so aufgekocht, wie ich bei den Temperaturen erwartet habe. Bis zu den Knien kämpfe ich mich durch die Wellen, ehe ich mich kopfüber ins Meer stürze. Ich tauche so weit, bis meine Lungen nach Luft verlangen, und schwimme dabei weiter hinaus. Als ich auftauche, höre ich ein lautes Lachen. Verwirrt schaue ich mich um und sehe nur ein paar Meter neben mir Atlan und zwei seiner Freunde auf zwei Surfbrettern. Mein Blick klebt schon wieder an ihm.

Okay, das muss aufhören. Ich reiße mich von dem Anblick seines nackten Oberkörpers los und schaue stattdessen zu seinen Begleitern.

Der Blonde von heute Morgen grinst mich frech an.

»Wolltest du so dringend ins Wasser?«, ruft er mir zu. Ich kraule zu den dreien und trete vor den Jungs im Salzwasser.

Atlan liegt mit dem Oberkörper auf dem Brett, während der Blonde weiter vorn breitbeinig sitzt. Der dritte im Bunde hat ein Board für sich allein.

Ich schäme mich nicht für meine Sehnsucht nach dem Meer, denn erst jetzt, umgeben vom Wasser, fühle ich mich wieder so richtig lebendig. »Aber selbstverständlich.«

»Hat man gesehen.« Er grinst immer noch so frech. Ich hebe eine Hand aus dem Wasser, um sie ihm zu geben.

»Mayla, und du bist?« Skeptisch sieht er mich an. »Wenn ich dich schon zum Lachen bringe, sollte ich auch wissen, wie du heißt.«

Er greift nach meiner Hand und zieht mich ein Stück näher zum Brett. »Noah.« Sein Händedruck ist fest, was mich zum Lächeln bringt. Ich mag es nicht, wenn man jemandem die Hand gibt und es sich anfühlt, als hätte man eine Qualle in der Hand. Kurz registriere ich, dass er mehrmals ein Lederband um sein rechtes Handgelenk geschlungen hat. Etwas Silbernes blitzt in der Sonne auf. Ich reagiere schnell und ziehe Noah mit Schwung vom Surfbrett herunter ins Meer. Atlan lacht kurz und dunkel auf, was mir eine Gänsehaut beschert. Noah taucht prustend auf und schüttelt den Kopf, wobei die Wassertropfen aus seinen Haaren nur so fliegen.

»Freut mich«, erwidere ich.

Verdutzt betrachtet er mich, ehe er wieder schallend auflacht. Er schwimmt zurück zu seinem Board, auf dem mittlerweile Atlan sitzt.

»Das ist übrigens Dax, aber du müsstest ihn eigentlich wiedererkennen«, sagt Atlan und deutet auf den Dritten im Bunde. Dax nickt mir zu, wobei er mich argwöhnisch mustert. Er hat braune längere Haare und trägt einen Anhänger in Form eines Seesterns mit einem Lederband um den Hals. Wie erwartet sieht er auch unverschämt gut aus, nur sein grimmiger Ausdruck lässt meine Alarmsignale aufleuchten. Was ist das für eine Truppe?

»Nicht dass ich wüsste«, sage ich und er hebt die Hand zum Gruß. »Ich gehe schon mal zurück zu Kelvin.« Dax stockt, als würde er noch etwas sagen wollen, doch lässt es bleiben. Er wartet, bis Atlan ihm zunickt, dann nimmt er die nächste Welle zurück zum Strand. Ich schaue ihm hinterher, wie er sich auf dem Surfbrett tragen lässt, ohne dabei etwas zu machen. Noah tritt neben Atlan im Wasser, ihm scheint es wie mir nichts auszumachen, auf der Stelle zu schwimmen. Ich könnte das stundenlang tun, ohne müde zu werden.

»Du kennst ihn von gestern Nacht«, sagt Atlan und sieht mich abwartend an, als ob gleich der Groschen bei mir fallen müsste. Eigentlich habe ich meinen Gedanken verboten sich weiter auszumalen, was Atlan mit mir anstellen könnte. Aber wenn ich seine breite durchtrainierte Brust vor mir sehe, wo sich die Wassertropfen von seinen Haaren über sein Sixpack langsam einen Weg nach unten bahnen, dann kann ich ihnen gar nichts verbieten.

Okay, zurück zum Geschehen bitte.

Gestern Nacht, was war da noch gleich? Ach ja, ich hatte diese Reisetabletten von Alegria genommen und war ziemlich ausgeknockt. Beim besten Willen, ich kann mich nicht daran erinnern.

»Lucia und Alegria haben mir nur erzählt, dass ich mich wohl mit zwei Männern angelegt habe.«

Noah und Atlan sehen sich schmunzelnd an. Noah will etwas sagen, doch Atlan kommt ihm zuvor und drückt ihn sogar mit einer Hand unter Wasser, um ihn zum Schweigen zu bringen.

»Das waren Daxton und Kelvin, die eigentlich nur den Müll vom Strand räumen wollten. Du hast sie dann ziemlich zusammengeschissen, dass der Abfall nicht an den Strand gehört.« Atlan grinst immer noch und lässt Noah wieder auftauchen. Dieser wirft seinem Begleiter einen wütenden Blick zu. Atlan erwidert ihn gelassen.

»Jedenfalls habe ich dich dann vor einer Auseinandersetzung mit den beiden bewahrt. Ist eine gute Geschichte, aber du hast ja scheinbar alles vergessen«, sagt Atlan, wobei er dabei Noah anschaut. Noah seufzt und nickt zustimmend.

Plötzlich sinkt die Wassertemperatur, sodass es an meinen Füßen sogar ein wenig pikst. Atlan läuft ein kurzer Schauer über den Rücken. Sein Körper ist von einer Sekunde auf die andere angespannt. Die beiden Jungs tauschen einen Blick aus, der besorgniserregend aussieht. Noah wendet sich zum Strand und setzt sofort ein Lächeln auf.

»Sind das da nicht deine beiden Freundinnen, die da winken?«

Ich drehe mich um und erkenne tatsächlich Alegria und Lucia.

»Du solltest mich ihnen vorstellen«, beschließt Noah und zieht am leeren Brett. Atlan hat sich seitlich ins Wasser fallen lassen und schiebt es mit einem Arm seinem Freund rüber.

Was auch immer hier geschieht, die beiden benehmen sich nicht gerade unauffällig. Vielleicht bin ich hier auf etwas Größeres gestoßen. Etwas, was die beiden verheimlichen wollen. In meinem Kopf wirbeln die wildesten Szenarien durcheinander, doch bevor ich mich für eines entscheiden kann, schwimmt Noah näher zu mir, das Brett an seiner Seite.

Er sieht mir tief in die Augen, was mich ein wenig verunsichert. Im Gegensatz zu Atlan hat er hellblaue Augen, die an den Sommerhimmel erinnern. »Komm, lass uns zurückschwimmen«, sagt er und die Leichtigkeit ist aus seiner Stimme verschwunden. Sie klingt jetzt tiefer als zuvor und ernst. Dennoch schüttle ich den Kopf. »Eigentlich wollte ich noch etwas schwimmen. Ich war den ganzen Tag in diesem Bus gefangen und noch nicht einmal zehn Minuten im Meer.«

Noah wirft Atlan wieder einen Blick zu. Was auch immer hier für eine Kommunikation stattfindet, ich soll sie scheinbar nicht mitbekommen. Dafür machen die beiden es erstaunlich schlecht. Sie versuchen ruhig zu bleiben, doch ich kann spüren, wie Noahs Beine sich unter Wasser ein wenig schneller bewegen als zuvor. Atlan hat sich ein Stück von uns entfernt, jetzt ist er mit einem Zug wieder bei uns und schwimmt mir gegenüber.

»Wir sollten langsam etwas essen. Ich würde mich freuen, wenn du uns begleitest.«

Der Gedanken an Essen gefällt mir besser als erwartet und ich nicke zustimmend. Danach kann ich ja wieder ins Meer. Mit einem Blick zum Strand erkenne ich, dass Alegria scheinbar auf mich wartet.

»Was wollt ihr denn essen?«, frage ich und schwimme langsam zurück. Die Eiseskälte an meinen Füßen wird mit jedem Schwimmzug weniger. Noah ist direkt neben mir und berichtet von den fantastischen Restaurants und Imbissbuden. Sein Ton ist nun locker und sein Wesen einnehmend, wenn er lacht, muss ich ebenfalls lachen. Irgendetwas stimmt aber nicht. Das Meer ist unruhig und auch Noahs wilde Erzählungen können davon nicht ablenken. Wir kommen am Strand an und waten aus dem Wasser. Aber wir sind nur zu zweit. Geschwind drehe ich mich um und bemerke: Atlan ist verschwunden.

Kapitel 5

Positives Nummer 5: Es passiert etwas Aufregendes, endlich!

»Was hast du, Mayla?« Noah betrachtet mich seelenruhig dabei, wie ich mit den Augen das Meer absuche.

»Atlan war doch bei uns, wo ist er hin?«

Ich liebe das Meer, was aber nicht bedeutet, dass mir seine Gefahren nicht klar sind. Wir waren recht weit draußen, wo man nicht mehr stehen kann.

Noah zuckt mit den Schultern und schenkt mir ein strahlendes Grinsen, als ich zu ihm sehe.

»Er ist bestimmt schon am Strand.«

Ich weiß, dass Atlan uns nicht überholt hat, wir sind recht schnell geschwommen. Wieder drehe ich mich zum offenen Meer um. Noah greift nach meinem Arm. Erneut trifft mich dieser intensive Blick. Meine Güte, was stimmt mit diesem Sonnyboy nicht?

»Atlan ist schon am Strand.« Sein Plauderton ist verschwunden. Wieder klingt er überzeugend und ernst. Will er mich verarschen? Ich bin kein Kind, das er einfach so mit fadenscheinigen Behauptungen beruhigen kann. Ruckartig entreiße ich ihm meinen Arm.

»Was auch immer ihr beide hier treibt, den Sinn davon verstehe ich nicht.«

In Noahs Augen blitzt etwas auf, das ich nicht deuten kann.

»Beeindruckend«, wispert er und ich suche den Strand ab. Er ist gerade so groß, dass ich ihn problemlos überblicken kann. Kein Atlan.

Dafür Alegria, die auf uns zukommt. Sie hat die Augenbrauen zusammengezogen, sodass eine Falte zwischen ihnen entsteht.

»Alles okay?«

Alegria betrachtet Noah und für einen Moment sehe ich echte Überraschung in ihrem Blick.

»Atlan ist nicht mit uns an den Strand zurückgekehrt.«

»Vielleicht ist er an einer anderen Stelle rausgekommen?«

Ich schüttle den Kopf auf Alegrias Vermutung hin und bemerke, dass eine innere Unruhe mich erfasst. Werde ich verrückt und bilde mir das hier nur ein? Noah strahlt mich so breit an, dass ich an meinem Verstand zweifle.

Was ist, wenn Atlan tatsächlich noch im Meer ist und Hilfe braucht? Ich könnte es mir nicht verzeihen, wenn ihm etwas passiert und ich hätte helfen können.

Entschlossen stapfe ich wieder ins Wasser, während die beiden mir folgen. Ich gehe nur ein paar Schritte und kann weiter draußen eindeutig Atlan erkennen, der auftaucht und direkt danach wieder unter Wasser gerissen wird. Als würde jemand an seinem Bein ziehen. Er könnte auch einen Wadenkrampf haben oder was weiß ich. Mehr Beweise brauche ich nicht.

»Da, habt ihr es gesehen?«

Mit aufgerissenen Augen nickt Alegria. Wenigstens bin ich nicht allein mit meiner Beobachtung.

»Wir müssen Hilfe holen, da stimmt etwas nicht«, sagt Alegria.

Noah starrt mich ausdruckslos an. Als hätte er sich gerade vor mir verschlossen, dabei hat er sich noch nicht einmal geöffnet. Es fühlt sich an, als würde er mich zurückstoßen. Nach einem Blick auf das offene Meer setzt er sogar eine Miene auf, die ich als feixend bezeichnen würde, mit einem Schuss Arroganz.

»Das bezweifle ich. Atlan ist schon zurück am Strand, siehst du ihn nicht?«

Er deutet auf jemanden, der aus dem Wasser kommt. In meinem Bauch spüre ich die Wut darüber, dass er mich nicht ernst nimmt. Ich kann durchaus erkennen, dass das nicht Atlan ist.

»Gut, du willst ihn nicht retten, kein Problem«, zische ich.

»Ich habe jemanden gesehen und egal wer es ist, wir müssen ihm helfen.« Erleichtert, dass Alegria bei mir ist, nicke ich ihr zu und wir rennen aus dem Wasser direkt auf die Strandwacht zu.

Keuchend kommen wir bei den zwei Herren an, die rote Badeshorts tragen.

Als sie uns bemerken, springen sie von ihren Stühlen auf und schnappen sich ihre Ausrüstungen.

»Ist etwas passiert?«, fragt der mit der Glatze.

»Wir waren zu dritt schwimmen, aber sind nur zu zweit zurückgekommen. Atlan ist noch draußen und hat eindeutig Probleme.« Ich deute auf die Stelle, wo ich ihn das letzte Mal gesehen habe.

Die beiden überlegen keine Sekunde. Während einer zurückbleibt, sprintet der andere mit uns wieder los Richtung Meer.

»Zeigt mir genau, wo«, fordert er.

»Ich komme mit.«

Er schaut mich einen Augenblick an und schüttelt den Kopf. »Zeig mir, wo. Ich bin schneller im Schwimmen.«

Da wir keine Zeit haben, darüber zu diskutieren, zeige ich noch mal auf die Stelle, wo ich Atlan zuletzt gesehen habe.

Der Rettungsschwimmer stürzt sich in die Wellen. Die Leute am Strand haben den Aufruhr mitbekommen und langsam versammelt sich eine Traube neugieriger Menschen.

Noah steht immer noch im Wasser und beobachtet, wie sich wenig später auch der zweite Rettungsschwimmer ins Meer stürzt. Weitere kräftige Männer schließen sich an und folgen ihm. Mein Körper kribbelt.

»Wir sollten helfen«, sage ich und trete von einem Fuß auf den anderen. Dabei schlage ich kleine Wellen.

»Lass das die erfahrenen Männer machen, sie finden ihn sicher.« Alegria ist gewohnt ruhig und ihre Miene sieht entspannt aus, während sie mit mir auf das offene Meer schaut.

Die Männer suchen und suchen weiter, doch niemand scheint etwas zu finden.

Noah schlendert zu uns und atmet tief durch.

»Wie ich euch sagte, Atlan ist bereits am Strand. Sie werden nichts finden.«

»Und wo ist er dann?«, frage ich.

»Mit Dax und Kelvin unterwegs?«, antwortet er und zuckt mit den Schultern.

Dann grinst er Alegria breit an und hält ihr eine Hand hin.

»Ich bin Noah.«

Meine Freundin ist perplex und ergreift sie, dabei starrt sie Noah an, als wäre er einer ihrer Versuche. Gespannt und fasziniert von dem Wunder der Wissenschaft.

»Alegria, eine Freundin von Mayla.«

»Na dann, Alegria, was hältst du davon, wenn wir etwas essen gehen?«

Ich mache ein schnaubendes Geräusch und verschränke die Arme vor der Brust. Alegria wird jetzt doch nicht gehen, während der gesamte Strand nach Atlan sucht.

»Klar, gern.«

Oder doch. Mir fällt die Kinnlade herunter, als sie ihm aus dem Wasser folgt. Meine Freundin Alegria, die sich sonst über meine Suche nach der großen Liebe lustig macht und meint, sie sei nur eine chemische Reaktion, geht gerade mit einem fremden Jungen essen. Das habe ich noch nie gesehen.

»Kommst du mit, Mayla?« Noah hat sich noch einmal umgedreht und strahlt mich mit seinem sonnigen Lachen an. Doch ich lasse mich davon nicht beirren und merke, wie ich automatisch mein Gesicht zu einer Grimasse verziehe.

»Nein, ich warte lieber, bis dein Freund gerettet ist.«

»Er ist am Strand, mach dir keine Sorgen.« Und damit geht er einfach mit Alegria.

Ich bin fassungslos.

Noch fassungsloser bin ich allerdings, dass keiner nach langer Suche etwas gefunden hat. Trotz aller Ansagen habe ich mich selbst umgesehen, aber auch nichts gefunden. Nass und erschöpft versammelt sich die Gruppe der Suchenden vor der Strandwache, Noah und Alegria stehen bei ihnen. Mit einem tiefen Seufzer schwimme ich zum Strand zurück und steuere auf die Menschentraube zu.

Beim Näherkommen entdecke ich auch Dax, der mit uns im Meer war. Er steht neben Noah und seine Miene ist ausdruckslos, wenn nicht sogar grimmig.

»Und dein Freund ist mit dir zurück an den Strand geschwommen? So wie Noah sagt?« Der Rettungsschwimmer, der scheinbar der Teamchef ist, mustert Dax kritisch. Er hat die Stirn in Falten gelegt und abwehrend die Arme vor der Brust verschränkt.

»Ja, das stimmt.« Dax macht seinem Gegenüber die Haltung nach, dabei sieht er deutlich bedrohlicher aus als der Rettungsschwimmer. Seine Muskulatur ist angespannt und sein Kiefer verhärtet. »Wir sind vorhin gemeinsam zurück zum Strand und wollten etwas essen. Atlan ist bereits nach Hause gegangen, wir wussten ja nichts von dem Aufruhr.«

Wow, selten klang eine Aussage in meinen Ohren so abfällig wie die von Daxton. Selbst Celia kam bisher nicht an ihn heran.

Als ich die Unterhaltung höre, staut sich in mir eine ungemeine Wut an, während sich ganz leise ein Stimmchen in mir regt und die ersten Zweifel an meiner Zurechnungsfähigkeit äußert.

Unauffällig stelle ich mich neben Alegria und beuge mich zu ihr rüber.

»Du hast ihn doch auch gesehen, oder?«, wispere ich in der Hoffnung, keine Aufmerksamkeit zu erregen.

»Ich weiß nicht mehr, was ich genau gesehen habe.« Sie spricht genauso leise wie ich, aber hat ihren analytischen Ton angeschlagen und streicht sich eine braune Haarsträhne aus dem Gesicht. »Aber die Jungs werden das nicht zum Spaß behaupten, wenn Atlan ihr Freund ist.«

Einerseits ärgere ich mich über Alegria, weiß anderseits aber, was sie meint. Von ihrer Schlussfolgerung werde ich sie auch nicht abbringen können.

Einige der Helfer werfen mir feindselige Blicke zu, die mich direkt ins Mark treffen, sodass ich schlucken muss.

Ich bleibe dabei, wir sind ohne Atlan zum Strand zurückgeschwommen und er ist verschwunden. Aber hier stehen wir, zwei Jungs, die das Gegenteil behaupten, Alegria, die sich nicht mehr sicher ist, und ich.

In was bin ich hier nur reingeraten? Es ist mir so unangenehm, dass ich von einem Bein aufs andere trete. Im Moment wünsche ich mir nur, dass der Sand mich verschluckt und nicht mehr freigibt, sodass ich diesem Gefühl entkommen kann. Ich bin keine Lügnerin. Aber hier stehe ich und werde als solche verurteilt.

Der Chef lässt die verschränkten Arme sinken und kommt auf mich zu. Ich drücke meinen Rücken durch, um mich unter seinem Blick nicht kleiner zu machen. Denn auch jetzt bin ich der Meinung, dass ich nichts falsch gemacht habe. Ich glaube an das, was ich sah.

»Na ja«, sagt er und atmet hörbar aus. »Wenigstens ist ein falscher Alarm immer noch besser, als wenn etwas passiert und niemand reagiert.«

Die Anspannung in meinem Körper lässt ein wenig nach.

»Vielleicht hast du dich wirklich getäuscht. Wenn noch etwas sein sollte, weißt du ja, wo wir sind.«

»Danke«, bringe ich hervor und möchte am liebsten jedem beweisen, dass ich mich nicht geirrt habe. Aber die zündende Idee fehlt mir, denn ich habe selbst das Meer abgesucht und kein Lebenszeichen gefunden.

»Schon gut.« Damit wendet er sich von mir ab und stapft zu seinem Posten, genauso wie die freiwilligen Helfer zu ihren Familien gehen.

Zurück bleiben Dax, Noah, Alegria und ich. Wobei mich Dax mit wachsamen Augen mustert.

»Was war das denn für eine abgedrehte Aktion?«, fragt er mich, seine abwehrende Haltung nicht aufgebend.

Nur mit Mühe beiße ich die Zähne aufeinander, um nichts zu sagen, was mir hinterher leidtun könnte.

Alegria umfasst meine Hand, die ich unwillkürlich zur Faust geballt habe.

Ich sehe in ihren Augen, wie sie versucht mir etwas mitzuteilen. Leider verfüge ich nicht über die Sensibilität von Lucia, um zu verstehen, was es ist. Deshalb fixiere ich wieder Noah und Daxton vor mir.

»Ihr beide wisst ganz genau, dass Atlan nicht mit dir rausgeschwommen ist. Was auch immer ihr verheimlicht, ich werde es herausfinden.«

»Sagt die Verrückte, die einen gesamten Strand in Panik versetzt für nichts und wieder nichts.«

Innerlich zittere ich vor Wut und spüre eindeutig den Drang, auf Dax loszugehen. Nur seine Größe und Statur halten mich davon ab, weshalb ich es bei einem verächtlichen Schnauben belasse. Plötzlich schiebt sich ein strahlendes Gesicht zwischen uns beide.

Noah hat eine Hand an Dax' Brust gelegt und drückt ihn ein wenig zurück, während er meinen Blick sucht. »Na, wir konnten doch alles klären. Also würde ich vorschlagen, wir verbringen noch einen schönen Tag am Strand.«

Ungläubig mustere ich Noah, der mich so breit anstrahlt, als würde er mit der Sonne in Konkurrenz stehen. Dieser perfekte Unschuldsengel – pah! Nicht mit mir. Da er mir so nah ist, erkenne ich eine gezackte Narbe an der einen Seite seines Kopfes. Das würde auch erklären, warum seine blonden Haare so verstrubbelt aussehen. Sie macht eine anständige Frisur scheinbar unmöglich.

Alegria, die immer noch meine Hand hält, zieht an ihr.

»Wir sollten zurück ins Hotel gehen und unsere Sonnencreme auffrischen, dann können wir uns gern noch mal treffen«, schlägt sie diplomatisch vor.

Ihre versöhnlichen Versuche ändern nichts daran, dass Dax und Noah in mir das Bedürfnis wecken, ihnen an die Kehle zu springen. Sie haben mich vor dem kompletten Strand lächerlich gemacht mit ihren Lügen und ihr Freund Atlan scheint ihnen egal zu sein. Ihm könnte sonst etwas auf dem offenen Meer passiert sein.

Ich gebe Alegrias Ziehen nach und gehe einen Schritt von den Männern weg, sie wirft ihnen noch ein Grinsen zu. »Ich würde mich jedenfalls sehr freuen euch nachher wiederzusehen.«

Ihre Aussage bringt mich völlig aus dem Konzept. Alegria interessiert sich nicht für Jungs. Hat sie bisher noch nie. Wenn wir weggehen, um zu feiern, lässt sie alle Kerle abblitzen und tanzt ausschließlich mit ihren Freundinnen. Bei jeglichen Gesprächen über das andere Geschlecht verdreht sie nur die Augen und vergräbt mit Vorliebe ihre Nase in ein Buch.

»Dann bis später«, ruft Noah uns hinterher, während Alegria mich zur Treppe zum Hotel schiebt.

»Was war das denn?«, zische ich und lasse mich widerwillig über den Parkplatz in die Lobby führen. Wobei ich dabei eher tänzle, da der Asphalt von der Sonne aufgekocht ist, und meine Schuhe mit meinen anderen Sachen noch im Sand liegen. Doch zurückzugehen ist für mich keine Option. Mit sandigen Füßen trete ich in den Empfangsbereich unseres Hotels und der Steinboden ist angenehm kalt unter meinen Fußsohlen. Sofort umfängt uns kühlere Luft aus den Klimaanlagen und der Lärm vom Strand verebbt hinter der Glastür. Die Lobby ist bis auf ein paar Angestellte leer und ich komme mir mit meinen sandigen Füßen und den tropfenden Haaren blöd vor. Ich schüttle mich, um all diese negativen Gefühle von mir zu schieben. Wir durchqueren den Raum nur begleitet von dem platschenden Geräusch meiner Füße und gehen durch eine zweite Glastür direkt auf die Poollandschaft zu. Wir passieren einige Familien und den Babypool, bis wir zu drei Liegen kommen, wo Lucia entspannt ein paar Fotos auf dem Display der Kamera sichtet.

Bei unserer Ankunft schiebt sie ihre Sonnenbrille nach oben und setzt sich auf. Seufzend stellt sie ihren Schatz auf den Beistelltisch neben ihrer Liege und rutscht an den Rand von dieser. Besorgt sieht sie zwischen ihrer Kamera und meinem nassen Körper hin und her. In der Mitte meiner Füße verdunkeln Wassertropfen aus dem Bikini den warmen Steinboden. Ich spüre, wie mir das Salzwasser aus der Spitze meines Zopfes den Rücken hinunterläuft. Mein Herz schlägt unverändert schnell in meiner Brust, noch immer bin ich wütend über die gesamte Situation.

»Wo sind deine Schuhe? Und hattest du nicht mal ein Kleid dabei?« Lucias kritischer Blick fällt auf meine tropfenden Haare und sie legt bedacht ein Handtuch über ihre Kamera. Ich habe ihr gesagt, dass ein wasserdichtes Modell für Gran Canaria praktischer wäre. Doch sie wollte unbedingt dieses Exemplar und hat monatelang darauf gespart.

»Noch am Strand.«

Ich verschränke die Arme vor der Brust, wobei sich ein Schwall Meerwasser aus meinem sportlichen Bikinioberteil über meine Füße ergießt.

Alegria setzt sich auf die zweite Liege, ehe sie mir ein Handtuch reicht. Wollte sie mir nicht eins zum Strand bringen? Ich schlinge es provisorisch um meinen Körper und setze mich zu ihr.

»Was ist denn passiert?« Lucia mustert uns skeptisch.

Während Alegria recht verträumt aussieht, spüre ich deutlich, dass meine Gesichtszüge verhärtet sind und zwischen meinen Augenbrauen eine Falte ist.

»Mayla dachte, dass Atlan am Ertrinken war, dabei ist er bereits vor einiger Zeit mit seinem Freund Dax zum Strand geschwommen. Das hat Noah auch gesagt.«

»Du hast die Person im Wasser doch auch gesehen.«

Alegria zuckt mit den Schultern. »Ich weiß nicht mehr, was ich gesehen habe. Vielleicht war es auch nur ein Gegenstand im Meer.« Sie angelt aus der Strandtasche, die auf dem Boden zwischen zwei Liegen steht, die Sonnencreme und ein Zopfgummi. Ihre langen glatten Haare bindet sie nach oben zu einem Dutt und beginnt sich sorgfältig einzucremen. Währenddessen erzählt sie noch mal genau, was am Strand passiert ist, wie alle in Panik geraten sind und über eine Stunde das Meer abgesucht haben. Ich starre nur auf den Pool und beobachte Kinder, wie sie sich gegenseitig ins Wasser schubsen. Dabei vergrabe ich mich immer tiefer in das Handtuch, weil es mir unangenehm ist, aber der Gedanke, dass hier etwas gewaltig nicht stimmt, mich gleichzeitig nicht loslässt.

Geistesabwesend kaue ich auf dem Handtuch herum, bevor ich bemerke, dass es dem Hotel gehört. Schnell lasse ich es sinken.

»Das war also vorhin am Strand los«, schließt Lucia Alegrias Ausführungen.

»Ich weiß doch, was ich gesehen habe«, murmle ich und mittlerweile höre selbst ich, dass ich wie ein trotziges Kleinkind klinge. Widerwillig mache ich den Mund zu und beiße auf meiner Unterlippe herum.

Die Wut ist inzwischen verraucht und hat Sorge Platz gemacht, genauso wie Neugierde. Sicher bin ich hier auf etwas gestoßen. Etwas Einzigartiges. Ein Abenteuer, das nach mir ruft.

»Ach, hier steckst du, Alegria.« Celias Stimme durchbricht die Stille zwischen uns dreien. Sie sieht aus wie aus dem Ei gepellt mit ihrem Sonnenhut und dem knappen Bikini. Nur ein lockeres Strandtuch hat sie um ihre schmalen Hüften geschlungen. Sie ist mit drei anderen Cheerleadern unterwegs, die alle stehen bleiben und auf unsere kleinere Gruppe schauen.

»Kommst du mit zum Strand?«, fragt sie. Alegria sieht Lucia und mich fragend an. Ich mache nur eine wegwerfende Handbewegung, während Lucia ihr lächelnd zunickt.

»Dann könntest du nach meinen Schuhen und dem Kleid schauen«, sage ich und reibe mir den trocknenden Sand von den Füßen.

»Mach ich.« Alegria drückt mir einen Kuss auf die Wange und dreht sich dann zu ihren Kolleginnen.

»Klar, ich komme.« Sie steht auf und winkt uns zum Abschied zu, während sie zu ihrer Freundin läuft. »Ich habe jemanden am Strand kennengelernt ...«, höre ich nur noch und dann ein Kichern. Das macht Alegria äußerst selten und so langsam habe ich eine Vermutung, woher dieses Verhalten rührt.

Lucia schweigt immer noch, aber sie hat diesen wissenden Blick aufgesetzt, dann schultert sie unsere Strandtasche und erhebt sich ebenfalls. Auffordernd schaut sie mich an und ich mache es ihr gleich. Wir schlendern zur Bar, wo sie zwei Wasserflaschen bestellt. Kritisch beäuge ich die Plastikflaschen, aber sage nichts dazu. Es wäre so viel umweltfreundlicher, wenn sie einfach Glasflaschen nehmen würden. Natürlich ist mir die Gefahr hier am Pool bewusst, da die Flaschen zerbrechen können. Begeistern tut es mich trotzdem nicht. Bewaffnet mit Wasser führt mich Lucia zu einem Fahrstuhl. Noch immer schweigen wir und ich folge ihr. Der Schacht befindet sich direkt an der Felswand und besteht aus Glas. Sie drückt auf den Knopf für das oberste Stockwerk. Es ist schon atemberaubend, dass wir von hier über die verschiedenen Etagen des Hotels schauen können.

Staunend steige ich auf der obersten Ebene aus. Vor uns erstreckt sich ein Infinitypool. So etwas habe ich noch nicht gesehen und er beeindruckt mich. Für die Plattform wurde viel von den Felswänden weggeklopft, damit eine gerade Ebene entstehen konnte. Die wenigen Liegen sind alle belegt von Strandsachen, aber nur ein älteres Paar liegt in der Sonne. Ansonsten sind wir allein.

»Das habe ich vorhin gefunden und wollte es dir unbedingt zeigen«, sagt

Lucia und geht mit mir an den Rand der Plattform. Das Geländer besteht vollständig aus Glas, sodass man auch vom Pool einen uneingeschränkten Blick über die Landschaft hat.

»Das ist wirklich faszinierend.«

»Und jetzt sag mir, was los ist.« Lucias Stimme ist sanft wie immer und sie sieht mich nicht direkt an, sondern lässt ihren Blick eher über das Meer gleiten. Die Aussicht von hier oben ist berauschend und ich nehme mir einen Augenblick Zeit, meine Gedanken zu sortieren. Meine Freundin schraubt ihre Wasserflasche auf und nimmt einen großen Schluck, bevor sie weiterspricht. »Ich meine, du machst viele verrückte Aktionen für die Liebe, aber es ist neu, dass du einen kompletten Strand in Aufruhr versetzt.« Dabei grinst sie mich verschmitzt an, was ich nur erwidern kann.

»Das war nicht für die Liebe. Ich bin felsenfest davon überzeugt, dass ich gesehen habe, wie Atlan untergegangen ist. Noah und Atlan haben sich komisch verhalten. Außerdem ist es kurz vorher so merkwürdig kalt an meinen Beinen geworden.«

Lucia hört mir aufmerksam zu, ohne mich zu bewerten, sie schaut mich einfach nur von der Seite an und lässt mich erzählen.

»Da stimmt etwas nicht, Lucia. Noah wollte unbedingt zurück zum Strand und Atlan ist nicht mit uns geschwommen. Egal was die anderen sagen, genauso war es.«

Ich spüre die Hand von Lucia auf meinem Arm.

Diese kleine Geste bestärkt mich darin weiterzuerzählen. Lucia ist meine beste Freundin. Ich teile alle Geheimnisse und Gedanken mit ihr sowie sie mit mir. Sie kennt mich in- und auswendig.

»Da geht irgendetwas ganz Merkwürdiges vor sich. Ich spüre es.«

»Oho«, macht Lucia und sieht mich kopfschüttelnd an.

»Was denn?«

»Ach, ich weiß nur, dass jetzt wieder deine Rede kommt. Aber ich höre sie mir auch gern zum hundertsten Mal an, also lass dich nicht aufhalten.«

Ich stupse sie in die Hüfte, worauf sie einen Schritt zur Seite macht und auf einen kleinen Tisch mit zwei Plastikstühlen zusteuert. Er steht abgeschieden am Rand des Pools und ist gut verborgen von den großen Blättern des Dickichts, das die Plattform umringt.

»Ich habe die besten Voraussetzungen, dass etwas Besonderes mit mir geschieht. Erstens: Ich bin Waise und kenne meine Eltern nicht.« Mithilfe meiner Hand zähle ich die Punkte ab. Beim ersten Mal strecke ich meine Daumen in die Höhe, danach folgt mein Zeigefinger.

»Zweitens: Ich wurde ausgesetzt. Das muss doch etwas bedeuten. Drittens: Ich setze mich für den Umweltschutz ein. Vielleicht vertuschen sie einen Umweltskandal, dem ich auf der Spur bin.« Ich lasse die Hand sinken und beginne zu flüstern. »Aber Atlan und ich verlieben uns und dann weiß er nicht, was er tun soll. Schließlich muss er die Aufdeckung des Skandals verhindern, aber gleichzeitig ist die Liebe zu mir so unfassbar stark.«

»Du spinnst«, meint Lucia prustend und schnippt mir mit dem Zeigefinger gegen die Stirn. »So viel Fantasie wie du hätte ich auch gern. Ich wusste gar nicht, dass wir bereits von der großen Liebe zwischen dir und Atlan sprechen.«

Ich weiß, dass sie mich aufzieht, und dazu hat sie auch jedes Recht. Wesentlicher entspannter als zuvor lehne ich mich auf dem Stuhl zurück.

»Aber es wäre eine gute Geschichte«, schließe ich mein Plädoyer ab.

»Du bist keine Superheldin, Mayla. Wir führen ein durchschnittliches Leben. Ja, du bist Waise, du wurdest ausgesetzt und wir hatten keine leichte Zeit. Aber«, sie sieht mich voller Liebe an und mit einem Lächeln, das mir durch Mark und Bein geht, »wir haben uns. Und ich mag unser durchschnittliches Leben. Der Streit zwischen Celia und dir reicht mir als Drama völlig.«

Ich kenne Lucias Ansicht dazu. Sie hat nie mehr oder weniger gewollt, sondern findet ihr Leben genau so richtig und lebenswert, wie es ist. Zu gern liegt sie tagelang im Bett, schaut Serien oder läuft durch die Stadt, um ein paar Fotos zu machen. Doch ich bin nicht so. Schon als Kind war mir klar, dass ich nur einmal lebe, weshalb ich jeden Tag genieße und nach etwas suche, das mein Leben unvergesslich macht.

»Es liegt an uns, jeden Tag besonders zu machen«, sage ich und wende mich wieder der Aussicht zu, wobei ich mich auf dem Stuhl herumdrehen muss. Ein kleines Insekt fliegt an uns vorbei und landet auf dem Tisch.

»Weißt du, die meisten Eintagsfliegen haben nur einen einzigen Tag zu leben. Stell dir mal vor, wenn du nur einen Tag hättest, würdest du nicht alles geben, um ihn zum besten aller Zeiten zu machen?« Ich lege den Kopf schief, um jede Veränderung in Lucias Gesicht wahrzunehmen. Nach einer bedeutungsvollen Pause verfolge ich mit den Augen das kleine Wesen auf dem Tisch, das die Flügel ausbreitet und davonfliegt. Der Wind frischt auf und bläst mir direkt ins Gesicht. »Wir haben nur dieses eine Leben und ich werde jeden Augenblick auskosten.«

Kapitel 6

Positives Nummer 6: Heute ist ein neuer Tag

Hoch oben auf der Klippe habe ich eine hervorragende Sicht auf das Hotel der Mädchen. Ich beobachte Mayla und eine ihrer Freundinnen auf der Plattform, wie sie auf das Tal hinunterschauen. Ich kann sie schemenhaft erkennen, die Bucht ist zu breit, um Einzelheiten auszumachen. Der Wind hat nachgelassen und nur ein laues Lüftchen pustet mir meine längeren Haare ins Gesicht. Mit einer fließenden Bewegung streiche ich sie mir hinter die Ohren.

Noahs fröhliche Stimme dringt an mein Ohr und wo Noah ist, sind Dax und Kelvin bestimmt nicht weit.

»Was für ein Tag.« In den meisten Augenblicken schwingt ein Lachen in Noahs Worten mit, weshalb ich meine Zeit unglaublich gern mit ihm verbringe. Offen kann ich das nicht zeigen, denn ich bin immer noch für die Jungs verantwortlich. Niemand soll mir vorwerfen können, dass ich einen Liebling habe und meine Pflicht vernachlässigen könnte.

»Ist bei dir alles glattgegangen, Atlan? Konntest du sie ausmerzen?« Daxton lässt sich links neben mich nieder und mustert meinen Arm. Es ist nur eine kleine Schramme von der Auseinandersetzung zurückgeblieben. Ich habe mich gut geschlagen, dennoch lege ich eine Hand auf die Wunde, damit der Rest sie nicht sieht. Ich war einen Augenblick unaufmerksam.

Auf seine Frage hin nicke ich.

»Konntet ihr die Leute am Strand beruhigen?«, frage ich, den Blick starr auf die beiden Mädchen geheftet. Ich kann sie einfach nicht aus den Augen lassen. Mayla hat etwas an sich, das mich verwirrt und meine Sinne verschwimmen lässt. Es ärgert mich und macht mich gleichzeitig neugierig.

Noah setzt sich rechts neben mich auf die Klippe und lässt die Beine baumeln. Kelvin geht hinter uns in die Hocke und tippt auf seinem Handy herum. Mit einem Schmunzeln registriere ich, dass Noah sich ein Wassereis geholt hat und es voller Hingabe schleckt. Manchmal benimmt er sich, als wäre er immer noch zehn Jahre alt.

»Ja.« Dax seufzt schwer. Mit hochgezogenen Augenbrauen wende ich mich ihm zu und stoße ihn leicht mit der Schulter an, damit er sich erklärt.

»Mayla hat nicht so richtig lockergelassen, du hast einem Mädchen mal wieder den Kopf verdreht. Sie wollte sich nicht abbringen lassen und wäre mir am liebsten an die Gurgel gegangen.«

Kelvin steckt sein Handy in die weite Badeshorts und kaut auf einem Holzstiel herum. Scheinbar ein Überbleibsel von seinem Wassereis, warum hat mir eigentlich niemand eines mitgebracht?

»Schon wieder?«, fragt Kelvin feixend und setzt sich ebenfalls in das trockene Gras. Egal wohin unsere Mission uns verschlägt, die weibliche Bevölkerung kann durchaus anhänglich werden. Ich ertappe mich dabei, dass es mich dieses Mal nicht so sehr stört.

»Mit Haut und Haaren«, stimmt Noah zu und ich versuche mich eher auf das nervöse Wackeln seiner Beine zu fokussieren als auf seine Worte. Wenn Noah nur etwas ruhiger wäre, könnte er gewiss in den Rängen noch viel weiter aufsteigen. Darüber haben wir oft miteinander gesprochen, doch Noah zuckt jedes Mal mit den Schultern und sagt, ihm reiche es völlig, an meiner Seite zu sein. Vielleicht auch nicht schlecht, er würde mir sehr fehlen.

»An Maylas Verhalten warst du aber selbst schuld, Dax. Du hättest ein bisschen netter zu ihr sein können«, sagt Noah.

Dax lehnt sich nach vorn, um an mir vorbeizuschauen und seine Worte an Noah zu richten. »Auf dich war sie nach der Aktion auch nicht besonders gut zu sprechen.«

»Das ist korrekt, aber meinem Charme wird sie nicht mehr lange widerstehen können.«

Ich deute auf die Hand von Noah, wo bereits kleine Rinnsale hinunterlaufen.

»Dein Eis tropft, du Charmeur.«

»O Mist.« Schnell versucht Noah das Schlimmste zu verhindern und nimmt den Rest vom Eis in den Mund. »Kaaaaalt.« Noah atmet mit offenem Mund, was mich nur grinsend den Kopf schütteln lässt.

Ich wende mich wieder Dax zu und ignoriere die merkwürdigen Geräusche aus Noahs Richtung. Er wird schon nicht dran sterben.

»Meinst du, es ist normale Verliebtheit?«, frage ich und könnte mich im selben Moment dafür ohrfeigen.

Dax macht zu Recht eine überraschte Miene und antwortet langsamer als zuvor. »Ja, denke schon.« Er lehnt sich zurück und stützt sich auf seinen Händen ab. Betont gelangweilt fährt Dax fort. »Wieso fragst du?«

Ich weiß genau, dass er auf eine ungewöhnliche Reaktion von mir lauert, damit er mich wieder Ewigkeiten aufziehen kann. Aber noch einmal wird mir so etwas nicht passieren.

»Könnte ja sein, dass sie es ist und immun gegen unsere Kräfte ist, nachdem sie euch so angefahren hat«, sage ich beiläufig. Das aufkommende Schweigen zwingt mich dazu hinzuzufügen: »Ich denke hier nur an unsere Mission.«

Mit Absicht verleihe ich meiner Stimme die autoritäre Note und unterbinde damit Widerworte. Nur den stillen Blick zwischen Kelvin und Dax kann ich nicht verhindern, wobei Kelvin mit den Schultern zuckt.

»Von mir hat sie sich jedenfalls nicht einwickeln lassen«, sagt Noah, der mittlerweile nur noch den Holzstiel im Mund hat und darauf herumkaut.

»Das kann natürlich auch an dir liegen«, sagt Kelvin glucksend.

Noah streckt Kelvin die Zunge raus.

»Oder sie ist einfach schon auf Atlan geprägt. Ihre Freundin Alegria hat sich überzeugen lassen, dass Atlan bereits mit Dax zurückgeschwommen ist.«

Ich drehe mich zu den Jungs herum, damit ich sie alle im Blick behalten kann.

»Schmollst du gerade?« Kelvin rupft ein paar Grashalme vor sich aus und wirft Noah feixende Blicke zu.

»Ich meine ja nur … Endlich haben wir mal eine interessante Person gefunden und dann kleben ihre Augen an Atlan.« Wild gestikuliert Noah mit den Händen und deutet auf die zwei Mädchen, die sich in der Ferne vom Rand der Plattform entfernen und unter dem Blätterdach des Gestrüpps verschwinden.

Noahs Aussage stößt mir sauer auf. Meine Gene haben es zu gut mit mir gemeint. Egal wohin ich gehe, das Interesse der weiblichen Bevölkerung folgt mir, dabei kann ich mir nie sicher sein, ob die Mädchen einfach nicht anders können oder ob es echte Gefühle sind. Ganz davon abgesehen davon, dass ich nichts mit einem Menschen anfangen würde.

»Jedenfalls behalten wir sie auf dem Radar. Das ist ein ganzer Haufen Mädchen, ich wette, sie ist unter ihnen«, schließe ich das Gespräch ab. »Kelvin und Dax, ihr könnt schon mal wieder runter zum Strand und dort die restlichen unter die Lupe nehmen.«

Meine beiden Gefährten stehen auf und lassen Noah und mich allein.

Einen Moment schweigen wir. Noah legt den Kopf in den Nacken und betrachtet die vorbeiziehenden Wolken.

»Ich finde Mayla wirklich faszinierend. Sie strahlt so eine Lebensfreude aus.«

Ich nicke und atme einmal tief durch. »Sie ist vermutlich ein ganz normales Mädchen, also weißt du, was das bedeutet.«

»Aber gegen Gefühle kann man nichts machen.«

Ich schlage eine kühlere Stimmlage an. Das mache ich äußerst selten und nur, wenn ich meinen Gefährten zeigen muss, dass immer noch ich der Chef bin.

»Noah, es ist verboten, sich in Menschen zu verlieben. Damit hat diese gesamte Fehde doch überhaupt erst angefangen.« Dass ich ausgerechnet Noah daran erinnern muss, geht mir gegen den Strich. Gerade er sollte das besser im Gedächtnis haben als jeder andere. Seine Familie hat schließlich am meisten unter den Auswirkungen gelitten. Ein Schatten zieht über Noahs sonst so fröhliches Gesicht und dennoch schweift sein Blick zurück zur Plattform.

Ich balle die linke Hand zur Faust, sodass es Noah nicht sieht.

»Hiermit verbiete ich dir den Kontakt zu Mayla.«

Noahs Züge verkrampfen sich, ehe er aufsteht. Ein Windstoß geht durch seine Haare und legt die Narbe frei, die mir für einen Moment die Luft zum Atmen raubt. Zwar hat Noah mir schon oft gesagt, dass er stolz auf die Narbe sei, aber das beklemmende Gefühl will nicht verschwinden.

»Zu Befehl, Kommandant.« Dann stampft er davon und lässt mich allein zurück.

Der Wind frischt wieder auf und bläst mir direkt ins Gesicht. Ich schaue noch mal zum Hotel und bin mir einen Augenblick nicht so sicher, ob ich selbst auch die Regeln verstanden habe. Denn es wäre eine so schöne Geschichte. Ich, der Kommandant, und sie, die Prinzessin, gemeinsam stellen wir uns allen Widrigkeiten. Sie wäre immun gegen meine Kräfte und die Gefühle echt. Ja, diese Geschichte würde mir gefallen. Aber wie kann ich etwas tun, was ich Sekunden zuvor meinem besten Freund verboten habe?

»So sind die Regeln der Königin«, wispere ich, doch niemand außer dem Wind hört mich.

***

Ein neuer Tag bricht an und mich weckt dieses Mal nicht das helle Licht, sondern Lucias Schnarchen. Wie kann eine so zierliche Person solche Geräusche von sich geben? Ich muss grinsen, als sich Lucia herumdreht und grunzende Laute macht.

Langsam strecke ich mich im Bett und nehme die ersten Sonnenstrahlen wahr. Wie in Barcelona ist es ein faszinierendes Naturschauspiel.

»Dann wollen wir mal.« Ich schwinge meine Beine aus dem Bett und schnappe mir mein heutiges Outfit, das ich gestern schon bereitgelegt habe. Auch heute wird ein grandioser Tag, ich werde den Jungs auf den Zahn fühlen, was gestern los war.

Den kompletten Nachmittag hat mich Noah ignoriert und lieber Zeit mit Alegria und den Cheerleadern verbracht. Auch Kelvin und Daxton waren da und haben sich unserer Urlaubsgruppe angeschlossen. Ich gebe zu, dass ich Kelvin sehr unterhaltsam finde, aber die Blicke von Daxton nerven mich.

Am Abend wollte Celia noch mit mir diskutieren, aber ich habe lieber mit ein paar anderen Mädchen Karten gespielt und sie einfach links liegen gelassen.

Meine Schuhe hat mir Alegria Gott sei Dank wieder mitgebracht. Ich habe nur zwei Paar dabei und bin gerade im Sand auf die Flipflops angewiesen.

Mit einem gesummten Lied auf den Lippen mache ich mich auf den Weg zum Strand. Das morgendliche Schwimmen kann mir niemand nehmen. Wenn das Meer noch komplett unberührt daliegt, ist es am besten. Die Kälte kostet zu Beginn ein wenig Überwindung, aber in all den Jahren hat es mein Immunsystem gestärkt.

Die ersten Angestellten machen sich bereits im Frühstücksraum zu schaffen, in den ich hineinhusche und mir eine Banane für den Weg stibitze.

Meine braunen Locken habe ich heute nicht in einem Zopf gebändigt, sondern lasse sie einfach wild und ungekämmt herunterhängen.

Die Anlage des Hotels gefällt mir jeden Tag besser. Alles ist sauber und offen angelegt, sodass man sich die meiste Zeit draußen aufhalten kann. Die wenigen Räume wie die Lobby, die Bar und der Speisesaal sind in separaten kleinen Häusern untergebracht. Viele Sitzmöglichkeiten befinden sich jedoch unter freiem Himmel, wo wir meist essen und zusammensitzen.

Ich überwinde die kleine Treppe mit den Schuhen in der Hand und vergrabe meine Füße in dem schwarzen Sand. Dieses Mal habe ich an ein Handtuch gedacht und lege es auf einen etwas größeren Felsen zusammen mit meiner Kleidung.

Die Rettungsschwimmer kommen gerade an ihrem Posten an und langsam öffnen die ersten Imbissbuden. Stimmengewirr dringt an meine Ohren.

Schnurstracks gehe ich ins Meer und muss mich nur einen Augenblick an die Kälte des klaren Wassers gewöhnen. Jeder Schritt wirbelt den Sand unter meinen Füßen auf. In kleinen Wolken steigt er auf und legt sich an anderer Stelle hin. Im ersten Moment fühle ich mich wie ein Eindringling, den das Meer wieder hinausspülen will. Wie es der Ozean damals mit Alegria gemacht hat, als wir uns auf dem Rücken stocksteif an der Oberfläche haben treiben lassen. Die Wellen trugen sie immer weiter Richtung Strand, während mein Körper zur offenen See wanderte.

Nach einigen Sekunden im Wasser erfasst mich das altbekannte Kribbeln. Ein Strahlen breitet sich über meinem Gesicht aus und erfüllt meine Glieder mit Freude und Spannung. Unter den Sohlen spüre ich die Erhebungen des Sandes. Ich drücke mich ab und stürze kopfüber in die Wellen. Von einer Sekunde auf die andere wiege ich nichts mehr und fühle mich befreit. Die lauten Stimmen der Fremden verstummen. Meine sonst so widerspenstigen Haare liegen geschmeidig am Kopf an. Mit jedem Schwimmzug treibe ich meinen Körper weiter voran.

Prustend tauche ich auf und werfe einen Blick zurück zum Strand. Ich bin ziemlich weit rausgeschwommen, sodass ich nicht mehr stehen kann und meine Beine vor und zurück schwingen muss, um mich über Wasser zu halten.

Die Sonne steigt immer höher. Auf der letzten Uhr habe ich gesehen, dass es 07:34 Uhr war, als ich das Hotel verließ.

Neugierig betrachte ich meine Umgebung und blitzartig kommt mir diese Situation vertraut vor. Ich lasse mich von den Wellen sanft hin und her wiegen und schwimme noch weiter raus. Dann wende ich mich nach links zu der Klippe. Eine Klippe im Mondlicht. Wie komme ich darauf?

Hoch oben auf der Spitze der Felswand kann ich eindeutig jemanden erkennen. Es ist Atlan. Seine Präsenz ist so einnehmend, dass in diesem Moment nichts anderes für mich zählt. Als würde er mich wie ein Magnet anziehen.

Er steht am Rand der Felsen, den Blick in die Ferne gerichtet. Dann dreht er sich um, geht ein paar Schritte auf ein Häuschen zu, aber nur um Anlauf zu nehmen. Mit Schwung stürzt er sich von der Klippe. Mit einem Platschen landet er im Wasser und taucht nicht wieder auf. Wie am Tag zuvor suche ich die Wasseroberfläche ab und bemerke, wie Panik in mir aufsteigt. Das habe ich schon einmal gesehen, genau diese Situation. Aber mir bleibt keine Zeit, darüber nachzudenken. Ein zweites Mal wird mir die Strandwacht sicher nicht glauben und auch wenn ich eine überragende Schwimmerin bin, dauert es doch zu lange, um mich wieder heraus zu kämpfen und Hilfe zu holen.

Ich fackle nicht weiter, sondern kraule so schnell, wie es mir möglich ist, auf die Klippe zu. Es ist absolut waghalsig, dort herunterzuspringen, und verrückt. Aber ich muss ihm helfen.

Immer wieder tauche ich kurz unter Wasser und suche nach seinem Körper.

Ein imposanter Felsen versperrt mir die weitere Sicht, ich muss auftauchen und an ihm vorbeischwimmen. Das Wasser ist klar, doch der schwarze Sand und die erst aufgehende Sonne erschweren mir die Sicht. Ihre Strahlen erreichen den Grund noch nicht.

Ich schaffe es, den Felsen zu umrunden, und tauche abermals ab, doch was ich dann zu sehen bekomme, lässt mich breit strahlen und gleichzeitig sämtliches Blut in meinen Adern gefrieren. Ich wusste doch, dass es hier nicht mit rechten Dingen zugeht.

Kapitel 7

Positives Nummer 7: Tot ist er nicht – nur lebensmüde

Atlan lebt noch, so viel ist sicher, aber wie lange genau, ist die eigentliche Frage.

Er ist nicht allein unter Wasser, sondern vor ihm befinden sich zwei Kreaturen, die ich im ersten Moment für Taucher gehalten habe, da ihre Füße wie Schwimmflossen aussehen. Doch die wenigen Sonnenstrahlen, die sich ihren Weg durch die Wasseroberfläche erkämpfen, reflektieren auf ihrer Haut. Außerdem fehlen die Sauerstoffflasche und die typische Schwimmmaske.

Atlan schwimmt auf der Stelle ihnen gegenüber und hat einen Dreizack in der Hand. Einen Dreizack! Immer wieder sticht er in ihre Richtung, was die beiden Kreaturen nicht besonders zu beeindrucken scheint.

Mir geht die Luft aus und ich muss auftauchen. Gleichzeitig fürchte ich, blind für das Geschehen zu sein, sobald mein Kopf wieder über Wasser ist.

Da Ertrinken für mich keine akzeptable Option ist, schwimme ich so schnell wie möglich nach oben und schnappe hektisch nach Luft. Das glaube ich nicht. Was auch immer da vor sich geht, es macht mir Angst, aber irgendwie auch nicht. Es ist das Abenteuer, nach dem ich gesucht habe. Geschwind wende ich eine Atemtechnik an, die mir ein Taucher gezeigt hat. Dreimal tief einatmen und dreimal schnell hintereinander.

Der Ozean um mich herum ist kalt geworden, selbst ich würde mir überlegen, ob ich bei dieser Temperatur ernsthaft baden gehen will. Nach der Atemübung lasse ich mich unter Wasser gleiten, nur um in die hässlichste Fratze der Welt zu schauen. Direkt vor meiner Nase ist eines der Wesen von eben und ich schreie erschrocken auf. Mein Herz rast in der Brust. Luftblasen verlassen meinen Mund und instinktiv trete ich nach dem Wesen, um von ihm wegzukommen. Es sieht auf eine makabre Art und Weise menschlich aus, doch dann verzieht es seine Fratze zu einem Grinsen und spitze Haizähne strahlen mir entgegen. Mit einem Fuß erwische ich die Beine des Wesens, doch rutsche sofort ab, da die schuppige Haut sich als überraschend glatt erweist.

Eine Hand des Monsters schnellt vor und greift nach meinem Fuß.

Vor Schreck entweicht mir noch mehr wertvoller Sauerstoff und ich presse meine Hand auf den Mund. Sofort rast mein Blick zu der Kreatur, dessen Finger mit Schwimmhäuten und Krallen ausgestattet sind. Von der Klaue schaue ich auf in das Gesicht. Die schwarzen Haare sind lang und bewegen sich wie unheilvolle Tentakel im Wasser. Okay, ich wollte Abenteuer, aber das hier ist mir eine Spur zu viel. Das Wesen grinst mich immer noch schaurig an.

»Mayla!« Die raue Stimme von Atlan schallt durch das Meer und ich verstehe sie erschreckend klar.

Das Monstrum vor mir macht zischende Geräusche wie eine Schlange und mustert mich von oben bis unten.

Mir geht die Luft aus, ich muss nach oben. Ich strample, um mich aus dem eisernen Griff dieses Wesens zu befreien, doch vergebens. Es hält mein Bein gefangen und die Panik kriecht mir den Nacken hoch.

Ich höre einen dumpfen Schlag und kann neben mir Atlan sehen, der vor dem zweiten Wesen schwebt und seine Waffe erhoben hält. Es ist zusammengesackt und auch von ihm ertönt ein Zischen, das so nah klingt, als wäre es direkt an meinem Ohr.

Mein Gegner lockert seinen Griff und ich entreiße ihm mein Bein. Dabei kratzen lange Fingernägel meine Haut auf und das Salzwasser brennt augenblicklich in den Wunden. Sofort wende ich mich zur Wasseroberfläche und schwimme, was das Zeug hält. Meine Fingerspitzen erreichen schon die Luft, als ich hinuntergerissen werde. Die überaus langen Finger haben mich erneut erwischt und krallen sich in meiner Haut fest. Ein Stechen setzt in meiner Lunge ein, ich muss atmen. Ich sehe nach unten und weiß genau, dass mich diese Fratze in meinen Alpträume verfolgen wird. Plötzlich lässt es mich los und ich sehe Atlans Dreizack in seinem Körper stecken.

Mein Kopf schnellt in die Richtung von Atlan. Diesen überraschten Ausdruck habe ich schon einmal gesehen. Nachts, im Mondlicht, auf der Klippe, bei unserer Ankunft, im völlig benebelten Zustand.

Ich nutze meine wiedergewonnene Freiheit, um endlich nach oben zu gelangen.

Panisch sauge ich die Luft ein, huste und schwimme von der Stelle fort. Atlan taucht nicht weit von mir auf und steuert mit kräftigen Zügen auf mich zu. Noch immer versuche ich schnell von meiner ursprünglichen Position zu entkommen. Atlan kommt bei mir an. Seine braunen längeren Haare hat er sich aus dem Gesicht gestrichen und ich kann deutlich Überraschung und Unverständnis in seiner Miene erkennen.

Er streckt die Arme nach mir aus und ich greife instinktiv danach. Mit einem Ruck zieht er mich zu sich heran.

Vorsichtig klopft er mir auf den Rücken. Seine nackte Haut trifft auf meine und lässt mich zusammenfahren. Kleine Blitze schießen durch meine Adern, ich huste abermals.

»Alles in Ordnung?«, fragt er.

Noch immer schnappe ich aufgeregt nach Luft.

»Ich hab dich schon einmal springen sehen. Im Mondschein.«

Ungläubig sieht er mich an, hält einen Arm schützend um mich geschlungen.

»Das ist jetzt dein Problem?« Sein Mund klappt auf.

»Ach, du meinst, neben den Viechern da unten? Ja, dafür wäre eine Erklärung auch ganz nett.« Mit dem Kopf deute ich nach hinten, wo ich vor ein paar Sekunden aufgetaucht bin.

Atlan klappt den Mund wieder zu. »Okay, du bist verdammt merkwürdig.«

»Das sagst du als Hobbylebensmüder?« Meine Stimme klingt selbstsicherer, als ich es vermutet hätte. Nur das Zittern meines Körpers verrät, dass langsam das Adrenalin meine Blutbahn verlässt. Da wir uns Haut an Haut befinden, kann ich es schlecht vor ihm verbergen, aber ehrlich gesagt schert es mich herzlich wenig. Ich habe mir immer ein Abenteuer gewünscht, aber nicht damit gerechnet, dass ich sofort in Lebensgefahr gerate.

»Ich bringe dich erst einmal aus dem Wasser.«

Meine Lippen beginnen ebenfalls zu bibbern und ich stimme ohne Einwände zu. Sonst kommt mir das Meer wie mein heiliger Tempel vor, doch jetzt kann ich es nicht erwarten, festen Boden unter den Füßen zu spüren und ein paar Antworten zu bekommen.

***

Atlan bringt mich zu einer Höhle, die direkt unter der Klippe liegt, von der er gesprungen ist. Sie ist groß und verspricht Sicherheit anstatt Gefahren aus dem Meer.

Die Höhle hat eine hohe Decke und einen eigenen kleinen Strand, der langsam abflacht. Hier könnten mehrere Menschen Unterschlupf finden, ohne dass es eng werden würde.

Wir stehen noch bis zu den Knien im Wasser, als ich den rettenden Untergrund kritisch beäuge.

»Und diese Wesen können nicht an Land kommen?«, frage ich nach. Ich bin immer für Abenteuer zu haben, aber in diesem Fall verdaue ich das Erlebte gern erst einmal, bevor es weitergeht.

Er drückt sanft meine Schulter an sich und beißt sich auf die Lippe.

»Versprochen.« Atlans Stimme beruhigt mich.

Ich lasse mich von ihm stützen, da mein Bein noch immer unangenehm brennt. Gemeinsam humpeln wir aus dem Wasser und er lässt mich langsam in den Sand sinken.

Ich betrachte mein Bein und sauge scharf die Luft ein. Lange Kratzspuren ziehen sich meine Wade entlang. Hier habe ich den eindeutigen Beweis, dass ich nicht verrückt bin.

Atlan geht vor mir in die Knie und hebt mein Bein vorsichtig an, um die Wunden zu betrachten.

»Die Kratzer sind nicht besonders tief und sollten bald verheilen.« Seine Finger sind trotz der Kühle des Meeres, die ihn eben noch umgab, warm und angenehm auf meiner Haut. Er geht sich durch die Haare und streicht sie aus seinem Gesicht. Eingehend betrachtet er mich.

»Was hast du da gemacht, Mayla?«

»Das fragst du mich? Willst du mir nicht erklären, was das eben war? Warum sie dich angegriffen haben und mich ertränken wollten?« Kritisch beäuge ich ihn und nehme mein Bein aus seiner Hand.

»Ja, das frage ich dich. Also?« Er schlägt einen autoritären Ton an, der mich wenig beeindruckt. Er kann mir keine Angst machen, denn er ist keine ernst zu nehmende Konkurrenz für meine Tante Carla.

»Meinst du nicht, wir können unsere Fragen gegenseitig beantworten?« Ein Kompromiss hat schon immer geholfen.

»Nein.«

Okay, fast immer.

Atlan lächelt mich an und ich erwidere es vorsichtig. Ihm scheint diese Unterhaltung ein wenig Spaß zu machen.

»Tut dir noch etwas weh?«

Ich horche in meinen Körper hinein und bewege einzelne Gliedmaßen abwechselnd, dann schüttle ich den Kopf. »Sonst ist alles noch dran.«

Atlan steht auf und setzt sich neben mich in den kühlen Sand.

Mir ist klar, dass wir noch mal durch das Meer schwimmen müssen, um wieder zurück in die Bucht zu gelangen. Diesen Zeitpunkt versuche ich jedoch hinauszuzögern.

»Was waren das für Wesen?«

»Keine Chance.« Sein Gesichtsausdruck wechselt zwischen entschuldigend und verschmitzt. Vermutlich weil ich der Wahrheit nicht auf die Spur kommen sollte. Doch auch wenn mir noch der Schreck in den Gliedern sitzt, hätte ich mich vorhin nicht anders entschieden. Es liegt ein Geheimnis vor meiner Nase und wer würde nicht gern direkt auf so etwas stoßen? Das heutige Erlebnis macht mein Leben einzigartig und spannend.

Ich strecke mich aus und versuche dabei die Wunden vom Sand fernzuhalten. »Kein Problem, ich finde es schon selbst heraus. Wenn ich die Heldin der Geschichte bin, werde ich es sowieso erfahren.«

Atlan wendet mir seinen Blick zu und stützt sich auf einer Handfläche ab. »Ich habe ja auch herausgefunden, warum du gestern so plötzlich verschwunden warst«, fahre ich unbeirrt fort. »Da ist es auch so kalt geworden. Diese schrecklichen Viecher waren dort, oder? Du hast dich ihnen in den Weg gestellt.«

»Faszinierend.« Er gluckst und macht eine auffordernde Handbewegung, damit ich weitersprече.

»Daher auch die Schramme am Arm, gestern hattest du sie noch nicht. Und deine Freunde haben alles dafür getan, dass du nicht auffliegst, und mich als kleines Extra wie eine Idiotin wirken lassen.« Ich wringe meine immer noch pitschnassen Haare aus. »Was absolut unnötig war.«

»Das ist deine Auffassung. Du hättest Noah auch einfach glauben können.«

»Er war nicht sehr überzeugend und das scheinbar zu Recht.« Mit einer Geste Richtung Meer unterstreiche ich meine Worte.

»*Nicht überzeugend*, lass ihn das bloß nicht hören, es könnte seine Ehre verletzen.« Ich weiß nicht, ob Atlan sich über mich lustig macht oder es ernst meint. Ich tippe auf Ersteres. Dennoch wirkt er, als hätte ich ihm gerade ein Rätsel aufgegeben.

»Sind sie eigentlich tot?«, wispere ich nach ein paar Sekunden des Schweigens.

Atlan legt einen Arm um mich und drückt mich an sich. Seine Körpertemperatur ist im Gegensatz zu meiner angenehm warm, weshalb ich mich gegen ihn lehne. Dabei bemerke ich, dass sein Anhänger verschwunden ist, den er gestern noch um den Hals trug.

Vorsichtig atme ich durch. Allein die Vorstellung von ihren herumtreibenden Körpern im Wasser behagt mir nicht.

»Und du hattest einen verdammten Dreizack in der Hand!« Vorwurfsvoll sehe ich ihn an, doch er lächelt nur sanft und sieht mich dabei an. Dann beugt er sich vor und drückt mir einen Kuss auf die Wange. Es kribbelt an der Stelle, wo seine Lippen meine Haut berührt haben, und ein warmes Gefühl breitet sich von dort aus. Es bahnt sich einen Weg durch meinen gesamten Körper und ich grinse unwillkürlich. Er hat mich geküsst. Ich meine, so ein Wangenkuss ist eigentlich nichts Besonderes, aber es fühlte sich gut und absolut richtig an. So möchte ich nur noch von ihm berührt werden, federleicht und sanft.

»Netter Versuch, aber ich lasse mich nicht ablenken«, erwidere ich augenzwinkernd, obwohl meine Hormone innerlich tanzen.

»Ich finde nur, die Heldin der Geschichte hat einen Kuss verdient, nachdem sie sich so wagemutig ins Abenteuer gestürzt hat.«

»Machst du dich über mich lustig?«

Er schüttelt den Kopf und beginnt mit den Fingerspitzen über meinen Arm zu streichen.

»Nein, ich mag deine Denkweise. Ich suche auch nach guten Geschichten.«

»Dann erzähl mir doch deine.« Bittend sehe ich ihn an. Er legt eine Hand an meinen Schopf und drückt mich sanft zu sich, damit er mir einen zweiten Kuss auf die Stirn geben kann. Seine Gesten fühlen sich merkwürdig vertraut und aufregend zugleich an.

»Ebenfalls netter Versuch.«

Langsam löst sich Atlan von mir, rappelt sich auf und klopft den feuchten Sand von seiner Badeshorts. »Ich kann dir nichts verraten, Mayla. Aber wenn du tatsächlich die Heldin dieser Geschichte bist, wirst du alles herausfinden. Und wenn nicht, dann finden wir einen Weg, damit umzugehen.«

Ich ergreife seine dargebotene Hand und lasse mich auf die Beine ziehen. In der Höhle ist es durch die fehlenden Sonnenstrahlen recht kühl und nur seine Körperwärme hat mich davon abgehalten zu frösteln.

»War das gerade eine Drohung?«, frage ich misstrauisch.

Wie selbstverständlich greift er nach meiner Hand und macht einige Schritte auf das Meer zu, seine Knöchel werden von den sanften Wellen umspült. Ich zögere, wenn auch nur für einen Moment.

»Die Wesen sind nicht mehr da.«

»Und das weißt du, weil?«

Selten habe ich so ein stolzes Grinsen gesehen wie in diesem Moment auf Atlans Lippen. »Vertrau mir einfach.«

»Okay.«

»Mehr ist nicht nötig? Nur die Aufforderung?«

»Da du mich vor dem Ertrinken bewahrt hast, hast du einen Vertrauensbonus verdient«, gebe ich zurück und drücke seine Hand. Tief durchatmend traue ich mich ins Wasser zu gehen. Sofort umfängt mich das vertraute Gefühl von Heimat. Auch wenn ich zunächst einen Anflug von Angst verspürt habe, so kommt es mir jetzt schon wieder albern vor. An Land gibt es noch so viel grausamere Lebewesen, uns Menschen. Mein geliebtes Meer ist nichts, wovor ich mich fürchten muss.

»Lass dir Zeit«, sagt Atlan sanft, doch ich strahle ihn schon an und lasse seine Hand los.

Glücklich stürze ich den kleinen Strand hinab und bin wenig später bis zu den Knien im Wasser.

»Wo bleibst du, Atlan?« Er schüttelt den Kopf, wobei seine feuchten Haare mitschwingen. Galant folgt er mir und wir schwimmen gemeinsam zurück. Er hat dabei ständig einen beschützenden Ausdruck auf seinem Gesicht.

An der Stelle, wo dieses Wesen mich unter Wasser gezogen hat, beschleunige ich das Tempo ein wenig.

»Gleich wieder da.«

Atlan taucht unter und bleibt für einige Sekunden weg, bis er neben mir wieder hochkommt. »Habe nur schnell meinen Anhänger geholt, der muss vorhin abgegangen sein.«

»Ich vermute mal, meine Fragen dazu beantwortest du mir auch nicht«, sage ich und schaue auf den silbernen Anhänger in Form eines Dreizacks, der wieder an seinem Lederband um den Hals baumelt.

Er ignoriert meine Aussage und mustert mich mit einem fürsorglichen Blick.

»Na komm, wir bringen dich ins Trockene.« Damit krault er vor und ist dabei ziemlich flink, sodass ich Schwierigkeiten habe zu folgen. Atlan bemerkt es und wird augenblicklich langsamer. Rücksichtsvoll wartet er auf mich, den Blick auf das ruhige Meer hinter mir gerichtet.

Ich betrachte seinen ernsten Gesichtsausdruck, während ich auf ihn zuschwimme. Er wirkt autoritär und es juckt mich mehr als je zuvor in den Fingern, alles über ihn herauszufinden.

Kapitel 8

Positives Nummer 8: Ich bin nicht verrückt

»Ich bin nicht verrückt.«

»Es klingt aber verdammt verrückt.«

»Hey, hört auf ihr beiden.«

Lucia steht zwischen mir und Alegria und sieht uns traurig an.

Ich hatte nicht vor, mich mit Alegria zu streiten. Es ist selten, dass wir aneinandergeraten, und wenn doch, hat es meistens mit ihrer Liebe zu Wissenschaft und meinem Hang zu Träumereien zu tun. Dieses Mal ist es ähnlich. Sie kann mir nicht glauben oder will es schlicht und ergreifend einfach nicht.

Ich sitze auf meinem Bett in unserem Zimmer, während sie mit dem Rücken zu mir vor der verglasten Terrassentür steht und den Sonnenuntergang betrachtet. Ihre Arme hat sie vor der Brust verschränkt.

Lucia hatte es sich bis eben auf der kleinen Couch gemütlich gemacht, bis es ihr mit uns gereicht hat. Wir ziehen sie immer damit auf, dass sie so harmoniebedürftig ist, dass sie sich nicht streiten kann. Sie ist die Vermittlerin in unserer kleinen Gruppe.

»Warum glaubst du mir nicht, Alegria?«, frage ich und versuche dabei ruhig zu bleiben. Ich höre selbst die Kränkung in meiner Stimme und räuspere mich, um sie zu vertreiben.

Nach meinem kleinen Abenteuer wollte ich den beiden direkt davon erzählen, aber die vielen anderen Ohren haben es unmöglich gemacht. Alegria war von Noah nicht mehr zu trennen, egal was für Zeichen ich ihr gegeben habe. Den restlichen Tag musste ich mich bis zu diesem Moment gedulden und es war eine harte Probe.

Alegria dreht sich nur zur Hälfte zu mir um, dabei schwingt ihr weites Sommerkleid mit. Für das Abendessen und die spätere Strandparty hat sie sich extra umgezogen und ist direkt danach zu uns ins Zimmer gekommen, weil ich sonst vor Anspannung geplatzt wäre. Der leichte blaue Stoff umspielt ihre Knie und ausnahmsweise ist kein Spruch darauf gedruckt, sondern nur kleine Blümchen. Alegria betont selten ihre weibliche Seite, kleidet sich überwiegend in Jeans und T-Shirt.

»Weil das absurd klingt und einfach unmöglich ist.«

Ich hebe mein bodenlanges Kleid an und zeige ihr die Kratzspuren an meiner Wade. »Und woher sollen die sonst kommen?«

»Von Korallen im Meer? Du könntest auch hängen geblieben sein und dir dabei die Haut aufgekratzt haben.«

Ungläubig lasse ich den Stoff wieder fallen und spüre die Wut in mir aufsteigen.

»Bist du blind? Das waren eindeutig fünf Nägel.«

Lucia steht immer noch zwischen uns und schüttelt den Kopf. »Können wir bitte damit aufhören?« Ihre Worte kommen ihr nur leise über die Lippen. Inmitten unserer lauten Stimmen geht ihre zarte Stimme der Vernunft bei einem Streit oft unter. In diesem Fall haben wir uns noch nicht so hochgeschaukelt, dass man Lucia gar nicht mehr hört.

»Nein, manche Sachen muss man ausdiskutieren«, erwidere ich.

»Da gibt es nichts auszudiskutieren. Du erzählst uns, dass die vier Jungs nicht normal sind, weil sie unglaublich lange unter Wasser atmen können und es da draußen komische Wesen gibt, die dich ertränken wollten.« Alegria wirft aufgebracht ihre Hände in die Höhe und funkelt mich wütend an.

»Es waren hässliche Wesen und nicht komische, aber ja, gut zusammengefasst.«

Lucia wirft mir einen warnenden Blick zu, aber ich zucke nur mit den Schultern.

Alegria schnaubt – meistens ein Zeichen, dass ich sie langsam zur Weißglut treibe. Aber ich habe mit keinem Wort gelogen. »Wirklich? Das ist dein

Problem an der Sache?« Sie tritt vom Fenster weg und lehnt sich gegen die Wand.

Lucia setzt sich seufzend wieder hin.

»Selbst wenn ich dir glauben würde« – ich will schon etwas erwidern, doch sie hebt die Hand und ich lasse sie aussprechen – »selbst wenn«, wiederholt Alegria erneut, »woher willst du wissen, dass Noah genauso merkwürdig ist wie Atlan?«

Ich falle aus allen Wolken und springe auf. »Darum geht es hier? Um Noah?«

Jetzt wird mir einiges klar, das Kleid für die Strandparty und ihr merkwürdiges Verhalten den heutigen Tag über. Sie ist verknallt. Das ist absolut nicht verwerflich und ich freue mich wahnsinnig für sie, aber dass diese Gefühle zu einem Streit zwischen uns beiden geführt haben, lässt mich meine Euphorie darüber vergessen.

Alegria wird rot und dieses Mal ist es an mir zu schnauben. »Das glaube ich jetzt nicht.«

»Ihr zwei Hitzköpfe, beruhigt euch mal wieder. Das ist doch etwas Schönes.« Lucia seufzt und steht wieder auf. Es macht sie unruhig, wenn ihr Bedürfnis nach Harmonie nicht erfüllt wird. »Mayla ist in Atlan verknallt und du in Noah. Dann ist doch die Strandparty wie dafür geschaffen, die beiden näher kennenzulernen.«

Mein Blick schnellt zu Lucia und ich erinnere mich an den Wangenkuss von Atlan. Ein kribbeliges Gefühl entsteht in meinem Bauch. Doch dieses Mal ist es anders als die anderen Male. Zu Hause in Barcelona renne ich der Liebe hinterher, lauere auf sie und lasse nichts unversucht, damit sie meinen Weg kreuzt. Wer nicht wagt, kann auch nicht gewinnen. Atlan ist übernatürlich und mysteriös, außerdem hat er mir etwas geschenkt: ein Geheimnis. Doch deshalb bin ich nicht in ihn verknallt.

»Ich bin nicht …« In dem Moment, als ich die Worte Richtung Lucia abfeuere, bemerke ich, dass ich nicht die Einzige bin. Zu gern würde ich mit Alegria darüber lachen, nur mein Stolz verbietet es mir. Es verletzt mich, dass sie mir nicht glaubt. Ich habe heute etwas erlebt, was so besonders, angsteinflößend und spannend war, dass ich es mit meinen liebsten Menschen auf der Welt teilen möchte. Ich will sie mitreißen, ihr Leben ebenfalls in ein Abenteuer verwandeln.

Wenn ich mir allerdings Alegrias Miene ansehe, dann will sie nicht mitgerissen werden.

Unsere Blicke verhaken sich und wir atmen beide die angehaltene Luft aus. Manchmal ist es beängstigend, wie ähnlich wir uns sind.

»Wie auch immer«, sagt Alegria und gibt ihre abwehrende Haltung auf. Das Eis zwischen uns ist gebrochen. Dennoch spüre ich eine Kälte im Raum, die mich frösteln lässt.

Sie ist weiterhin überzeugt, dass ich sie veräppeln möchte, und ich bin verletzt, weil sie mir nicht glaubt. Doch wir sind beide zu stur, um von unserem jeweiligen Standpunkt abzuweichen.

Lucia strahlt wieder und nimmt eine ihrer Jacken von der Garderobe sowie ihre Kamera vom Tisch. »Lasst uns runter zur Strandparty gehen. Dort können wir auch endlich etwas essen.«

Ich nicke und hole mir ebenfalls einen Cardigan zum Überziehen. Der Wind auf Gran Canaria ist warm, aber in den Abendstunden kühlt es schnell ab.

»Was auch immer du heute erlebt hast, es klingt gefährlich, Mayla«, sagt Alegria schließlich und öffnet die Terrassentür. Die Geräuschkulisse vom Strand schallt dumpf zu uns hoch.

Ich winke ab und trete in die noch wärmende Abendsonne. »Ach, ich bin jung und habe nichts zu verlieren.«

***

Die Party ist bereits in vollem Gange, als wir drei als Letzte unserer Reisegruppe ankommen. Musik setzt die traumhafte Kulisse perfekt in Szene. Viele Gäste strömen auch aus den umliegenden Hotels zum schwarzen Strand. Die Essensbuden sind traumhaft geschmückt und Fackeln stecken im Sand. Das lodernde Feuer in ihnen, gepaart mit dem Sonnenuntergang, sorgt für eine gemütlich feierliche Stimmung. Es ist perfekt für eine Sommerromanze.

Dax und Noah stehen mit ein paar Cheerleadern zusammen und unterhalten sich, während sie ihre Körper im Takt der Musik bewegen. Alle haben sich für den Abend aufgebrezelt und ihre besten Kleider herausgekramt.

»Oder ihre kürzesten«, murmle ich mit einem Blick auf Celias Minirock, der seinem Namen alle Ehre macht – holla.

Lucia setzt ihre Kamera an und macht ein paar Schnappschüsse.

Celia entdeckt Alegria und wirft ihr ein strahlendes Lächeln zu, ehe sie von der Tanzfläche mit den Hüften wackelnd auf uns zusteuert, um nach der Hand ihrer Freundin zu greifen.

»Du kommst mit mir«, sagt sie und zieht Alegria zu einer kleinen Gruppe. Lucia winkt ihr fröhlich hinterher, während Alegria entschuldigend mit den Schultern zuckt.

Ich kann sogar von hier sehen, wie ihre Augen leuchten, als sie Noah erblickt. Neben dem Riesen Dax sieht er fast schon klein aus, doch mit seinem strahlenden Grinsen täuscht er über seine Größe hinweg.

Die zwei gebräunten Jungs tragen weiße Leinenhemden und die ersten Knöpfe offen. So kann ich auch den silbernen Anhänger sehen, den Dax an seiner Kette trägt.

»Und was machen wir Hübschen?«, fragt Lucia und hakt sich bei mir ein. Ihre innere Ruhe überträgt sich dabei auf mich und die Anspannung fällt von meinen Schultern ab. Die Kamera lässt sie an ihrem Band um den Hals baumeln.

Da ich Lucias gierigen Blick in Richtung der Buden bemerke, ziehe ich sie zum ersten Essensstand. Sie grillen Würste und anderes Fleisch über einem Holzkohlegrill, weshalb es verdächtig gut riecht.

»Na komm, ich lade dich ein.«

»Vielen Dank«, flötet sie und studiert eingehend die übersichtliche Karte.

In der Menge auf der Tanzfläche suche ich nach Alegria. Bei den Cheerleadern ist sie genau richtig aufgehoben, denn sie kann sich hervorragend bewegen. Ihr Gegenüber Noah steht ihr in nichts nach und wirbelt sie herum. Ihre Augen strahlen vor Glück und ich verspüre ein warmes Gefühl dabei, sie so glücklich zu sehen.

Hinter ihnen liegt das Meer, ich habe mir extra meine Flipflops angezogen, damit ich später noch am Rand spazieren gehen kann. Auch wenn ich heute eine hässliche und furchtbare Seite von ihm kennengelernt habe, meine Angst ist vollständig verschwunden.

Noah schaut auf, als hätte er meinen Blick gespürt. Fröhlich winkt er mir zu, was ich nur grinsend erwidern kann. Bei seinem Anblick bekommt man direkt gute Laune.

Alegria tippt ihm auf die Schulter und zeigt auf das Meer. Er nickt ihr zu und geht mit ihr gemeinsam näher ans Wasser, dabei passieren sie eine Gruppe von Jugendlichen, ein wenig jünger als wir, die mit ihren Plastikbestecken herumalbern. Einer von ihnen hat eine Zigarette im Mund und zieht genüsslich freihändig daran. Dann nimmt er den übrig gebliebenen Stängel aus dem Mund und schaut sich einen Augenblick um. Ich weiß schon, was kommt, und spüre sofort heiße Wut in meinen Adern pulsieren.

»Bin gleich zurück«, sage ich und drücke Lucia fünf Euro in die Hand, ehe ich um die Tanzfläche herum auf die Gruppe zusteuere.

Der Junge wirft seinen Glimmstängel in den Sand, wie ich es mir gedacht habe.

»Hey!«, rufe ich.

Die Gruppe hält in ihren Scherzen inne und schaut mich fragend an. Meine Füße werden von heranpreschenden Wellen umspült.

»Die sieht aber sauer aus«, sagt eines der Mädchen und deutet auf mich. Ihr Lächeln wird unsicher.

»Was soll das? Schmeiß deinen Müll nicht einfach auf den Boden. Schon gar nicht hier am Meer!« Mir ist es egal, dass meine Stimme laut und das nicht die richtige Taktik ist. Schon tausendmal hat mir Lucia gesagt, dass ich es mit Erklärungen viel weiter bringen würde als mit wütendem Geschrei. Das weiß ich. Aber wenn ich solch unterbelichtete Kreaturen sehe, knallt in meinem Kopf eine Sicherung durch und ich möchte die Menschen sonst wohin wünschen. Auf dass sie in ihrem eigenen Müll schwimmen müssen, mal sehen, wie egal es ihnen dann ist.

»Was ist denn bei dir kaputt?«, sagt der Umweltverschmutzer.

Im Hintergrund der Gruppe sehe ich Noah und Alegria herumalbern, sie bespritzt ihn mit Meereswasser und er lacht auf.

»Was bei mir kaputt ist? Das sollte ich dich fragen!« Ich bin bei den Jugendlichen angekommen und es schert mich einen feuchten Dreck, dass sie mich für verrückt halten. »Ist dir klar, dass dein dämlicher Zigarettenstummel das Meer vergiftet? Nur einer pro Liter reicht aus, um die Hälfte der darin schwimmenden Fische zu töten, und von den kleineren Lebewesen will ich gar nicht erst anfangen.«

»Was willst du von mir, du Furie?« Er lacht schallend und stößt seine Kumpel an, die grölen.

»Dass du beschränkt bist, haben wir geklärt. Aber zuhören kannst du scheinbar auch nicht. Heb deinen Stummel auf.«

»Mayla.« Lucias zarte Stimme erklingt hinter mir. Ich drehe mich nicht um, denn ich weiß auch so, dass sie mir den Rücken stärken möchte, auf ihre Art und Weise. Sie hat mich schon oft in solchen Situationen erlebt.

Der Umweltverschmutzer grinst dreckig. »Ist das Püppchen deine Verstärkung? Wie niedlich sie aussieht.«

Sofort fährt mein Arm schützend aus, um ihn vor meine beste Freundin zu halten.

»Das tut nichts zur Sache. Mit so einem wie dir werde ich auch allein fertig. Es geht hier um dein unbedachtes Handeln. Es dauert über zehn Jahre, bis dein Stummel abgebaut ist. Je nach deinem Verhalten kannst du dir den Schaden an der Umwelt ja ausrechnen, den du verursachst. Und von eventuellen Bränden brauche ich gar nicht erst anzufangen.«

Ein schlaksiger Junge der Gruppe tritt vor und lacht gehässig, als er auf mich deutet. »Du solltest dich erst einmal richtig waschen, bevor du Vorträge hältst. Du bist noch ganz schmutzig am Hals.«

Aus Reflex will ich mir an den Hals greifen, um die Stelle zu verbergen. Doch diesen Sieg gönne ich ihnen nicht, also balle ich die Hand zur Faust. Schon andere haben so etwas gesagt, weshalb es mich nicht kümmern sollte. Und dennoch sind es kleine Messerstiche, die direkt auf mein Herz abzielen.

»Ihr geht zu weit.« Noahs Stimme nehme ich wie durch einen Schleier wahr. Dumpf dringt sie zu mir, aber ich kann mich nicht rühren.

»Hey, sie sorgt sich um die Umwelt, daher sollten wir ihr ein wenig zu tun geben«, sagt der Umweltverschmutzer und mit wachsender Wut muss ich mit ansehen, wie bis auf eine Person alle Mitglieder ihre Plastikbestecke in den Sand fallen lassen. Kleine Wellen nehmen sie mit und tragen sie hinaus aufs Meer. Die Musik ist verstummt und ich spüre unangenehme Blicke auf mir – anklagende.

Vor Wut schießen mir Tränen in die Augen, als ich eine warme Hand auf meiner Schulter spüre.

Die dunkle Stimme von Atlan knurrt wütend: »Ihr solltet euch sofort vom Acker machen.« Ich wage es, mich umzudrehen, und blicke in seine dunkelblauen Augen, die fest auf die Gruppierung gerichtet sind.

Noah, Dax und ihr Freund Kelvin stehen um Lucia herum.

Lucia hat sogar ihre Angst überwunden, ihre Füße werden von den kleinen Wellen durchnässt. Auf ihrem Gesicht sehe ich deutlich die Sorge um mich geschrieben.

Die vier Jungs sehen bedrohlich aus und ich fühle mich zum ersten Mal richtig unterstützt.

»Lasst uns einfach gehen.« Die zarte Stimme der Gruppe schert mich nicht mehr, nur das Knirschen des Sandes, als sich die Unruhestifter endlich verziehen. Diese vier Jungs vor mir haben mir geholfen, dabei kenne ich sie noch nicht so lange. Nur die verschränkten Arme der Cheerleader suggerieren mir, dass ihnen mein Handeln nicht gefallen hat.

»Danke«, schniefe ich. Es ist mir peinlich, dass ich Tränen in den Augen habe, obwohl ich sie mit aller Macht zurückzuhalten versuche.

Atlan streicht mir über die Wange. Ohne es zu merken, schmiege ich mich gegen seine Fingerspitzen und nehme seine Hand in meine.

»Nicht dafür«, wispert er. Seine dunkle Stimme geht mir durch Mark und Bein. Er lässt seine Hand sinken und ich drücke sie noch einmal, bevor ich sie loslasse.

Ich bücke mich und hebe den Stummel auf, dann nehme ich meine Schuhe in die Hand und stelle sie oberhalb des nassen Sandes ab. Anschließend gehe ich ins Meer und lasse meine Hände durch das Wasser gleiten, um das durchsichtige Besteck zu suchen. Der Saum meines Kleides schwimmt auf der Oberfläche und das Salzwasser ruiniert es sicher. Aber das ist es mir wert.

Noch immer schlucke ich die Tränen hinunter. Meine Hand stößt gegen Lucias. Da steht die zierliche junge Frau ihrer größten Angst gegenüber, kleine Schweißperlen kann ich auf ihrer Stirn erkennen.

»Du musst das nicht machen, ich sehe doch, dass du Angst hast«, wispere ich.

Lucia richtet sich nicht auf, sondern sucht weiter geschäftig nach dem Müll. »Du bist doch bei mir. Was soll mir da schon passieren? Außerdem, für dich tu ich das gern.«

Ich muss schlucken, um den Kloß in meinem Hals loszuwerden.

»Schau.« Sie deutet hinter mich. Immer mehr Menschen strömen in das Meer. Ein Kind kreischt glücklich auf, als es einen Löffel findet.

Auch die vier Jungs helfen bei der Suche, genauso wie Alegria und sogar Celia. Wahrscheinlich sind sie sauer auf mich, weil ich die Party gesprengt habe, aber sie schlucken es hinunter und fokussieren sich auf das Wichtige in diesem Moment: den Strand von dem unnötigen Müll zu befreien. Vielleicht wollen sie auch vor den Jungs nicht schlecht dastehen. Wobei, das kann ich mir bei Alegria nur schwer vorstellen, egal in welchem Stadium sich unsere Freundschaft befindet, sie würde mir immer helfen. Doch ein gewisses Funkeln in ihren Augen sagt mir, dass unser Streit noch nicht beigelegt ist.

***

»Komm, ich begleite dich«, sagt Noah, der mit einem Strahlen plötzlich neben mir steht.

Überrascht halte ich einen Moment auf der Treppe inne. Die Party hat wieder Fahrt aufgenommen, aber mir reicht es eindeutig heute Abend. Lucia ist mit ihrer Kamera beschäftigt, da sie bei dem wundervollen Fackellicht besondere Bilder schießen kann. Deshalb habe ich nur abgewunken, als sie mir folgen wollte.

Sein strahlendes Gesicht schiebt sich in mein Blickfeld und ich kann nicht anders, als es mit einem Lächeln zu erwidern.

»Meinst du nicht, dass ich groß genug bin, um den kurzen Weg allein zu bewältigen?«, frage ich und gehe weiter.

»Ich denke, dass du Gesellschaft gut vertragen kannst«, sagt er und lässt sich nicht abhalten hinter mir herzugehen.

Alegria wird das sicher nicht gut finden, aber mir ist das in diesem Moment egal. Der Tag hat mich ausgelaugt, körperlich und seelisch.

Mit ein paar langen Schritten hat er mich eingeholt und wir laufen einträchtig nebeneinanderher, dabei summt er eine schöne Melodie und ich kann nicht anders, als mich zu entspannen.

»Harten Tag gehabt?«, fragt er nach einer Weile, als wir schon die Lobby hinter uns gelassen haben.

Ich werfe ihm nur einen bösen Blick zu, da er vermutlich ganz genau weiß, wie hart mein Tag war. Aber was denke ich hier eigentlich? Dieser Tag war besonders, ich konnte viele Dinge erleben, die sonst nicht möglich sind. Ein Lächeln schleicht sich auf meine Lippen, als wir die ersten Treppenstufen zum Zimmer erklimmen. Wir haben sie am ersten Tag gezählt, es sind über hundert Stück bis zu unserem Zuhause für die nächsten Tage.

»Warum lächelst du so?«

»Weißt du«, fange ich an und betrachte den dunklen Nachthimmel, an den sich einige Sterne verirrt haben, »er hatte seine Höhen und Tiefen. Aber wenn ich die Möglichkeit hätte, ihn zu wiederholen, würde ich alles genauso machen.«

Ich halte mitten auf der Treppe an und setze mich. Außer uns ist niemand zu sehen, vermutlich sind alle noch auf der Party oder in der Hotelbar.

Verwirrt gesellt sich Noah zu mir, er ist dicht neben mir, sodass ich seine Körperwärme fühlen kann. Es ist nicht wie mit Atlan, nicht so vertraut.

»Alles genauso?«, wiederholt er und hebt den Kopf.

Die wenigen Sterne funkeln am dunklen Firmament, der Rest von ihnen wird von den Lichtern unserer Bucht überstrahlt. Alegria hat mir erzählt, dass man einen viel besseren Blick auf das Sternenmeer in den Bergen von

Gran Canaria haben soll. Vielleicht schaffen wir es zu einem späteren Zeitpunkt, uns davon selbst zu überzeugen.

»Ja, wir leben nur im Hier und Jetzt. Und alles, was ich heute gemacht habe, hat mich hierhergeführt.«

Zunächst sieht mich Noah verständnislos an, so wie es schon viele vor ihm getan haben, doch dann lächelt er. Nicht so strahlend und breit, dass ich das Gefühl habe, die Sonne geht auf. Sondern eher wie einer der Sterne dort oben, sanft, vorsichtig, aber er kämpft sich durch die Finsternis.

»Ich glaube, ich verstehe dich«, sagt er und meidet nun meinen Blick.

»Na dann.« Eine Sternschnuppe leuchtet über unseren Köpfen auf. »Hast du das gesehen?«

»War vermutlich ein Flugzeug.« Er zuckt mit den Schultern.

Ich schlage ihm gegen den Oberarm und lehne mich zurück, sodass ich bequem den Kopf in den Nacken legen kann. »Wenn du so denkst, Noah, dann darfst du dir auch nichts wünschen.«

»Bei einer Sternschnuppe dürfte ich mir etwas wünschen?«, fragt er und ahmt meine Position nach, nur dass seine Beine länger als meine sind.

»Selbstverständlich, aber je nachdem, was du wirklich bist, kannst du es vielleicht nicht wissen.« Mit einem herausfordernden Grinsen wackle ich mit den Augenbrauen.

Noah zwinkert mir zu und legt einen Finger an seine Lippen.

»Was wünschst du dir denn, Mayla? Reichtum? Macht? Die große Liebe?«

Ich überlege einen Moment und wiege den Kopf hin und her.

»Nee, ich erarbeite mir das alles von allein, wenn ich es will. Außer die Liebe.«

»Warum? Keine Lust auf eine Romanze?«

»Das auf jeden Fall.« Ich lache auf und wende mich ihm zu.

»Ich will mich verlieben, aber nicht so, wie andere es machen. Nach dem Motto, ja, diesen Menschen finde ich ganz cool, wir können ja mal eine Beziehung probieren. Ich will mich in eine Liebe stürzen, die so unvernünftig und rasant ist, dass mir schwindlig wird. Mein Herz soll fast zerspringen vor Freude, wenn ich ihn sehe, und meine Gefühle sollen so überwältigend sein, dass sie mir den Atem rauben. Und all das wird auch passieren, aber da vertraue ich dem Schicksal. Auch wenn es manchmal ein wenig Unterstützung braucht. Und du?«

»Das kann ich dir leider nicht sagen.« Aus dem Augenwinkel sehe ich, wie seine Hände sich verkrampfen und an der Stufe festkrallen.

»Klar kannst du. Aber musst du natürlich nicht.«

Ich stehe auf und klopfe leicht gegen meine Beine, die eingeschlafen sind. Ein unangenehmes Kribbeln durchfährt meine Glieder und ich verziehe das Gesicht.

»Ich würde dir gern einen echten Sternenhimmel zeigen«, sagt Noah, noch immer hat er den Kopf in den Nacken gelegt und betrachtet den dunklen Himmel.

»Dieser hier ist auch echt. Nur nicht so leuchtend, wie man ihn von Fotos kennt. Aber manchmal bezweifle ich auch, dass diese Bilder der Realität entsprechen.«

»Irgendwann zeige ich dir einen Himmel, den du nie vergessen wirst.«

»Ich freue mich schon drauf.«

Eigentlich ist es schade, dass wir die Pracht der Sterne nicht in ihrem vollen Umfang erkennen, weil wir sie mit unserem künstlichen Licht überstrahlen. Das ist in Barcelona noch wesentlich schlimmer. Ich finde diesen hier schon gelungen.

»Den Rest schaffe ich allein, Noah. Geh ruhig zurück zur Party. Schlaf gut.« Langsam steige ich die nächsten Stufen empor.

»Mayla?«

»Ja?«

»Rache ist mein Wunsch.«

Da er auf den Boden schaut, bleibt mir sein Gesichtsausdruck verborgen. Fast habe ich ihn nicht verstanden, aber aus diesem Satz kann ich so viele unterdrückte Gefühle heraushören, dass es mir einen Schauer über den Rücken jagt. Noah meint es ernst. Aus einem Impuls steige ich die Stufen wieder hinunter und sehe ihm fest in seine hellen Augen. »Manche sagen, Rache ist keine Lösung. Aber wenn dich etwas quält, musst du dich davon befreien. Denn deine Lebenszeit, in der du unglücklich bist, bekommst du nicht zurück.«

Für einen Moment schweigen wir, ehe Noah das Thema wechselt.

»Warum bist du Atlan gefolgt?« Seine Stimme klingt wieder wesentlich heller, nicht mehr so bedrückt.

Ich muss schmunzeln. »Diese Geschichte konnte ich mir doch nicht entgehen lassen.«

Er verdreht die Augen und ich gehe kichernd ins Bett.

Dankbar im Herzen, dass Noah mit mir gekommen ist und mich aufgeheitert hat, obwohl das vermutlich nicht einmal beabsichtigt war.

Kapitel 9

Positives Nummer 9: Egal wie bescheiden eine Situation auch sein mag, sie geht vorbei und macht Platz für etwas Wundervolles

Der Bus steht zur Abfahrt bereit, doch ich bin es noch lange nicht. Es ist offensichtlich, dass ich nicht mit zum Shoppen fahren möchte. Ich tue das nur für Lucia, da sie mit ihrer ruhigen Art Schwierigkeiten hat, sich den übrigen Cheerleadern anzuschließen. Aber nach wie vor verursacht das nicht ganz so sicher aussehende Gefährt mir Bauchschmerzen. Alles an diesem Bus schreit *alt* und *gebrechlich*, sei es der Rost oder diese merkwürdigen Motorgeräusche.

»Wie wäre es, wenn wir mit Fahrrädern hinfahren? Wir könnten uns welche leihen«, schlage ich vor und erhalte dafür kritische Blicke von der Truppe.

»Und wie sollen wir auf dem Rückweg unsere gesamten Einkäufe verstauen?«, gibt Celia schnippisch zurück.

Argwöhnisch ziehe ich eine Augenbraue in die Höhe. »Wie viel habt ihr denn vor zu kaufen?«

»Nun, es wird noch einige Strandpartys geben und nachdem du uns den gestrigen Abend versaut hast …« Den Rest lässt sie in der Luft hängen.

Alegria verdreht die Augen und schiebt Celia in den Bus. »Kommt, hört auf zu streiten, ihr beiden. Lasst uns einfach fahren.«

Der kritische Blick des Busfahrers durchbohrt mich regelrecht, weshalb ich das Thema fallen lasse.

Wie immer bin ich die Letzte, die in den Bus einsteigt. Wir haben ihn ganz für uns allein und sind genug Reisende, um ihn gut auszufüllen. Die letzte Reihe ist nur von Lucia und Alegria besetzt. Lucia hat ihre Kopfhörer bereits eingesetzt und ist in ein Buch über Fotografie vertieft. Eine

Sitzreihe davor hat es sich Celia mit einer anderen Freundin gemütlich gemacht.

Mit einem Quietschen schließen sich die Türen des Busses und er ruckelt langsam los.

»Alles in Ordnung?«, frage ich Alegria, nachdem ein paar Minuten eiserne Stille herrschte. Mir ist ganz schummrig, ob von der Fahrt oder dem unangenehmen Gefühl, dass etwas zwischen mir und Alegria steht, kann ich nicht bestimmen.

Sie lächelt mich halbherzig an und seufzt. »Ja, alles in Ordnung.«

Celia dreht sich auf ihrem Sitz um und funkelt mich aus ihren braun-grünen Augen an. Sie sehen aus wie der Schlamm auf dem Meeresgrund und als ich ihr das mal sagte, ist sie völlig ausgerastet. Ich habe es als Kompliment gemeint.

»Nichts ist in Ordnung. Alegria, sag ihr, was dich bedrückt.«

»In diesem Fall muss ich Celia recht geben. Was ist denn los?«, frage ich.

Alegria streicht sich eine braune Strähne hinter das Ohr. »Passt schon, ich weiß ja, dass es keine Absicht war.«

Ich bin ziemlich verwirrt und mir wird von dem Ruckeln im Bus schlecht.

»Geht es um den Streit gestern?«, hake ich nach. Die Diskussion lenkt mich wenigstens halbwegs von dem unangenehmen Gefühl ab, dass ich umgeben von Metall bin, das mich zu erdrücken scheint.

Celia verdreht die Augen und drückt ihre Knie in das Polster ihres Sitzes, damit sie über die Rückenlehne hinweg zu uns schauen kann. »Ja, du hast uns allen gestern den Abend verdorben. Nach deiner bescheuerten Aktion sind die Jungs abgedampft. Dabei hat sich Alegria gerade so gut mit Noah verstanden.«

Ich werfe ihr einen genervten Blick zu. »Kann ich das bitte allein mit ihr klären?«

Was für ein Theater. Wenn es ein Problem gibt, sollten wir es so schnell wie möglich aus der Welt schaffen. Alegria gehört zu meiner Familie, der Streit zwischen uns schnürt mir die Luft zum Atmen ab. Aus Erfahrung weiß ich, dass es nie gut ist, wenn sich eine unbeteiligte Person einmischt. Doch Celia denkt nicht daran, sich aus der Sache rauszuhalten.

»Nein, Alegria ist viel zu lieb und würde es dir nicht auf die Nase binden. Dabei sollte dir mal dringend jemand sagen, wie egoistisch du bist.« Ihr abschätziger Blick geht mir durch Mark und Bein.

Lucia nimmt ihre Kopfhörer aus den Ohren und ihre böse Miene spricht Bände. »Ihr beiden unterhaltet den gesamten Bus und es ist Alegria offensichtlich unangenehm. Also beherrscht euch«, zischt sie wütend.

Celia steht der Schock über Lucias Worte ins Gesicht geschrieben.

Alegria sieht in der Tat drein wie sieben Tage Regenwetter.

»Alegria, was hat dich denn gestört? Du hast dich gestern sehr gut mit ihm verstanden«, lenke ich ein und versuche Celia zu ignorieren. Scheint ihr allerdings nicht so zu passen.

»Du hast eine totale Show abgezogen, Mayla. Wegen eines Zigarettenstummels! Du musst immer die Aufmerksamkeit auf dich ziehen wie ein Kind, das zu wenig Liebe abbekommen hat.«

Ohne darüber nachzudenken, springe ich auf, um mich auf ihre Augenhöhe zu begeben.

»Nimm das zurück!«, schreie ich. Sie hat meinen wunden Punkt getroffen, wobei es mich mehr verletzt, dass sie absichtlich auf ihn gezielt hat. Auch wenn Celia nichts Genaueres über meine Vergangenheit weiß, ist es kein Geheimnis, dass ich keine Eltern habe.

Der Bus wackelt und ich verliere das Gleichgewicht, taumle nach vorn, pralle direkt mit meiner Stirn gegen Celias.

»Wie kannst du nur? Kein Grund, wie ein Bauerntrampel ohne Erziehung handgreiflich zu werden«, kreischt sie zurück und hält sich die Stirn. So stark war der Aufprall nun auch wieder nicht, aber er hinterlässt ein unangenehmes Brummen. Sie hat genauso einen Dickschädel wie ich. Ihre Beleidigungen reichen mir. So etwas muss ich mir nicht gefallen lassen. Gerade will ich ihr noch ganz andere Dinge an den Kopf werfen – welche genau, hätte ich dem wütenden Teil von mir überlassen –, als ich Lucias Hand auf meiner Schulter spüre. Ihre Miene lässt sie entspannt wirken, aber der feste Druck überzeugt mich vom Gegenteil. Sie ist definitiv angefressen, wenigstens hat sie auch nach Celias Schulter gegriffen.

»Okay, jetzt reicht es.« Sie sollte die Stimme der Vernunft sein, dafür klingt sie eine Spur zu eisig. Wir überschreiten hier eine Grenze.

Es knistert über die Lautsprecher und die dröhnende Stimme des Fahrers ertönt: »Mir auch! Raus mit euch dreien!«

Ruckartig kommt der Bus zum Stehen. Wir befinden uns oberhalb unserer Bucht und außer der betonierten Straße ist nichts draußen zu sehen.

Verdutzt tauschen Celia, Lucia und ich Blicke aus.

Alegria schüttelt nur den Kopf und wispert: »Da haben wir den Salat.«

»Ich fahre nicht weiter, bis ihr Streithähne ausgestiegen seid«, schallt es wieder durch die Lautsprecher und alle Cheerleader sehen uns vorwurfsvoll an.

»Darf er das überhaupt?«, flüstert Celia uns zu und ich zucke mit den Schultern. Seine Stimme klingt ernsthaft verärgert, weshalb ich mir meine kleine Tasche vom Sitz schnappe. »Er tut es jedenfalls.«

Alegria macht Anstalten aufzustehen. Obwohl Lucia hier nur als Streitschlichterin fungierte, packt sie ebenfalls ihre Sachen und drückt Alegria sanft in den Sitz. »Lass dir von den beiden deinen Shoppingausflug nicht kaputtmachen, ich steige aus.«

Keine Minute später stehen Lucia, Celia und ich auf der Straße, während der Bus von dannen zieht. Ich bin sogar ein wenig erleichtert dem Bus entkommen zu sein.

Es tut mir nur leid für Lucia, die sich schon auf das Shoppen gefreut hat. Sie hat sich zuvor über Instagram ein paar Locations angeschaut, die sie unbedingt ablichten wollte.

»Na ganz großartig«, seufzt Celia und lässt sich auf einen Stein neben der Straße sinken.

»Warum bist du jetzt ausgestiegen und nicht Alegria?«, frage ich Lucia. Unter ihrem strengen Blick schrumpfe ich ein paar Zentimeter zusammen, obwohl ich um einiges größer bin als sie.

»Ich werfe sie euch beiden doch nicht zum Fraß vor. Sie muss erst einmal mit ihren Gefühlen klarkommen und nachher entschuldigt ihr euch bei ihr.« Sie hat die Hände in die Hüften gestemmt und sieht ziemlich bedrohlich aus.

»Ist sie immer so?« Unsicher sieht Celia zu der zierlichen Lucia empor.

Ich seufze. »Wenn es um ihre Schützlinge geht, o ja.«

Dann lasse ich mich neben Celia auf den Boden nieder und male mit meinen schwarzen Turnschuhen Muster in den Kies.

Lucia gibt ihre Pose auf und läuft ein Stück die Straße hinunter. Sie will uns vermutlich etwas Zeit zu zweit geben, ich weiß, dass sie möchte, dass wir uns vertragen.

Zwischen Celia und mir ist es nicht immer leicht, allerdings lieben wir beide Alegria und zu ihrem Besten sollten wir versuchen einander zu akzeptieren. Es ist nur schwer, den ersten Schritt zu machen.

Celia und ich schweigen uns ein paar Minuten an.

»Tut mir leid«, sage ich schließlich, um diese unerträgliche Stille zwischen uns zu füllen, und löse das Zopfgummi aus meinen Haaren. Ungebändigt fallen sie auf meine Schulter herunter und ich gehe mit meinen Fingern durch, versuche sie zu ordnen.

Die Stille drückt unangenehm.

»Celia?«

Sie hat sich auf ihrem Stein umgedreht und sieht Richtung Klippe und Meer. Dabei hat sie einen verträumten Ausdruck in den Augen, der sie noch schöner wirken lässt, als sie eh schon ist.

Sie ignoriert mich, was ich mit einem leisen »Hmpf« quittiere.

»Hörst du das?«, fragt sie auf einmal und stützt ihr Kinn auf ihren Händen ab.

Ich lausche und höre entfernt das Meeresrauschen.

»Ja klar, es klingt wunderschön«, sage ich und schließe kurz die Augen.

Es fühlt sich komisch an, dass Celia das Geräusch der heranpreschenden Wellen genauso liebt wie ich. Wenn ich so darüber nachdenke, dann war sie bisher nur einmal bis zu den Knien im Meer, weil sie meinte, das Salzwasser würde ihre Haut austrocknen.

Neben mir höre ich das Knirschen des Kieses, als sie aufsteht.

»Wo willst du hin?«, frage ich und staune nicht schlecht, als sie ihre goldenen Sandalen abstreift.

»Schwimmen«, sagt sie nur und lässt ihre Schuhe achtlos fallen.

»Ähm ... jetzt mach mal halblang. Ich kann deinen Wunsch nachvollziehen, aber von hier aus geht es sehr tief runter, und das wäre sicherlich nicht gut für deine Gesundheit.«

Das traumhafte Bild von Atlan schiebt sich vor mein inneres Auge. Wie er von der kleineren Klippe gesprungen ist, einfach wunderschön. Selbst dieser Sprung war waghalsig und verrückt. Wir befinden uns an einer noch höheren Felskante und ausgerechnet Celia will von hier springen – na klar.

Sie will an mir vorbeigehen, ich packe schnell ihre Hand und halte sie fest.

»Alles okay?«, frage ich.

Sie schüttelt den Kopf, als würde sie gerade aus einem Traum aufwachen, und schaut auf unsere Hände.

»Ähm, ja, natürlich.« Sie stottert. Verrückt, das habe ich noch nie erlebt. Celia ist das Selbstbewusstsein in Person.

»Was hast du am Anfang gesagt?«

»Es tut mir leid?«

Sie schaut noch einmal zur Klippe und geht sich durch ihr blondes Haar.

»Ja, mir auch. Ich wollte Alegria nur helfen.« Sie seufzt und wendet sich mir vollständig zu.

Ich lasse ihre Hand los und kann mir noch nicht ganz erklären, was gerade geschehen ist.

»Endlich gibt es mal jemanden, den sie interessant findet, und dann platzt du mit deiner Umweltaktion dazwischen«, fährt Celia fort und im Moment finde ich ihre Stimme gar nicht so nervig wie zuvor.

Lucia kommt ein Stück den Hügel hinauf und winkt uns zu sich heran.

Celia klopft sich den Staub von ihrem blau-weiß gestreiften Rock. Dann bietet sie mir eine Hand an, die ich kritisch beäuge.

»Wir werden aber jetzt keine Freundinnen, oder?«

Celia lacht und verdreht die Augen. »Wo denkst du hin, Mayla?«

»Sehr gut.« Mit diesen Worten ergreife ich ihre Hand und wir machen uns auf den Rückweg zum Hotel.

»Wolltest du nicht gerade noch schwimmen gehen?« Diese Frage kann ich mir nicht verkneifen, vor allem da ich ein sehr merkwürdiges Gefühl in der Magengegend habe.

Sie wirkt einen Augenblick verunsichert, aber wirft sich mit einer geschmeidigen Geste ihre Haarpracht nach hinten.

»Und riskieren, dass meine Haut austrocknet? Sicher nicht.«

Merkwürdig.

Wir schließen zu Lucia auf, die mit einem Lächeln registriert, dass wir uns nicht die Augen ausgekratzt haben. Aber zu große Hoffnung sollte sie sich nicht machen, was nicht ist, kann ja noch werden, wenn wir den weiteren Vormittag zusammen verbringen.

Ich bin positiv überrascht von Celia, denn sie meckert nicht einmal, dass sie jetzt nicht shoppen gehen kann oder der Abstieg unbequem ist. »Wenigstens verbrauche ich bei diesem Fußmarsch ein paar Kalorien. Das Essen ist hier einfach zu lecker.« In diesem Moment ist sie mir sogar sympathisch.

»Außerdem kann ich dann noch Atlan beim Sonnen zuschauen.«

Und Zack ist es vorbei mit der Sympathie.

***

Der Tag vergeht und wir drei Mädels haben eine großartige Zeit am Strand. Die vier Jungs gesellen sich sehr gern zu uns und Celia ist weit weniger nervig, als ich befürchtet habe. Vermutlich weil ihre Aufmerksamkeit auf Daxton liegt, der oberkörperfrei vor uns herumturnt.

Als es immer später wird, mache ich mir langsam Sorgen.

»Wo bleiben die anderen?«, frage ich Celia, die ich unter ihrem großen Sonnenhut nur schwer erkennen kann.

Sie liegt auf einer der vielen Liegen, die am Strand aufgestellt sind, und sonnt sich genüsslich, während sie sich angetan mit Dax unterhält.

Lucia hat es sich mit einem Buch unter einem Sonnenschirm gemütlich gemacht, damit sie sich nicht verbrennt, und schaut hin und wieder auf, um Kelvin, Noah und Atlan beim Volleyball zu beobachten. Wir haben noch ein paar andere Leute in unserem Alter gefunden, mit denen wir uns einen erbitterten Kampf geliefert haben. Volleyball gehört nicht zu meinen Stärken, aber einige Bälle konnte ich dennoch retten.

Celia schaut auf ihre Armbanduhr und setzt den Hut ab, um mich besser sehen zu können. »Shoppen kann schon mal ein bisschen dauern, liebste Mayla.« Dabei benutzt sie eine so zuckersüße Stimme, dass ich automatisch die Augen verdrehe.

Dax streckt sich auf der Liege aus und folgt unserem Gespräch aufmerksam.

»Ich habe mein Handy nicht hier, könntest du Alegria anrufen und fragen, wann sie wiederkommen?«

Celia kramt in ihrer Tasche und Lucia klappt ihr Buch über Fotografie zu, um sich dann uns zuzuwenden. »Es ist schon nach drei, sie müssten doch längst zurück sein«, sagt sie und verstaut ihr Buch in der Strandtasche.

»Moment, ich klingle mal durch«, sagt Celia und wählt eine Nummer auf ihrem Smartphone.

»Ich hole kurz etwas zu trinken.«

Nachdem ich beim Kiosk, der zu unserem Hotel gehört, mehrere Flaschen besorgt habe, gehe ich voll beladen zurück zu unserer Gruppe. Die Stimmung hat sich eindeutig verändert. Celia beißt auf ihrem Daumen herum, während sie gestresst das Handy an ihr Ohr hält.

»Auch nichts, verdammt«, flucht sie und scrollt durch ihre Kontakte. Lucia schnappt sich auch ihr Telefon und tätigt einen Anruf.

»Was ist los?«, frage ich Dax, der sich aufsetzt, und gehe in die Knie, damit er sich eine Flasche aus meinen Armen nehmen kann. Seine Brauen haben sich zusammengezogen.

»Atlan!«, ruft er. Ich richte mich wieder auf.

Nur Sekunden später stehen Atlan, Kelvin und Noah hinter mir. Noah greift sich über meine Schulter hinweg ein Wasser, während Atlan sich beim Vorbeigehen bedient.

Celia sieht mittlerweile panisch aus. »Niemand geht ran.« Ihre Stimme zittert. Noch mal wählt sie eine Nummer und drückt das Gerät fest an ihr Ohr.

»Na und?«, fragt Kelvin, doch ich weiß, was sie meint. Auch Lucia lässt ihr Handy sinken.

»Wir sind Cheerleader, Kelvin«, sagt Celia.

Ich brumme zustimmend. »Sie legen fast nie ihre Handys aus der Hand.« Klischee hin oder her, für Instagram nehmen die Mädels immer genug Storys und Bilder auf.

Eine Hotelangestellte kommt aus der Lobby auf uns zu und ihr Gesichtsausdruck spricht Bände.

»Scheiße«, sage ich.

Kapitel 10

Positives Nummer 10: Wir kommen der Sache näher

»Sind Sie sich absolut sicher?«, fragt Atlan die Hotelangestellte mit derselben autoritären Stimme, die ich auch schon kennenlernen durfte.

Die Frau mit der Kurzhaarfrisur nickt. »Aber wir tun alles, um sie zu finden. Die Polizei ist auch schon auf der Suche«, versichert sie uns.

Celia atmet heftig ein und aus, es hört sich rasselnd an.

Geistesgegenwärtig schraubt Lucia eine Wasserflasche auf. »Trink etwas, los.«

Celia wehrt sich keine Sekunde, sondern stürzt ein paar Schlucke hinunter. Gleichzeitig kommen ihr die Tränen.

Ich stehe apathisch neben dem Geschehen und kann nicht fassen, was ich gerade gehört habe. Der Bus hatte einen Unfall, das Kuriose ist nur, er war absolut leer. Keine Menschenseele befand sich darin. Gleich nach dem Unfall hat die Polizei das Hotel informiert, die natürlich wussten, dass sich eigentlich zwanzig Cheerleader auf den Weg zur nächstgrößeren Stadt gemacht haben. Erst vor Kurzem hat ein Hotelangestellter uns drei als Bestandteil der Reisegruppe identifiziert.

»Wie kann so etwas passieren?«, zische ich und mache einen Schritt auf die Frau zu. Ich spüre deutlich die Anspannung der vier Jungs.

Kelvin und Dax stehen ihre Emotionen ins Gesicht geschrieben: Argwohn und Besorgnis.

Der Knoten in meinem Bauch zieht sich fester zusammen und ich will noch einen weiteren Schritt auf die Angestellte zumachen.

»Mayla, sie kann nichts dafür.«

Noahs ungewohnt ruhige Stimme holt mich aus meiner Wut heraus. Er legt mir eine Hand auf die Schulter, die sich warm anfühlt.

Ein Blick in sein sanftes Gesicht reicht aus und der Knoten in meinem Bauch lockert sich etwas.

Er drückt mich bedacht auf die Liege zu Celia, der immer mehr Tränen in die Augen steigen.

Auf meiner Augenhöhe befinden sich Atlans Hände, die zu Fäusten geballt sind, wodurch die Knöchel weiß hervortreten. Er verheimlicht etwas.

»Die Polizei kommt auch gleich her. Unserer Hotelmanager nimmt sie gerade in Empfang«, erklärt sie. Unruhig tritt sie von einem Bein auf das andere. Offensichtlicher könnte sie nicht zeigen, dass sie gerade überall sein will, nur nicht hier bei uns.

Alle drehen sich zu dem Parkplatz vor unserem Hotel um, wo zwei Streifenwagen stehen. Das Blaulicht ist abgeschaltet.

»Das wars wohl mit unserem Urlaub«, schnieft Celia. Sie hält ein Taschentuch in der Hand und versucht die Tränen damit abzutupfen, aber es fließen immer neue.

Lucia streicht über ihren Rücken und sieht mich an.

Ich weiß, was sie mir sagen will, weshalb ich aufstehe und mich vor Atlan aufbaue.

»Komm, Celia, wir sollten uns mit der Polizei unterhalten«, sagt Lucia und hilft ihr auf.

Schniefend, aber ohne Widerworte, folgt ihr Celia und sie gehen gemeinsam mit der Hotelangestellten dem Manager entgegen, der eine zerfurchte Miene aufgesetzt hat.

»Was hat das hier mit euch zu tun?« Meine Stimme ist gepresst. Bisher war ja alles lustig und abenteuerlich, aber hier hört der Spaß auf. Alegria ist verschwunden.

Atlan schweigt eisern, weshalb ich noch einen Schritt auf ihn zumache. Neben ihm wirke ich geradezu lächerlich klein, obwohl ich über 1,70 Meter bin und damit über dem Durchschnitt liege.

»Du sagst mir jetzt sofort, was hier gespielt wird. Wenn Alegria und den anderen irgendetwas passiert, ist das hier kein Spaß mehr.« Natürlich mache ich mir Sorgen um alle Mädchen. Sie sind keine engen Freundinnen von mir, aber ich genieße es, mit ihnen Karten zu spielen oder mich von banalen Gesprächen über Jungs ablenken zu lassen.

»Das geht dich nichts an, Mayla«, sagt Dax.

»Also hat es etwas mit euch zu tun!« Ich fahre zu ihm herum. »Und wie mich das hier was angeht, wenn meine Freundinnen in Gefahr sind. Sagt wenigstens der Polizei, wo sie sind.«

Noah setzt sich auf eine der Liegen und faltet die Hände ineinander.

»Das wissen wir auch nicht.«

»Noah!«, unterbricht ihn Dax.

»Was denn? Wenn sie diejenige welche ist, sollten wir sie so früh wie möglich einweihen. Ihr habt es auch gespürt!« Verärgert sieht er seinen Freund an, der ebenso wütend zurückstarrt.

»Und was ist, wenn sie es nicht ist? Dann bringst du einen Menschen in Gefahr.« Dax stemmt wütend die Hände in die Hüften. Seine blauen Augen bohren sich in Noahs.

»Ich bin noch anwesend.«

Sie reden über mich, als stünde ich nicht direkt vor ihnen. »Außerdem haben mich diese Viecher schon angegriffen, ich stecke da auch mit drin.«

»Das klingt so, als würdest du es wollen«, giftet Dax mich an.

»Ja, natürlich, es war absolut meine Intention, dass unser Bus verunglückt und meine Freundinnen verschwinden. Ich war auch in diesem Ungetüm von Blech und hätte genauso gut entführt werden können.«

Es ist pures Glück, dass Celia, Lucia und ich nicht mehr im Bus saßen. Am meisten hasse ich es, dass ich nicht weiß, was mit ihnen passiert ist. Aus diesem Grund kann ich auch den True-Crime-Serien nichts abgewinnen, die Alegria über alles liebt – vor allem denen über ungelöste Fälle.

Die Diskussion mit Dax führt zu nichts. Ich habe schon geahnt, dass er mich nicht leiden kann, und gerade bestätigt er es mir.

»Atlan«, sage ich so sanft, wie es mir im Moment möglich ist.

Er atmet tief durch und sieht mich einige Augenblicke an. Dann legt er den Kopf in den Nacken und schaut in den wolkenlosen blauen Himmel.

»Wenn wir nur den Schlüssel zur Meeresmacht hätten«, wispert er und Noah springt auf.

»Dieses Hirngespinst würde auch nichts ändern.«

»Meeresmacht?«, wiederhole ich. Noch ergibt nichts davon, was die Jungs erzählen, einen Sinn. Was soll ich oder eben nicht sein?

Lucia kommt zurück und sieht aufgelöst aus.

»Und?«, frage ich sofort, nachdem sie bei uns angekommen ist.

Offensichtlich versucht sie sich zu sammeln und streicht immer wieder ihre hellbraunen Haare hinter ein Ohr, nur um sie einen Augenblick später wieder hervorzuholen.

»Die Polizei hat sie noch nicht gefunden. Sie haben uns nach Einzelheiten gefragt, aber wir konnten ihnen nicht viel weiterhelfen.«

Atlan nickt auf Lucias Erklärung hin und wendet sich an seine Jungs.

»Kelvin und Dax, geht nachsehen, ob ihr etwas herausfinden könnt. Ich wette, die Meerhexen suchen auch nach ihr und sind unserer Spur gefolgt.«

Lucia lehnt sich in meine Richtung. »Meerhexen?«

Ja, ich wüsste auch gern, wovon sie sprechen.

»Atlan, wir sollten das nicht vor ihnen besprechen.« Ich muss nicht drauf hinweisen, wie sehr ich gegen Daxtons Aussage bin, oder? Denn nun haben die Geheimnisse ein ganz neues Ausmaß angenommen, das auch uns tangiert.

»Ich denke, auf lange Sicht haben wir keine Wahl. Mayla ist, soweit ich das beurteilen kann, immun gegen unsere Kräfte, und Lucia steckt auch schon in der Sache drin. Wir können sie also nicht raushalten.«

Es gibt keine weiteren Widerworte gegen Atlan und auch wenn ich nicht ganz verstehe, was hier vor sich geht, bin ich ihm dankbar für den Entschluss, uns endlich einzuweihen.

Dax und Kelvin legen ihre Kleidung ab und gehen in ihren Badeshorts ins Meer, um dann weit hinauszuschwimmen.

Zurück bleiben wir vier zwischen unseren Liegen.

»Warum sind sie jetzt schwimmen gegangen? Was soll das alles hier?« Lucias Hände zittern nervös.

Vorsichtig nehme ich sie in meine und streichle sanft über ihre Handrücken.

»Weil diese komischen Wesen von gestern etwas damit zu tun haben, oder?«

Atlan atmet tief durch und führt scheinbar eine stumme Unterhaltung mit Noah. »Wir vermuten es«, sagt er schließlich.

»Also ist alles wahr, was Mayla gesagt hat?«, hakt Lucia nach und ich habe gut damit zu tun, ihre zitternden Hände festzuhalten.

»Ja.«

Und dann bekommt Lucia eine Panikattacke.

***

Eine große Diskussion später sitzen wir zu fünft abseits des Geschehens auf einem vom Meer geglätteten Felsen. Den Unterschied zwischen Ebbe und Flut bemerkt man in der Bucht nur selten, diese Felsen sind ein gutes Indiz, da sie nur bei Ebbe frei liegen.

Lucia hält zwischen ihren Fingern einen dampfenden Pappbecher mit Tee, das Handtuch von Noah über ihren Schultern. Noah selbst baumelt ungeduldig mit den Beinen in der Luft.

Atlan hat einen Fuß im Wasser und schaut geistesabwesend auf das Meer hinaus.

Celia trägt eine kurze Jacke und starrt vor sich hin.

Ich war zuerst genauso wie Noah dagegen, sie zu dem Gespräch dazuzuholen. Aber ich habe kein Recht dazu, ihr vorzuenthalten, was hier vor sich geht. Also redete ich alle Beteiligten so lange in Grund und Boden, bis die Jungs zustimmten, Celia ebenfalls einzuweihen.

»Auf dcinc Vcrantwortung«, hat Atlan nur gebrummt.

Auch wenn ich kein großer Fan von ihr bin, sie betrifft das alles hier genauso – wenn nicht sogar noch mehr als mich.

Lucia hat sich einigermaßen beruhigt, auch wenn sie manchmal noch japst.

»Okay und jetzt bitte die vollständige Wahrheit. Wenn auch nur die kleinste Chance besteht, dass wir helfen können, dann wollen wir diese auch nutzen«, sage ich und versichere mich mit einem fragenden Blick zu Lucia, ob sie derselben Meinung ist.

Der Becher bekommt leichte Druckstellen, als sich Lucias Finger verkrampfen, dennoch nickt sie langsam.

Vorsichtig nehme ich ihn aus ihren Händen und sie lächelt mich dankbar an.

»In Ordnung.« Atlan wendet sich vom Meer ab und ändert seine Sitzposition so, dass er uns zugewandt ist, aber immer noch den Fuß im Wasser hat.

Noah greift in seine Haare und versucht eine gewisse Ordnung reinzubringen, aber scheitert kläglich. Eine Narbe an der Seite verhindert es. Sie verunstaltet seine Erscheinung nicht, sondern verleiht ihr sogar etwas Ernstes. Er beginnt mit dem Anhänger an seinem Handgelenk zu spielen. Es ist eine silberne Muschel.

Atlan mustert jede von uns eindringlich, als müsste er sich überzeugen, dass er hier das Richtige tut. »Vor euren Augen verborgen gibt es im Meer zwei Völker. Einmal uns, die Sirenen, und einmal-«

»Moment!« Ich hebe die Hände. »Sind Sirenen nicht alle weiblich?«

»Wirklich? Das ist dein Problem damit, Mayla?«, fragt Celia. Ich bin eine Spur erleichtert, als ihre nervige Stimme wieder an mein Ohr dringt.

Warum bekomme ich eigentlich immer denselben Satz zu hören?

Celias Make-up ist verschmiert, auch wenn sie sich Mühe gegeben hat, es zu verstecken. Ihre Augen sind gerötet und verquollen.

»Ich mein ja nur.«

Noah lacht und sofort fühlt sich die Stimmung gelöster an.

Sogar Atlan lächelt mich ein bisschen an. »Was ich sagen wollte. Es gibt die Sirenen und das andere Volk sind die Meerhexen.«

»Das Böse unter Wasser«, fügt Noah mit einer Grabesstimme hinzu, was sofort einen Schlag von Atlan auf seinen Oberarm zur Folge hat. »Was denn? Stimmt doch.« Er reibt sich über die Stelle und wäre alles nicht so kurios und furchteinflößend, dann würde ich darüber lachen. Vielleicht ist genau das auch Noahs Intention.

Atlan verdreht die Augen. »So ganz unrecht hat er nicht. Du bist den Meerhexen schon begegnet, Mayla.«

Zu gut erinnere ich mich an die hässliche Fratze mit den Haizähnen im Mund, der schuppigen Haut und den wilden Augen.

Celia reißt die Augen auf und ich erzähle ihr grob, was Atlan und mir gestern passiert ist. Natürlich lasse ich dabei unsere kleine Zweisamkeit in der Höhle aus.

Celia nickt zwar, aber ich bin mir nicht sicher, ob sie all das auch glaubt.

»Was hat das mit dem Unfall zu tun?«, fragt sie und ist dabei erstaunlich blass.

Atlan und Noah tauschen einen Blick aus, ehe Atlan fortsetzt: »Die Meerhexen zwingen einige der Sirenen schon seit Jahrzehnten für sie Nahrung zu besorgen.«

Ich halte die Luft an. Soll Alegria etwa die Nahrung sein?

»Nicht so, wie ihr denkt«, schreitet Noah ein, »sie saugen Menschen die Seelen aus, weil sie diese für ihre Magie brauchen.«

»Na das klingt doch gleich besser«, murmelt Celia und vergräbt sich tiefer in ihrer Jacke, als könnte sie darin verschwinden.

»Magie?«, haucht Lucia und greift nach dem Pappbecher, den ich vor mir abgestellt habe.

»Ja, sie benutzen Flüche, um uns in Schach zu halten und ihr Leben im Wasser zu ermöglichen. Denn wir haben uns dank unserer Königin zusammengeschlossen, um ihre Machenschaften zu stoppen. Noah, Dax und Kelvin gehören wie ich zur königlichen Garde.«

Während meine Augen immer größer werden und vor Faszination sicher zu leuchten beginnen, verschränkt Celia die Arme vor der Brust. »Jetzt kommen sie auch noch mit einer Königin.«

Scheinbar kann nur ich ihre leise Stimme hören, da sie ganz am Rand unserer kleinen Gruppe sitzt.

Ich habe mit vielem gerechnet, aber dass ich auf etwas derart Übernatürliches stoßen würde, hätte ich niemals für möglich gehalten. Jeder Aspekt davon fasziniert mich auf eine Art, die ich selbst nicht mehr für normal und angebracht halte.

»Und was macht ihr dann hier an Land? Solltet ihr nicht unter Wasser sein und die Meerhexen davon abhalten, Menschen zu töten?« Lucia hat ihren leeren Becher vollständig zerdrückt. Auch ihre Augen sind geweitet, aber vermutlich eher aus Angst.

»Normalerweise ja«, sagt Atlan, »aber die Königin hat uns mit einer Geheimmission beauftragt.« Er macht eine dramatische Pause. »Wir suchen die Sirenenprinzessin und bisher gehen wir davon aus, dass sie sich unter euch befindet.«

»Eine Prinzessin«, hauche ich und Celia prustet los.

»Ach kommt schon. Wen wollt ihr hier verarschen?« Sie wirft einen Blick auf mich, verdreht die Augen und deutet an mir hinunter. »Na gut, bis auf Mayla, die euch den Quatsch offensichtlich abkauft.«

»Hey, ich habe die Meerhexen gesehen!«

Doch sie winkt meinen Einwand nur müde ab und steht auf.

»Und wenn Meerhexen Flüche benutzen, was macht ihr?«, fragt Lucia und ignoriert Celia, die ihre Sachen aufsammelt.

»Nun ja«, Noah schaut auf den Boden und hadert mit sich, »wie auch schon in der Mythologie beschrieben, singen wir, um die Menschen anzulocken. Und sind sehr gut im Umgang mit dem Dreizack.«

Klappernd fällt Celias Handy auf die Steine und ich kann gerade noch verhindern, dass es ins Wasser plumpst.

»Das war knapp«, sage ich und halte ihr das Gerät hin. Aber sie ist wie erstarrt und ihre Gesichtsfarbe ähnelt der einer Wasserleiche. Dann reißt sie mir das Telefon aus der Hand und rutscht eilig vom Felsen herunter.

Ich weiß nicht, warum, aber springe auf und sprinte ihr hinterher. Eigentlich hätte ich gern noch mehr von den Jungs gehört, über die Prinzessin, ihre Fähigkeiten und ihre Geschichte. Doch ich folge meinem Bauchgefühl. Celia hat sich in einer Nische zwischen zwei Essensständen vergraben und den Kopf auf ihren Armen abgelegt, mit denen sie ihre Beine umschlingt.

»Hey«, sage ich so sanft wie möglich und gehe bedacht auf sie zu, als wäre sie ein wildes Tier, das ich nicht verschrecken will. Obwohl helllichter Tag ist, werfen die Wände der Buden dunkle Schatten und lassen die Ecke düster und trostlos wirken.

Ich knie mich vor sie und lege ihr eine Hand auf die Schulter.

Sie schaut nicht auf.

»Was ist denn los?«, frage ich und Celia hebt tatsächlich den Kopf, aber nur um mich böse anzufunkeln. »Ich meine, abgesehen davon, dass unsere Freunde vermisst werden, es übernatürliche Wesen im Meer gibt und du dich veralbert fühlst.«

Ein feines Schmunzeln huscht über ihre vollen Lippen, aber es ist so schnell fort, dass ich mir nicht sicher bin, ob es überhaupt vorhanden war.

»Ich habe es gehört.« Ihre Stimme ist belegt und ihre Augen sehen noch müder aus als zuvor.

»Was gehört?«

»Ihre Stimmen, den Gesang«, seufzt sie und stützt ihren Kopf mit einer Hand ab.

»Wann? Ich habe nichts gehört.«

Sie lacht bitter auf. »Ja, das habe ich gemerkt. Oben auf der Klippe, nachdem wir aus dem Bus geschmissen wurden.«

Ich erinnere mich, sie wollte unbedingt schwimmen gehen und stritt danach alles ab.

»Du hast es nicht gehört, Mayla, aber ich ... Und wenn ich mir überlege, ich wäre tatsächlich von der Klippe gesprungen, nur um dieser wunderschönen Stimme zu folgen ...« Sie bricht ab und vergräbt ihren Kopf wieder an ihren Armen.

Ich kann mir nur vorstellen, wie sie sich fühlt. Wäre sie der Stimme gefolgt, dann wäre sie im besten Fall mit den anderen verschwunden, im schlimmsten Fall tot. Nur dank mir sitzt sie noch hier und wenn ich unsere Vergangenheit bedenke, möchte ich ihr unter die Nase reiben, dass ich ihr Leben gerettet habe. Der Anblick ihres zusammengesunkenen Körpers hält mich jedoch davon ab. Vergangenes sollten wir ruhen lassen und im Moment gibt es wesentlich Wichtigeres zu tun.

»Celia?«

»Hm?« Langsam schaut sie mich an.

»Willst du nicht nächstes Mal zum Spa oder so laufen? Ich glaube, ich sitze auf einem Hotdog.«

»Du bist unmöglich, Mayla.« Sie verdreht wieder die Augen, doch dabei lacht sie und das war für den Moment mein Ziel.

Kapitel 11

Positives Nummer 11: Ich bin achtzehn Jahre alt

»Nein, keine zehn Pferde kriegen mich ins Wasser, jetzt erst recht nicht.« In diesem Punkt gibt es für Lucia keinen Verhandlungsspielraum, das versuche ich den beiden Jungs seit einiger Zeit näherzubringen. Meine beste Freundin hat die Arme vor der Brust verschränkt, was bei ihrer zierlichen Gestalt durchaus amüsant wirkt, und steht am Strand.

Ich bin schon lange im Meer und warte geduldig darauf, dass Noah und Atlan aufgeben. Denn dies wird definitiv eher geschehen, als dass Lucia nachgibt.

»Okay«, sagt Atlan schließlich, »Noah, bleib du bei Lucia und Celia.« Wir alle schauen zu meiner Erzfeindin, die zwar recht gefasst wirkt, aber das Zittern ihrer Beine straft sie Lügen. Von Anfang an wollte sie mit der ganzen Sache so wenig wie möglich zu tun haben. »Wir müssen die drei beschützen. Klär sie noch mal über alles auf. Ich gehe mit Mayla.«

Noah sieht nicht begeistert von seiner Anordnung aus, dennoch stapft er, ohne zu zögern, aus dem Wasser.

Am Strand ist nicht viel los, einige Familien buddeln im Sand.

Celia sitzt zusammengesunken unter einem Sonnenschirm nahe des Wassers und starrt vor sich hin. Ich konnte sie dazu bewegen, sich auch den Rest anzuhören. Sie glaubt den Jungs ebenfalls.

Das Meer liegt heute besonders ruhig da, nur minimale Wellen kriechen über die Oberfläche.

Atlan steht hüfttief im Wasser, sein breiter Oberkörper sieht in der Sonne einfach großartig aus. Kleine Wasserperlen folgen seinen Muskeln und lassen meinen Blick auf ihm verweilen.

Unsere Situation zwingt uns zum Stillstand. Wir warten auf Nachrichten von der Polizei oder von Kelvin und Daxton. Doch hier nur herumzusitzen und zu warten, ist für mich keine Option. Es macht mich unruhig, dass ich angeblich nichts tun kann und dazu verdammt bin, andere die Arbeit machen zu lassen. Um mich abzulenken, wollte ich unbedingt die Fähigkeiten der Jungs sehen, weshalb ich nun mit Atlan im Ozean stehe.

»Fertig?«, kommentiert er mit einem schmutzigen Grinsen meinen Blick und ich fühle mich ertappt. Ich habe ihn zu lange angestarrt, als dass ich mich jetzt herausreden könnte. Aber das möchte ich auch nicht. Atlan ist überaus attraktiv, ein schöneres Wesen ist mir noch nie begegnet. Er streckt die Hand aus und ich kann nicht anders, als sie zu nehmen. Er zieht mich an wie Licht die Motten. Ich rümpfe die Nase, kein schöner Vergleich.

Hand in Hand gehen wir tiefer ins Wasser, bis wir nicht mehr stehen können und ich seine loslasse, um besser schwimmen zu können. Ich kann nicht verhindern, dass ich genau darauf achte, wie sich die Wassertemperatur verändert. Dies ist für mich das einzig sichere Anzeichen, dass wir allein sind.

»Keine Sorge, sie sind nicht hier«, sagt Atlan und schwimmt ein paar Meter voraus.

Ich schlucke und versuche ihm zu vertrauen. Es fällt mir schwerer als gedacht. Die Erinnerung an die schreckliche Fratze vor meinem Gesicht ist noch immer präsent.

»Meine Verbindung mit dem Meer ist ziemlich stark, daher kann ich fühlen, ob sie hier sind, und meine Umgebung sehr gut beobachten«, erklärt er und wartet auf mich.

Dieses Mal schwimmen wir rechtsherum aus der Bucht, bis wir an eine Stelle kommen, die uns vor den Besuchern verbirgt.

Trotz der Erklärungen vorhin habe ich viele Fragen und eine brennt mir besonders auf der Zunge, weshalb ich mich nicht länger beherrschen kann. »Wie kommt ihr darauf, dass die Sirenenprinzessin unter uns ist?« Ich wollte sie nicht vor Celia stellen. Vielleicht weil ich nicht möchte, dass sie die Möglichkeit in Betracht zieht, selbst die Prinzessin zu sein.

Atlan betrachtet mich eine Weile, ehe er wieder die Hand nach mir ausstreckt, die ich ergreife. Sanft zieht er mich zu den Gesteinsbrocken, die aus dem Wasser ragen. Bei starkem Wind und Wellengang eine gefährliche Stelle, doch mit dem lauen Lüftchen und einer Sirene an meiner Seite fühle ich mich sicher. Ich kann mich sogar an einer Stelle festhalten und hinsetzen.

»Also?«

»An dem Tag, als ihr angekommen seid, und du Kelvin und Dax zur Schnecke gemacht hast, haben wir die Anwesenheit unserer Prinzessin gespürt. Wie einen Orkan, der über unsere Köpfe hinwegfegte. Wir reagieren auf ihre Gegenwart hier auf der Insel.« Atlan treibt vor mir ohne jegliche Anstrengung im Meer, seine Stimme ist sanft, während er erzählt. »Aber wir können nicht fühlen, wer sie ist. Unsere Königin hat aus Angst vor den Meerhexen mithilfe von Mayim ihr einziges Kind mit einem Zauber belegt, der sie unerkannt leben lässt.«

»Mayim?« Ich lasse mir den Namen auf der Zunge zergehen, er fühlt sich mystisch an und sofort habe ich die dunklen und wunderschönen Tiefen des Ozeans vor Augen.

»Mayim ist das Wasser selbst, ein Wesen von unermesslicher Macht.«

»Wie könnt ihr die Prinzessin erkennen?«, frage ich und traue mich nicht Atlan in die Augen zu schauen. Vor ihm kommt mir die Hoffnung, die Prinzessin zu sein, albern vor. Bei Lucia oder Alegria habe ich damit kein Problem. Wie viele Geschichten habe ich ihnen erzählt, in denen ich etwas Besonderes war? Auch die beiden habe ich manchmal in Hauptrollen gesteckt und von ihren großen Lieben gefaselt. Alegria hat immer nur abgewunken und Lucia verträumt zugehört. Auch wenn sie nicht daran glaubte, in diesen Momenten hat sie sich das Schwärmen erlaubt.

Atlan hebt sanft mein Kinn an und ich schaue direkt in seine unfassbar blauen Augen. Sie wirken wie der tiefste Ozean, in den nur spärlich das Sonnenlicht dringt. Sie sind wunderschön und halten mich gefangen.

»Du meinst, wie ich erkennen kann, ob du die Prinzessin bist?«, fragt er mit ernster Stimme.

Ganz leicht nicke ich.

»Ich hoffe, dass du es bist. Es wäre eine gute Geschichte«, sagt er und streicht mir durch mein wildes Haar. »Immer, wenn ich dich sehe, klebt ein Teil des Meeres an dir.« Vorsichtig zieht er eine Alge von einer Strähne und wirft sie zurück ins Wasser. »Die Prinzessin besitzt eine große Kraft in ihrer Stimme. Normalerweise sind die Meerhexen gegen unseren Gesang immun, aber nicht gegen den der königlichen Familie. Wir hoffen, dass wir die Prinzessin an ihrer Stimme erkennen, daran, wie das Meer auf sie reagiert, und umgekehrt. Die passende Hintergrundgeschichte und ihr Alter sind ebenfalls gute Indizien.«

Ich atme bewusst aus, für mich klingt das alles sehr aufregend.

»Ich bin achtzehn«, sage ich und warte gespannt auf seine Reaktion. Seine Augen blitzen auf und er grinst verschmitzt.

»Vor achtzehn Jahren verschwand die Prinzessin und jetzt schwindet die Stimme unserer Königin, weil die Kraft auf ihre Tochter übergeht. Es ist ein schleichender Prozess, wir wissen nicht, wann er begonnen hat. Vielleicht bist du es. Ich würde mich freuen, mit dir an meiner Seite könnten wir sicherlich den Krieg gegen die Hexen gewinnen. Vielleicht hat die Suche endlich ein Ende.«

Er hebt mich galant hoch und hält mich über seinen Kopf. Mein Schatten fällt auf ihn, weshalb er mich direkt ansehen kann. Kleine Tropfen aus meinen Haaren und vom Bikini fallen auf ihn, doch es stört ihn nicht. »Du faszinierst mich, Mayla.«

Wenn ich Zeit mit Atlan verbringe, vergesse ich, dass es außerhalb unserer Zweisamkeit eine Welt gibt, in der schlimme Dinge passieren. Den ganzen Tag könnte ich ihn betrachten, mit ihm schwimmen und mich in seinen blauen Augen verlieren.

Vorsichtig lässt er mich zurück ins Wasser sinken, zieht mich an sich. Ich lege meine Stirn an seine und betrachte dieses markante Gesicht. Atlan hat bestimmt schon mehr gesehen, als ich es mir vorstellen kann. Nicht nur die unerforschten Tiefen der See, sondern auch Kämpfe und Kriege.

»Lebt ihr denn auch unter Wasser?«, flüstere ich, aus Angst, den Moment zu zerstören.

»Wenn du es bist, dann nehme ich dich mit nach Aquarta, deiner Heimat.«

Aquarta, der Name klingt gut, wie ein Unterwasserparadies.

Er küsst meine Nase und ich muss kichern. »Komm, ich zeige dir, warum wir überhaupt rausgeschwommen sind.«

Er löst einen Arm von mir, doch mit dem anderen hält er mich sicher fest. Wie kann er sich an der Oberfläche halten? In dem klaren Wasser sehe ich deutlich, dass er seine Beine nicht mehr bewegt. Ist er so viel größer, dass er hier stehen kann?

Mit der freien Hand tippt er gegen seinen Anhänger, ein silberner Dreizack. Dann dreht er seine Hand im kühlen Nass. An meinen Beinen kitzeln kleine Wirbelstürme, sie steuern auf Atlans Unterkörper zu.

Mir klappt der Mund auf, als sie sich zu einem vereinen und mir die Sicht auf seine Beine genommen wird. Mein Atem stockt und ich kann meinen Augen nicht trauen. Ich drücke mich von seinem Oberkörper weg, denn das muss ich in voller Pracht betrachten. Ab dem Becken geht sein menschlicher Körper in einen Fischschwanz über, wie man ihn von Gemälden mit Meerjungfrauen kennt. Er ist genauso blau wie seine Augen.

Vorsichtig strecke ich eine Hand aus und berühre ihn. Im Zoo konnte ich schon einmal einen Delfin streicheln und seine Haut fühlt sich genauso an. Überraschend weich und elastisch. Mit den Fingerspitzen streiche ich über sie.

»Das ist … der Wahnsinn!«, keuche ich und schwimme einmal um ihn herum. So etwas Magisches habe ich nicht für möglich gehalten.

»Na komm«, sagt er und ich greife wieder nach der dargebotenen Hand. Nichts könnte mich davon abhalten, sie zu nehmen. Mit Schwung zieht er mich zurück an seine Brust. »Tief Luft holen.«

Ohne zu fragen, tue ich genau das. Er taucht ab, hält mich fest an sich gepresst, während wir in einem unbändigen Tempo durch das Wasser pflügen. Dann hält er an, mitten im Ozean, und wir schweben im Wasser.

Er hat keine Schwierigkeiten, mich an Ort und Stelle zu halten, sodass ich weder nach oben noch nach unten treibe. Fische ziehen an uns vorbei und lassen sich von unserer Anwesenheit nicht stören. Sie schillern in den schönsten Farben und eine tiefe Liebe für das Meer durchfährt mich. Es in seiner vollen Pracht zu sehen, ohne eine störende Tauchermaske und einen engen

Neoprenanzug, lässt mich breit strahlen. Das hier ist der schönste Moment meines Lebens.

Ich sehe nach oben und kann das Sonnenlicht sehen, das auf der Oberfläche bricht.

Sanft nimmt Atlan mein Gesicht in seine Hand, sodass ich ihn wieder betrachte. Sein Oberkörper hat sich kein bisschen verändert, keine Schuppen, keine Schwimmhäute, nur Atlan. Seine Fingerspitzen streichen über meine Wange und lösen kleine Impulse in meinem Inneren aus. Im Strom des Meeres bewegen sich seine Haare und legen spitz zulaufende Ohren frei. Alles an seiner Gestalt fasziniert mich und ich kann verstehen, warum Menschen den Sirenen bis zum Tod folgen. Bereits vorher übte Atlan eine enorme Anziehungskraft auf mich aus, nun setzt er in seiner Sirenengestalt die Erdanziehung für mich außer Kraft.

Eine Luftblase entweicht mir und auch wenn ich mich in seinen Armen sicher fühle, ist mir mein letzter Unterwasserbesuch verdammt gut im Gedächtnis geblieben.

Nachdenklich legt er den Kopf schief, unter seinem intensiven Blick fühle ich mich nackter als je zuvor und ich trage nur einen Bikini. Noch immer hält er mein Gesicht umfasst wie etwas Kostbares. Ich bin glücklich und strahle ihn so breit an, als wäre er meine persönliche Sonne. Dann küsst er mich. Einfach so, aus dem Nichts.

Seine Lippen fühlen sich weich an und schmecken nach Salzwasser. Jeden Tag bin ich im Ozean, der Geschmack ist mir vertrauter als jeder andere. Ein Gefühl von Heimat durchflutet mich, genauso wie ein Kribbeln. Ich lege meine Arme um seinen Nacken und erwidere den Kuss. Sanft und vorsichtig, und doch, als hätten wir es schon etliche Male getan. Dabei bemerke ich, dass meine Lungen sich mit Sauerstoff füllen. Ich brauche nicht aufzutauchen, sondern kann in diesem schwerelosen Zustand verweilen.

Er löst sich von mir und streicht eine Strähne aus meinem Gesicht. »Du hast so gestrahlt, dass ich nicht anders konnte«, wispert er und wieder ist seine Stimme so klar, als wären wir oben. »Aber das hätte ich nicht tun dürfen.«

Wie oft ist mir so ein Satz schon in Filmen begegnet? Ich bin nicht verletzt, sondern er beflügelt mich. Gerade die verbotenen Dinge sind in Geschichten die richtigen und das hier hat sich so angefühlt, als wäre es vorherbestimmt. Und wie könnte ich so einen Kuss unter Wasser bereuen?

Er schlägt mit seiner Flosse aus und greift nach meiner Hand, um mich nach oben zu ziehen. Mit Leichtigkeit kann er mich durch die Ströme führen und viel zu schnell verlasse ich diese faszinierende Unterwasserwelt. Zu gern hätte ich mir die Umgebung noch genauer angeschaut. Dennoch durchströmt mich ein tiefes Glücksgefühl und ich bin dankbar am Leben zu sein, dankbar, dass meine Eltern mich nur aussetzten und nicht töteten. Dankbar, dass ich diesen Tag erleben darf und eine andere Welt kennengelernt habe. Und dankbar diese Gefühle für Atlan zu haben.

Während wir nach oben treiben, kann ich nicht anders, als ihn zu betrachten. Auch wenn ich jetzt weiß, warum er so gut aussieht, tut das seiner Schönheit keinen Abbruch.

Als wir die Oberfläche durchbrechen, fühlt es sich an, als würden wir auch unsere zweisame Welt verlassen. Ein Universum, das wir uns verborgen vor anderen Augen erschaffen haben.

»Ich verrate es keinem«, sage ich mit belegter Stimme.

Er lässt mich los und am liebsten würde ich sofort zurück in seine Arme stürzen, als mich das kühle Wasser umgibt. Staunend schaue ich mich um, denn ich kann unsere Bucht weit entfernt von uns sehen.

»Wie schnell bist du denn?«, entfleucht es mir und einen Augenblick erfasst mich blanke Panik. Was ist, wenn er mich hier zurücklässt?

»Weite Strecken sind kein Problem für uns. Wir sind dafür gemacht, durch alle Weltmeere zu schwimmen.«

Die Insel ragt vor uns auf und auch wenn ich gerade den wohl magischsten Moment in meinem Leben hatte, beschleicht mich das Gefühl, dass ich zurückkehren muss in die Realität. Eine Wirklichkeit, in der Alegria, Susan und die anderen Cheerleader verschwunden sind und Atlan mich gerade nicht geküsst hat. Dennoch bin ich dankbar für diesen Moment. Egal wie schrecklich die momentane Situation ist, ich durfte etwas Einzigartiges erleben.

»Wir sollten zurück, vielleicht haben die anderen etwas Neues über Alegria und den Rest gehört«, sage ich und bemerke, wie mein Körper schwerer wird. Die Euphorie von eben ist verschwunden und zurück bleibt ein Klumpen voller Sorgen, der mich herunterzieht. Ich hoffe, dass Alegria nichts zugestoßen ist. Sobald ich sie in die Arme schließen kann, werde ich mich bei ihr entschuldigen.

»Ja, ich hoffe, dass die Meerhexen sie nicht erwischt haben.«

Wie selbstverständlich finden unsere Hände zusammen, als wären wir ein eingespieltes Team, und er zieht mich zu sich. Er will schon untertauchen, doch ich lege eine Hand an seine Brust, um ihn davon abzuhalten.

»Aber Celia hat eine Stimme gehört, die gesungen hat. Das war dann doch eine Sirene.«

Atlans Miene versteift sich. »Wie gesagt, die Meerhexen schaffen es immer wieder, Sirenen unter ihre Kontrolle zu bringen und sie zu benutzen.« Seine Stimme ist viel kühler und er starrt auf die Insel vor uns. »Gehen wir also vom Schlimmsten aus. Du hast die Stimme nicht gehört, oder?«

Ich schüttle den Kopf und Atlan betrachtet mich wieder mit diesem durchdringenden Blick. Anschließend hole ich tief Luft und lasse mich von ihm durch das Meer geleiten.

***

Atlan hat in der Nähe vom Strand die menschliche Gestalt angenommen, inklusive Badehose, und ich wüsste zu gern, wie das funktioniert.

An Land haben Lucia und Noah etwas zu essen besorgt. Mittlerweile ist es später Nachmittag und die meisten Touristen haben sich vom Strand zurückgezogen. Wir waten aus dem Meer, um uns zu der kleinen Gruppe zu gesellen. Kelvin und Dax sind ebenfalls zurück und bedienen sich an den Sandwiches der hoteleigenen Imbissbude. Es herrscht immer noch eine dunkle Stimmung, weshalb ich mich sofort schlecht fühle, dass ich Freude empfunden habe, während unsere Begleiterinnen verschwunden sind.

»Und?«, frage ich, während ich nach einem flauschigen Handtuch greife, um mich darin einzuwickeln. Ich will Atlan auch eines reichen, aber sehe, dass er bereits trocken ist. Das ist jetzt unerwartet, aber gut, ich habe gesehen, wie er vor meinen Augen zu einem Meermann wurde, warum also nicht auch das?

»Die Polizei hat noch nichts gefunden«, sagt Celia und starrt apathisch auf ihr Handy. Immer wieder tippt sie darauf, wenn der Bildschirm sich verdunkelt.

»Wir sind auch nicht wirklich fündig geworden.« Kelvin befreit ein weiteres Sandwich aus seiner Verpackung.

Ich registriere diesen unnötigen Müll, aber konzentriere mich wieder auf das Wesentliche. »Das bedeutet?«

»Wir müssen abwarten.« Er zuckt mit den Schultern und nimmt einen großen Bissen.

Das habe ich befürchtet und genau das werde ich nicht tun.

Kapitel 12

Positives Nummer 12: Niemals zuvor durfte ich solche Schönheit sehen

Lucia sieht mich warnend an und ich versuche sie weitestgehend zu ignorieren. Vor allem ihre Stirn, die voller Sorge in Falten gelegt ist.

»Soll ich dich jetzt auch noch verlieren?«, fragt sie und ihre Stimme klingt vorwurfsvoll, aber hinter dieser Fassade lauert Angst. Ihre Augen verraten es mir, ich kann in ihnen lesen wie in einem offenen Buch. Der einzige Nachteil: Sie kann es auch bei mir. Ihre unruhige Art beweist mir, dass ihr bewusst ist, was ich vorhabe.

Hier in unserem Zimmer, wo niemand anderes dabei ist, hält sie mit ihrer Meinung auch nicht hinterm Berg. Sie verkrampft ihre Finger in den dünnen Stoff ihrer Jacke, was sie oft macht, um ihre Gefühle zu unterdrücken.

Sofort erfasst mich eine Welle der Scham. Wir haben so viel gemeinsam erlebt, dass sie sich vor mir nicht zurückhalten sollte.

Ich höre auf zu packen und bin mit nur vier Schritten bei ihr, um ihre Hände vorsichtig zu entkrampfen.

»Was ist los?«

Sie atmet tief durch und ihre Augen schwimmen schon, so sehr kämpft sie mit den Tränen. »Ich habe Alegria gesagt, sie soll im Bus bleiben.«

»O nein! Damit fangen wir nicht an.« Ich nehme sie so fest in den Arm, wie ich nur kann. »Es sollte genauso sein, wie es gekommen ist. Das ist nicht deine Schuld und niemand konnte das voraussehen.« Lucia nickt an dem Stoff meines roten T-Shirts.

»Aber ich will dich nicht auch noch verlieren.« Sie löst sich schniefend von mir, um sich über die Augen zu wischen.

»Du wirst mich nicht verlieren.« Dann zwinkere ich und mache ein albernes Gesicht. »Ich bin doch die Heldin dieser Geschichte.«

Leise lacht Lucia und meine Nerven entspannen sich etwas.

»Hat Atlan nicht gesagt, dass wir im Zimmer bleiben sollen?«, fragt sie und greift nach meinen Händen. So kann ich schlecht weitermachen und das war vermutlich auch ihr Plan. Mist, ich bin darauf reingefallen, und das nach all den Jahren. Jetzt ist es an ihr, verschmitzt zu grinsen. »Du bist leicht zu durchschauen, Mayla.«

»Nur für dich«, brumme ich und setze in Gedanken »und für Alegria« hinzu. Ich will es nicht aussprechen. Manchmal habe ich Angst, dass Lucia schon an kleinen Dingen zerbrechen könnte.

»Es bringt nichts, wenn du auf eigene Faust suchst. Selbst wenn – und ich meine wirklich, wenn – diese verschwindend kleine Wahrscheinlichkeit besteht, dass du die Sirenenprinzessin bist, kannst du dich wohl kaum gegen mehrere Meerhexen behaupten.« Sie starrt meinen halb gepackten Rucksack mit solcher Intensität an, als könnte sie ihn sprengen.

»Ich muss sie finden. Wenn ihr etwas passiert und ich nichts getan habe, werde ich mir das nie verzeihen«, sage ich und versuche mich sanft aus ihrer Umklammerung zu befreien.

»Und ich mir nicht, wenn du auch noch verschwindest. Außerdem wird es dunkel.«

»In den meisten Geschichten passieren dann die aufregendsten Sachen.«

»In Horrorfilmen sterben die meisten.«

»Guter Punkt.«

Mein Widerstand beginnt zu bröckeln und Lucia gibt mich frei. Sie hat recht. Ich kenne mich auf der Insel kaum aus und in der Dunkelheit kann man im Meer sowieso nichts erkennen.

»Dann lass uns noch gemeinsam ein bisschen schauen, bis du meinst, es ist zu gefährlich. Auf deinen Sensor können wir uns verlassen«, schlage ich vor.

Frustriert geht Lucia zur Kommode und holt eine Taschenlampe aus der Schublade, Mama Bär ist auf alle Eventualitäten vorbereitet. Ich grinse dämlich, während ich meine Schnürsenkel binde.

Vorsichtig schiebe ich unsere Vorhänge beiseite und anschließend unsere Terrassentür.

»Ich denke trotzdem, dass es eine schlechte Idee ist«, sagt Lucia und zieht sich eine wärmere Jacke über.

Ich trete aus unserem Zimmer, als neben mir eine helle Stimme erklingt, die mir durch Mark und Bein geht.

»Dem schließe ich mich an.«

Vor Schreck mache ich einen Satz zurück ins Zimmer und kreische sogar eine Sekunde lang auf.

»Noah! Erschreck mich nicht so, mein armes Herz.«

Wie verrückt klopft es in meiner Brust und das liegt nicht daran, dass Noah in dem Licht der untergehenden Sonne wie ein Engel aussieht.

Er lehnt an der Wand auf unserem Balkon, hat seinen Kopf geradeaus gewandt. Sein übliches Grinsen ist verschwunden. Er verstrubbelt sich die Haare und stößt sich galant ab.

»Tja, da hatte ich wohl recht.« Mit einem ernsten Gesichtsausdruck kommt er auf mich zu. »Und Atlan meinte, es reicht vollkommen, wenn er dir sagt, du sollst im Zimmer bleiben. Er kann dich wohl doch nicht richtig einschätzen.«

Nun grinst Noah zwar, aber es erreicht seine Augen nicht, weshalb es eher fratzenähnlich wirkt und mich beunruhigt.

»Müssen wir jetzt doch Wachen aufstellen, Mayla?«, fragt er und kommt mir dabei so nah, dass mein Instinkt anschlägt und ich einen Schritt zurückmache.

Lucia seufzt hinter mir erleichtert auf.

Doch wenn Noah denkt, dass ich mich geschlagen gebe, schätzt er mich ebenfalls falsch ein. Ich hebe das Kinn, um mich ihm ebenbürtig zu fühlen. Mir ist nie aufgefallen, wie groß er ist und dass er mich um mehr als eine Kopflänge überragt. Neben Atlan und Dax wirkt er fast klein.

Lässig lehnt er sich gegen die offene Terrassentür und beugt sich herunter. »Also?«

»Du kannst mich nicht davon abhalten, nach Alegria zu suchen«, brumme ich.

Noah bleibt gelassen und legt nur den Kopf schief. Dabei sehe ich in seine hellblauen Augen, die für gewöhnlich dem Sommerhimmel gleichen. Jetzt wirken sie eine Spur düsterer und von Sorgen verschleiert.

»Und wie ich das kann. Körperlich bin ich dir bei Weitem überlegen. Außerdem, wenn Atlan recht hat und du die Prinzessin bist, müssen wir deine Sicherheit gewährleisten.«

Ich beiße mir auf die Lippe und wende schließlich den Blick ab. Er meint es ernst und leider zweifle ich keine Sekunde an seiner Aussage. Körperlich habe ich nicht den Hauch einer Chance gegen ihn.

Sein Kichern reißt mich aus meinen Gedanken und er tippt gegen meinen Hals auf meine Pigmentstörung. »Niedlicher Fleck.«

Noch nie hat jemand den Fleck so bezeichnet. Wenn ich in den Spiegel schaue, ist er das Erste, was mir ins Auge sticht und missfällt. Zu Hause in Barcelona kaschiere ich ihn stets mit Foundation, doch im Urlaub habe ich gar kein Make-up dabei.

»Schicke Narbe«, gebe ich zurück und deute mit dem Kinn auf seinen Kopf.

»Danke, Eure Hoheit. Nun denn, Prinzessin, überlasst Ihr uns die gefährliche Suche nach Euren Freundinnen?«

Er verbeugt sich vor mir und ich weiß, dass er mich nur ärgern will. Aber er hat mich jetzt genau da, wo er mich haben wollte. Ich kann nicht auf eigene Faust rausgehen und suchen. Also drehe ich mich trotzig um und setze mich auf mein Bett.

»Na Gott sei Dank«, jubelt Lucia und Noah lacht auf.

Leider passt es mir ganz und gar nicht, dass ich auch schmunzeln muss.

***

Die Nacht ist hereingebrochen. Wir haben noch etliche Stunden nach den vermissten Mädchen gesucht, doch sind leider nicht fündig geworden. Es frustrierte die gesamte Truppe, da wir uns mittlerweile sicher sind, dass die Meerhexen sie entführt haben. Mit jeder Stunde, die verstreicht, wächst die Gefahr, dass sie sich bereits eine Seele einverleibt haben.

Atlan hat Dax zu Celia aufs Zimmer geschickt, um sie zu schützen, während er selbst auf der Terrasse von Lucia und Mayla schläft.

So haben Kelvin und ich das Zimmer für uns allein, das uns die Hotelangestellte nach kurzem Bezirzen zur Verfügung gestellt hat. Doch obwohl ich die Müdigkeit in jedem Knochen spüre, werfe ich mich schon seit Stunden von einer Seite auf die andere. So viele Dinge preschen durch meine Gedanken und lassen mir keine Ruhe. Maylas stechend grüne Augen, ihre unerschrockene Art sowie die Tatsache, dass sie den Meerhexen schon einmal ausgesetzt war. Wenn ich an ihr trotziges Gesicht denke, muss ich mich beherrschen, um Kelvin mit meinem Gekicher nicht zu wecken. Vorhin hat sie fast schon niedlich gewirkt, wie sie mir das Kinn entgegengereckt hat. Wie gern würde ich sie besser kennenlernen, die verschiedenen Ausdrücke auf ihrem Gesicht sehen, ihr jede Freude ermöglichen, damit ich ihr breites Strahlen sehen kann.

Als ich endlich Schlaf finde, gönnt auch dieser mir keine Ruhe. Wieder taucht ein dunkelhaariges Mädchen vor meinen Augen auf. Zuerst glaube ich, dass Mayla vor mir im Wasser schwebt und mich mit verliebten Blicken verschlingt. Eine schöne Vorstellung, aber dennoch ist etwas falsch.

Ich blinzele einmal und das Blut gefriert mir in den Adern, als ich sie erkenne. Es ist die junge Frau von damals mit den dunklen Augen und den langen Haaren, ihre Haut so hell wie Porzellan. Kleine Luftblasen steigen vor ihrem Mund auf. Ich will zu ihr und sie aus dem Wasser ziehen, denn ich weiß, was geschehen wird.

Panik durchfährt mich und die Gewissheit, dass es meine Schuld ist, nur meinetwegen ist sie hier unten und starrt mich mit großen Augen an.

Der Gesang meiner Familie dringt wie durch Watte an mein Ohr, der Sturm wütet bereits und wirft das Fischerboot in den Wellen hin und her. Ich brauche nicht zu sehen, wie das Boot kentert, ich habe den Traum schon so oft durchleben müssen.

»Bleib weg von mir«, schreie ich dennoch unkontrollierbar, schlage wild mit der Flosse im Wasser. Doch die Faszination der Menschenfrau lässt sich nicht brechen, ich will zu ihr stürzen und ihre Schultern rütteln, damit sie flieht, bevor es zu spät ist.

Fesseln schneiden in meine Arme und halten mich gefangen.

»Gut gemacht, kleine Sirene«, raunt eine Meerhexe und schwimmt galant an mir vorbei. Ihre grausige Fratze ist zu einem breiten Grinsen verzogen, sodass ihre Haifischzähne aufblitzen.

Ein tiefer Hass flammt in mir auf, als weitere Monster sich vor mich schieben, mir auch noch gratulieren und sich der Frau zuwenden.

Warum taucht sie nicht auf? Ich weiß schon, warum, sie kann nicht anders, als mich zu betrachten. Und jetzt, wo die Meerhexe einen ihrer spitzen Finger unter ihr Kinn schiebt, hat sie verloren.

Die letzten Luftblasen steigen auf und sie scheint zu bemerken, dass sie keinen Sauerstoff mehr übrig hat.

»Leide, dummes Wesen!«

Die giftige Stimme der Meerhexe gräbt sich tief in mein Herz und verdunkelt es. Auch wenn sie diese Worte an die Menschenfrau gerichtet hat, habe ich das Gefühl, ich würde an ihrer Stelle leiden.

Sie umfasst ungläubig ihren Hals und versucht nach Luft zu ringen, mit dem Ergebnis, dass Wasser ihre Lungen füllt. Sie schreit unter Wasser und kreischt, während ihre Haare wie dunkle Flammen um ihren Kopf herumzüngeln.

Schweißgebadet und mit einem Summen in den Ohren wache ich endlich auf.

»Scheiße«, entfährt es mir leise und ich setze mich. In weiser Voraussicht habe ich mir kein Shirt angezogen und mit nackter Brust geschlafen. Ich habe schon geahnt, dass mich meine Vergangenheit diese Nacht erneut heimsuchen wird.

Meine blonden Haare fühlen sich feucht an. Immer wieder besucht mich das Mädchen, an dessen Tod ich schuld bin, denn ich verzauberte sie auf Anweisung der Meerhexen.

Kelvin schläft seelenruhig in seinem Bett.

Das Summen klingt langsam ab und ich höre Stimmen von draußen.

Es ist immer noch düster im Zimmer, nur das Mondlicht scheint von draußen herein und zeigt die Umrisse von zwei großen Gestalten auf der Terrasse, Atlan und Dax. Ein kurzer Blick auf den Wecker zeigt, dass es halb drei in der

Nacht ist. Ist es wirklich schon Zeit für die Wachablösung? Ich fühle mich in keiner Weise erholt, sondern noch schlimmer als vor dem Schlafengehen.

Die beiden Jungs zischen, als versuchten sie sich leise zu streiten.

Geschmeidig stehe ich auf. Jetzt kann ich sowieso nicht mehr schlafen, da mich das Mädchen verfolgen wird, egal was ich tue.

Ihr letzter verzweifelter Blick kommt mir in den Sinn, als sie realisierte, dass sie dem Tod direkt ins Auge blickte, bevor sie ihre Seele verlor.

Es schüttelt mich immer wieder aufs Neue.

Die Fliesen zu meinen Füßen kühlen meinen erhitzten Körper nur langsam. Im Meer bin ich viel kältere Temperaturen gewöhnt.

»Ihr beide wollt doch nur, dass es Mayla ist, weil sie euch den Kopf verdreht hat. Meine Güte.« Das ist eindeutig Dax. Vor den anderen würde er Atlan niemals so anfahren, doch ich habe schon ein-, zweimal mitbekommen, dass er seine Meinung unter vier Augen deutlich zum Ausdruck bringt.

»Du führst dich wie ein verliebter Gockel auf und Noahs treuen Hundeblick kann selbst ich nur knapp widerstehen.« Er klingt eindeutig verärgert.

Es stört mich nicht, was Dax sagt, ich stehe zu meinen Gefühlen und finde Mayla eindeutig spannend, aber Atlan hat mir den Kontakt verboten, weshalb sollte er sich dann selbst für sie interessieren?

»Daxton.« Oje, so nennt Atlan ihn sehr selten. »Es ist meine Entscheidung, was ich mit ihr mache.«

Noch immer bleibe ich den beiden Jungs verborgen, lehne mich gegen die Wand, damit sie meinen Schatten nicht sehen können.

Atlans Worte machen mich stutzig.

»Du hast sie geküsst.« Es ist keine Frage von Dax, sondern eine Feststellung.

Nein, das würde Atlan nicht tun. Es besteht immer noch die Möglichkeit, dass sie ein Mensch ist, und niemals würde sich Atlan den Befehlen der Königin widersetzen. Das passt nicht zu ihm. Jeder andere könnte es, aber nicht er. Ich weiß, wie viel ihm die Königin bedeutet, wie loyal er der Krone gegenüber ist. Aber es bleibt lange still. Zu lange, um es abzustreiten.

»Geh zurück zu Celia. Wir können es nicht gebrauchen, dass noch ein

Mädchen verschwindet. Die Meerhexen müssen mittlerweile bemerkt haben, dass sie sich nur willenlose Marionetten geholt haben.«

Es ärgert mich, dass wir immer noch keine Ahnung haben, was genau diese abscheulichen Kreaturen sich von dieser Aktion erhofft haben. Ihnen dürfte doch klar sein, dass die Prinzessin niemals auf den Gesang einer anderen Sirene reagiert.

»Vielleicht war das auch ihre Absicht, um genug Seelen auf Vorrat zu haben.« Daxtons Stimme klingt nun deutlich milder. Uns allen behagt der Gedanke an die Meerhexen nicht.

»Das ist makaber, wäre ihnen aber zuzutrauen.«

»Noch mal wegen Mayla ...«

Wieder wird es still und mein Herz schlägt mir bis zum Hals. Warum sollte mein bester Freund mir den Kontakt verbieten und sich dann selbst an sie ranmachen?

Wütend balle ich die Hand zur Faust.

»Mann, Atlan, warum machst du so was?«, führt Dax seinen Satz nach einer kurzen Pause zu Ende.

Ich kann dieses Versteckspiel nicht mehr ertragen. Also schiebe ich die Terrassentür auf und trete nach draußen.

»Das wüsste ich auch ganz gern, Atlan.«

Überraschung spiegelt sich auf den Gesichtern meiner Freunde wider.

»Hast du mir nicht den Kontakt zu ihr verboten, weil sie ein Mensch ist?«, frage ich mit bemüht ruhiger Stimme.

Ich versuche nicht wütend auf Atlan zu sein, er hatte bestimmt einen guten Grund, den hat er immer. Schließlich ist er unser Anführer und achtet die Regeln mehr als jeder andere. Mein Gott, er hält sogar Richtlinien ein, von deren Existenz ich noch nicht einmal weiß. »Hast du sie geküsst?« Ich verschränke die Arme vor der Brust und beobachte jede Regung seiner Gesichtszüge.

Daxton fasst sich ungläubig an die Stirn, als wäre ihm das hier alles zu viel. Ist es mir auch, niemals hatten wir solche Art von Problemen.

Atlan bleibt eine Weile still, die mir wie eine Ewigkeit vorkommt. Als er wieder zu sprechen beginnt, ist seine Stimme fest und er hat sich breiter aufgestellt. »Daxton.«

Der Name reicht schon, damit der Angesprochene sich mit erhobenen Händen vom Acker macht. Vermutlich ist es ihm sogar ganz lieb, dieser Situation zu entkommen. Die Wachablösung scheint auf einmal nur noch eine untergeordnete Rolle zu spielen. Da unser Zimmer sowieso neben dem von Mayla und Lucia liegt, bekommen wir trotz unserer Unterhaltung alles mit.

Atlans strenge Züge werden ein wenig weicher, als Dax verschwunden ist. »Ich werde mich dafür nicht entschuldigen und kann es auch nicht erklären. Mayla fasziniert mich und mit ihr fühlt sich alles so vertraut an, als hätten wir schon einmal ein Leben miteinander verbracht. Es ist Schicksal zwischen mir und ihr. Sie ist vielleicht die Sirenenprinzessin, dann wäre das alles eine gute Geschichte. Ich bin derjenige, der sie als ihr Leibwächter beschützen soll. Gemeinsam stellen wir uns Meerhexen entgegen. Ein kleines Happy End.«

Ich kann meinen Kopf nicht so oft gegen die Wand schlagen, wie ich es gern würde. Atlans Macke ist mir sehr vertraut, das bedeutet noch lange nicht, dass ich sie auch gut und logisch finde. Aber bei unseren Missionen ist er noch nie so vorgegangen, was ist dieses Mal anders?

Ich muss an mich halten, um nicht zu schnauben. Wie blind kann man sein?

Der Ärger bahnt sich seinen Weg von meinem Bauch nach oben. Nicht einmal darüber, dass Atlan versucht, Mayla von mir fernzuhalten, sondern dass mein bester Freund unser aller Leben aufs Spiel setzt, weil er sich zum ersten Mal verknallt hat. Unsere gesamte Spezies hängt von unserer Suche ab, aber er lässt sich ablenken.

»Ich hoffe, dir ist nach wie vor klar, worum es hier geht«, zische ich.

Atlan verstummt und seine übliche Zornesfalte zieht über seine Stirn. Dabei bin ich derjenige, der das Recht hat, wütend zu sein, und diesem Gefühl muss ich irgendwie Luft machen.

»Es geht hier darum, die Sirenenprinzessin zu finden und diese verdammten Monster aus der Welt zu schaffen. Ihnen den Garaus zu machen, damit wir in Frieden leben können. Sie ist unsere einzige verdammte Chance und du kommst mir mit deinen Geschichten? Ihr beide redet von euren Geschichten. Das ist das Dümmste, was ich je gehört habe! Du und Mayla, ihr lebt beide in eurer Fantasiewelt. Wach auf, das hier ist die Realität und sie ist bitter.«

Ich bin zu weit gegangen, das weiß ich, und nicht nur, weil ich Atlans Gesicht sehe, sondern auch Maylas, die in ihrem knappen Schlafanzug auf der Terrasse steht.

***

Einige Dinge sind nicht für meine Ohren bestimmt. Und ich vermute, dieses Gespräch gehörte dazu.

Ich wollte gerade wieder unauffällig verschwinden, als Noahs Stimme lauter wurde und ich jedes seiner Worte hören konnte. Es ist also das Dümmste, was er je gehört hat?

Mein Körper reagiert von selbst, als ich die Arme vor der Brust verschränke.

»Tja, dann tut es mir jetzt schon leid für dich, wenn sich doch herausstellt, dass ich die Sirenenprinzessin bin«, sage ich schnippisch.

In diesem Moment weiß ich nicht, was ich von ihm halten soll. Noah ist ein so lieber Mensch, der mich in der kurzen Zeit, in der wir uns kennen, immer wieder zum Lächeln brachte.

Eigentlich wollte ich nur unser Fenster kippen, um ein wenig Luft in das warme Zimmer zu lassen. Als ich sah, dass Atlan plötzlich nicht mehr auf der Terrasse schlief, habe ich mir Sorgen gemacht. Unbegründet, zugegeben, aber gut zu wissen, was Noah wirklich von mir denkt.

Tief in mir regt sich eine kleine Stimme, die mir sagt, dass er nicht ganz unrecht hat. Die Sirenenprinzessin hat eine große Verantwortung und der Gedanke, gegen die Meerhexen in den Krieg zu ziehen, erfüllt mich mit Respekt. Wenn jede Meerhexe so furchteinflößend ist und auch noch Flüche aussprechen kann, schlottern mir sicher die Knie bei einer Gegenüberstellung.

Andererseits haben sie Alegria. Darum würde ich keine Sekunde zögern mich ihnen in den Weg zu stellen und wenn es sein muss, auch mit schlotternden Beinen.

Noah sieht mich überrumpelt an und schaut dann zwischen mir und Atlan hin und her. »So habe ich das nicht gemeint, Mayla.«

»Okay. Dann erkläre es mir.«

Doch die Chance auf eine Erklärung verpasst Noah, indem er betreten schweigt.

Es entsteht eine gespenstische Stille zwischen uns dreien, dass selbst Geister das Weite suchen würden.

»Ja, du hast recht, jetzt verstehe ich es eindeutig besser«, sage ich, als ich das Geräusch des Windes nicht mehr ertrage.

Atlan kommt auf mich zu und reibt vorsichtig über meine Arme.

Ich wehre mich nicht gegen seine vertrauten Berührungen und sehe hoch in sein wunderschönes Gesicht.

Er studiert meine Gesichtszüge, als er, ohne sich umzudrehen, sagt: »Noah, ich denke, für heute Abend reicht es. Wir reden morgen weiter.«

»Zu Befehl.«

Ich will an Atlans breiten Schultern vorbeilinsen, um noch einen Blick auf Noah zu werfen, doch er steht wie eine Wand zwischen uns. Hat Noah es wirklich so gemeint? Ein wenig fühle ich mich zurückgestoßen und nicht ernst genommen. Andererseits bin ich diejenige, die den Ernst der Lage nicht erkannt hat.

Atlan macht einen Schritt zur Seite, worauf Noah zurück in sein Zimmer schlüpft, ohne dass ich seinen Ausdruck deuten kann.

»Komm, wir gehen schlafen. Morgen ist ein langer Tag.«

»Du meinst, weil wir uns dann alle gemeinsam auf die Suche nach Alegria machen?«

Atlan grunzt. Am liebsten würde ich er uns Mädchen hier im Hotel bewachen lassen und sich mit seinen Gefährten allein auf die Suche begeben. Doch das kann er sich abschminken. Wann will er herausfinden, wer von uns die Prinzessin ist, wenn wir nichts riskieren und die Dinge vorantreiben?

Wenn sie doch keine von uns ist, müssen wir schnell handeln und sie aufspüren, um gegen die Meerhexen eine Chance zu haben.

Bevor ich wieder reingehe und mir Lucias leises Schnarchen anhöre, halte ich inne.

Er drückt mir einen sanften Kuss auf die Stirn.

»Kannst du deine Königin nicht kontaktieren? Damit sie Verstärkung stellt? Ich habe Angst um Alegria und die anderen. Was ist, wenn wir zu spät kommen?«

Normalerweise versuche ich meine Gedanken um Alegria positiver zu gestalten, mir zu sagen, dass sie auf jeden Fall gesund und munter ist. Dass wir sie im Handumdrehen finden werden. Aber die Nacht lässt mit ihrer Dunkelheit auch die trüben Gedanken aufkommen. Atlan und Noah haben über etwas diskutiert und ich weiß nicht, was es war. Das macht mich nervös.

Bedacht nimmt Atlan mich in die Arme und sofort fühle ich mich wohler. Als könnte er mich vor meinen Ängsten abschirmen. So etwas wie bei ihm empfinde ich sonst nur bei Lucia und Alegria. Und gerade deshalb versucht mich eine innere Leere zu verschlingen, wenn ich an Alegria denke und nicht die Kraft habe, positiv zu bleiben.

Ich lehne mich an seine Brust und kann seinen schnellen Herzschlag hören. Innerhalb weniger Tage hat mich Atlan akzeptiert. Andere mögen mich als ungewöhnlich schimpfen, oft musste ich mir anhören, wie anstrengend ich sein kann mit meiner Suche nach der großen Liebe. Das war völlig in Ordnung für mich, weil es Menschen wie Lucia, Alegria und Tante Carla in meinem Leben gibt.

»Ich kann meine Königin nicht kontaktieren. Sicher würde sie Hilfe schicken. Aber das Risiko, dass die Meerhexen dann Aquarta lokalisieren, ist zu hoch. Wenn sie die Sirenen unter ihre Kontrolle bringen …« Er lässt den Satz offen, aber ich kann mir schon denken, was er sagen will.

»Also machen wir es allein?«, frage ich und schaue zu ihm auf.

Er nickt und drückt mir einen sanften Kuss auf die Lippen.

»Wir werden sie schon wiederbekommen, ich sorge dafür.«

Und das glaube ich ihm.

Plötzlich sehe ich Lichtkegel die Treppen emporsteigen. Es müssen um die fünf Leute sein, die sich den Weg zu uns erkämpfen.

Angst spüre ich keine, da ich Atlans Hand auf meiner Schulter spüre, mit der er sanft über sie streicht. Ich habe ihn kämpfen sehen, auf ihn kann ich mich verlassen.

Mittlerweile kann ich erkennen, dass es vier Polizisten sind und der Hotelmanager. Das kann nichts Gutes bedeuten.

»Sind Sie Mayla Luna?«, fragt einer der Männer und ich nicke.

Meine Hand verkrampft sich und gräbt sich in Atlans Shirt.

Dieser greift neben sich nach einem Handtuch, das Lucia zum Trocknen aufgehängt hat. Der Stoff fühlt sich kalt an, als er ihn mir über die Schultern legt. Noch immer trage ich nur meinen Schlafanzug, der ziemlich knapp ist. Nachts ist mir immer warm, weshalb ich auch im Winter nur kurze Sachen trage.

»Wir haben Neuigkeiten«, sagt ein kleiner, dicklicher Mann in Uniform.

Sie haben alle eine neutrale Miene aufgesetzt, die sie vermutlich während ihrer Ausbildung erlernen mussten.

Der Hotelmanager schwitzt und kann seine Anspannung nicht verbergen. Er sieht überallhin, nur nicht zu uns.

»Die wären?«, frage ich und meine Stimme zittert.

»Bisher konnten wir Ihre Freunde nicht finden.«

Erleichtert atme ich wieder aus, ich habe mit schlimmeren Nachrichten gerechnet.

»Warum kommen Sie dann mitten in der Nacht her?« Atlan stellt die richtige Frage und ich schmiege mich noch mehr an ihn, atme seinen Duft ein.

Der zweite Polizist, ein hagerer Mann mit einem Dreitagebart, lüftet seine Mütze und streicht sich über die Glatze. »Nun, wir haben die Leiche des Busfahrers gefunden.«

Atlan hält mich fest, als befürchte er, dass ich zusammenbreche.

Aber das tue ich nicht.

Ich komme mir noch dümmer vor als zuvor. Noah hat recht, dass hier ist bitterer Ernst.

Schweigend starre ich vor mich hin. Nur nebenbei bekomme ich mit, wie Atlan mit den Beamten spricht und diese langsam gehen.

Mein kleines Abenteuer hat sich zu etwas entwickelt, wobei Menschen, die mir lieb und teuer sind, sterben können. Und es macht mir Angst, dass ich mich dem nicht gewachsen fühle, aber ich weiß auch, es gibt keinen Weg zurück. Ich kann mich jetzt also in eine Ecke setzen und jammern – aber davon wird Alegria auch nicht zurückkommen – oder ich stelle mich meinen Ängsten.

Einen Moment schließe ich die Augen und rufe mir mein Motto ins Gedächtnis: *Ich werde jeden Tag etwas Besonderes erleben, denn ich bin etwas Besonderes!*

Wenn ich mal wieder auf meinem Bett saß, bitterlich weinte und mein Kuscheltier in Form eines Fisches fest umklammert hielt, dann rettete mich dieser Satz. Vor allem wenn ich mich einsam fühlte, sprach ich diesen Satz wie ein Mantra vor mich hin und vergrub mein Gesicht in dem Fisch, der mich in eine andere Welt bringen sollte. Und obwohl er nicht mit mir fortschwamm, spendete er trotzdem Trost.

Auch jetzt hilft mir mein Motto mich zu beruhigen. Mir zu sagen, ich werde alles schaffen. Auch diese Situation.

Die Neuigkeit zeigt mir umso mehr, dass ich morgen die Suche begleiten muss. Ich würde im Hotel wahnsinnig werden. Zudem müssen wir herausfinden, wer die Sirenenprinzessin ist, damit wir alle verschwundenen Mädchen sicher nach Hause bringen können.

»Damit steht wohl eines fest«, sagt Atlan und drückt mich noch näher an sich.

Ich nicke zustimmend.

»Ihr bleibt morgen im Hotel.«

Okay, ich stimme doch nicht zu. Empört befreie ich mich aus seiner Umarmung. Die kalte Nachtluft umfängt mich und ich lege das Handtuch auf den Stuhl.

»Wir werden euch begleiten.«

»Hast du ihnen nicht zugehört? Sie haben einen Mann tot aufgefunden.«

»Eben, wenn wir jetzt einfach nur still im Hotel sitzen und nichts tun, steigt die Wahrscheinlichkeit, dass als Nächstes eine Freundin von uns leblos im Meer schwimmt oder sonst wo aufgefunden wird.«

Ich verschränke die Arme vor der Brust und kann beobachten, wie Atlans Gesichtszüge von überrascht zu verhärtet wechseln.

»Mayla, darüber diskutiere ich nicht mit dir.«

»Völlig korrekt, es steht ja auch nicht zur Debatte. Und deinen autoritären Ton kannst du dir bei mir sparen. Ich gehöre nicht deiner Truppe an und bin dir damit nicht untergeordnet.«

»Du …« Er sucht offenbar nach den richtigen Worten. Ich gebe ihm einige Sekunden, um seinen Satz zu beenden, doch Atlan lässt sie ungenutzt verstreichen.

»Keine Chance. Ich werde nicht untätig hier herumsitzen, während da draußen unschuldige Frauen in Gefahr sind.«

»Lass mich raten: Nehme ich dich nicht mit, machst du es auf eigene Faust?«

»Der Kandidat hat hundert Punkte.«

Atlan verdreht die Augen und zieht mich in eine Umarmung, dann küsst er mich. Sanft und liebevoll, als wäre ich ein großer Schatz, den es zu beschützen gilt.

»Du wirst mal eine sture Königin.«

»Und du wirst genug Zeit haben, dich darüber zu ärgern und es zu lieben.«

Kapitel 13

Positives Nummer 13: Mir wurde mal nicht schlecht

»Nein, ich bleibe hier. Ihr seid sowieso alle verrückt, geradezu lebensmüde, da werde ich euch sicher nicht begleiten.«

Zu gern würde ich einen Witz darüber machen, dass Celia wohl heute mit dem falschen Fuß aufgestanden ist, aber ihre tiefen Augenringe und ihr bleiches Gesicht lassen mich schweigen. Sie sieht schlimm aus.

Auf meine Frage, ob Dax eine Besserung bei Celia bemerkt habe, schüttelte er nur den Kopf.

Sie hat sich noch nicht einmal geschminkt und das sagt sehr viel über ihre momentane Verfassung aus.

Am liebsten würde ich sie mitnehmen – ja, ich wundere mich ebenfalls darüber. Sie allein im Hotel zurückzulassen, behagt mir nicht. Vor allem, da sie abermals die Stimme von gestern hören könnte.

Diese Situation bietet so viele gute Vorlagen für blöde Sprüche und ich muss sie alle liegen lassen. Aber ich schwöre, wenn wir alles unbeschadet überstanden haben, werde ich sie der Reihe nach bringen. Angefangen von »Die tolle Celia hört Stimmen« bis hin zu »Weißt du noch damals, als deine Augenringe tiefer waren als dein Niveau« wird alles dabei sein. Aber jetzt möchte ich sie in den Arm nehmen und ihr sagen, dass alles wieder gut wird. Auch wenn ich selbst unsicher bin.

Celia hofft, dass die Polizei sich bei ihr im Hotel meldet, wenn sie unsere Truppe endlich gefunden haben. Ich denke, gerade deshalb will Celia hierbleiben, während ich die Hoffnung in diesem Punkt aufgegeben habe. Außerdem ist es ihre Aufgabe, die Instagram-Kanäle der entführten Mädchen mit ein paar Bildern zu füttern, damit ihre Eltern sich nicht sorgen. Dass sie ernsthaft die Zugangsdaten aller Cheerleader hat, gibt mir doch sehr zu denken.

»*Falls wir eine von ihnen mal decken müssen, wenn sie bei ihrem Freund schlafen will*«, war die lapidare Erklärung. Atlan und seine Freunde stellten irgendetwas mit ihren Sirenengenen an, um den Vorfall unter den Tisch zu kehren.

Die armen Polizisten wussten gar nicht, wie ihnen geschieht. Das Ergebnis war, dass die Familien nicht benachrichtigt wurden, weder über das Verschwinden noch über den Fund der Leiche des Busfahrers. Ich muss gestehen, ganz wohl ist mir dabei nicht. Hoffentlich finden wir unsere Mädels bald wieder. Sonst wüsste ich nicht, wie wir das alles ihren Eltern erklären sollen. Meine Vermutung, dass die Jungs all das nur unternehmen, um die Existenz von Sirenen zu verbergen, hinterlässt einen bitteren Nachgeschmack. Nur der Aspekt, dass unsere Suche von zu viel Aufmerksamkeit behindert werden könnte, beruhigt mich ein wenig.

»Kelvin? Würdest du bei ihr bleiben?«, frage ich den ruhigen jungen Mann.

Er schaut zu Atlan, der ihm zunickt, erst dann geht er zu Celia.

Wir sind alle aufbruchbereit, wobei ich nur eine kleine Tasche bei mir habe, während Lucia einen riesigen Rucksack trägt. Er ist vollgestopft mit allem erdenklichen Zeug, das wir benötigen könnten. Vom Erste-Hilfe-Kasten über eine Stirnlampe bis hin zu einer Leuchtpistole. Auf meine Frage, wo sie die Pistole herhat, lachte Lucia nur und meinte, es wäre besser für mich, es nicht zu wissen.

Als Atlan ihr sagte, sie solle einen Bikini einpacken, weil wir eventuell auch im Wasser suchen müssen, hat sie weniger gelacht. Vorsichtig halte ich ihre Hand und drücke sie leicht, wenn ich das Gefühl habe, sie braucht seelische Unterstützung.

»Also dann, wir fahren zuerst an die Südseite der Insel. Die haben Dax und Kelvin gestern nicht mehr absuchen können«, sagt Atlan und spielt mit einem Autoschlüssel zwischen den Fingern.

Dax schwingt sich als Erstes in den großen grünen Geländewagen. Sein Verdeck ist offen und ein wenig freue ich mich darauf, über die wüstenähnliche Landschaft von Gran Canaria zu brettern. Auch wenn ich aufgrund des Anlasses darauf verzichten könnte.

»Alles einsteigen«, ruft Noah und lässt sich auf den Beifahrersitz fallen, während ich Lucia helfe, mit ihrem Gepäck auf die Rückbank zu klettern. Durch das offene Dach komme ich mir nicht so eingeengt und eingesperrt vor, weshalb die Fahrt für mich hoffentlich aushaltbar wird.

»Lucia!«, ruft Celia, läuft zum Auto und legt eine Hand auf das Fensterbrett.

Lucia wuchtet den Rucksack zwischen ihre Füße.

»Ja?«

Celia druckst herum, sie scheint die Worte im Kopf hin und her zu wälzen.

»Pass auf Mayla auf, diese Chaotin wird euch sonst noch ins Verderben stürzen.«

Die passende Erwiderung für ihre Worte formt sich in meinen Gedanken und ich will sie ihr schon an den Kopf werfen, doch halte inne. So einen traurigen Blick habe ich noch nie bei ihr gesehen, der Anblick fegt durch mein Inneres und lässt jede Bemerkung sich vor Scham in die Ecke flüchten. Sie greift vorsichtig nach Lucias Hand. »Und kommt beide heil wieder.«

Lucia beugt sich vor und nimmt Celia in den Arm.

»Versprochen und sei auch vorsichtig«, sagt sie mit ihrer warmen Mama-Bär-Stimme.

***

»Ein Wunder, dass dir nicht schlecht wird, Mayla«, sagt Lucia und streichelt mir dennoch über den Arm, wie sie es auch sonst in Verkehrsmitteln macht.

Die Landschaft rast an uns vorbei und der Fahrtwind zerzaust unsere Haare. Ich fühle mich befreit und genieße die Fahrt sogar. Meine Haare sind immer noch nass vom morgendlichen Schwimmen, weshalb ich sie in einem Zopf gebändigt habe.

»Liegt vermutlich daran, dass ich nicht vom Blech eingesperrt bin«, sage ich und hebe die Arme, um den Wind durch meine Finger gleiten zu lassen. Dax auf der anderen Seite von mir hat sich aufgrund des Sandes komplett vermummt.

»Wie habt ihr es eigentlich geschafft, Zimmer im Hotel umsonst zu bekommen? Auch noch das direkt neben unserem?«, fragt Lucia.

Noah verschränkt die Arme hinter dem Kopf und grinst sie breit an. »Ach, ich habe ein bisschen mit der Dame von der Rezeption geflirtet und schon hatten wir ein Zimmer. Ist so ein Sirenending.«

Von der Rückbank betrachte ich sein Profil und denke an gestern zurück. Heute Morgen gab es ein stilles Einverständnis, dass wir drei so tun, als hätte es letzte Nacht nicht gegeben. Dennoch spukt mir diese ganze Situation noch im Kopf herum. Noah ist Atlans bester Freund und es sieht so aus, als würde sich mehr zwischen Atlan und mir entwickeln. Vielleicht möchte ich deshalb, dass er mich versteht und nicht für dumm und realitätsfern hält. Ich lasse mir seine letzten Worte auf der Zunge zergehen.

So ein Sirenending ... Moment.

»Aha!« Ich beuge mich vor und deute mit dem Finger auf Noah. »Du hast Alegria mit deinen mystischen Kräften den Kopf verdreht. Deshalb hat sie ihren eigenen Augen nicht mehr getraut.«

Noah legt sich eine Hand ans Herz und tut so, als hätte ich ihn schlimm verletzt. Doch dann entsteht ein breites Lachen in seinem Gesicht. »Das ist korrekt, meinem Charme kann niemand widerstehen.«

»O doch, wir beide sind immun gegen dich«, sage ich und deute auf Lucia und mich.

»Auch das ist korrekt«, pflichtet sie mir bei und wirft einen Blick auf das Handy von Dax, mit dem er navigiert.

Noah dreht sich auf dem Sitz herum. »Ich habe es nur noch nicht bei euch versucht.«

Unsere Gesichter sind einander so nah, dass ich seinen Atem auf meinem spüren kann.

»Versuchs doch«, wispere ich, ehe Noah aufjauchzt, als Atlan ihn am Kragen von mir wegzieht.

»Richtig hinsetzen, Noah«, brummt er und legt die Hand wieder ans Steuer, »so sehr ich es bedauere, aber ich brauche dich noch unverletzt.«

Dax lässt den Bildschirm seines Handys dunkel werden, womit auch unsere Karte verschwindet. »Wir sind gleich da.«

Sofort verändert sich die Stimmung merklich. Atlan hält das Lenkrad ein wenig zu fest. Die Anspannung von Dax kann ich förmlich spüren. Er hockt stocksteif auf seinem Sitz und starrt auf den Weg vor unserem Wagen.

Ein paar Minuten später haben wir den Geländewagen am Rand einer Felslandschaft abgestellt und befinden uns auf einem kleinen Wanderweg, der ganz sicher nicht offiziell als solcher bezeichnet werden kann.

Lucia klettert umständlich über einen Felsen, ich halte ihr helfend die Hand hin.

Atlan ist schon ein paar Schritte vorgegangen, dreht sich um und kommt zu uns zurück.

»Gib mir den Rucksack, Lucia. Das kann ja keiner mit ansehen.«

»Danke, Atlan.« Die Erleichterung steht ihr ins Gesicht geschrieben, als sie das riesige Stück herunterwuchtet und ihm in die Hände drückt.

»Kein Problem.«

Wir müssen runter ans Meer, die Jungs können dann ihre Füße ins Wasser halten und spüren, ob sich Meerhexen in der Gegend befinden und damit auch die Mädchen. Sie sind bereits seit vierundzwanzig Stunden verschwunden. Gestern um diese Uhrzeit hat der Busfahrer uns hinausgeworfen. Ich bin ihm wahnsinnig dankbar und kleine Steine des Bedauerns über seinen Tod ziehen mein Herz hinunter.

Schweigend bahnen wir uns einen Weg von der Klippe zum Meer. Bevor wir es erreichen können, versperrt ein Maschendrahtzaun uns den Zugang. Ein großes rotes Schild mit der Aufschrift »Betreten verboten, Privateigentum« empfängt uns freundlich. Hinter dem Zaun geht die Felslandschaft weiter. Ich stelle mich auf die Zehenspitzen und verhake meine Finger zwischen den Maschen. Inmitten der Felsen blitzt Sand auf und das Meeresrauschen klingt schon viel näher.

»Das hier ist eindeutig der schnellste Weg zum Strand«, sage ich und recke mich, um noch mehr zu erkennen. »Oder Atlan springt wieder von einer Klippe.«

»Haha, sehr witzig, Mayla«, erwidert er monoton und drückt mir einen Kuss auf die Schläfe.

Lucia neben mir kichert leise, wenigstens eine, die über meine Scherze lachen kann. Ihr Blick schweift über den abgesperrten Bereich, wo auch kein Ende abzusehen ist. »Lasst uns zurücklaufen und einen anderen Weg finden.«

Wir sind so kurz vor unserem Ziel, jetzt umzukehren und an einer anderen Stelle ins Wasser zu gehen, würde uns sicher zwei Stunden kosten. Zwei Stunden, die Alegria vielleicht gar nicht mehr hat. Doch, sie ist gesund. Sie hat noch Zeit.

Ich will mich schon geschlagen geben, als Noah eine lose Stelle entdeckt und ein Stück vom Zaun anhebt.

»Oder wir gehen direkt dadurch«, ruft er uns zu.

Sofort bin ich Feuer und Flamme, laufe zu ihm und klatsche seine dargebotene Hand zu einem High five ab. Im selben Moment fühlt es sich komisch an. War ich nicht sauer auf ihn? Seine Worte hallen in meinem Kopf. »Das Dümmste, was ich je gehört habe.« Ich schlucke, aber Noah grinst so unschuldig, dass meine Sorgen einfach verschwinden.

»Dass die beiden auch immer so risikofreudig sein müssen«, sagt Atlan zu Lucia und kickt einen kleinen Stein zur Seite. Sie pustet sich eine Strähne aus dem Gesicht und zuckt mit den Schultern.

»Unverbesserlich. Dann baden wir das mal aus.« Dabei grinst sie Atlan an, der es nachsichtig erwidert. Wie ein Elternpaar, das sich über seine Kinder aufregt – aber was denke ich da?

Atlan und ich sind hier das ungleiche Paar, vom Schicksal zusammengebracht.

Wie ein Gentleman hält mir Noah den Zaun auf, damit ich durch die Absperrung kriechen kann. Es ist ein wenig umständlich. Ich muss aufpassen, dass meine Haare nicht hängen bleiben und meine Füße einen sicheren Stand haben.

Nach mir kommt Noah, ein genervter Dax und das Schlusslicht bilden Lucia und Atlan.

Wir laufen noch ein paar Meter, bis immer weniger Felsen unseren Weg kreuzen, dafür der Sand zunimmt.

Ich sehe schon das Meer und höre es plätschern. Noah und ich gehen voraus.

»Wir gehen hier lang«, ruft Atlan und deutet in die entgegengesetzte Richtung, wo ebenfalls ein kleiner Pfad zum Strand führt.

Ich winke ihm zu. »Mal sehen, wer schneller zum Meer findet.«

Noah stupst mich an. »Na dann: Ab mit uns.« Dann läuft er los, ich reagiere in derselben Sekunde und springe mit ihm über ein paar größere Steine.

Bei einem niedrigen Plateau halten wir lachend an. Wir stehen erhöht auf ein paar Felsen. Wenn wir die zwei Meter hinunterspringen, landen wir im weichen Sand.

Doch was ich dann sehe, lässt mir das Blut in den Adern gefrieren. Das Plätschern kommt nicht vom Meer, sondern von zwei Männern, die gerade grüne Kanister im Ozean entleeren. Die Warnsymbole auf den Behältern schreien mich förmlich an und eine braune Suppe blubbert fröhlich vor sich hin, während sie sich im Wasser ausbreitet.

Ich bin so fassungslos, dass mir sofort die Tränen in die Augen schießen. Warum? Warum tun Menschen so etwas? Ist es so schwierig, das Zeug fachgerecht zu entsorgen? Ja, es würde ja etwas kosten. Daher schütten sie es lieber ins Meer und vergiften ganze Lebensräume. Abgesehen davon, dass sie egoistische Arschlöcher sind, sind sie auch dämlich. Die Fische nehmen ihr Gift auf und wenn sie überleben, landen sie mit Sicherheit irgendwann auf deren Tellern.

Eine unbändige Wut steigt in mir auf und ich kann mich nicht beherrschen. Ich sollte es, das weiß ich, aber sie treffen einen Punkt in mir, den ich nicht ignorieren kann.

Noah greift nach meiner Hand, doch ich schüttle sie augenblicklich ab. Selbst er kann mich nicht aufhalten. Das hier ist unser Planet und ich werde nicht zulassen, dass er auch noch direkt vor meinen Augen beschmutzt wird.

Noah sagt irgendetwas, doch ich höre ihn nur dumpf und erfasse seine Worte nicht. Er verschwindet von meiner Seite und vielleicht sollte ich ihm nachrufen, fragen, was er gesagt hat. Aber ich kann mein blutendes Herz nicht ignorieren.

»Was zum Henker tun Sie da?«, brülle ich und springe die zwei Meter nach unten. Weich lande ich im Sand und gehe auf die Männer zu.

Ihre Gesichter sind ebenso braun gebrannt wie meins und sie tragen amateurhafte gelbe Schutzkleidung. Ihren überraschten Ausdrücken nach zu urteilen, haben sie nicht mit anderen Menschen gerechnet. Logisch, der Zaun und das Schild sollten Besucher fernhalten.

Einer der Männer lässt den Kanister fallen und die ganze Suppe vermischt sich blubbernd mit dem Meerwasser.

»Die Frage ist wohl eher, was du hier zu suchen hast. Das ist Privateigentum«, erwidert der zweite Mann, er ist dicklich und seine Hände ähneln großen Pranken.

Ich lasse mich nicht von seinen Worten beeindrucken, es ist mir egal, ob wir hier eine Straftat begehen. Sein Handeln hat viel größere Auswirkungen.

Mit einer geschmeidigen Bewegung hole ich mein Handy aus meinen Jeansshorts und schieße ein Foto von den beiden Männern inklusive Kanister und dem verfärbten Meer. Selbstverständlich wäre es vorher schlauer gewesen, aber mal wieder sind die Pferde mit mir durchgegangen und ich ärgere mich über mich selbst.

Der Größere stupst den Mann vor sich an. »Sie hat ein Foto gemacht«, wispert er, aber ich höre ihn ganz deutlich.

»Ich kläre das«, sagt der Dickere und hebt seine Schutzmaske an, während er auf mich zukommt. Er hat eine Glatze, vielleicht weil die Dämpfe ihm schon jegliche Haare weggeätzt haben. Ein gemeiner Teil von mir wünscht sich genau das.

»Sie schützen sich also mit diesen lächerlichen Anzügen, aber das Meer, in dem Ihre Kinder baden könnten, verschmutzen sie«, sage ich und stecke mein Handy wieder weg. Ich mache keinen Schritt zurück, auch wenn ich es sollte.

Der Glatzkopf grinst und lässt die Maske um seinen Hals baumeln. »Wir haben keine Kinder. Kann uns doch egal sein.«

Ich muss nach Luft schnappen, weil ich nicht weiß, wie ich sonst meiner Wut Ausdruck verleihen soll. Am liebsten würde ich ihn schlagen, aber diesen Kampf würde ich verlieren und Gewalt ist keine Lösung.

Hinter mir kann ich mehrere schnelle Schritte vernehmen. Noah hat scheinbar Atlan und die anderen geholt.

Die Blicke der beiden Fremden wandern ebenfalls in die Richtung, aus der die Geräusche kommen.

»Lass uns gehen, bevor noch mehr kommen«, sagt der schlaksige Kerl und hebt den Kanister auf. Er schüttelt ihn sogar noch aus, damit auch ja alles aus ihm herausläuft. Sie nehmen mich nicht ernst, wie schon so viele vor ihnen.

»Sag den anderen Bescheid.« *Den anderen?* Die Worte rasen durch meinen Kopf und ohne nachzudenken, sprinte ich über den kleinen Abschnitt, klettere die zwei Meter Felswand auf der anderen Seite nach oben und sehe zwei Autos, ihre Ladeflächen voller Kanister. Drei weitere Männer machen sich an den Sprintern zu schaffen, wie es aussieht, sind sie gerade fertig.

»Wie könnt ihr nur?«, brülle ich und mir schießen vor Wut erneut Tränen in die Augen. Sie laufen mir die Wangen hinunter.

»Gott, jetzt heult sie auch noch. Lass diese Möchtegernumweltschützerin einfach links liegen.«

Die Worte des Mannes treffen mich.

»Mayla!«, ruft Atlan, er steht auf der anderen Seite der Vertiefung. Er springt sofort hinunter.

Die anderen Männer haben mittlerweile auch etwas von dem Aufstand mitbekommen. Sie laufen gemächlich in unsere Richtung, als wäre das hier ein großer Spaß. Allesamt in ihren lachhaften Schutzanzügen.

Ich kann nicht anders, es brodelt in mir und es bricht aus mir heraus, als explodiere ein Vulkan.

»Ich wünsche euch, dass ihr in eurem eigenen Dreck erstickt! Dass ihr am eigenen Leib erfahrt, was ihr unserer Erde antut!« Ich schreie, ich weiß, dass ich dadurch nicht mehr Autorität erlange. Meine Stimme überschlägt sich schrill, weil ich gleichzeitig versuche die verdammten Tränen zurückzuhalten.

Plötzlich fühle ich eine Leere in mir, als hätte man mir sämtliche Gefühle ausgesaugt oder als hätte ich sie herausgeschrien.

»Lasst uns gehen«, sagt einer der drei Männer und sieht mich sogar ein wenig mitleidig an. Als könnte er verstehen, was in mir vorgeht.

»Verrücktes Mädchen.« Kopfschüttelnd zieht der Glatzkopf seinen Begleiter am Arm. Bei jedem Schritt schwanken sie bedenklich und taumeln beinah schon.

»Mayla.« Der sanfte Klang von Atlans Stimme holt mich zurück in die Gegenwart. Er legt mir eine Hand auf die Schulter, ich spüre die Nässe meiner Tränen auf der Wange, aber ich kann nicht begreifen, weshalb sie immer noch fließen.

Meine Beine geben nach und Atlan kann mich gerade so halten, dass meine Knie nicht auf den Felsen aufschlagen.

Lucia ist sofort da und fühlt meine Stirn, so wie es Mama Bär schon oft getan hat. Sie kramt in ihrem Rucksack nach etwas.

Noah ist leichenblass und Dax beißt sich auf die Lippe, während er die anderen Männer im Auge behält.

Sie alle sind um mich versammelt wie ein Schutzschild.

Plötzlich höre ich Schreie und sehe noch aus dem Augenwinkel, wie zwei der Männer, der Schlaksige und der Glatzkopf, mit den Armen rudern, bevor sie ins Meer fallen. Das Platschen ist laut und ihre Rufe danach hallen in meinen Ohren wider.

»Helft uns!«, brüllen sie. Keiner von uns regt einen Muskel. Sollen sie doch in ihrer eigenen Suppe ersaufen.

Ich erschrecke mich selbst vor meinen Gedanken. Vorsichtig richte ich mich auf und mit Atlans Hilfe schleppe ich mich näher ans Meer heran.

Mittlerweile versuchen die anderen drei Männer, ihre Mittäter aus dem Ozean zu ziehen, ohne selbst das Wasser zu berühren. Wenn die Situation nicht so ernst wäre, würde mich der Anblick belustigen.

»Wir sollten ihnen helfen«, sagt Lucia und tief in mir weiß ich, dass es das

Richtige ist. Die Wut in mir möchte sie allerdings leiden sehen, damit sie die Konsequenzen ihrer Taten am eigenen Körper spüren.

Die billige Schutzkleidung ist aufgrund der ätzenden Wirkung der Flüssigkeit von Löchern durchzogen und die Haut der Männer sieht ungesund gerötet aus. Doch noch immer reagiert niemand von uns. Nur Lucia wird ungeduldig.

»Jungs! Helft ihnen!«, fordert sie.

Atlan sieht mich fragend an.

Schwach nicke ich, erst dann richtet er sich an Noah und Dax.

»Zieht sie raus und danach kümmern wir uns um das Desaster, das sie hinterlassen haben.« Seine gesamte Haltung hat sich mit einem Mal verändert, er ist wieder der Anführer seiner Gruppe. Dennoch bleibt er bei mir und stützt mich.

Dax und Noah stellen keine Fragen, sondern handeln augenblicklich. Sie gehen auf die fünf Männer zu, von denen mittlerweile alle Beteiligten vor sich hin paddeln, immer wieder versuchen sich aufzurichten und scheitern.

Ihre Mienen sind von Schmerzen gezeichnet. Mein Mitleid hält sich jedoch in Grenzen.

»Dax und Noah geschieht doch nichts, oder?«, frage ich und bemerke, wie noch mehr Kraft meinen Körper verlässt. Ich muss mich immer mehr auf Atlan stützen.

»Nein, niemals könnte das Meer uns schaden, egal was sich darin befindet. Wir kümmern uns darum. Ruh dich aus.«

»Was ist denn los mit Mayla?« Lucia streicht über meinen Arm und ich spüre ihre wohlige Wärme. Ich versuche die Augen offen zu halten und Atlan zu fokussieren, doch es gelingt mir nicht. Er entgleitet mir.

»Atlan, ich kann nicht mehr. Ich verstehe nicht ganz …« Dann geben meine Beine vollends nach und er hebt mich auf seine Arme. Mein Kopf liegt an seiner Brust und sein Herzschlag beruhigt mich. Seine Lippen drücken sich gegen meinen Kopf. Das ist das Letzte, was ich noch bemerke, dann trägt mich die Schwärze fort.

Kapitel 14

Positives Nummer 14: Karma regelt das schon

Sie liegt in meinen Armen und ist weggedämmert. Ihr Körper fühlt sich überhitzt an. Vorsichtig drücke ich ihr einen Kuss auf die Stirn und halte sie fest an mich gepresst.

Dieses besondere Mädchen hat mein Herz gestohlen und nach dem, was ich gerade gesehen und gespürt habe, habe ich keinerlei Zweifel mehr, dass sie die Sirenenprinzessin ist. Ihre Stimme erschütterte meine Seele, auch die anderen Jungs haben es bemerkt. Als sie ihre Wut herausschrie, dachte ich, dass mein letztes Stündchen geschlagen hätte, obwohl ihre Emotionen nicht gegen mich gerichtet waren. Es fühlte sich zwar anders an als bei meiner Königin, aber das liegt vermutlich daran, dass ihre Stimme frisch und unverbraucht ist.

Am liebsten würde ich sofort meiner Königin Bescheid geben, dass ich die Mission erfüllt habe. Ich habe die Sirenenprinzessin gefunden und mich in sie verliebt. Gut, das Letzte muss ich ihr eher beichten. Doch ich bin mir nach unserer gemeinsamen Geschichte sicher, dass sich die Königin keinen besseren Partner für ihre Tochter wünschen könnte, hoffe ich jedenfalls. Bereits als ich neun Jahre alt war, habe ich die Königin aus einer brenzligen Situation gerettet. Ein Grund, warum sie gerade mich als Kommandant für diese überlebenswichtige Mission auswählte.

Eine Flut aus Erleichterung durchfährt mich, endlich können wir etwas gegen die Meerhexen ausrichten und es erfüllt mich mit Stolz, dass unser Team es geschafft hat. Einen Augenblick befürchte ich, dass ich zu weich geworden bin. Ich weiß selbst, dass mein Blick viel zu sanft ist, wenn ich das Mädchen in meinen Armen betrachte.

Mayla ist immun gegen meine Sirenenkräfte und hat dennoch Gefühle für mich entwickelt. Das weiß ich, weil sie mich anschaut, als wäre ich alles für sie auf dieser Welt. Auch ich kann mich ihrer Erscheinung nicht entziehen. Diese wilden Haare, in denen immer etwas aus dem Meer hängt, auch wenn es nur feine Sandkörner sind, und der Ausdruck in ihren Augen, die vor Lebensfreude strahlen. Niemals habe ich mich so verbunden mit einem Wesen gefühlt. Noch nicht einmal mit Noah. Es macht mir irgendwie Angst, dass ich ihr so ausgeliefert bin. Andererseits beruhigt es mich, dass Mayla wirklich die Prinzessin ist, so kommen meine Emotionen meiner Loyalität der Krone gegenüber nicht in die Quere.

Wenn ich sie so dicht bei mir spüre, kann ich nicht anders, als sie als oberste Priorität zu sehen. So wie meine Königin es wollte.

»Alles wird gut, Lucia. Es war nur anstrengend für Mayla«, sage ich und wende mich an das zierliche Mädchen mit den großen Augen. Der besorgte Ausdruck, mit dem Lucia Mayla mustert, ist mir schon öfter aufgefallen.

Obwohl sie eindeutig die Kleinste und Schüchternste der Truppe ist, wacht sie mit Adleraugen über ihre Freundinnen. Sie stellt immer das Wohl der anderen über ihr eigenes. Mit ihr hat Mayla das große Los gezogen.

Gleichzeitig habe ich das Gefühl, dass Mayla in Lucias Leben Farbe bringt, als würde sie ihre Freundin ständig aus einer einsamen Ecke ziehen und ihr zeigen, was das Leben zu bieten hat.

Diese Verbindung zwischen ihnen scheint genauso stark zu sein wie die zwischen Noah und mir.

Noah hat die Männer aus dem Wasser gezogen, Dax verfrachtet sie in die Wagen und rät ihnen, dringend zum Arzt zu fahren. Das Hautbild der fünf sieht wahrlich schlecht aus.

Großspurig habe ich Mayla gesagt, dass das Meer uns nichts tun kann, egal was sich darin befindet. Doch ganz stimmt es nicht. Die Umweltverschmutzung, gerade in solchen Ausmaßen, zerstört unseren Lebensraum, doch den Menschen scheint es einerlei zu sein. Wir können das Meer bewegen, es formen und ihm befehlen, uns zu tragen, doch es zu reinigen, gehört nicht zu unseren Fähigkeiten. Wie gern würde ich das Gift aus meiner Heimat zurück an die Absender schicken, doch damit wäre der Natur an Land auch nicht geholfen.

Schweigend beobachte ich Noah, wie er das Wasser herumwirbelt und versucht, die Suppe zurück in die Kanister zu befördern. Es gelingt eher schlecht als recht. Der Großteil hat sich wahrscheinlich schon ausgebreitet.

»Noah ist jemand ganz Besonderes für dich, oder?«

Fast hätte ich Lucias Frage überhört.

»Wie kommst du darauf?«

»Du sorgst dich um ihn wie ich mich um Mayla. Alegria sagt, ich bin wie eine Glucke, die über ihr Küken wacht. Wie Mama Bär, die aufpasst, dass ihr Kind keinen Blödsinn anstellt.«

Ich spüre deutlich, dass Lucia nur mit mir spricht, weil sie sich ablenken will. Immer wieder wechselt sie ihre Position, schaut noch mal in den Rucksack, den ich abgestellt habe, aber holt nichts heraus.

»Du willst ihn nicht verlieren«, sagt sie und wendet ihren Blick ebenfalls in Richtung der beiden Jungs.

»Nicht ganz richtig, ich kann ihn nicht verlieren und werde es auch nicht.«

Die Kleine spielt an dem Reißverschluss ihrer dünnen Jacke herum. Sie ist so nervös, dass ich nicht anders kann, als fortzufahren.

»Verrate es niemandem, aber Noah ist der bessere Kämpfer von uns. Die Meerhexen habe keine Chance gegen ihn.«

Ungläubig deutet Lucia auf meinen Kumpel, der spielerisch Dax anrempelt und schon wieder lacht.

»Ja, ich weiß, aber so ist es.« Ich zwinkere Lucia zu. Sie erwidert es mit einem sanften Lächeln, das ihre Augen nicht erreicht. Ich wollte sie aufheitern, aber gelungen ist es mir nicht.

Dann legt sie eine Hand auf den Kopf ihrer besten Freundin und ihre Miene wird ernst. Ihre Sorge ist nicht ganz unbegründet, aber Mayla ist vermutlich nur erschöpft von ihrer Leistung. Sie hat ihre Kräfte zum ersten Mal benutzt.

»Ist Mayla eure Sirenenprinzessin?«, fragt sie und verharrt in ihrer Position.

»Ich hoffe es, dann wäre meine Suche endlich beendet.«

Ob ich damit meine Mission oder meine eigene Geschichte meine, lasse ich offen. Denn ich weiß nicht, ob Mayla meine Prioritäten verschoben hat. Niemals könnte ich meine Königin verraten. Doch als eines der vielen unbedeutenden Gesichter in ihrer Garde spüre ich oft den Drang, meine eigene Identität, meine Geschichte zu finden.

»Atlan«, wispert Mayla und vergräbt ihr Gesicht an meiner Brust.

Und mit dieser kleinen Geste wird mir klar, ich habe sie gefunden, meine Geschichte, in einem wilden Mädchen, das sich auch noch für den Erhalt meines Lebensraumes einsetzt.

***

Wir sind gezwungen, die weitere Suche vorläufig abzublasen. Dax und Noah suchten im Meer nach Anzeichen der Meerhexen und nach den Mädels, aber haben nichts gefunden.

Unverrichteter Dinge fährt Atlan Lucia und mich zurück. Lucia hält mich die gesamte Autofahrt im Arm, die ich nur teilweise mitbekomme. Immer wieder driftet mein Bewusstsein ab, sodass ich in einem merkwürdigen Schwebezustand verharre.

Ich kann nicht beschreiben, was ich fühle. Weil ich einfach nichts fühle. Als hätte mich jemand ausgesaugt und eine leere Hülle zurückgelassen. Ich schwitze unglaublich und dämmere immer wieder weg. Die Schwärze heiße ich mit offenen Armen willkommen, um wenigstens etwas Ruhe zu finden. Das Peinlichste ist, dass ich mich nicht auf den Beinen halten kann und meine Klamotten mittlerweile nass sind.

Noah und Dax sind schon vor uns beim Hotel, natürlich, im Wasser sind die beiden deutlich schneller als an Land.

»Noah, hilf mir bitte«, wispere ich. Ich fühle mich eklig und will nicht, dass Atlan mich so berührt.

Noah ist sofort bei mir und hebt mich mit einer Leichtigkeit hoch, die auch schon Atlan an den Tag gelegt hat.

»Na komm her, Prinzessin«, sagt er und lächelt mich aufmunternd an.

Kelvin und Celia kommen uns entgegen.

»Du siehst besser aus«, sage ich zu ihr. Sie hat ihre Haare gekämmt und die Augenringe sind nicht mehr ganz so dunkel wie bei unserer Abfahrt.

»Und du siehst dafür umso beschissener aus. Was ist passiert?« Celia hat noch nie mit ihren Worten hinterm Berg gehalten und es freut mich, dass sie ihre sonstige liebliche Maske vor den Jungs abgelegt hat.

Lucia steigt mit Atlans Hilfe aus dem Wagen und bringt Celia auf den neuesten Stand.

»Gehen wir aufs Zimmer«, schlägt Daxton vor und ich kann seine Miene nicht deuten. Vielleicht liegt es daran, dass ich verschwommen sehe.

»Sie hat was?«

Ach ja, Celias schrille Stimme würde ich überall raushören. Sie baut sich vor Noah, der mich noch immer im Arm hält, auf und hat die Hände die Hüften gestemmt. Sie ist fuchsteufelswild. Scheinbar hat Lucia sie über alle Geschehnisse aufgeklärt.

Mir ist schummrig und ich bemerke, wie meine Gedanken immer mehr abdriften. Ich kann sie irgendwie nicht richtig fassen.

»Warum ist dir der Umweltschutz so wichtig? Nur um dich besonders zu machen? Du gehst mir auf die Nerven mit deinem besonders hier, besonders da.« Vielleicht habe ich sie dieses Mal wirklich verärgert oder die Sorge spricht aus ihr, ich kann ihren Ausbruch nicht deuten.

Ich strecke eine Hand nach ihr aus, um sie zu beruhigen. Andererseits möchte ich mich davon überzeugen, dass sie wirklich da ist.

»Mir liegt der Umweltschutz wirklich am Herzen. Das hier ist meine einzige Welt, unser Lebensraum, den ich bewahren will. Und ich habe nur dieses eine Leben und will daraus etwas Besonderes machen.« Ich muss an meine erste Erinnerung denken. Ich weiß noch, dass ich gebrüllt habe, so laut ich konnte. Vor meinen Augen sehe ich noch genau den Torbogen, unter dem ich abgelegt worden bin. Meine kleinen klumpigen Hände versuchten nach etwas zu greifen, doch da war nichts. Alleingelassen und in ein Tuch gewickelt lag ich auf dem Boden, schrie mir die Seele aus dem Leib. Zu diesem Zeitpunkt muss ich nur wenige Wochen alt gewesen sein und doch erinnere ich mich so gut an diesen Moment. Jeder sagt mir, dass es nicht meine erste Erinnerung sein kann. Ich mir alles nur ausdenke, aber das stimmt nicht. Keine Erinnerung ist so klar wie diese.

Die nächsten Worte purzeln nur so aus mir heraus.

»Meine Eltern wollten mich nicht, legten mich einfach auf der Straße ab. Ich schätze, ich war nicht gut genug, damit sie mich lieben konnten. Darum muss ich etwas Besonderes sein, damit sie nicht recht behalten.«

Noahs Hände, die mich davor bewahren, mit dem Boden Bekanntschaft zu machen, verkrampfen sich und drücken sich in mein Knie und meinen Oberarm.

Celia ist sprachlos. Auch mal etwas Neues.

»Bring sie rein, Noah.« Lucias warme Stimme lullt mich sanft ein, sodass mir meine Augen zufallen. Nur Noahs Herzschlag begleitet und bewacht mich.

***

Vorsichtig lege ich Mayla auf ihrem Bett ab. Sie murmelt merkwürdige Sachen und ihre Lider zucken unkontrolliert. Ich muss unwillkürlich schmunzeln. Auch wenn sie völlig erschöpft aussieht, kann ich den entschlossenen Gesichtsausdruck nicht vergessen, als sie zu den Männern hinuntersprang und sie zur Rede stellte.

Atlans stechenden Blick versuche ich schon seit unserer Ankunft am Hotel zu ignorieren. Er ist eindeutig eifersüchtig auf mich, weil Mayla mich gebeten hat sie zu tragen. Über diese Kleinigkeit freue ich mich, obwohl ich mir schon denken kann, warum sie das wollte.

Mayla sieht mich nicht so an wie Atlan und das ist auch in Ordnung. Die beiden zusammen zu erleben, hat etwas Magisches an sich. Sie spiegeln ihre Bewegungen, ohne es zu bemerken, wenn einer fehlt, hält der andere Ausschau. Mittlerweile habe ich keinen Zweifel mehr, dass die beiden verbunden sind. Das macht es nicht unbedingt leichter für mich. Wie konnte es nur passieren, dass ausgerechnet wir beide uns für dasselbe Mädchen interessieren?

Lucia kommt aus dem Badezimmer und hat ein nasses Tuch in den Händen. Behutsam legt sie es Mayla auf die Stirn.

Atlan schließt leise die Terrassentür und geht sofort auf das Bett zu. Vorsichtig setzt er sich und hält Maylas Hand. Auf eine merkwürdige Art und Weise wirkt Atlan verändert, sanfter. Allein wie bedacht er sie berührt, während er sonst ein Grobmotoriker ist.

»Noah?« Lucia steht vor mir und hält mir eine Wasserflasche hin. »Komm, wir setzen uns nach draußen.«

Ohne groß drüber nachzudenken, folge ich ihr auf die Terrasse. Mit einem Klicken rastet das Schloss erneut ein und schirmt Atlan und Mayla vor der Außenwelt ab.

»Dax und Kelvin sind auf der Suche?« Lucia knabbert an ihrer Unterlippe und pult das Schild auf der Flasche ab.

»Ja, sie suchen noch mal die Insel ab. Die Polizei ist auch noch an dem Fall dran.«

Argwöhnisch verzieht Lucia ihre femininen Gesichtszüge. »Ach ja, und Polizisten können etwas gegen übernatürliche Meerhexen ausrichten?«

Ich lache und schüttele den Kopf, während Lucia auf die zwei weißen Plastikstühle deutet.

Das Scharren der Stuhlbeine tönt unnatürlich laut über die sonst so ruhige Anlage. Die Gäste sind am Strand oder unten am Pool. Niemand hält sich bei diesem wundervollen Wetter in der Nähe der Zimmer auf. Der Plastikstuhl ist nicht besonders stabil und wackelt bedenklich, als ich mich hinsetze. Ganz im Gegensatz zu Lucias, die sich mit ausgesprochener Eleganz niederlässt.

»Was bedrückt dich, Noah?«, fragt sie ohne weitere Umschweife.

Es scheint keinen Sinn zu machen, meine Gefühle vor ihr zu verstecken. Sie ist so sensibel, dass sie sofort bemerkt, wenn etwas nicht stimmt.

»Ich habe dumme Sachen gesagt.«

»Wir haben alle schon dumme Dinge gesagt, die wir bereuen.«

Ihre Finger spielen unaufhörlich mit ihrer Kette, dabei reißt sie fast ihre Wasserflasche um, die sie auf dem Tisch abgestellt hat. Auch wenn sie nervös und unruhig ist, sieht sie mir in die Augen und hört mir zu. »Was hast du denn gesagt?«

»Dass Mayla in ihrer Fantasiewelt lebt. Aber sie lebt mehr im Hier und Jetzt als jeder andere.« Ich fasse mir an den Kopf und durchwuschele meine blonde Mähne. »Ich dachte, sie will die bittere Realität nicht wahrhaben. Doch offenbar hat sie sie schon oft gesehen und versucht deshalb, das Beste daraus zu machen.«

Aus dem Inneren des Zimmers dringt kein Laut, nur gespenstische Stille.

»Die beiden möchten an magische Geschichten und Begegnungen glauben. Weißt du, wie oft ich Atlan schon davon abhalten musste, etwas Verrücktes zu machen, weil er der Meinung war, dass würde eine gute Geschichte abgeben?« Die Wasserflasche knistert zwischen meinen Fingern, als ich das Plastik eindrücke.

»Er kommt mir so vernünftig vor«, sagt Lucia.

Ich lache trocken auf. »Ja, das ist er auch meistens. Der Königin absolut hörig und pflichtbewusst. Nur manchmal bricht er aus. Mittlerweile befürchte ich, dass die beiden sich in dem Punkt ihrer Geschichten ähneln.«

Zart legt Lucia ihre Hand auf meine, ihr Blick ist voller Mitgefühl, aber ohne Mitleid.

»Weißt du, Mayla war schon immer so. Ich habe das Gefühl, dass sie auf einer rastlosen Suche ist. Nach der Liebe, nach dem Besonderen. Wir sind beide in einem Heim aufgewachsen. Meine Eltern haben mich mit sieben Jahren adoptiert, doch Mayla hatte nur ihre Tante Carla, die sie ab und an zu sich nehmen konnte. Erst mit sechzehn ist sie zu ihr gezogen. Manchmal habe ich Schuldgefühle, weil ich so ein tolles Leben habe.«

Ich erwidere den leichten Druck von Lucia. In diesem Moment wird mir bewusst, dass ich nicht der Einzige auf der Terrasse bin, den etwas belastet. »Du machst dir Sorgen«, stelle ich fest und mein Herz wird schwer.

Sie lächelt. »Immer.«

***

Mir ist so verdammt heiß. Es soll aufhören, mir ist zwar schleierhaft, was *es* genau ist, aber es zieht mich immer tiefer in die Dunkelheit.

»Mayla«, wispert eine Stimme. Sie klingt so überirdisch melodisch, dass ich stark an ihrer menschlichen Herkunft zweifle.

Ich kann mit Mühe die Augen öffnen, aber sehe weder mein Hotelzimmer noch sonst ein vertrautes Umfeld. Stattdessen schwebe ich vor einer Grotte. Meine Umgebung ist sehr dunkel, kleinere Fische schwimmen so dicht an meiner Nase vorbei, dass ich zurückschrecke. Ich bin unter Wasser. Sofort versuche ich die Luft anzuhalten.

»Atme ruhig, kleine Mayla«, sagt die Stimme und klingt dabei belustigt. Die Worte kommen wie Musik bei mir an. Ihre Sprechweise ist so wunderschön, dass sie sich direkt in meinem Kopf festsetzt.

Testweise nehme ich einen kleinen Atemzug, kein Wasser strömt in meine Luftröhre, nur frischer Sauerstoff.

Bedacht sehe ich mich um. Der Eingang zur Grotte ist riesengroß, ein Schiff könnte locker durch ihn hindurchpassen. Einzelne dicke Algenstränge tanzen in den sanften Strömungen und große Felsen türmen sich auf dem Grund.

»Wo bin ich hier?«, frage ich und schwimme Richtung Boden. Meine Fingerspitzen berühren den kühlen Sand und graben sich hinein, es fühlt sich alles so real an. Aber wie bin ich hierhergekommen? Ich erinnere mich daran, dass ich Noahs Herzrhythmus gelauscht habe, und danach an nichts mehr.

Es misslingt mir, mit den Füßen Halt auf dem Boden zu finden, daher trete ich ein paar Zentimeter über ihm im Wasser.

»Willkommen in meinem Zuhause, kleine Mayla.«

Es ist ein wenig düster, aber einige Fische schimmern von sich aus, sodass ich doch einiges erkennen kann.

Ich versuche tiefer in die Grotte zu spähen, doch die Schwärze verhindert es. Als wäre noch nie ein Sonnenstrahl dorthin gelangt.

Für andere wäre das sicher gruselig und beängstigend, für mich ist es aufregend, was auch immer hier vor sich geht.

»Wer bist du?«

»Ich bin Mayim, kleine Mayla.« Der Zusatz *kleine Mayla* nervt mich zunehmend, doch man sollte nie etwas unterschätzen, was man nicht sehen kann.

»Zeig dich doch bitte.«

»Wie möchtest du denn, dass ich aussehe, winzige Mayla?«

O wow, sie hat *kleine* nun auf *winzige* reduziert, ganz wunderbar.

»So wie du bist – was auch immer du bist.« Den letzten Teil habe ich eher an mich selbst gerichtet.

Der Name kommt mir bekannt vor, ich habe ihn schon einmal gehört.

»Mayim?« Der Name ruft eine Erinnerung in meinem Kopf hervor. Atlan und Noah haben ihn erwähnt. Wie war noch ihre Formulierung? »Das Wasser selbst?«, rate ich ins Blaue hinein und erhalte ein Kichern als Antwort.

»Du bist meinen wundervollen Geschöpfen begegnet.«

Das Wesen beantwortet scheinbar nicht so gern Fragen.

»Ich habe Atlan und seine Freunde kennengelernt«, sage ich nur und kneife die Augen zusammen, um möglicherweise mehr zu sehen.

»Meine Sirenen, so wunderschön. Da habe ich mich selbst übertroffen.«

Plötzlich kommt eine kräftige Strömung auf, ein Sog, der mich in die Grotte ziehen will. Instinktiv greife ich nach dem Erstbesten, was ich zu fassen bekomme, und klammere mich an einen dicken Algenstrang. Mit Mühe schaffe ich es, nicht hineingezogen zu werden.

»Entschuldige, kleine Mayla, ich komme jetzt raus.«

Die Finsternis wird von einem Leuchten verdrängt und vor mir erscheint eine so schöne Sirene, dass ich vergesse zu atmen. Sie sieht dennoch anders aus als Atlan.

Ihre gesamte Haut ist von schimmernden Schuppen überzogen. Auf dem Rücken hat sie zwei flossenartige Flügel. Ihr langes braunes Haar schwingt sanft hin und her, auf ihrem Haupt sitzt ein verschlungenes Diadem.

Ihre gesamte Erscheinung ist so beeindruckend, dass ich mich fast dazu hinreißen lassen könnte, sie schöner zu finden als Atlan.

»Ist das dein wahres Aussehen?«, frage ich.

Mayim hat weise Augen, sie wirken ein wenig abgestumpft, aber auf eine merkwürdige Art und Weise überirdisch.

Dennoch kommt mir diese Gestalt irgendwie falsch vor.

»Die Wahrheit liegt doch im Auge des Betrachters, oder? Ich sehe für jeden anders aus.«

Elegant schwimmt die Sirene auf mich zu und legt mir eine Hand an die

Stirn. Ich bin absolut überfordert mit dieser Situation. Dieses Wesen vor mir ist das Wasser selbst und es berührt mich. Ihre Hand fühlt sich weder warm noch kalt an, sondern wie meine eigene Körpertemperatur. Ein Kribbeln geht von ihr aus. So nah wirken ihre Augen gespenstisch. Sieht sie mich überhaupt richtig an? Oder überblickt sie gerade den Ozean? Auch wenn ihr Aussehen einer Sirene gleicht, weiß ich nicht, ob sie wirklich eine Frau ist.

»Wie ich es mir dachte, kleine Mayla.«

Jetzt, da ich weiß, wer vor mir steht, kann ich das Adjektiv *klein* verstehen. Was bin ich für Mayim? Ein kleines Mädchen, das – warum auch immer – hier vor ihr gelandet ist.

»Du bist erwacht und hast deine Kräfte eingesetzt. Das erklärt dein Fieber. Deine Seele kann diese Macht nicht tragen.«

Ich kann sie nur mit offenem Mund anstarren, während sie von mir ablässt. Hat Mayim mir gerade gesagt, dass ich die Sirenenprinzessin bin und meine Kräfte erwacht sind? Nicht hyperventilieren!

»Du atmest aber schnell«, stellt das Wesen fest und betrachtet mich erhaben.

Gut, das mit dem *Nicht hyperventilieren* hat ganz wunderbar nicht funktioniert.

Mein gesamtes Leben lang wollte ich etwas Besonderes sein, meinen Eltern zeigen, dass sie mich zu Unrecht ausgesetzt haben. Es jetzt von diesem überirdischen Geschöpf, das wahrscheinlich magische Kräfte hat, bestätigt zu bekommen, erfüllt mich mit Erleichterung.

»Meine Seele kann die Macht nicht tragen?«, wiederhole ich die vorherige Aussage und lege eine Hand an meine Brust.

»Noch nicht, kleine Mayla. Aber sie wird es, das muss sie. Denn deine Zukunft wird steinig, ich sehe es.«

»Du siehst es?«

Der Blick der Sirene wird fast schon mitleidig und sie legt den Kopf schief. Dann hebt sie eine Hand und greift mit der anderen nach meiner.

Das Wasser beginnt sich zu bewegen, der Ozean gerät in Wallungen und wenn sie mich nicht halten würde, würde ich fortgespült werden.

Wir schwimmen in einem Strom und Unterwasserlandschaften ziehen an uns vorbei.

»Die Zeit ist ein merkwürdiges Konstrukt. Sie fließt wie das Wasser. Man spricht nicht umsonst vom Fluss der Zeit. Und wie im Meer kann ich mich auch völlig frei darin bewegen.«

Andere Meeresbewohner schließen sich uns an, Schildkröten werden im Strom mitgerissen und ganze Fischschwärme steuern gezielt auf uns zu.

Die Umgebung ist so atemberaubend und friedlich, obwohl wir in hoher Geschwindigkeit entlangrasen.

»Du kannst durch die Zeit reisen?« Langsam komme ich mir albern vor, dass ich nur noch Fragen stelle. Aber Mayim ist geduldig.

»Nein, das nicht, aber ich sehe vieles im Fluss. So auch die Zukunft, weil sie auch nur das Jetzt zu einem anderen Zeitpunkt ist.«

Mir schwirrt der Kopf und doch verstehe ich, was sie mir sagen will.

»Siehst du auch die Vergangenheit?«

»Das muss ich nicht, kleine Mayla, denn ich war da.«

Man soll eine Frau nicht nach ihrem Alter fragen, aber gilt das auch für überirdische Wesen?

Die Sirene hat meinen fragenden Blick scheinbar gespürt, denn sie dreht sich zu mir um und lächelt sogar ein wenig. »Ja, ich war immer da und werde immer da sein.«

»Ich glaube, ich träume. Das Fieber muss mir einen Streich spielen.« Anders kann ich mir das hier nicht erklären.

Mayim hält an und zieht mich aus dem Strom heraus.

»Träumen ist vielleicht nicht der richtige Ausdruck. Aber dein Körper ist noch bei meinen Sirenen.« Wieder legt sie den Kopf schief, doch dieses Mal lauscht sie bedächtig. »Er wacht immer noch über dich. Du hast ihm ja ganz schön den Kopf verdreht.«

»Atlan?«, erwidere ich und Mayim nickt.

Ich habe so viele Fragen an das Wesen, gar nicht mal mich betreffend, denn wenn ich jetzt schon alles wüsste, wäre das Leben doch nichts Besonderes mehr. Aber wenn Mayim die Zukunft kennt, dann weiß sie sicherlich, wo Alegria und die anderen versteckt gehalten werden. Denn in der Zukunft werden sie gerettet, sie müssen es einfach.

»Wo ist Alegria?« Diese Frage ist ein Versuch, ein Rettungsring, an den ich mich klammere.

Mayim schüttelt den Kopf. »Ich kann dir da nicht helfen, es würde etwas im Fluss verändern.«

»Aber sie ist in Gefahr!« Meine Hand verkrampft sich um ihre, als ich panisch werde. »Wenn ich sie nicht bald finde, wer weiß, was diese schrecklichen Kreaturen ihr antun.«

»Sprichst du von den Meerhexen?«

Mayim ignoriert meinen zu festen Händedruck völlig, vielleicht spürt sie ihn auch nicht, denn ihr überirdisches Gesicht bleibt gelassen.

Ihre Frage bejahe ich heftig.

»Auch sie sind Geschöpfe der See, kleine Mayla.«

»Und ich werde sie besiegen, damit ich Alegria und die anderen zurückbekomme. Mayim?« Ich nehme ihre Hand in meine beiden und halte sie vor meine Brust.

»Bitte, Mayim, sag mir, bin ich die Sirenenprinzessin?«

Wieder schaut sie mich mit einem undefinierbaren Blick an.

»Das findest du selbst heraus. Ich kann dir keine weiteren Details geben. Aber so viel …«

Sie lehnt ihre Stirn gegen meine. Was ich dann spüre, ist überwältigend. Vor meinen geschlossenen Augen tauchen verschiedene Bilder des Meeres auf, mal wild und unbändig im Sturm, mal ruhig und lichtdurchflutet im Sommer, mal kalt und gefroren im Winter, mal voller Leben, mal still und verlassen. Es hat so viele Facetten und ist in allen wunderschön. Durch meine Venen scheint der Strom des Meeres zu fließen und ich fühle mich gleich besser. So wie immer, wenn ich das Meeresrauschen höre, doch dieses Mal spült es meine Sorgen fort und übertönt sie nicht nur.

»Wir brauchen dich, kleine Mayla, du hast noch viel zu tun. Dein Schicksal ist bereits gesponnen.«

Ich schlage die Augen auf und will mich von Mayim verabschieden, ihr danken. Doch alles, was ich sehe, ist die Zimmerdecke.

»Sie ist wach.«

Vorsichtig drehe ich mich zur Seite und sehe in Atlans dunkelblaue Augen, die mich erleichtert mustern. Er hält meine Hand in seiner.

»Warte, ich hole etwas zu trinken«, sagt Lucia und rennt schon los ins Badezimmer, wo wir ein paar Wasserflaschen gebunkert haben. Hastig kommt sie zurück, als ich mich langsam aufsetze.

Es war real und doch wieder nicht. Mayim war überirdisch und wunderschön, doch etwas an ihr hat mich gestört und beunruhigt.

Lucia reicht mir das Wasser. Ihr Gesicht sieht besorgt aus, aber ihre hellblauen Augen strahlen mich voller Güte an. Das ist es, was mir gefehlt hat. Mayim wirkte erhaben, gütig und aufopferungsvoll. Doch ihre Augen sprachen eine andere Sprache. Sie waren kalt.

Kapitel 15

Positives Nummer 15: Ich bin die Sirenenprinzessin

»Ich habe Mayim getroffen«, sage ich, nachdem ich das Wasser hinuntergestürzt habe.

In dem kleinen Zimmer sind alle unserer Gruppe vereint, die vier Sirenen sowie Celia und Lucia.

Celia sitzt auf dem Bett mit dem Rücken gegen die Wand gelehnt und legt ihr Handy zur Seite.

Daxton steht im Rahmen des kleinen Flurs und zieht die Brauen zusammen. »Unmöglich.«

Lucia legt mir eine Hand an die Stirn. Ihr von Sorge zerfurchtes Gesicht glättet sich und sie strahlt mich an. »Dein Fieber ist verschwunden.« Die Erleichterung lässt ihren angespannten Körper zusammensacken. Sie kriecht neben mich ins Bett und kuschelt sich eng an mich. Das ist eine so niedliche Geste, dass ich nicht anders kann, als sie fest in die Arme zu schließen.

»Du warst einfach weggetreten, Mayla. Ich habe mir solche Sorgen gemacht. Egal was wir getan haben, du bist nicht aufgewacht.«

Atlan kniet neben meinem Bett und hat bis Lucias Kuschelattacke mit ernster Miene meine Hand gehalten. Kontrolliert richtet er sich auf und streicht mir über den Kopf.

Der unangenehme Verdacht beschleicht mich, dass meine Haare von Schweiß feucht sein müssen. Ehe ich ihn aufhalten kann, zieht er sich zurück und stellt sich neben Noah, der am anderen Ende des Zimmers neben dem großen Spiegel steht.

Apropos Spiegel, der zeigt mir gerade die bittere Realität. Ein blasses Wesen mit dunklen Augenringen in einem offensichtlich durchgeschwitzten

Top starrt mich an. Die Erkenntnis, dass ich das bin, fühlt sich wie eine kalte Dusche an, die ich laut meinem Abbild auch ganz dringend gebrauchen könnte.

»Du hast Mayim getroffen?« Kelvin kippelt auf einem unserer Stühle unruhig vor und zurück. Zweifel schwingen dabei in jeder Silbe mit, als ob seine hochgezogenen Augenbrauen nicht schon Indiz genug wären.

»Jedenfalls hat das Wesen sich so vorgestellt.«

Daxton schnaubt ungläubig und verschränkt die Arme vor der Brust.

Celia rutscht von der Wand weg und setzt sich auf die Bettkante. »Wie kann das sein? Ich war die ganze Zeit hier im Raum und du hast dich keine Sekunde lang bewegt. Du warst so starr, dass ich öfter deine Atmung kontrolliert habe.«

»Wie rührend, dass du dich so um mich sorgst«, sage ich und zwinkere meiner früheren Feindin zu. Es ist merkwürdig, dass ich keinen Groll mehr gegen sie hege. In dieser Zeit, in der wir gemeinsam mysteriöse Dinge erleben, gibt es einfach Wichtigeres, als sich gegenseitig aufzuziehen. Ich wage es gar nicht zu denken, aber Celias bissige Art ist ein kleiner Lichtblick der Normalität.

»Scheinbar völlig unbegründet«, erwidert sie und ich wage es fast nicht zu denken, aber Celias bissige Art gibt mir einen Funken Normalität zurück.

»Mayla hat sie in einer Art Zwischenwelt getroffen«, mischt sich Atlan ein und mustert mich intensiv.

So unauffällig wie möglich ziehe ich die Decke höher, damit ich mich verstecken kann. Ich will nicht, dass er mich so sieht. Leider wird es auffällig, da Lucia noch auf der Decke liegt und beinahe vom Bett purzelt.

Noah fährt sich durch seine blonden Haare, doch der Effekt von Ordnung bleibt aus. Mein Blick fällt wieder auf seine Narbe. Sein übliches Grinsen, das die Sonne aufgehen lässt, ist verschwunden und ich fühle direkt, wie eine Last auf mein Gemüt drückt.

»Bedeutet das jetzt, dass es Mayla ist? Unsere Prinzessin?« Die ungewohnte Ernsthaftigkeit in seiner Stimme versetzt mir einen Stich.

»Mayim hat sie geheilt. Ja, Mayla ist unsere Prinzessin.«

Ehe ich es verhindern kann, knien alle vier Sirenen vor mir.

»O Mann, das hat ihr Ego noch gebraucht«, sagt Celia, doch lächelt dabei freundlich.

Ich weiß nicht, wie ich reagieren soll. Meine Freunde neigen sogar den Kopf vor mir, was ich mehr als bizarr finde. Lucias Hände verkrampfen sich in meiner Decke.

»Eure Hoheit«, sagt Atlan und hebt den Kopf. Gott sei Dank, er lächelt stolz und richtet sich wieder auf. Langsam kommt er auf mich zu und nimmt mein Gesicht in seine Hände, um mich zu küssen. »Ich habe so gehofft, dass du es bist.«

Ich kann darauf nichts erwidern, weil mich seine wundervollen Augen gefangen halten. Jetzt bin ich also eine Sirenenprinzessin und stürze mich in einen Kampf mit den Meerhexen, um Alegria zu retten. Auch wenn es absolut verrückt und gefährlich klingt, ein breites Grinsen breitet sich auf meinen Zügen aus. Ich freue mich dieses Abenteuer zu meistern.

***

Wenig später liege ich frisch geduscht auf der Couch an Atlan gekuschelt. Wenigstens fühle ich mich jetzt wieder menschlich.

Nachdem all unsere Freunde gegangen sind, liegt das Zimmer still und verlassen da. Nur unsere Atemzüge fügen sich in die Ruhe ein.

Dax und Kelvin sind auf einer weiteren Erkundungstour rund um die Insel. Ich sollte mir keine falschen Hoffnungen machen, aber ich bete dafür, dass sie Alegria endlich finden. Sie und die anderen Mädchen sind schon fast anderthalb Tage verschwunden.

Noah passt auf Lucia und Celia auf, damit sie nicht auch noch verschwinden. Die beiden haben sich erneut mit der Polizei in Verbindung gesetzt, um den neuesten Stand der Ermittlung zu erfahren.

Es ist schon früher Abend, da ich mehrere Stunden weggetreten war. Die Müdigkeit steckt mir immer noch in den Knochen, weshalb Atlan darauf bestanden hat, dass wir uns noch ein wenig ausruhen, bevor wir mit der Suche fortfahren und versuchen meine Kräfte zu wecken. Wie das klingt.

Kräfte … Ich habe also wirklich übernatürliche Fähigkeiten, die dazu geschaffen sind, gegen Meerhexen zu kämpfen. Auch wenn ich es mir gewünscht habe, ist es immer noch nicht greifbar für mich. Mehrmals habe ich tief in mich hineingehorcht, ob nach dem Fieber in meinem Körper etwas anders ist. Leider konnte ich keinen Unterschied feststellen, nur das Taubheitsgefühl ist nach meinem Traum mit Mayim verschwunden.

Immer noch habe ich so viele Fragen an Atlan. Einerseits möchte ich diese Ruhe auskosten, auf ihm liegen, seine Nähe spüren und seinen Herzschlag hören, andererseits machen die ganzen Unklarheiten mich so unruhig, dass ich es überhaupt nicht genießen kann. Meine Position müsste bequem sein, ich meine, ich liege auf dem wohl heißesten Wesen dieses Planeten, bin seine Prinzessin und er mein Leibwächter und dennoch bewege ich mich mehrmals, um doch wieder anders zu liegen. Es ist seltsam, meine innere Unruhe schafft es, diese perfekte Harmonie zwischen Atlan und mir zu stören. Dabei passen unsere Körper so gut zusammen, als gäbe es für mich keinen anderen Platz als seine breite Brust.

»Okay, schieß schon los«, brummt er und verdreht die Augen, dann haucht er mir einen Kuss auf den Kopf.

Endlich! Darauf habe ich so lange gewartet. Ich weiß nicht, worüber ich ihn zuerst ausquetschen soll. Meine Heimat? Meine Eltern? Oder doch meine Kräfte? Moment mal.

»Dann hat mich meine Mutter doch nicht im Stich gelassen, oder?«, entfährt es mir, ich schrecke sogar von meiner wunderschönen Unterlage auf und starre ihn fassungslos an. Mein gesamter innerer Schmerz baut darauf auf, dass meine Eltern mich nicht wollten und ich allein im Leben zurechtkommen musste. Habe ich endlich meinen Platz gefunden? Gut, die Königin hat mich schon weggegeben, aber nur um mich vor den Meerhexen zu beschützen.

Atlan zwirbelt eine meiner Haarsträhnen zwischen seinen Fingern. Der nachdenkliche Ausdruck steht ihm gut, auch wenn er zunächst schweigt.

»Der Königin ist die Entscheidung sehr schwer gefallen. Mein Vater erzählte mir, dass sie gemeinsam mit Mayim beschloss, dass es das Beste für dich und unser Volk wäre. Mayim versteckte dich dann an Land, wo die Meerhexen nicht hinkönnen.«

Er sucht mit seiner Hand meine und verschränkt unsere Finger. Seine sind viel größer und doch greifen wir wie Zahnräder ineinander.

»Was sind die Meerhexen? Warum greifen sie euch an?«

»Du willst also gleich den ganz harten Stoff.« Das Schmunzeln in seinem Gesicht entschärft die Aussage.

»Alles andere wäre langweilig.«

Lässig schiebt er eine Hand hinter seinen Kopf und ruckelt hin und her.

Vorsichtig lasse ich mich wieder auf ihm nieder. Spielerisch tippt er gegen den Fleck an meinem Hals, was ihm einen bösen Blick von mir einbringt, doch er lässt ihn mit einem Lächeln abprallen.

»Die Meerhexen leben in den Tiefen der See und können nicht wie wir zwischen menschlicher Gestalt und der Meeresgestalt wechseln. Die Legende besagt, dass sie früher einmal Menschen waren. Um zu überleben, ernähren sie sich von Seelen und auch ihre Fluchkräfte hängen von ihrer Nahrung ab.« Atlan verzieht das Gesicht und ich kuschle mich näher an ihn.

Sein Geruch nach Salzwasser steigt mir in die Nase und lässt mich fast wohlig aufseufzen. Wenn nicht diese ernste Thematik wäre ... Denn mir wird erst durch unser Gespräch wieder bewusst, dass die Meerhexen alle Cheerleader als Nahrung ansehen. Ich schlucke hart und würde am liebsten sofort aufspringen und mich ihnen in den Weg stellen, auch wenn ich nicht weiß, wie.

»Wir kriegen sie schon, Mayla. Die letzten vier Jahre habe ich dich gesucht, da werde ich sicherlich nicht zulassen, dass du jetzt kopflos losstürmst und dich nicht gegen die Meerhexen verteidigen kannst.«

Es muss ein Teil dieses Seelenverwandtschaftsdings sein, dass Atlan mir meine Gedanken an der Nasenspitze ansieht. Nervige Sache, eindeutig.

So liebevoll, wie er es gerade tut, hat mir selten jemand übers Haar gestrichen.

»Gut, dann bilde mich aus«, fordere ich prompt und taxiere ihn. Dadurch entgeht mir auch nicht, wie seine Mundwinkel sich für eine Sekunde senken. Als würde er mich lieber in Watte packen und irgendwo verstecken.

»Richtig ausbilden kann dich nur die Königin. Ich kann dir die Grundlagen beibringen, aber diese müssten dir im Blut liegen. Schließlich hast du deine Stimme bereits vorhin bei den Männern mit den Kanistern eingesetzt.«

Und die Quittung dafür habe ich auch gleich darauf bekommen. So wäre ich nutzlos, wenn es zum Kampf kommt.

»Wie genau läuft denn so ein Kampf ab?«

Und wieder verdreht Atlan die Augen, was mich zum Lächeln bringt.

»Besser ich erfahre es jetzt als zu spät.«

»Ja, ich weiß.« Er ringt sichtlich mit sich und gibt dann schließlich auf. »Die Prinzessin kann mit ihrer Stimme die Meerhexen betäuben, das gibt uns die Möglichkeit, sie mit dem Dreizack – na ja – unschädlich zu machen.«

Ich erinnere mich gut daran, wie Atlan ein Wesen mit seiner Waffe aufgespießt hat. So klingt meine Aufgabe erst einmal nicht allzu schwer. Allerdings kann ich nicht besonders gut singen, Lucia hat mir sogar einmal verboten zu singen, weil sie davon starke Kopfschmerzen bekommen hat.

Ich greife nach seinem Anhänger, den er um den Hals trägt. »Wo hast du denn den Dreizack? Du trägst ihn gerade ja nicht mit dir herum.«

Er schmunzelt. »Du hältst ihn gerade in deinen Fingern.«

Erschrocken lasse ich den kleinen Dreizack los, der auf seine weiche Haut zurückfällt.

»Veralber mich nicht.«

Atlan brummt belustigt, sein Oberkörper vibriert dabei. »Würde mir nicht mal im Traum einfallen. Wir alle tragen einen Dreizack bei uns.«

Dunkel erinnere ich mich daran, dass Dax ebenfalls einen Anhänger um den Hals trägt, Noah besitzt eine Muschel an dem Band, das er um sein rechtes Handgelenk trägt. Nur bei Kelvin ist mir noch nichts aufgefallen. Soweit ich weiß, hat aber lediglich Atlans Anhänger die Form eines Dreizacks.

»Er ist mit der Magie unserer Königin belegt. So können wir jederzeit auf unsere Waffen zugreifen.«

Neugierig betrachte ich das silberne Ding. »Was ist mit Kelvins Dreizack? Ich habe keinen Anhänger bei ihm gesehen.«

Atlan schnaubt grimmig und verdreht die Augen. »Er mag keinen Schmuck, weshalb er das Lederarmband meistens in der Tasche seiner Schwimmhosen trägt. Bisher hat er ihn nicht verloren, deshalb erlauben wir es ihm. Es ist ein Delfin.«

Ein Delfin, das passt irgendwie zu Kelvin.

»Was für Kräfte haben Sirenen denn noch?« Mein Körper kribbelt vor Aufregung, allein der Gedanke daran, dass ich ebenfalls übernatürliche Fähigkeiten habe, lässt mich unruhig werden.

Atlan wirkt nach wie vor sehr entspannt und seine Geduld ist beeindruckend.

»Wir alle tragen einen kleinen Teil Magie in uns. Damit lenken wir das Wasser und können es mit unserem Willen beeinflussen. Aber zuerst bringe ich dir bei, wie du dich in deine Sirenenform verwandelst. Du wirst es lieben!« Seine Augen strahlen vor Begeisterung, mit der er mich sofort ansteckt.

Schon jetzt liebe ich das Meer abgöttisch, daher kann ich mir nur schwer ausmalen, wie es sein wird, wenn ich es genauso schnell wie Atlan erkunden kann.

»Die Unterwasserwelt ist unglaublich schön. Und dein Königreich erst. Aquarta besteht nicht nur aus unserer Stadt unter Wasser, sondern auch viele kleinere Inseln gehören dazu. Sie sind es, auf denen wir eigentlich leben. Wenn der Krieg erst einmal gewonnen ist, zeige ich dir dein Reich.«

Mein Reich, wie das klingt. Ich werde wie er unter Wasser atmen können, die entlegensten Ecken der Ozeane erkunden und ihre Geheimnisse erforschen.

»Ich kann es kaum erwarten«, wispere ich, um unsere kleine friedliche Blase nicht zu zerstören. Für ein paar Augenblicke stelle ich mir vor, wie ich mit einer Flosse aussehe.

Zwar erwähnt Atlan den Krieg immer nur nebenbei, aber ich spüre, dass er dennoch eine große Rolle spielt und schrecklich für alle Beteiligten sein muss. Und jetzt soll ich ihn als Sirenenprinzessin beenden und die Meerhexen … ja, was soll mit ihnen geschehen? Dass sie böse sind, ist offensichtlich. Sie haben meine beste Freundin entführt und sogar einen Mann getötet. Und das sind nur die Taten, die ich mitbekommen habe.

Atlan spielt geistesabwesend mit meinen störrischen Haaren. Ich will diesen glückseligen Ausdruck nicht von seinem Gesicht wischen, aber mich belastet die Aussicht auf einen Krieg.

»Du hast jetzt schon öfter vom Krieg zwischen den Meerhexen und den Sirenen gesprochen. Ich zweifle eure Gründe dafür nicht an«, beginne ich vorsichtig und beobachte jede kleine Regung von Atlan. »Aber was haben die Meerhexen so Schreckliches getan? Warum hat alles begonnen?«, frage ich.

Bei den ersten Worten bleibt er noch entspannt, doch nach und nach verschwindet sein Lächeln und er lässt meine Haarsträhne fallen.

Ruckartig setzt sich Atlan auf und ich rutsche von seiner Brust herunter.

Verdutzt sitze ich in einer umständlichen Position auf der Couch.

Atlan schwingt die Beine vom Sofa und stellt die Füße auf den Boden, sein Gesicht vergräbt er in den Händen. Meine Frage muss etwas in ihm ausgelöst haben.

Er schweigt.

»Das ist nicht so leicht zu beantworten.« Mit einer Antwort habe ich schon gar nicht mehr gerechnet. Er legt den Kopf zur Seite und hebt eine Hand, um mir über die Wange zu streichen. »Ich kann nur von mir sprechen. Was sie mir angetan haben.«

Atemlos verharre ich und warte darauf, dass er fortfährt, doch wieder schweigt er. Ich spüre deutlich, wie er mit sich ringt, auch wenn seine Gesichtszüge entspannt wirken. Dieses merkwürdige Gefühl kann ich nicht erklären, ich muss Atlan nur ansehen, um zu wissen, dass seine Gedanken Achterbahn fahren.

Langsam lege ich meine Hand über seine, die noch an meiner Wange ruht.

»Wenn du magst, kann ich dir erst etwas von mir erzählen.«

Seine Augen leuchten erleichtert auf, seine Brauen entspannen sich etwas.

»Das wäre toll«, sagt er leise und lehnt sich zurück.

Auf unserer Terrasse höre ich ein paar Stimmen, aber lasse mich von ihnen nicht ablenken.

Ich hole tief Luft, meine Geschichte zu erzählen, ist mir ebenso unangenehm. Indem ich sie jemandem preisgebe, mache ich mich angreifbar. Doch auch wenn ich Atlan erst seit Kurzem kenne, vertraue ich ihm.

»Meine Eltern haben mich in Barcelona in einer Seitengasse ausgesetzt. Ich war erst ein paar Wochen alt, genau konnte das niemand sagen. Tante Carla hat mich dann gefunden, als sie auf dem Heimweg von ihrer Tapasbar war. Sie brachte mich ins Krankenhaus und meldete den Vorfall natürlich der Polizei. Doch niemand kam, um mich abzuholen, also brachte man mich im Waisenhaus unter.

Lucia kam in etwa zeitgleich dort an, weshalb wir gemeinsam aufwuchsen. Die Leute dort gaben sich wirklich Mühe und haben uns gut aufgezogen, doch ohne Lucia und Tante Carla wäre ich wohl zugrunde gegangen. Mir hat es zu schaffen gemacht, dass meine Eltern mich nicht wollten. Tante Carla meint immer, ich soll dankbar sein. Dankbar, dass sie mich wenigstens auf die Welt gebracht haben, sonst hätten wir einander nicht.

Lucia fand mit sieben Jahren ein neues Zuhause. Und glaub mir, ihre Eltern sind wahre Goldschätze. Ich durfte sie immer besuchen, sodass ich fast da gewohnt habe.« Ich mache eine kurze Pause. »Aber leider ist es dazu nie gekommen. Auch wenn mich ihre Eltern immer mit offenen Armen empfangen haben, so wollten sie nur ein Kind und das war nun einmal nicht ich.«

Atlan legt den Arm um mich und zieht mich zu sich.

»Du bist also im Kinderheim aufgewachsen?«

Ich nicke. »Ja, Tante Carla war erst zwanzig, als sie mich fand. Sie ist eine unglaubliche Frau. Ihre Mum hat sie auch ganz allein großgezogen. Tante Carla hat schon früh ihre eigene Tapasbar eröffnet und sich ganz allein der Welt entgegengestellt. Da konnte sie unmöglich noch für ein Kind sorgen. Aber sie besuchte mich so oft, wie es ihr möglich war. Mindestens einmal in der Woche. Ich bin ihre einzige Familie. Daher trage ich auch ihren Nachnamen Luna.«

Atlan schweigt wieder. Dann drückt er mir einen Kuss auf die Lippen. »Ich kann mir den Schmerz nicht ausmalen, den du gefühlt haben musst, als Lucia adoptiert wurde.« Ein unausgesprochenes »Und du nicht« liegt in der

Luft. Er hält mich fester im Arm. Das mit dem Feingefühl müssen wir noch üben.

»Ja, war nicht so leicht. Aber Tante Carla war der erste Mensch auf dieser Welt, der mir Liebe geschenkt hat. Ich bin ihr für alles dankbar und sie ist für mich meine Familie. Wann immer es ging, hat sie mich zu sich genommen.«

Noch immer erinnere ich mich an Carlas traurige Augen, als sie in ihrer schmutzigen Schürze auf dem Hof des Kinderheims stand. Sie hat sich damals extra die Mittagsstunde freigeschaufelt, um mich zu sehen. Lucias Eltern holten sie gerade ab und es zerquetschte mein Herz, dass Lucia auszog und ich bleiben musste. Carla lächelte, doch ihre Augen sprachen Bände. Als könnte sie meinen Schmerz nachempfinden. Ich lief zu ihr, um sie fest in den Arm zu nehmen, und sie erwiderte die Geste, während sie wisperte: »Irgendwann, Señorita.«

Ich schüttle den Kopf, um die Erinnerung zu verscheuchen. »Du bist dran«, sage ich und lehne mich an seine Schulter.

Prüfend sieht mich Atlan an und ich gebe ihm einen Kuss, um seine von Sorgen zerfurchte Stirn zu glätten. Einen langen Kuss mit all meinen Gefühlen für ihn. Seine Lippen wirken in der ersten Sekunde hart, nur langsam entspannt er sich und lässt sich darauf ein.

Er schließt mich fest in die Arme und lässt sich wieder zurück auf die Couch sinken. Seine Hände vergräbt er in meinen Haaren und zieht mich näher zu sich heran.

Ich habe nur Sorge, dass wir über unseren Kuss vergessen, warum wir noch hier im Hotelzimmer liegen. Jedenfalls war mein Plan, Atlan ordentlich auszuquetschen, damit ich so viel wie möglich erfahre, um besser auf das Kommende vorbereitet zu sein. Seine Intention drehte sich wohl mehr darum, dass ich mich ausruhe.

Vorsichtig ziehe ich mich zurück, nur widerwillig löst er sich von mir.

»Du willst also wissen, was die Meerhexen mir angetan haben«, seufzt er und hält mich dennoch so fest im Arm, dass ich mich nicht aufsetzen kann.

Ich nicke, ehe er fortfährt.

»Aber ich warne dich, ich will danach kein Mitleid.«

»Okay.«

Und dann beginnt er zu erzählen, während er mich die ganze Zeit im Arm hält und verhindert, dass ich ihn anschaue.

Kapitel 16

Positives Nummer 16: Ich lerne ihn besser kennen

Vor zwei Jahren

»Bist du aufgeregt?«, fragt Kelvin und spielt mit seinem Dreizack herum. Immer wieder wirft er ihn von einer Hand in die andere, dreht ihn im Wasser, sodass kleine Ströme von ihm ausgehen.

Mit meinen drei Kameraden Noah, Dax und Kelvin hocke ich versteckt hinter einer Felsengruppierung und warte auf die Ankunft der Meerhexen. Mein gesamter Körper ist angespannt und am liebsten würde ich Kelvin für sein unbekümmertes Wesen den Hals umdrehen. Eine völlig unangebrachte Gefühlsregung, das weiß ich selbst, aber diese wichtige Mission raubt mir noch den letzten Nerv.

Vor drei Wochen bin ich achtzehn geworden und damit hat mir meine Königin die erste Aufgabe als Anführer übertragen. Mein Vater ist vor Stolz fast geplatzt, nicht weniger als ich selbst. Aber hier, kurz vor dem Gefecht, lastet die Verantwortung schwer auf mir.

Zwanzig Männer stehen unter meinem Kommando, inklusive dieser drei Chaoten. Aber leider gehören sie zu den fähigsten Kriegern, weshalb ich sie nicht in Aquarta lassen konnte. Ich vertraue ihnen blind und gerade das ist entscheidend für den Sieg einer Schlacht.

»Nein, nur angespannt«, sage ich schließlich, da Kelvin mich mit seinem fragenden Blick durchbohrt.

Daxton kehrt von seiner Erkundungstour zurück, sein grimmiger Ausdruck bedeutet, dass alles in Ordnung ist.

»Alle in Position?«, frage ich trotzdem, um sicherzugehen.

»Wie geplant, Kommandant.« Dabei salutiert Dax sogar vor mir, dann verpasst er Kelvin eine Kopfnuss. »Halt dich bereit, Kleiner. Fuchtle nicht ständig mit dem Dreizack herum. Das ist eine Waffe und kein Spielzeug.«

Kelvin macht die Ansage von Dax nichts aus, da er diese bestimmt schon hundertmal gehört hat. Auch den Ausdruck *Kleiner* überhört er. Kelvin ist nur wenige Zentimeter kleiner als Daxton und damit immer noch größer als Noah. Der Spitzname würde ebenjenen viel mehr aufregen. Doch Noah ist heute angespannter als alle anderen zusammen.

Ich schwimme zu Noah, der über die Felsen hinwegspäht. Meine Soldaten verstecken sich verteilt an verschiedenen Orten in einem Radius von einem Kilometer. Das stellt für sie als Sirenen nur eine geringe Entfernung dar. Durch ihre Kräfte schwimmen sie überaus schnell und spüren auch wesentlich mehr, was hier vor sich geht, als jedes andere Meereslebewesen. Findet irgendwo ein Angriff statt, wissen Sirenen als erstes Bescheid. Dennoch späht Noah in einer angespannten Position schon seit einiger Zeit auf die freie Fläche vor uns.

Ich habe uns mit Absicht als Vorhut eingesetzt. Nicht nur, weil wir vier zu den besten Kämpfern zählen, sondern weil es meine Verantwortung ist. Ob es allerdings eine gute Idee war, Noah mit an die Front zu nehmen, ist unklar.

Vor fünf Jahren habe ich ihn aufgelesen, nachdem die Meerhexen seine gesamte Familie auslöschten. Bei jedem Kontakt mit den Meerhexen glüht der Hass in Noahs Augen, weshalb er auch niemals, trotz seiner herausragenden Kampfkünste, ein Anführer sein könnte.

»Hey Noah.«

Er dreht sich nicht um, nur das Zucken seiner Ohren zeigt mir, dass er mich gehört hat. Seine Fingerknöchel treten weiß hervor, so fest hält er den Stab des Dreizacks umklammert.

»Noah, ich verlass mich auf dich.«

»Ich weiß und das kannst du auch. Mehr als auf jeden anderen.«

Seine kalte Stimme wirkt so ungewohnt, dass ich aufpassen muss nicht zu frösteln. Ich vermisse Noahs übliches Grinsen, seine Züge sind so verhärtet, als wäre es noch nie dort gewesen.

»Ist es denn sicher, dass die Meerhexen vor der Küste von Barcelona auftauchen?« Kelvin gesellt sich mit Dax zu uns.

»Ja, die Späher unserer Königin haben sie belauscht.«

»Und wenn es eine falsche Information war? Was dann, Atlan?« Daxton will mich damit nicht angreifen, das weiß ich. Er hinterfragt nur gern Entscheidungen, Geschehnisse und Handlungen. Seine mürrische Art steht ihm jedoch oft im Weg.

Ich richte mich auf und schaue ebenfalls über die Felsen auf den leeren Platz. »Dann werden wir hier eine Weile sitzen und unverrichteter Dinge wieder abziehen.« Das wäre auch die sicherste Variante, anders als Noah bin ich nicht unbedingt erpicht auf diesen Kampf. Leider befürchte ich, dass die Informationen der Wahrheit entsprechen. Ich spüre, dass die See in Aufruhr ist. Schon seit meiner Kindheit habe ich einen besseren Draht zum Meer als viele meiner Gefährten. Die Unruhe des Meeres überträgt sich auf mich und meine Muskeln zucken unangenehm, machen sich bereit, um sofort loszuschwimmen.

»Was wollen sie eigentlich hier?«, fragt Kelvin und schlägt mit seiner Flosse nervös hin und her.

Daxton hält sie fest und taxiert ihn, ehe er seufzend die Hand runternimmt. »Eine neue Meerhexe soll wohl in ihrer Mitte aufgenommen werden.«

»Hä? Eine neue Meerhexe? Werden die nicht, nun ja, geboren?«

Ich gebe Daxton mit einem Nicken die Erlaubnis, Kelvin die weiteren Details zu verraten.

»Wir haben lediglich die Information, dass neue Meerhexen vom Land kommen. Schon viermal hat jemand beobachtet, wie eine Frau vom Festland weit aufs offene Meer hinausschwamm und dann von den Hexen aufgenommen wurde. Warum genau Menschen sich dazu entschließen, den Meerhexen beizutreten, wissen wir nicht.«

Kelvin verdreht die Augen. »Ist ja auch nicht so, als würden wir mit ihnen sprechen«, sagt er.

Neben mir krallt Noah seine Finger noch fester um seine Waffe. Kein gutes Thema für ihn, dennoch beherrscht er sich. Aufgrund seiner Vergangenheit ist es schwer für Noah, die Meerhexen als Wesen zu betrachten, mit denen man sprechen könnte.

Kelvin ist behütet aufgewachsen und kennt die Gefahren nicht, er hat niemanden aus seiner Familie an die Meerhexen verloren. Dieser Gegensatz sorgt manchmal für Spannungen in unserer Gruppe. Aber deshalb habe ich Kelvin ausgesucht, weil ich seinen ungetrübten Blick so schätze.

Ich räuspere mich. »Jedenfalls soll hier eine neue Meerhexe auftauchen. Deshalb warten wir und werden es verhindern. Es gibt schon zu viele von ihnen.«

»Ich werde diesen schrecklichen Menschen töten. Wer auch immer sich dazu bereit erklärt, eine Meerhexe zu werden, hat nichts anderes außer den Tod verdient«, zischt Noah wütend und gibt seine Position auf. Er schlägt mit dem Ende des Dreizacks auf den Boden und atmet mehrere Male tief durch.

Dax geht vor ihm in die Hocke und legt eine Hand auf seine nackte Schulter. Sein schwarzer Fischschwanz kringelt sich auf dem Meeresgrund.

Kelvin macht Anstalten, sich ebenfalls auf den Boden zu setzen, dabei bemerkt er eine größere Muschel. Vorsichtig hebt er sie auf und spielt damit herum.

Daxtons Flosse zuckt hin und her, während seine Augen den unruhigen Bewegungen von Kelvins Händen folgen. Ich will schon einschreiten, doch da explodiert Dax bereits und reißt Kelvin die große Muschel aus der Hand. »Deine Unruhe kann ich mir nicht mehr geben.«

»Nicht!«, zische ich noch, aber vergebens. Es ist bereits zu spät.

Mit einer fließenden Bewegung wirft Dax sie über die Felsen auf die freie Fläche.

In diesem Moment verfluche ich unsere unmenschliche Kraft, die uns erlaubt, Gegenstände unter Wasser zu werfen, als wären wir an der Oberfläche. Langsam sinkt die Muschel zu Boden und bleibt im Sand liegen.

»Du Idiot! Du hast gerade die Stimme unserer Königin weggeschmissen.«

Ich muss unbedingt ruhig bleiben, aber es fällt mir schwer, wenn ich mir die Folgen ausmale.

Gerade will ich schon losschwimmen, um unsere einzig effektive Waffe gegen die Meerhexen zu holen, als ich das Tosen des Meeres spüre.

Jemand stört die Ruhe – eine Gruppe. Sie kommen!

Wachsam befehle ich meinen Gefährten den Mund zu halten und ziehe Daxton zurück, der zerknirscht die Muschel holen wollte. Unsanft drücke ich ihn gegen die Felswand. Keine Sekunde zu früh.

Von überall strömen die Meerhexen heran, sie schwimmen über unsere Köpfe hinweg. Entweder sind sie zu ignorant für die drohende Gefahr oder unsere Tarnung ist gut genug. Zu viert passen wir gut unter den obersten Felsen und können uns vor den Blicken der Viecher verbergen.

»Sie sind da«, wispert Noah, was mich augenblicklich die Hand vorschnellen lässt, um diese auf seinen Mund zu pressen. Sie mögen nicht so aussehen, doch diese Monster haben ein gutes Gehör. Vor allem im Wasser.

Die Zeit vergeht, mucksmäuschenstill harren alle zwanzig Soldaten aus.

Daxtons Muskeln sind zum Zerreißen gespannt und er lässt keine Sekunde die Muschel aus den Augen, die durch seine Unachtsamkeit in die Nähe der Hexen geraten ist.

Wie lange wir schon aushalten, weiß ich nicht genau. Nur die wachsende Unruhe der Viecher vor uns gibt mir ein Zeitgefühl.

»Wo bleibt sie?«, zischt eine der Meerhexen, die größte von ihnen. Sie hat kurz geschorene Haare und ihre Haut wirkt gespenstisch durchsichtig, bläuliche Adern schimmern durch. Jede von ihnen spricht, wenn sie es mal tun, mit zischenden Lauten wie Schlangen.

Noah neben mir bebt, als er die Stimme vernimmt. Wird er Ruhe bewahren können?

Die Meerhexen werden zunehmend unruhiger, was sie noch gefährlicher und unberechenbarer macht. Ein Rückzug wäre das Richtige. Ich überlege mir, wie wir alle unbeschadet davonkommen. Denn scheinbar gibt es keine neue Meerhexe und ohne die Stimme der Königin können wir unsere Gegner nicht betäuben. Ein Kampf wäre völlig sinnlos und wir würden auf verlorenem Posten stehen.

Da schwimmt eine der Meerhexen auf den Grund und greift nach der Muschel.

»Nein«, entfleucht es nicht nur Daxton, auch zwei Soldaten im Algenfeld haben sich bemerkbar gemacht. Zu laut.

Die Köpfe der Meerhexen fahren sofort zu ihnen herum. Ihre sowieso schon schlitzhaften Augen verengen sich noch mehr.

»Angriff!«, brüllt eine von ihnen.

Ohne auf das Kommando von mir zu warten, stürzen sich meine Männer ebenfalls in den Kampf. Ein Kampf, der aussichtslos ist. Ohne die Betäubung können die Meerhexen mit ihren Flüchen nur so um sich werfen.

Ich bin wie festgefroren. Ich kann mich nicht regen und bekomme nur am Rand mit, wie sich meine Männer gegen unsere Feinde wehren. »Löse dich auf in Säure«, zischt eine der Meerhexen und starrt einem meiner Männer direkt in die Augen. Augenblicklich wirft die Haut des tapferen Soldaten Blasen. Vor meinem inneren Auge sehe ich die traurigen Augen seiner Kinder, denen ich sagen muss, dass ihr Vater nicht heimkehren wird. Ich kenne jede einzelne Geschichte meiner Soldaten, ihre Familien und Träume. Für mich sind sie keine unbekannten Gesichter in der Masse. Und jetzt sehe ich mit an, wie ein Vater aus dem Leben gestrichen wird, sich vor mir auflöst.

Dumpf höre ich meinen Namen, dann wird die Stimme lauter.

»Verdammt, Atlan!«, schreit Kelvin und rüttelt an meinen Schultern.

Wütend über mich selbst und meine Starre reiße ich mich mit einer hektischen Bewegung von dem Jungen los. Ich kann nicht einfach nur zusehen, meine Männer sterben vor meinen Augen, weil ich versagt habe.

Die Wut der Meerhexen war so greifbar, ich hätte dieses Massaker vorhersehen müssen. Selbst wenn das Risiko noch so klein war, ich hätte diese Möglichkeit bedenken müssen.

»Danke«, wispere ich Kelvin zu, der völlig perplex nickt. Ich bedanke mich sonst nicht, aber er als Jungspund hat es gerade geschafft, mich aus meiner Trance zu wecken.

Entschlossen greife ich nach dem Stab meines Dreizacks und stürme ebenfalls auf das Schlachtfeld.

Eine der Meerhexen will etwas sagen, doch schon hat sie die spitzen Zacken meiner Waffe im Hals. Mit einem Ruck ziehe ich sie wieder heraus und das Ungeheuer röchelt. Keinesfalls will ich diesen Kampf zu Ende bringen, ich will nur die Muschel in die Finger bekommen, um meine Kameraden unbeschadet wieder herauszuführen.

Aus dem Augenwinkel sehe ich, wie Noah durch die Reihen der Meerhexen wütet, er ist so flink und seine Bewegungen geschmeidig. Während er mit seiner Flosse eine Hexe würgt, taxiert er eine andere mit dem Dreizack. Bis hierhin kann ich den glühenden Hass in seinen Augen sehen.

Doch darauf kann ich mich jetzt nicht konzentrieren, denn endlich entdecke ich sie. Die Muschel. Eine der größten Meerhexen hält sie und grinst mich hämisch an.

»Suchst du das, dämliche Sirene?«, zischt sie und fährt mit ihren langen Krallen über die glatte Oberfläche. Doch ich habe keine Zeit, sie länger zu betrachten. Bevor noch mehr Sirenen sterben, muss ich eingreifen und die Muschel wieder in meinen Besitz bringen.

Waghalsig tauche ich aus dem Blickfeld des Ungetüms.

Für Flüche müssen die Meerhexen ihre Opfer uneingeschränkt sehen und wenn ich mich schnell genug bewege, kann ich ihnen entgehen. So schwimme ich im Zickzack um die Kämpfenden herum und verschwinde hinter Hindernissen.

Nicht weit entfernt vollendet Noah seinen gefährlichen Tanz und kommt auf mich zu. »Atlan.« Mehr braucht es nicht. Unsere Kommunikation war schon von Beginn an auf einem anderen Level.

Ich nicke in die Richtung der Muschel. Noah versteht sofort und macht sich daran, um das Geschehen herumzuschwimmen. Viel Zeit bleibt mir nicht mehr, ist ein Fluch erst einmal ausgesprochen, hält diesen nichts mehr auf.

Im nächsten Augenblick wendet sich die Hexe ab, den Blick auf Kelvin gerichtet.

Nein!

Mit wenigen kräftigen Schlägen schwimme ich direkt auf sie zu. Mir ist die Falle völlig bewusst und alle Leben zu retten, ist in der jetzigen Situation ein Ding der Unmöglichkeit, aber diese unschuldige Seele meines Freundes wird nicht unter meiner Unfähigkeit leiden.

Da dreht sich die Hexe mit gefletschten Zähnen wieder zu mir um.

Mit meinem Dreizack hole ich aus, wenn ich jetzt sterben sollte, dann werde ich sie mitnehmen. Ich werfe ihn – mir ist völlig bewusst, dass es zu spät ist.

Wie in Zeitlupe vergehen die nächsten Momente, als wären es mehr als nur einige Sekunden. Der Fluch wird mich treffen, denn die Worte verlassen schon ihren Mund. Auch der Meerhexe scheint ihr Tod egal, sie könnte dem Angriff ausweichen, doch würde das den Fluch unterbrechen. Nur still stehend zeigt er seine Wirkung.

Doch da tauchen starke Hände an den Schultern des Monsters auf, die es zur Seite reißen. Der Dreizack schwirrt durch das Wasser und verfehlt sein Ziel nur knapp. Blut verbindet sich mit Salzwasser, als der blonde Schopf von Noah die Flugbahn schneidet.

Die letzte Silbe des Fluches bleibt unausgesprochen und damit verebben die Worte unwirksam im Nichts. Noah hat die Meerhexe zur Seite gerissen, damit der Blickkontakt abbricht, und somit mein Leben gerettet. Mit einem entschlossenen Gesichtsausdruck entreißt er dem Wesen die Muschel, wirft sie mir zu und mit der nächsten Bewegung versenkt er seine Waffe im Hals der Hexe, die gurgelnd aufgibt.

Noah selbst sackt zusammen und fällt schwerfällig zur Seite. Gerade so kann ich die Muschel fangen und schaffe es, sie mit einem Stoß zu zerstören. In diesem Moment erfüllt ein samtiges Rufen den Kampfplatz und lässt die Meerhexen innehalten, ehe sie panisch die Hände an ihre Ohren pressen. Der Augenblick der Flucht ist gekommen.

»Rückzug!«, ordne ich an und die Soldaten gehorchen mir. Ich selbst schwimme zu der Leiche der Meerhexe und hebe den bewusstlosen Noah vom Sand auf.

Noch immer treten einzelne Blutspuren aus der Wunde an seinem Kopf hervor.

Ich hieve ihn auf meinen Rücken.

Daxton hat sich im Vorbeischwimmen die Waffen geschnappt und ehe sich die Meerhexen wieder regen können, ist der gesamte Kampfplatz wie leer gefegt.

Wir mussten schwere Verluste hinnehmen, zehn Soldaten haben das Massaker nicht überlebt. Zehn Familien werde ich in den Abgrund stürzen müssen. Auch ich selbst wäre fast zum Opfer geworden, wenn Noah nicht eingegriffen hätte.

***

»Noah?«, wispere ich, als wir kurz vor einer Insel anhalten, die zu Aquarta gehört. Vorsichtig halte ich ihn am Kopf, um ihn zu stützen. Noah wirkt benommen und als ich die Hand bedacht wegziehe, ist sie voller Blut, selbst im Wasser haftet es an mir.

»Alles gut, Atlan. Ich werde das schon überleben. Ganz im Gegensatz zu dir, wenn ich nicht gewesen wäre«, sagt Noah. Die Worte kommen nur langsam über seine Lippen und er sieht blass aus.

»Wenn du Scherze machen kannst, ist es wohl nicht so schlimm.« Ich versuche mich an einem Lächeln, doch scheitere kläglich. Im Gegensatz zu Noah. Die hellblauen Augen bohren sich in meine und das breite Grinsen kehrt auf seine Züge zurück. Von seinem Hass ist nichts mehr übrig, jetzt, wo die Meerhexen wieder außer Reichweite sind. »Geh und erfülle deine Pflicht. Daxton und Kelvin werden sich um mich kümmern.«

Ich nicke. »Schafft ihn aus dem Wasser.«

Daxton nimmt mir Noah ab. Die Schuldgefühle müssen mir ins Gesicht geschrieben stehen, denn niemand leistet Widerstand oder verliert auch nur ein Wort.

»Ich muss jetzt den Familien ihren Verlust beichten.«

Damit trete ich den schwersten Gang meines Lebens an. Ich schwimme an Land, gehe von Haus zu Haus und überbringe die Nachrichten. Dabei stehe ich aufrecht, erlaube mir keine Träne oder ein anderes Anzeichen von Trauer. Das würde den Familien nichts bringen. So haben sie noch einen Fels in der Brandung, jemanden, der nicht zusammenbricht.

Bei meiner letzten Station, dem Unterwasserpalast meiner Königin, halte ich den Kopf gesenkt und bitte auf Knien um meinen Rücktritt.

Doch die Königin verwehrt mir diese Bitte.

»Heb deinen Kopf, Atlan, dieser Verlust wird dich stärker machen. Dass du bereits bei den Familien warst, ehrt dich. Sie alle werden dir vergeben, so wie ich es tue.«

»Ihr vergebt mir? Jetzt schon? Ich habe Euch doch gerade erst davon berichtet.«

Die Königin beugt sich in ihrer gesamten Schönheit von ihrem Thron herunter und hebt mein Kinn an. So nah ist sie mir noch nie gekommen. Ihre goldenen Augen scheinen direkt in meine Seele zu blicken.

»Du hast Reue gezeigt, bist von Haus zu Haus gegangen. Das rechne ich dir hoch an. Atlan, wir vom königlichen Blut spüren jeden Tod unserer Sirenen, als wäre es unser eigener. Das ist unsere Bürde für unsere Kraft. Daher bin ich dir dankbar, dass du zehn meiner Soldaten heil zurückgebracht hast.«

Es beschämt mich, dass ausgerechnet ich für die Schmerzen meiner Königin verantwortlich bin. Doch ich erhebe mich und schwöre ihr ewige Treue.

Erst an Noahs Krankenbett breche ich schluchzend zusammen. Niemand außer ihm hört mich.

»Es tut mir leid.« Immer wieder dringen die Wörter über meine spröden Lippen.

Noah lässt mich weinen und tätschelt meinen Kopf wie den eines kleinen Jungens.

»Es wird verheilen.«

»Aber man wird immer eine Narbe sehen.«

»Ich habe gehört, dass Narben bei Frauen gut ankommen. Mach dir keinen Kopf, Atlan.«

»Das werde ich ihnen und mir nie verzeihen.«

»Du hast nichts falsch gemacht. Zehn Leben hast du gerettet.«

Ab diesem Tag war ich nicht mehr derselbe. Noah trug seine Narbe mit Stolz, ich trug meine unsichtbaren Wunden mit Demut.

***

RUMS!

Ein lautes Geräusch lässt Atlan in seinen Erzählungen stoppen.

Am liebsten würde ich ihn halten, ihn fest an mich drücken und seine Schmerzen verschwinden lassen. Doch das lässt er nicht zu, stattdessen hält er mich wie ein Ertrinkender fest und gibt mich nicht mehr frei.

»Atlan«, flüstere ich, um ihn auf die feste Umklammerung aufmerksam zu machen.

Er lauscht wie versteinert, erst als die Gestalten vor der Terrassentür sich als Noah, Lucia und Celia entpuppen, lockert er seinen Griff.

Lucia schiebt die Tür auf und betrachtet mit einem wohlwollenden Blick unsere umschlungenen Körper.

»Entschuldigt bitte, wir sind es.« Lucia schiebt die Tür auf und betrachtet mit einem wohlwollenden Blick unsere umschlungenen Körper.

»Wie lange steht ihr da schon?«, fragt Atlan misstrauisch.

»Nicht lange«, erwidern Celia und Noah im Chor, während von Lucia ein leises »Die ganze Zeit« kommt. Lügen war noch nie ihre Stärke.

Besorgt schaue ich zu Atlan auf, doch ich erkenne keine Anzeichen von Wut. Nur seine Umarmung lockert sich und ich kann mich aufrichten.

»Na dann seid ihr ja auch informiert.« Seine Stimme hört sich kalt an. Ich kann ihn verstehen, sein Erlebnis lässt sich nicht schönreden und ich bin unsicher, ob er es mit den anderen teilen wollte.

Mir ist es egal, dass Noah und Celia von meiner Vergangenheit wissen. Ein Geheimnis habe ich daraus sowieso nicht gemacht, es hat nur keiner gefragt. Aber meine Geschichte ist auch nicht so heftig wie Atlans.

Die drei stehen regungslos im Raum, weshalb ich mich von Atlan löse.

»Na kommt, lasst uns etwas essen gehen«, schlage ich vor, um diese merkwürdige Stimmung zu vertreiben. Dabei bleibe ich an Noah hängen.

Der Blonde hat die Hände in den Hosentaschen vergraben, grinst breit und wirkt dabei unbeschwert und lässig.

»Gar keine schlechte Idee«, pflichtet mir Atlan bei und schlüpft in seine Schuhe. Im Vorbeigehen küsst er mich sanft auf den Mund und geht schon einmal voraus.

Etwas verwirrt folgen ihm Celia und Lucia, nur Noah wartet auf mich, während ich meine Schnürsenkel binde.

»Moment noch.« Meine Stimme zittert mehr, als ich gedacht hätte. Fragend lässt Noah den Griff der Terrassentür wieder los.

»Alles okay, Prinzessin?«

Ich bin mir nicht sicher, ob er mich damit nur aufziehen will, aber dieses Wort klingt komisch aus seinem Mund. Bei Atlan hat es einen sanften Klang, wie ein Kosename. Doch bei Noah habe ich das Gefühl, er veralbert mich.

»Ich habe eine Frage an dich. Es geht um deine Narbe«, sage ich und richte mich auf.

»Du bist stolz auf sie.«

»Das ist keine Frage.« Wieder zeigt er dieses unnachahmliche Lächeln, wobei die Sonne im gesamten Raum aufzugehen scheint, und doch … Vorher ist es mir nicht aufgefallen, auf der einen Seite wirkt es so herzlich, dass ich mir sicher bin, dass es ehrlich ist. Doch andererseits ist es eine Spur zu breit, seine Augen strahlen ein wenig zu sehr.

»Was haben sie dir angetan?« Das war eigentlich nicht das, was ich fragen wollte. Doch wenn ich ihn in der Abendsonne sehe, mit dem herzlichsten Gemüt der Welt, dann frage ich mich, was er verloren hat, um so zu strahlen.

»Alles.« Mehr sagt er nicht und sein Lächeln verblasst zusammen mit der untergehenden Sonne.

Es ist still im Zimmer.

Ich mache einen Schritt auf ihn zu.

»Das tut mir leid.« Vorsichtig berühre ich ihn an der Schulter, beobachte seine Regung, ob er zurückschreckt. Doch das tut er nicht.

»Danke.«

Noah ist immer noch gute zehn Zentimeter größer als ich, weshalb ich nach oben greifen muss, um seinen Kopf vorsichtig in meine Hände zu nehmen.

»Atlan hasst deine Narbe, aber ich finde sie wunderschön. Du hast ihm das Leben gerettet und dafür bin ich dir unendlich dankbar.«

Noah ist offenbar so perplex, dass er gar nicht reagieren kann.

Ich stelle mich auf die Zehenspitzen, um ihm einen Kuss auf seine Narbe zu geben, weil ich denke, dass Atlan sich nicht für seine Heldentat bedankt hat. Für Atlan scheint diese Narbe ein Symbol seines Versagens zu sein, doch für mich ist es ein Zeichen von Noahs Mut. Ohne Noah wäre Atlan nicht bei mir, ich hätte ihn niemals kennengelernt und diese völlig verrückten Gefühle erlebt.

Ruckartig schließt mich Noah in die Arme. Es fühlt sich merkwürdig an, anders als in Atlans Umarmung. Es ist absolut nicht nachzuvollziehen, was ich fühle. Immer habe ich nach der großen Liebe gesucht und sie in Atlan gefunden. In nur wenigen Tagen und trotz dieser schlimmen Umstände habe ich mich Hals über Kopf und unwiderruflich in Atlan verliebt.

»Bleib kurz so«, haucht Noah und ich gehorche ihm. Er ist kleiner als Atlan, weshalb mein Kopf auf der Höhe seiner Schulter liegt. Eine ungewohnte Haltung, mein Herz pocht laut in der Brust. Vielleicht weil diese Situation so unbekannt ist?

»Sie haben meine Familie getötet, alle vier vor meinen Augen.« Die Worte kommen so schnell über seine Lippen, dass sie fast eine Einheit bilden. Dennoch verstehe ich jedes von ihnen und die Tragweite ihrer Bedeutung. Ich würde niemals nachfragen, denn ich selbst würde es nicht wollen.

Ich erwidere die Umarmung und halte Noah ganz fest, aus Angst, er könnte ohne einen Halt zerbrechen.

Sein Herzschlag pocht an meinem Ohr, als wollte er davonlaufen.

Ich möchte ihn beschützen. Es ist völlig irrational, aber erst jetzt weiß ich sein Lachen richtig zu schätzen und verstehe, was es ihn gekostet haben muss, mit dieser Fröhlichkeit durchs Leben zu wandern.

Vorsichtig streichle ich über seinen Haarschopf und drücke ihn noch näher an mich. Und während ich das tue, beschleicht mich das Gefühl, dass dieser strahlende Mann kaputter ist als Atlan.

Kapitel 17

Positives Nummer 17: Vielleicht ist Atlan doch nicht ganz so kaputt wie andere Sirenen

Wenig später sind wir auf dem Weg zum Speisesaal.

»Ihr beide seid jetzt schon auf einem anderen Level«, sagt Noah, während wir die vielen Stufen mal wieder hinabsteigen. Nach diesem missglückten Urlaub werde ich wenigstens einen knackigen Po haben.

Er hat sich kurz nach seinem Ausbruch wieder gefangen.

»Das kann gut sein.« Dabei muss ich so dämlich grinsen, dass ich mich selbst nicht leiden könnte, wenn nicht diese ganzen Glücksgefühle in mir herumwirbeln würden.

Ich musste nichts sagen, Atlan scheint irgendwie gespürt zu haben, dass ich mit Noah reden wollte. Ohne Worte hat er mich verstanden und ist mit Lucia und Celia vorgegangen. Oder er hatte einfach nur Hunger.

Vor dem Raum für das Abendessen stehen Dax und Kelvin, die gerade am Diskutieren sind. Jedenfalls macht Kelvin große Gesten und wirkt dabei aufgebracht.

Daxton sieht aus wie immer, eine Spur Langeweile mit einer Prise Reizbarkeit.

Mehrere Hotelgäste laufen an ihnen vorbei und verschwinden im Inneren.

Der Duft von gebratenem Fleisch liegt in der Luft und ich bemerke, wie hungrig ich eigentlich bin. Seit heute Morgen habe ich nichts mehr zu mir genommen und jetzt taucht die Sonne den Himmel in so viele verschiedene Orange- und Rottöne.

»Die beiden sehen aber nicht glücklich aus.« Argwöhnisch betrachte ich die Sirenen.

Beim Näherkommen wird die Wutfalte auf Daxtons Stirn überdeutlich.

»Das ist selten.« Noahs Stimme klingt näher, als sie sein sollte. Dann packt er mich am Arm und zieht mich hinter die nächste Säule.

»Ernsthaft? Wir verstecken uns?«, wispere ich, doch Noah hält mir sogar eine Hand auf den Mund, um mich zum Schweigen zu bringen. Ich kann nur die Augen verdrehen, das ist absolut kindisch. Gleichzeitig muss ich innerlich grinsen, es ist typisch für Noah.

Seine Augen leuchten spitzbübisch auf, dann schielt er dicht an mir vorbei um die Ecke.

»Vielleicht reden sie über Celia«, raunt er in mein Ohr, was mir eine Gänsehaut beschert. Was hat denn Celia damit zu tun?

Vorsorglich versuche ich ihn ein wenig von mir wegzudrücken, indem ich meine Handflächen an seine Brust lege. Aber ohne Erfolg.

»Betatschst du mich etwa?«

War eigentlich nicht mein Plan. Ein Bild von seinen freien Oberkörper schießt mir durch den Kopf. Schnell ziehe ich sie wieder zurück. Ich strecke ihm kurzerhand die Zunge raus.

»Sehr erwachsen«, kommentiert er, dann stützt er sich auch noch auf meinem Kopf ab.

Meine Neugier siegt und ich spähe ebenfalls um die Ecke, wo noch immer die beiden Jungs stehen.

»Das ist Irrsinn, Kelvin. Belassen wir es einfach dabei.« Mittlerweile massiert sich Daxton den Nasenrücken, ein Anzeichen, dass seine Nerven blank liegen. Komischerweise macht er das oft, wenn er mich sieht.

»Ich verstehe dich nicht, warum sollst du nicht glücklich werden? Atlan und Mayla sind doch auch zusammen.« Kelvin verschränkt mit einem siegessicheren Lächeln die Arme vor der Brust.

Noah dreht sich wieder zu mir und ist mir damit viel zu nah.

»Ach, seid ihr das?«

Augenblicklich spüre ich, wie unangenehm das hier für mich werden kann. Mit Atlan fühlt sich alles so leicht wie Atmen an, wir küssen uns und es ist so vertraut. Aber wie man unsere Beziehung definiert, darüber habe ich noch nicht nachgedacht. Wir waren viel zu sehr mit Mythen, Geschichten und Prinzessinnenkram beschäftigt.

»Darüber haben wir noch nicht gesprochen.«

Skeptisch hebt Noah eine Augenbraue, doch dann er grinst verschwörerisch, wofür ich ihn am liebsten in den Pool befördern würde.

»Atlan ist der Anführer dieser Mission, Vertrauter der Königin und offensichtlich ist Mayla kein Mensch.« Den letzten Teil hat Dax mehr gezischt als gesagt. An ihm läuft gerade ein Pärchen vorbei, das die beiden verständnislos anschaut. Kelvin scheint das nichts auszumachen, nur Dax hebt entschuldigend die Hand.

In meinem Bauch rumort es gewaltig. »Können wir langsam etwas essen? Sonst gibt es nichts mehr.«

»Moment noch.«

Wieder hält mich Noah zurück, was ich mit Magengrummeln über mich ergehen lasse.

»Du magst sie, Daxton, und daran ist nichts falsch. Also warum kein kleiner Flirt?«

Daxton schnippt Kelvin gegen die Stirn und sein Gesicht spricht Bände, äußerst wütende Bände.

»Ich mache nichts, wenn es keine Zukunft hat, und jetzt lass mich mit diesem Thema in Ruhe. Wir haben, Mayim weiß, andere Probleme.«

Damit stapft er an seinem Freund vorbei in den Vorraum zur großen Essenshalle.

Kelvin grinst immer noch und verschränkt die Arme hinter dem Kopf, als er ihm folgt.

»Na endlich, können wir jetzt auch was essen?«

»In Ordnung, dein Magen war teilweise so laut, dass ich Schwierigkeiten hatte, die beiden zu verstehen.«

Ich boxe ihm gegen die Schulter und tauche unter seinem Arm hinweg, mit dem er mich bis eben hinter der Säule gehalten hat. »Du hättest auch ganz offen mit ihnen sprechen können, dann wäre dir mein Magenknurren erspart geblieben.«

»Manchmal bist du ein Spielverderber, Mayla.«

Ich stutze. Das hat noch nie jemand zu mir gesagt.

Gemächlich gehe ich in die laute Essenshalle und schnappe mir schon mal einen weißen Teller, um mir etwas vom Buffet aufzutun. *Spielverderber.* Normalerweise sagen mir meine Freundinnen, ich soll nicht so kindisch sein. Habe ich mich etwa verändert oder ist Noah einfach nur noch kindischer als ich? An sich habe ich nichts gegen Veränderungen, im Gegenteil, sie halten das Leben spannend. Die Gefahr, sich zu langweilen, ist so viel geringer. Aber wie sieht es aus, wenn ich mich verändere?

Was sollen überhaupt solche scheintiefen Gedanken, während meine Freundin Alegria wer weiß wo ist? Sofort überkommt mich wieder das schlechte Gewissen. Jetzt, wo ich weiß, dass ich die Sirenenprinzessin bin, sollte ich doch dringend etwas unternehmen, oder? Nachdem ich mir selbst die trüben Gedanken eingesetzt habe, ist mir der Hunger vergangen. Aber ich spüre schon Lucias Blick im Nacken und lade mir deshalb noch ein paar Dinge auf den Teller, ehe ich zum Tisch wandere.

Die Gespräche kommen mir belanglos vor, was ungewöhnlich ist. Ich achte viel mehr auf Daxtons Verhalten, doch er behandelt Celia genauso wie alle anderen. Vielleicht haben sich Kelvin und Noah auch getäuscht.

»Alles in Ordnung?« Lucia faltet ihre Stoffserviette zusammen und legt sie zu ihrem leeren Teller.

Atlan neben mir beugt sich von mir weg und der sanfte Duft nach Salzwasser verschwindet.

»Klar, warum?« Ich schiebe mit der Gabel ein paar Erbsen hin und her. Wieder spüre ich Lucias besorgten Blick.

Sie legt einen Arm um mich und drückt mich fest an sich.

»Du hast Noah das Kuchenbuffet ganz allein überlassen und ich bin vor dir fertig mit dem Essen. Ich mache mir Sorgen.«

Ich seufze und bemerke ein leichtes Zucken von Atlans Arm neben mir. Er hört eindeutig mit, auch wenn er sich redlich bemüht dem Gespräch von Celia und Kelvin zu folgen.

»Ich vermisse Alegria und die anderen Mädels. Ist doch ein bisschen still ohne sie«, gebe ich zu und Lucia nickt verstehend. An den Abenden zuvor haben wir mit unserer Truppe lautstark einen gesamten Bereich gefüllt. Dass ich sie schmerzlich vermisse, ist allerdings nur die halbe Wahrheit. Atlans Geschichte und Noahs Zusammenbruch haben mich mehr mitgenommen als gedacht. Allerdings kann ich ihren Groll gegenüber den Meerhexen besser denn je verstehen. Allein dass Noah mit ansehen musste, wie seine gesamte Familie gestorben ist, lässt eine Wut in mir auflodern, die ich sonst nur bei Umweltsünden kenne.

Eine warme Hand legt sich auf meine, die sich in die Tischdecke verkrallt hat. Atlan hat sie ergriffen und haucht mir einen Kuss auf die Wange.

»Komm, lass uns spazieren gehen.« Es klingt nicht nach einem Vorschlag, eher wie ein sanfter Befehl.

Dennoch folge ich ihm, ohne zu zögern. Ich freue mich darauf, noch mehr Zeit mit ihm zu verbringen, und versuche das schlechte Gewissen beiseitezuschieben, um sie zu genießen. Im Moment kann ich nichts an dieser Situation ändern, die Jungs haben stundenlang gesucht, die Polizei ist ebenfalls an dem Fall dran. Wieso klingt das alles wie eine Rechtfertigung für mich?

Atlan und ich verlassen das Hotel und ziehen kurz vor dem Strand unsere Schuhe aus. Das Rauschen des Meeres beruhigt mich und ich kann nicht anders, als meine Füße in das kalte Wasser zu tauchen. Es fühlt sich nicht anders an als zuvor und ich bin tatsächlich enttäuscht. Vielleicht habe ich zu sehr auf eine bahnbrechende Veränderung gehofft.

Während ich hier so stehe und der Sonne dabei zuschaue, wie sie die Meeresoberfläche erreicht, kommt mir Alegrias schiefes Grinsen ins Gedächtnis.

»Du vermisst sie, oder?«, fragt Atlan und greift nach meiner Hand.

Der Strand ist nicht so lang, dass wir spazieren gehen könnten, wie es ursprünglich sein Plan war. Dafür genießen wir den Sonnenuntergang und laufen ein bisschen durch das Wasser.

»Ja. Aber ich weiß, dass wir sie retten werden. Vor allem, da ich nun aktiv etwas tun kann.« Ich muss grinsen und betrachte ihn von der Seite. Sein Gesicht leuchtet in dem sanften Licht, das seine Schönheit unterstreicht. Sein dunkles Shirt betont seinen breiten Oberkörper, an den ich mich nun lehne.

Augenblicklich umschlingt er mich und vergräbt sein Gesicht in meinen Haaren.

Ich atme tief seinen Geruch ein. »Du wusstest, dass ich an sie denke.«

Atlan drückt mich sanft weg, damit er mich ansehen kann.

»Das sieht man dir doch an der Nasenspitze an.« Spielerisch tippt er gegen sie und beugt sich herunter, um mich zu küssen.

»So langsam gibt selbst mir unsere Verbindung zu denken.« Noch vor ein paar Tagen tönte ich genau hier am Strand herum, dass der mysteriöse Fremde meine ganz große Liebe sein könnte, und jetzt hält er mich im Arm. Auch mir kommt es surreal vor.

»Ich weiß, was du meinst.« Bestimmt zieht er mich zu den Felsen an der Seite der Bucht und wir lehnen uns an. Das Gestein drückt sich noch warm von der Sonne gegen meinen Rücken. »Bei dir fühle ich mich anders, Mayla. Als wäre ich angekommen nach einer langen Reise. Du bist mein Zuhause, das ich gesucht habe. Ich bin mir sicher, du bist meine Seelenverwandte. Das Schicksal-« Er wendet sich mir zu und steht so im letzten verbliebenen Licht, das so strahlend wirkt. Das ist einfach nur unfassbar schön. »Das Schicksal hat uns zusammengeführt. Die Prinzessin und ihr Leibwächter. Das ist doch mal eine gute Geschichte.«

Ich lache auf und schlinge meine Arme um seinen Nacken, um ihn zu mir herunterzuziehen. Seine Lippen nehme ich in Beschlag und konzentriere mich voll und ganz auf das Hier und Jetzt. Auf diesen wunderbaren Moment.

»Dann ist es ja quasi unsere Pflicht, zusammen zu sein«, sage ich und habe keinen Zweifel, dass er nicht genauso empfindet.

»Dann sei meine Freundin, Mayla.«

Worte, die mein Herz mit solchen Glücksgefühlen vollpumpen, dass es fast überläuft. Wäre ich Lucia, würde ich schüchtern zur Seite schauen. Und wenn Alegria an meiner Stelle wäre, würde sie auf die vielen Hindernisse hinweisen. Dass ich in Barcelona bei Tante Carla lebe und er in Aquarta. Aber zu unserem Glück bin ich nun mal ich selbst.

»Es wäre mir eine Ehre, Herr Kommandant.«

Bedacht nimmt er mein Gesicht in seine Hände und küsst mich. Doch dieses Mal löst er sich nicht wieder so schnell von mir.

Alles andere wird zur Nebensächlichkeit und ich bekomme nur noch am Rande mit, wie sich die Sonne vollständig verabschiedet und die Dunkelheit uns umfängt.

***

»Ich glaube nicht, dass ausgerechnet unsere Mayla eine Prinzessin ist und sich einen Prinzen geangelt hat.« Celia liegt auf dem Rücken in meinem Bett und lässt ihren Kopf an der Seite herunterhängen, während sie Lucia und mich betrachtet.

Wir sitzen auf dem Boden und ich kriege mich vor lauter Glück nicht mehr ein. Ich versuche es vor meinen Freundinnen – ja, irgendwie ist auch Celia zu einer Freundin geworden – zu verbergen.

Lucia tätschelt mir den Kopf und ihre liebevolle Miene erwärmt mein Herz noch mehr.

»Schäm dich nicht, Mayla. Wir machen uns alle Sorgen um die anderen, aber das hier ist auch etwas unglaublich Schönes für dich.« Sie findet einfach immer die richtigen Worte.

Quietschend werfe ich mich Lucia an den Hals. Unter meinem Schwung fallen wir und landen auf dem weichen Teppich.

Celia wackelt mit den Beinen, sodass mein Bett leise Geräusche von sich gibt.

»Sehe ich genauso. Genieße es.«

Breit grinsend rapple ich mich auf und überrumple Celia ebenfalls mit einer Knuddelattacke.

»Hey!«, protestiert sie lautstark und versucht mich von sich zu stoßen, doch vergebens.

Lucia betrachtet uns mit einem gütigen Blick und nimmt ihre Kamera vom Couchtisch, um den Augenblick festzuhalten. »Also seid ihr jetzt ein Paar?«

»Ja, Atlan und ich sind zusammen.«

»Du wirst ja sogar rot.« Celia verdreht die Augen und schiebt mich von sich weg.

Wir sind nur zu dritt im Zimmer. Die Jungs wollten noch eine Erkundungstour machen, immer noch in der Hoffnung, dass sie endlich unsere Freundinnen finden.

Daxton hat darauf bestanden, dass Celia nicht alleine ist, weshalb sie bei uns im Zimmer übernachten wird. Jetzt hockt sie in ihrem kurzen Schlafanzug auf meinem Bett und umarmt mein Kissen, während sie mir böse Blicke zuwirft, sobald ich versuche ihr wieder näher zu kommen.

Es könnte ein schöner Abend sein, wenn wir nicht alle wüssten, dass Alegria sich über die aufblühende Freundschaft am meisten freuen würde und schmerzlich in unserer Mitte fehlt. Sie würde mich bis zum Umfallen knuddeln, auch wenn ich mir danach einen Vortrag über chemische Reaktionen der Liebe anhören müsste. Obwohl, so wie sie Noah angeschaut hat, vielleicht auch nicht.

»Keine Sorge, ich schlafe bei Lucia im Bett, das macht uns mittlerweile nichts mehr aus. Dann kannst du, kleine Diva, eines ganz für dich allein in Beschlag nehmen.«

Das Kissen fliegt schneller in mein Gesicht, als ich ausweichen kann.

Ich will es schon zurückwerfen, doch halte inne. Celia wirft wieder einen verstohlenen Blick auf ihr Handy. Hilflos zucke ich mit den Schultern und Lucia handelt sofort. Sie setzt sich neben die Cheerleaderin aufs Bett.

»Ich weiß, das ist alles sehr hart für dich, aber du machst einen tollen Job. So sorgen sich die Familien nicht.«

»Aber was ist, wenn nicht alle gesund zurückkehren? Dann habe ich den Familien eine heile Welt vorgegaukelt. Das könnte ich mir nie verzeihen.«

Eine Träne glitzert in ihrem Augenwinkel, die sie eilig fortwischt.

»Wir müssen positiv denken.« Celia will mich schon wütend unterbrechen, doch ich rede schnell weiter. »Glaub an uns. Glaube an das Gute. Wenn wir etwas Positives herbeisehnen, wird es viel wahrscheinlicher eintreten, als wenn wir nur die negativen Konsequenzen im Kopf haben. Das ist das Gesetz der Anziehung.«

Sie schließt ihren Mund wieder. »Danke euch.«

»Mach dir keine Vorwürfe. Du vollbringst momentan etwas, was niemand anderes könnte.« Und wieder hat Lucia genau die richtigen Worte gefunden.

Celia schnäuzt in ein Taschentuch. »Du hast dieses wundervolle Wesen gar nicht verdient, Mayla.« Dabei deutet sie mit einem Nicken auf Lucia.

Ich lache auf. »Denkst du, das wüsste ich nicht? Deshalb halte ich so fest, damit sie mir nicht entwischt.«

Lucia steht ruckartig auf und löscht das große Licht, sodass nur noch die Nachttischlampen den Raum erhellen. »Jetzt ist Schlafenszeit!«

Verschwörerisch grinsen Celia und ich uns an, denn der zarte Rotschimmer auf ihren Wangen ist keiner von uns beiden entgangen.

Wir schlüpfen unter die Decken. Es macht mir wirklich nichts aus, ein Bett mit Lucia zu teilen, im Kinderheim haben wir es fast jede Nacht getan.

»Mach dir keine Sorgen, es wird alles gut«, wispere ich in die Dunkelheit. Lucia dreht sich zu mir herum, sodass wir uns ansehen können.

»Ich weiß, du wirst das alles gut machen. Niemand anderes außer dir könnte es meistern.« Ihre zarte Stimme klingt in dem stillen Zimmer wahnsinnig beruhigend.

»Es wird sich viel verändern.«

»Das hier nicht, versprochen«, sagt sie, legt ihre Hand zwischen uns und wackelt dann auffordernd mit den Fingern.

Dankbar lege ich meine Hand in ihre. Solange Lucia bei mir ist, habe ich nichts zu befürchten.

***

Das Pfeifen des Windes weckt mich unsanft und reißt mich aus meinen Träumen. Was genau ich gerade erlebt habe, ist mir direkt entfallen, ich weiß nur, dass ich sofort wieder zurück in meine Traumwelt möchte. Doch dann höre ich etwas ... eine melodische Stimme. Jemand singt, und das mitten in der Nacht, denn bis auf ein paar spärliche Lampen draußen erhellt nichts unser Zimmer.

Lucia hält immer noch meine Hand, während sie leise vor sich hin schnarcht. Für ihre Verhältnisse ist sie heute sogar noch sehr leise, manchmal ist ein Baumfäller nichts im Vergleich zu ihr. Über die Jahre habe ich mich allerdings so sehr daran gewöhnt, dass es mich nicht mehr stört. Im Schlaf sieht sie noch niedlicher und zerbrechlicher aus.

Suchend sehe ich mich nach Celia um, aber das Bett ist leer. Sofort bin ich hellwach und zähle eins und eins zusammen. Der pfeifende Wind kommt von der offenen Terrassentür und der Gesang … Scheiße!

Ich kann die Stimme deutlich hören, ganz anders als beim letzten Mal auf den Felsen. Vielleicht weil ich jetzt meine Kräfte schon einmal eingesetzt habe? Ich weiß es nicht, ich weiß nur, dass wir schnell handeln müssen.

»Lucia! Wach sofort auf.« Ich rüttle sie, ehe ich aus dem Bett springe und nach meinen Turnschuhen suche. Das Lied ist immer noch nicht vorbei, ich kenne es nicht, aber es klingt nach Tod und Verderben.

»Was ist denn?« Sie schmatzt gemächlich, als sie langsam zurück in den Halbschlaf gleitet.

»Celia ist weg.«

Es ist unglaublich schwer, Lucia wach zu bekommen, weshalb ich zu drastischen Mitteln greife. Mit einem Glas Wasser bewaffnet stürze ich aus dem Badezimmer und kippe es ihr ins Gesicht.

Schreiend sitzt sie kerzengrade im Bett.

»Wach auf«, fordere ich erneut.

Lucia ist eindeutig überrumpelt.

Ich werfe ihr eine Jacke zu, die sie sich kommentarlos überzieht, während sie auf das leere Bett starrt. Dann fällt der Groschen und sie reißt erschrocken die Augen auf. Sie schlüpft in ihre Schuhe, die sie fein säuberlich vor dem Schlafengehen aufgereiht hat.

»Wo sind die Jungs?«, fragt sie, während sie in ihrem großen Rucksack nach etwas sucht.

Ich stürze auf die Terrasse, wo Daxton auf einem der unbequemen Plastikstühle sitzt und schläft. Er sollte wohl auf uns aufpassen, aber seine Nächte waren kurz und haben jetzt ihren Tribut gefordert.

»Daxton! Aufwachen!« Ich schreie schon fast und kann das Zittern in meiner Stimme nicht verbergen.

Er zuckt zusammen und ich springe außer Reichweite, weil er sofort kampfbereit vor mir steht.

»Was ist passiert?« Sein Körper steht unter Storm und seine Kiefermuskeln sind eindeutig angespannt, dennoch ist er weit von Panik entfernt.

»Celia ist verschwunden und jemand singt.«

Sein Ausdruck hat sich innerhalb von Sekunden verändert. Gerade hielt ich ihn für ruhig, das ist jetzt passé. Blankes Entsetzen spiegelt sich in seiner Miene wider.

Lucia stolpert hinter mir aus dem Zimmer, sie kann gerade noch so die drei Taschenlampen im Arm halten. Die eine schwankt schon bedenklich gen Boden.

»Wir müssen Atlan holen«, sagt sie, doch ich schüttle den Kopf.

»Dafür haben wir keine Zeit. Was ist, wenn sie Celia mit sich nehmen? Jetzt singt die Sirene noch, vielleicht ist es noch nicht zu spät.«

Lucia wirft erst mir, dann Daxton eine der Lampen zu.

Wir drei rennen die Stufen hinunter und ich verfluche dieses Hotel für seinen komplizierten Aufbau. Aber vielleicht ist Celia langsamer als wir unterwegs. Es ist nicht so, als hätte ich Erfahrung mit von Sirenen betörten Menschen, aber ich stelle sie mir wie Zombies vor. Die sind doch in Filmen auch immer schwankend und geradezu in Zeitlupe unterwegs. Ihr muss es einfach genauso ergehen. Mich auf positive Gedanken konzentrierend nehme ich mehrere Stufen auf einmal. Hinter mir höre ich das Klatschen von Lucias Sandalen, die sie nicht richtig angezogen hat

»Fall nicht hin«, rufe ich zurück und lande nach einem gewagten Sprung in der Hocke. In einer flüssigen Bewegung sprinte ich weiter und bin dankbar für mein tägliches Schwimmtraining.

Daxton kann hervorragend mit mir mithalten, nur das Klatschen wird ein bisschen leiser. Die Angst, Celia zu verlieren, ist so groß, dass ich für diesen Moment die Sorge um Lucia beiseiteschiebe. Meinem Partner scheint es ebenso zu gehen, denn er dreht sich keine Sekunde lang um, während wir durch die Lobby düsen.

Die automatischen Glastüren bewegen sich zu langsam, weshalb wir uns im Rennen durch den Spalt zwängen, der schon geöffnet ist.

Der Mond scheint in seiner vollen Pracht, sodass wir die Lampen erst einmal nicht benötigen.

Das Meer liegt so still und verlassen, dass es selbst mir für einen Augenblick unheimlich vorkommt. Die Stimme singt immer noch dieses schreckliche Lied. Das Wasser ist tiefschwarz. Doch wieder spüre ich keine Angst, obwohl mein Verstand mich anschreit, dass ich nicht wissen kann, was in den Tiefen lauert. Am Strand ist niemand und ich will mich schon umdrehen und weiter zwischen den Buden suchen, als Daxton seine Taschenlampe anmacht. Er leuchtet direkt auf das offene Meer.

»Da!«, brüllt er. Ich drehe mich augenblicklich wieder um und schalte meine ebenfalls an. Tatsächlich, eine schwarze Gestalt mit weißen Flecken ist schon ziemlich weit hinausgeschwommen. Wir beide überlegen nicht lang, ich ziehe noch meine Schuhe aus, als Daxton schon reinrennt. Wenn meine Klamotten sich mit Wasser füllen, bin ich keine gute Hilfe – für niemanden. In diesem Moment bin ich dankbar, dass ich unter meinen Schlafshorts noch meine Unterhose trage. Nur damit und einem T-Shirt bekleidet sprinte ich Daxton hinterher. Er ist schon viel weiter vorgedrungen.

Das Wasser fühlt sich erschreckend kalt an. Normalerweise spüre ich Temperaturunterschiede kaum, aber jetzt pikst es unangenehm in meinen Beinen. Ich beiße die Zähne zusammen und laufe weiter.

»Celia!«, ruft Dax und seine Stimme hat sich ganz klar verändert. Sie klingt viel melodischer. Schlagartig wird mir klar, dass er gerade seine Sirenenstimme benutzt, um sie aufzuhalten.

Die Taschenlampe halte ich hoch erhoben, während ich durchs Wasser stürze. Ich weiß nicht, wie gut Sirenenaugen sind und ob sie im Dunkeln sehen können, daher nehme ich sie sicherheitshalber mit.

Celias weißer Pyjama leuchtet im Mondschein, doch sie dreht sich nicht um. Wenigstens erklärt das die weißen Flecken. Meine Güte, wie weit ist sie schon draußen? Sie schwimmt beharrlich weiter.

Dann verstummt die Melodie. Ich meine, dass ich einen Schluchzer auf den letzten Tönen gehört habe. Plötzlich verschwindet Celia.

»Celia!« Daxton hat endlich eine Position erreicht, wo er vollständig unter

Wasser tauchen kann. An meinen Beinen spüre ich den Sog, als kleine Strudel entstehen und wenig später auch Daxton verschwunden ist.

Er wird sich doch nicht den Meerhexen allein stellen?

Ich muss auch etwas tun, ich bin die Sirenenprinzessin. Doch ich habe keine Ahnung, was ich tun kann. Wie habe ich es bei den Männern heute Mittag gemacht? Ich habe sie angeschrien.

Daxton und Celia bleiben verschwunden, ich muss tauchen, um sie zu finden. Bitte lass die Taschenlampe wasserdicht sein.

»Bleib hier, Mayla!« Zwei Arme schlingen sich um meinen Oberkörper und halten mich im letzten Moment davon ab, kopfüber ins Wasser zu springen.

Noah und Kelvin sprinten an mir vorbei und tauchen unter, doch Atlan hält mich genau davon ab.

»Ich muss helfen!«, kreische ich und will mich befreien, doch mein Freund hält mich an sich gepresst. Er wird mich nicht gehen lassen. In diesem Fall vielleicht noch nicht einmal seiner Gefühle wegen, sondern weil ich die Prinzessin bin. Wenn ich jetzt mit ihm streite, kann er den anderen nicht helfen.

»Okay, ich bleibe hier, aber du musst dafür gehen.« Ich reiße mich von ihm los und packe ihn an den nackten Schultern. »Es ist deine Pflicht, Celia zu beschützen.«

»Nein, es ist meine oberste Pflicht, dich zu schützen.«

Er meint es ernst. Doch ich könnte mir und ihm nicht verzeihen, wenn Celia ebenfalls entführt wird und wir nicht alles getan haben, um es zu verhindern. Daher stehe ich hier und bettle meinen frisch gebackenen Freund an, endlich hinter meiner Freundin herzuschwimmen. Doch er bleibt hart und wir verlieren wertvolle Sekunden.

Okay, er will es nicht anders. Ich drücke meinen Rücken durch und funkle ihn an.

»Ich befehle es dir.«

Kapitel 18

Positives Nummer 18: Ich kann etwas befehlen

Es fühlt sich wie eine Ewigkeit an, in der Atlan mir prüfend in die Augen schaut. Wahrscheinlich war es nur ein Schlag des Sekundenzeigers auf der Uhr. Dann stürzt er sich ebenfalls ins Wasser und ich spüre den mittlerweile bekannten Sog, der davon zeugt, dass auch er sich verwandelt hat.

Ich habe ihm versprochen nicht selbst rauszuschwimmen, weshalb ich wieder zurück zum Strand trotte. Dort hält Lucia bereits ein Handtuch in den Händen und breitet es aus, damit ich mich direkt darin einkuscheln kann. Woher sie es hat? Ich habe keine Ahnung, aber ich bin sicher, dass sie auch Atlan, Noah und Kelvin Bescheid gegeben hat, während Daxton und ich losgestürmt sind.

»Vertrau ihnen«, sagt sie und umarmt mich mitsamt dem Handtuch. Mütterlich reibt sie über meine Arme, um mich wieder aufzuwärmen. Das eiskalte Wasser zeugt von der Anwesenheit der Meerhexen. Als ich das erste Mal mit Atlan und Noah im Meer war, ist es so kalt um meine Füße geworden. Es scheint Jahre her zu sein, dass ich den Strand in Aufruhr versetzt habe, weil ich glaubte, Atlan würde ertrinken.

»Komm, wir warten hier.« Lucias sanfte Stimme beruhigt meinen mit Adrenalin vollgepumpten Körper. Mich überkommt die Müdigkeit so schnell, wie sie verflogen ist. Dennoch will ich hierbleiben, bis Celia wieder sicher bei uns ist.

Wir kuscheln uns auf eine der wenigen Liegen, die nicht weggeräumt wurden, und schweigen.

Es muss spät sein, denn nur noch wenige Lampen spenden Licht. Einige Sterne haben sich ihren Weg gebahnt und erhellen den Himmel.

»Ich mag die Sterne.«

Lucia stemmt sich auf den Ellenbogen nach oben. »Ja, ich weiß. Früher hast du immer gesagt, wenn du mal groß bist, dann verbindest du alle Sterne miteinander.«

Ich kichere, als ich an die Abende in unserem Bett zurückdenke. Das große bodenlange Fenster hat uns den Blick auf den Nachthimmel ermöglicht, doch auch dort verhinderte das künstliche Licht von Barcelona die Sicht. Dabei wollten wir unbedingt Sternschnuppen sehen, um uns etwas zu wünschen.

»Tja, wir haben wohl doch Träume, die unerfüllt bleiben.«

»Was? Das sagst ausgerechnet du?«

Es wird wieder still, nicht unangenehm, aber abwartend. Nur das Rauschen der Wellen ist zu hören, wenn sie wieder über den Strand rollen und im nassen Sand verschwinden.

»Wenn ich dich ansehe«, wispert Lucia, »dann denke ich, dass alles möglich ist. Kein Traum groß genug ist.«

Es überrascht mich, so etwas sagt Lucia eigentlich nicht. Aber wenn ich daran denke, dass vor unseren Augen unsere Freundinnen entführt werden, kann ich Lucia verstehen. Sie will die Dinge aussprechen, weil sie befürchtet, sie sonst nicht mehr sagen zu können. Meine kleine Pessimistin. Ich will es ihr nicht gleichtun, denn ich glaube fest daran, dass wir noch viele weitere Tage gemeinsam erleben werden. Alegria, Celia und die restlichen Cheerleader werden unbeschadet zu uns zurückkehren. Aber Lucia klammert sich so fest an meine Hand.

»Wenn ich dich ansehe«, beginne ich und umfasse auch mit der anderen Hand ihre kleine, »dann weiß ich, dass ich es schaffen kann, egal was es ist. Denn du bist bei mir. Nur weil ich dich habe, die immer hinter mir steht, kann ich vorausstürmen.«

»Ich habe Angst, Mayla«, schluchzt sie und ihre Hand zittert in meiner. Auf der Liege ziehe ich sie zu mir heran und nehme sie in den Arm.

»Ich beschütze dich, Lucia. Mit allem, was in meiner Macht steht, werde ich dich beschützen.«

»Große Worte«, nuschelt sie an meiner Brust.

»Ich verspreche es dir.«

So liegen wir eine Weile da, immer wieder streiche ich Lucia über den Rücken, bis sie sich beruhigt hat. Es ist schon viel zu lange her, dass sich die vier Jungs ins Wasser gestürzt haben. Langsam gewinnt die Sorge in mir die Oberhand. Hier zu sitzen und abzuwarten, ist schrecklich. Noch heute Nachmittag habe ich erfahren, dass ich die Sirenenprinzessin bin, und hier sitze ich: am Strand, völlig machtlos, während eine weitere Freundin entführt wurde. Tolle Bilanz.

Das Beben von Lucias Körper hat abgenommen und sie atmet einmal tief durch. Ich höre auf, ihr über den Rücken zu streichen und überlege, wie ich meine nächsten Gedanken am besten in Worte fasse.

»Ich frage mich die ganze Zeit etwas.« Erwartungsvoll schaut sie zu mir hoch und rückt ein Stück von mir ab, wahrscheinlich damit sie mich besser anschauen kann. »Warum hatte der Gesang keinen Effekt auf uns beide? Nur Celia ist von der Stimme rausgelockt worden.«

»Darüber habe ich mir auch schon Gedanken gemacht. Aber es ergibt Sinn, da du die Sirenenprinzessin bist und ich schon mein gesamtes Leben mit dir verbringe. Vielleicht haben ihre Stimmen deshalb keinen Einfluss mehr auf mich. Du warst ein Schreibaby, Mayla.«

Gespielt empört schnappe ich nach Luft und stupse sie an. »Also bitte, du warst viel schlimmer als ich.«

»Das musst du mir erst einmal beweisen.«

***

Die Sonne geht schon auf und unsere kleine Bucht erwacht zum Leben. Viele Angestellte der zahlreichen Hotels sind schon auf den Beinen, doch der Strand liegt noch verlassen da.

»Da! Sie kommen!«, rufe ich aus, als sich endlich mehrere Gestalten aus dem Wasser erheben.

Wir springen von der Liege und laufen ihnen entgegen. Ich will mich schon in Atlans Arme werfen, doch halte mitten im Laufen an. Sie sind nur zu viert.

»Wo ist sie?«, frage ich monoton. Atlan vermeidet eindeutig den Augenkontakt zu mir. Hinter mir höre ich Lucia wieder aufschluchzen, sie steht sogar mit mir im Wasser. Ihre Beine zittern und drohen nachzugeben.

Mit einer fließenden Bewegung hebt Noah Lucia auf seine Arme und trägt sie wieder aus dem Wasser.

Ich schaue ihnen nach und spüre einen Stich. Doch egal, warum dieses beklemmende Gefühl gerade da ist, ich kann mich nicht darauf fokussieren.

Atlan weicht mir weiterhin aus, seine Haare bedecken einen Teil seines Gesichts und die Tropfen perlen von seinem Kopf herunter.

»Wir konnten sie nicht finden.« Er spricht leise, doch ich verstehe ihn gut.

Kelvin und Daxton stehen dicht hinter ihm, es genügt nur ein Blick auf die Faust von Dax, um zu wissen, wie verzweifelt er ist.

»Wir haben alles abgesucht und konnten sie nicht finden. Es tut mir leid«, sagt Atlan. Warum entschuldigt er sich bei mir? Weil ich es ihm befohlen habe?

Daxton schlägt auf die Wasseroberfläche und das laute Klatschen durchbricht die morgendliche Ruhe. »Verdammt!«

Durch die Wasserperlen bin ich mir nicht sicher, aber es laufen Tropfen über Daxtons Gesicht.

»Gehen wir rein«, sage ich, denn hier draußen zu stehen, bringt uns allen nichts.

Ruckartig fährt Daxtons Kopf zu mir herum. »Wie kannst du nur so gelassen sein?«, keift er mich an und kommt bedrohlich näher. »Sie ist bei den Meerhexen. Und es ist deine Schuld!«

Er bohrt seinen Finger schmerzhaft in meine Brust und nun sehe ich die Tränen sehr deutlich. So schnell kann ich nicht reagieren, wie Atlan seinem Freund in die Armbeuge schlägt und ihn direkt danach zu Fall bringt, sodass Daxton überrascht im Wasser landet. Kelvin umschlingt ihn von hinten und hält ihn fest.

Atlan stellt sich mit dem Rücken zu mir gewandt vor mich. »Das hier ist immer noch die Prinzessin, mit der du so sprichst.« Seine Tonlage lässt keinen Widerspruch zu.

Ich kann sein Gesicht nicht sehen, doch er klingt wirklich sauer. Vorsichtig schaue ich an ihm vorbei.

»Beherrsch dich, Dax. Nicht so wie damals vor Barcelona.« Die gezischten Worte von Kelvin lassen ihn wieder ruhiger werden und die Anspannung in seinem Körper erschlafft. Er sieht aus wie ein begossener Pudel, ich kann ihn so gut verstehen.

Ich dränge mich an Atlan vorbei und gehe in die Hocke vor den beiden Jungs, es ist mir egal, ob mein Schlafanzug dabei nass wird.

»Ich kann dich verstehen, Daxton. Celia will auch ich unbedingt zurückhaben – egal für wie nervig ich sie halte. Deshalb reicht es mir jetzt. Ich habe meine Kräfte schon bei diesen fremden Männern angewandt, dann schaffe ich es auch ein zweites Mal. Aus diesem Grund gehen wir jetzt frühstücken, um uns zu stärken, und dann machen wir uns zu sechst auf die Suche.«

»Zu sechst?«, fragt er überrascht und auch Atlan verschränkt die Arme vor der Brust.

Ich lache trocken auf. »Wenn ihr ernsthaft glaubt, dass ich Lucia nach dieser Sache auch nur eine Sekunde aus den Augen lasse, dann habt ihr euch geschnitten.« Damit richte ich mich wieder auf und ziehe Dax auf die Beine. Meine Schlafshorts tropfen unangenehm und ich werfe den dreien vor mir einen prüfenden Blick zu, ehe ich wieder Richtung Strand wate.

Noah hat Lucia auf die Liege bugsiert und drückt ihr gerade einen Pappbecher in die Hand. Beim Näherkommen steigt mir der Geruch von Kaffee in die Nase. Wo hat er jetzt so schnell das schwarze Teufelsgesöff herbekommen? Warum verkennen die Leute die Vorteile von Tee?

»Wie geht es dir?«, frage ich vorsichtig und setze mich auf das harte Plastik.

Lucia umklammert mit beiden Händen den Becher und das alles erinnert mich stark an unseren Mittag bei den nahe gelegenen Felsen, wo sie auch schon einen Becher vor Anspannung zerdrückte. Ich weiß daher nicht, ob Kaffee eine gute Idee ist, um sie zu beruhigen.

Langsam versuche ich, ihn ihr aus der Hand zu nehmen, und ernte sofort einen bösen Blick.

»Ich weiß, was jetzt kommt.«

Mit einer Antwort habe ich schon gar nicht mehr gerechnet. Mit leerem Blick starrt sie auf das Meer hinaus und seufzt so tief, dass es sogar in mir ein beklemmendes Gefühl auslöst.

Noah steht neben der Liege und schlürft ebenfalls aus einem weißen Plastikbecher. Wie ich diese Dinger hasse. Sie sind absolut unnötig und sind nach nur einer Benutzung Abfall, der Jahre braucht, um abgebaut zu werden. Normalerweise würde ich jetzt zu einer Belehrung ansetzen, aber ich will das hier nicht noch schwerer machen.

»Ach ja?« Noah geht vor uns in die Hocke, wobei seine nassen Boxershorts spannen und wenig Raum für Fantasien lassen. Um Gottes willen – Hormone! Jedes zurück an seinen Platz, jetzt ist definitiv nicht der richtige Zeitpunkt. Auch ohne dass ich Noahs wissendes Grinsen sehe, spüre ich, wie warm meine Wangen sind. Ich muss knallrot sein.

Lucia starrt immer noch und hat offenbar nichts mitbekommen, wahrscheinlich weil sie sich viel mehr Gedanken um das Kommende macht. »Du willst mich mitnehmen, stimmts?«

Es beruhigt mich, dass ihr Zittern aufgehört hat und ihre Stimme fest klingt, wenn auch monoton.

»Ja.« Ich lege eine Hand auf ihr Bein. »Ich werde dich sicher nicht hierlassen. Und wenn wir die Meerhexen wirklich finden, brauchen wir vermutlich jede Sirene.«

»Also muss ich schwimmen.« Es ist eine Feststellung.

Ich nicke.

»Vielleicht kann Atlan dir helfen. Ich habe mich sicher bei ihm gefühlt und denke, dass er die beste Wahl für dich wäre. Sorry, Noah.« Entschuldigend zucke ich mit den Schultern. Doch er nimmt das gelassen und grinst mich nur spitzbübisch an.

»Kein Problem, wenn ich dafür die Chance bekomme, Eure Hoheit höchstpersönlich an mich zu pressen.« Bevor ich ihm auf den Oberarm schlagen kann, verpasst ihm Atlan eine Kopfnuss. Er und die anderen beiden sind lautlos zu uns getreten.

»Sie in deine Obhut zu geben, gefällt mir gar nicht, aber ihr habt leider recht. Es ist die beste Wahl«, sagt er und funkelt seinen besten Freund böse an, was dieser nur mit einem Lachen erwidert, während er sich den Kopf reibt.

»Also machen wir es jetzt? Wir schwimmen zu sechst los, um das Versteck der Meerhexen zu suchen?«, fragt Kelvin und hört sich dabei sogar aufgeregt an.

»Ja, nachdem wir gefrühstückt und uns umgezogen haben«, sagt Atlan und ich schaue zu ihm auf. Ich habe keine Angst vor dem, was uns erwarten wird. So merkwürdig es auch klingt, ich glaube daran, dass alles gut wird. Und außerdem, solange Atlan bei mir ist, kann mir nichts etwas anhaben. Ich greife nach seiner Hand, woraufhin er mir ein bezauberndes Lächeln schenkt. Nein, Angst spüre ich nicht, nur so etwas wie Vorfreude. Darauf, diesen Monstern endlich meine Freundinnen zu entreißen.

***

Wir stehen am immer voller werdenden Strand. Vier unglaublich gut aussehende Kerle und zwei Mädchen in Badeanzügen mit diesen hässlichen Taucherbrillen. Ich brauche eigentlich keine, aber ich weiß, dass Lucia nicht die Einzige sein möchte, die dieses Ding trägt. Also habe ich es mir, ohne zu murren, auf den Kopf gesetzt.

»Atlan wird die ganze Zeit bei dir sein«, sage ich und nehme ihr endlich diesen verfluchten Becher aus der Hand, obwohl ... als solchen kann man ihn schon lange nicht mehr bezeichnen, so zerdrückt sieht er aus. Ich werfe ihn mit Schwung in den nächsten Mülleimer und schließe mich dann wieder unserer Gruppe an.

Ängstlich schaut sie zu meinem Freund empor. »Versprich es mir.«

Atlan wirft mir einen fragenden Blick zu, den ich, ohne nachzudenken, mit einem Nicken erwidere. Es ist mir absolut gleich, ob er Lucia an sich pressen wird, um mit ihr zu schwimmen. Ich vertraue ihm zu hundert Prozent und bin mir seiner Treue absolut sicher. Auch wenn eine leise Stimme in meinem Kopf fragt, wie ich nach so kurzer Zeit schon so empfinden kann.

»Also wollen wir dann, bevor es noch voller wird?«, fragt Daxton. Es ist das Erste, was er sagt, nachdem er sich mit Atlan gestritten hat.

Lucia setzt sich die Tauerbrille auf, was ein wenig albern aussieht, da wir immer noch nicht im Wasser sind. Damit sie sich nicht allein blöd vorkommt, tue ich es ihr gleich.

Gemeinsam betreten wir den nassen Sand und die ersten Wellen umspülen unsere Füße. Es ist windstill, sodass nur sehr kleine Wellen heranpreschen. Ich kann nicht anders. Sobald ich das Meer fühle, werden in mir Glücksgefühle freigesetzt und so grinse ich breit, als wir unseren Weg fortführen.

Lucia ist sehr tapfer und atmet immer wieder geräuschvoll ein und aus. Es erfüllt mich mit Stolz, dass sie ihre Angst überwindet.

Wir sind mittlerweile so tief, dass meine Fingerspitzen die Wasseroberfläche berühren. Wenn wieder eine kleine Welle kommt, hebt sich der Meeresspiegel für einen kurzen Moment an und reicht bis zu meinem Handgelenk. Ich sollte Angst haben, ich sollte voller Sorge sein. Aber hier im Meer kann ich nur daran denken, wie sehr ich es liebe und wie sehr ich es schützen will.

»Geht schon mal vor. Daxton, hilf Lucia mit dem Wasser«, sagt Atlan und hält mich noch einen Moment zurück. Vorsichtig schiebt er meine Taucherbrille nach oben.

»Was ist?«, frage ich.

Er presst mich an seine nackte Brust, sodass ich überrascht ausatme. Leise flüstert er mir ins Ohr: »Ich glaube an dich. Du bist die Sirenenprinzessin und hast wundervolle Kräfte. Gerade eben habe ich es wieder bemerkt, als wir ins Wasser gegangen sind. Das Meer hat sich durch deine Anwesenheit verändert. Vertrau darauf, dann wirst du spüren, wo wir hinmüssen.«

Seine Worte sind Balsam für meine kleinen Zweifel. Vorsichtig erwidere ich seine Umarmung, wieder umfängt mich ein vertrautes Gefühl, was ich sonst nur bei Tante Carla habe.

»Danke.«

Wir lösen uns voneinander und ich streiche ihm eine Haarsträhne aus dem Gesicht. Noch immer kann ich nicht fassen, dass dieses wunderschöne Wesen mich liebt. Hauchzart drücke ich ihm einen Kuss auf den Mund.

Hand in Hand folgen wir der kleinen Gruppe und ich nicke in Lucias Richtung. Denn auch wenn Daxton sein Bestes gibt, sie zu beruhigen, kann ich ihre Angst bis hierhin fühlen. Das Meer scheint sich von ihrer Unruhe anstecken zu lassen.

Nur widerwillig lässt Atlan mich los.

»Wenn Noah dir zu nah tritt, dann wehr dich«, sagt er grinsend, dann geht er zu Lucia und nimmt sie sanft auf den Arm.

Gemeinsam gehen wir tiefer ins Wasser und reden alle beruhigend auf Lucia ein, während Noah und Kelvin versuchen, sie mit witzigen Anekdoten abzulenken. Atlan verwandelt sich, sobald wir ein wenig außer Sicht sind, damit er Lucia dennoch fest an sich pressen kann. Mittlerweile müssen wir schwimmen, da der sandige Untergrund verschwunden ist.

»Na komm, Prinzessin.« Noah taucht neben mir auf und tippt gegen seinen silbernen Anhänger in Form einer Muschel. Der Sog entsteht und zum ersten Mal kann ich ihn in seiner Sirenenform sehen. Noah ist schon in seiner menschlichen Gestalt wunderschön und echt sexy, aber in dieser Form könnte er glatt Atlan Konkurrenz machen. Seine Flosse hat dieselbe hellblaue Farbe wie seine Augen und wirkt sehr kräftig. Irgendwie sieht seine Brust auch viel muskulöser als vorher aus, was mich einen Moment verunsichert. Mit den spitzen Ohren wirkt er noch frecher als zuvor. Eine Sekunde raubt mir Noah sogar den Atem.

»Na, hast du dich jetzt endlich in mich verliebt?«, fragt er, woraufhin ich die Augen verdrehe. Und schon ist alles wieder beim Alten.

Ich greife nach seiner Hand und er zieht mich nah an sich heran. Er riecht definitiv anders als Atlan.

Einen Augenblick zögere ich noch.

»Und ihr seid sicher, dass es niemanden am Strand gibt, der einen Suchtrupp nach uns losschickt?«

»Wieso? Du bist doch hier«, sagt Daxton in seiner gewohnt kühlen Art.

Als Reaktion spritze ich ihm Wasser ins Gesicht, was ihn natürlich nicht stört. Auch er und die anderen beiden Jungs haben mittlerweile ihre Sirenengestalten angenommen. Das Schlimme ist, ich kann diese ganzen armen Mädchen verstehen, die sich wegen ihnen von einem Schiff stürzen. Sie sehen alle echt betörend aus und ihre Aura wirkt auch wesentlich cooler, als sie eigentlich sind. Gut, bis auf Daxtons und Atlans.

»Also gut, bereit?«, fragt Noah und ich nicke. Dann atme ich tief ein und wir tauchen unter.

Noah ist ebenso geschwind wie Atlan, wenn nicht sogar noch schneller. Wir rasen durch das Wasser und ich bin froh einen Badeanzug zu tragen, damit nichts verrutscht.

Fest hält er mich an sich gepresst und ich schaffe es leider nicht, viel von meiner Umgebung mitzubekommen. Wenige Sekunden später tauchen wir wieder auf.

»Schade, dass du noch nicht deine Sirenengestalt freisetzen kannst. Ein Wettschwimmen mit dir stelle ich mir sehr lustig vor«, sagt Noah lachend und zieht mir die Tauchermaske vom Gesicht, sodass die Brille um meinen Hals baumelt. Wir befinden uns mitten auf der offenen See. Die Insel scheint weit entfernt von uns zu sein.

Direkt nach uns kommt Kelvin wieder an die Wasseroberfläche und ein paar Atemzüge später stoßen auch die anderen drei zu uns.

Lucia krallt sich an Atlan fest, der sie auf den Armen trägt. Die Angst steht ihr ins Gesicht geschrieben und mein schlechtes Gewissen meldet sich. Sogar die Augen hat sie zugekniffen.

»Lucia?«, frage ich vorsichtig.

Sie schüttelt den Kopf. »Warum hast du keine Angst, Mayla? Es kann sich sonst was unter uns befinden. Riesige Kraken, die nur darauf warten, uns zu verspeisen. Das Meer ist so unerforscht, hier kann doch so viel sein, was uns töten will.«

Oje, manchmal tut ihr Pinterest einfach nicht gut. Zu gern stellt sie ihre Fotos dort online, aber verfällt genauso gern Illustrationen anderer Künstler. Und ich wette, sie hat heute Morgen noch mal nachgeschaut, was sie unter Wasser so erwarten kann. Ich hätte ihr das Handy wegnehmen sollen.

»Lucia, alles wird gut. Wir haben hier vier Sirenen bei uns, deren komplettes Leben im Wasser stattfindet.«

Kelvin will etwas sagen und ich habe so einen Verdacht, dass es mit ihrem

Leben auf den Inseln Aquartas zu tun hat, weshalb ich ihm schnell einen warnenden Blick zuwerfe und fortfahre. »Außerdem bin ich den größten Monstern unter Wasser schon begegnet: den Meerhexen. Und bisher habe ich überlebt.«

»Na ja, was nicht ist, kann ja noch werden«, feixt Kelvin. Damit handelt er sich einen Schlag von Daxton ein. Er wird mir heute noch sympathisch, wenn er so weitermacht.

Ich atme tief aus und löse mich von Noah, damit ich frei im Wasser treten kann. Lucias Ängste sind nachvollziehbar, aber ich habe nie so gefühlt. Als könnte mir der Ozean nie etwas antun, vielleicht weil ich auch eine Sirene bin. Wobei mein Gesang sehr zu wünschen übrig lässt.

»Was machen wir hier draußen?«

Auf meine Frage hin schwimmt Daxton zu mir und nimmt mich wie eine Braut auf den Arm. Ich will schon protestieren, doch verkneife es mir. Zum Spaß macht er das sicher nicht.

»Konzentrier dich, Mayla, wenn du die Prinzessin bist, hast du ganz andere Kräfte als wir. Wir hoffen, wenn du vollständig vom Meer umgeben bist, fühlst du es. Deswegen halte ich dich jetzt und du gibst dir Mühe.«

Ich spüre einen gewissen Druck. Es muss klappen, also schließe ich die Augen und konzentriere mich auf das Wasser. Den Ozean habe ich schon immer sehr stark gespürt, vielleicht muss ich nur nach dieser Kälte suchen. Diese eisige Kälte, die immer dann verströmt wird, wenn die Meerhexen in der Nähe sind. Bisher habe ich ihre Gegenwart absichtlich ausgeblendet, ich wollte diese Fratzen nicht noch einmal sehen, aber jetzt muss ich es. Einige Mal atme ich tief ein und aus und höre tatsächlich etwas. Mayim. Will ich es so sehr, dass ich mir schon die Stimme des übermenschlichen Wesens einbilde?

»Kleine Mayla.« Die melodische Stimme umfängt mich wie der warme Sommerwind. »Mach die Augen auf, kleine Mayla.«

Als ich es tue, befinde ich mich plötzlich nicht mehr in Daxtons Armen, sondern zurück in ihrer Grotte unter Wasser.

»Wie bin ich hierhergekommen?« Ich drehe und wende mich, doch die

Berührung von Dax ist vollständig erloschen. Dafür sehe ich Mayim in ihrer goldenen Sirenenform.

»Du hast so sehr nach mir gerufen, ich konnte dir nicht widerstehen, kleine Mayla.«

So richtig glauben kann ich das hier alles nicht. Was hat das Wesen davon, sich einzumischen?

»Mayim, bist du hier, um zu helfen?«

Das Wesen schwimmt direkt auf mich zu und streicht mir eine Strähne zur Seite. Wieso oft unter Wasser tanzen meine widerspenstigen Haare in allen Richtungen. Die Berührung fühlt sich real und beunruhigend an. So ganz habe ich noch nicht durchschaut, was Mayim mit allem zu tun hat.

»Du willst wirklich wissen, wo die Meerhexen sind, kleine Mayla?«

»Ja.« Die Antwort kam prompt, denn im Moment möchte ich nichts lieber, als meine Freundinnen wieder in den Arm zu nehmen.

Mayim befindet sich direkt vor mir und für einen Moment kommt es mir vor, als würde ich echtes Mitgefühl in ihren Augen erkennen.

»Bist du dir sicher, kleine Mayla? Was dich erwartet, entspricht vielleicht nicht deiner Hoffnung.«

Aus einem Impuls heraus ergreife ich die Hände des Wesens. »Das ist mir egal, so können wir nicht weitermachen. Es muss etwas geschehen.«

»O kleine Mayla, du wirst noch zu meinem liebsten Geschöpf. Dann werde ich für dich mal den Bannkreis öffnen.«

Ich habe nur wenig Zeit, um darüber nachzudenken, was die Worte bedeuten könnten. Innerlich mache ich mir eine Notiz, später auf ihre Worte zurückzukommen. Ihr liebstes Geschöpf? Und welcher Bannkreis?

Ehe ich einen weiteren Gedanken fassen kann, verschwimmt alles vor meinen Augen, ein Strudel erfasst mich und trägt mich fort. Ist es wieder eine Zeitachse, die ich entlangwandere? Plötzlich stehe ich mir selbst gegenüber, aber ich bin nicht allein.

Kapitel 19

Positives Nummer 19: Endlich wissen wir, wo sie sind

Atlan ist bei mir und wir befinden uns in der Grotte, in der wir waren, nachdem er mich das erste Mal gerettet hat. Es ist komplett surreal, mich selbst zu sehen. Mein buschiges Haar und der helle Fleck an meinem Hals stechen sofort heraus und verursachen mir ein unangenehmes Gefühl. Doch jetzt ist nicht die Zeit, selbstkritisch zu sein. Genau beobachte ich unser Geturtel, nur dass es mir da noch nicht so vorkam.

Moment mal, die Grotte. Will mir Mayim das damit sagen? Die Meerhexen sollen darin Unterschlupf gefunden haben? Aber sie ist unserer Bucht so nah. Hat mir Atlan nicht erzählt, dass er die Anwesenheit der Hexen bemerkt? Kelvin und Daxton haben zudem die ganze Zeit nach den Meerhexen gesucht. Ich kann mir nicht vorstellen, dass sie ausgerechnet diese Grotte übersehen haben.

Nach wie vor verzaubert mich dieser Ort. Wenn alles vorbei ist, will ich unbedingt noch mal mit Atlan hierher und ihn küssen.

Bevor ich noch weiter in meine Träumereien versinken kann, werde ich aus der Szene gerissen.

Mit einem lautstarken Aufatmen befinde ich mich wieder in Daxtons Armen und versuche hektisch nach Luft zu schnappen.

»Sie ist wieder da«, ruft Kelvin und schwimmt aufgeregt im Kreis um uns herum.

Noah taucht in meinem Blickfeld auf, sein sonniges Gemüt ist mit dunklen Schatten übermalt. Die Falten auf seiner Stirn zeugen von Sorge. »Alles okay, Mayla?«

Ich versuche mich ein wenig hochzudrücken und bekomme gerade so ein

Nicken zustande. Diese kleine Reise hat doch mehr Kraft gekostet als vermutet.

Dax grinst mich triumphierend an. »Ganz ruhig, Mayla. Du solltest dich ausruhen.«

»Mir geht es gut«, krächze ich und gebe meine Versuche auf, etwas würdevoller in Daxtons Armen zu hängen. Wie ein nasser Sack baumle ich im Wasser und muss sein arrogantes Grinsen hinnehmen.

»Was hast du gesehen?«, fragt Lucia. Ihre Taucherbrille sitzt mittlerweile auf ihrem Kopf und nur noch rote Striemen verraten, dass sie diese vor Kurzem abgesetzt hat. Noch immer klammert sie sich an Atlan fest, was ich nur begrüßen kann. Nicht auszudenken, was passieren würde, wenn Lucia allein im offenen Meer schwimmen würde.

Langsam wende ich mich Atlan zu.

»Atlan, es ist die Grotte.«

Ich kann sehen, wie ihm ein Licht aufgeht.

»Bist du dir sicher? Sie ist so nah am Strand.«

»Wir haben sie mindestens einmal am Tag überprüft«, sagt Daxton und runzelt die Stirn.

»Mayim hat irgendetwas von einem Bannkreis gesagt. Warum sollte das Wesen sie mir sonst gezeigt haben?«

Noah schnaubt, während er Kelvin an der Flosse packt und ihn somit davon abhält, weiterhin um uns zu kreisen. »Warum tut das Wesen überhaupt etwas? Doch nur zur eigenen Belustigung.«

»Noah!«, unterbricht ihn Atlan. »Ich dulde keine abfälligen Bemerkungen während unserer Mission.«

»Unsere Mission dauert schon vier Jahre«, wirft Kelvin ein und ist endlich zum Stillstand gekommen, nachdem er sich mit einem Ruck aus Noahs festem Griff befreit hat.

»Und wenn wir weiterhin nur Däumchen drehen, endet sie auch nicht so bald«, mische ich mich ein.

»Also gut.« Noahs ernster Tonfall lässt mich aufhorchen. Er tippt gegen seine Muschel am Handgelenk. Dann hält er seine Hand unter Wasser und ich spüre den bekannten Sog wieder, der von den kleinen Wasserstrudeln kommt. Ruckartig zieht er den Arm aus dem Meer und hält einen großen Dreizack in den Händen. Er ähnelt dem von Atlan, soweit ich mich erinnern kann.

»Daxton, du nimmst Mayla mit.« Er wirkt wie eine andere Person, sein Gesichtsausdruck hat jegliche Wärme verloren. Nun wirkt er wie ein Jäger und ich spüre zum ersten Mal das wirkliche Ausmaß seines Hasses gegenüber den Meerhexen.

»In Ordnung.« Ungewohnt lammfromm stimmt Dax ihm zu und auch ich wage keinen Widerspruch.

Atlan nickt ebenfalls zustimmend und tippt gegen seinen Anhänger am Hals. »Kelvin, du nimmst meinen Dreizack, bis ich Lucia in Sicherheit gebracht habe.« Mit einer geschmeidigen Bewegung holt er die Waffe aus dem Wasser und wirft sie seinem Freund zu.

»Jawohl.«

Die Haltung der Jungs hat sich verändert. Es wird ernst.

Ich bete dafür, dass Mayim mir keinen Streich gespielt hat, gleichzeitig habe ich Bammel davor, dass ich mich nicht gegen die Meerhexen behaupten kann. Bisher habe ich doch nie gekämpft oder etwas in die Richtung getan. Gut, ein paarmal habe ich mich mit Umweltsündern angelegt, aber die wollten mir nicht die Seele aussaugen. Oder sie wollten und konnten es nur nicht.

Wie dem auch sei, die Situation ist neu für mich. Wir wissen nicht, wie viele Meerhexen sich in der Grotte tummeln, aber ich hoffe, dass Alegria, Celia und die anderen unbeschadet bei ihnen sind.

»Willst du nicht die Taucherbrille aufsetzen?«, fragt Dax und den Spott in seiner Stimme würde ich ihm am liebsten austreiben.

»Nein danke, ich brauche sie nicht.« Okay, das klang giftiger als beabsichtigt. Doch ich ernte nur ein selbstsicheres Grinsen von ihm. So muss es sich wohl anfühlen, einen großen Bruder zu haben, der dich zwar aufzieht, aber dennoch beschützt. Denn im nächsten Moment nimmt er mich wieder in den Arm.

»Luft holen.« Ich komme seiner Forderung nach, dann tauchen wir erneut ab. Es ist schade, dass ich als Sirenenprinzessin noch nicht unter Wasser atmen kann. So fühle ich mich noch mehr wie ein Klotz am Bein. So schnell, wie wir rausgeschwommen sind, gelangen wir auch wieder zurück. Prustend tauchen wir hinter einem der vielen Felsen auf, die vor der Klippe aus dem Meer emporragen. Ich erinnere mich noch gut, wie Atlan im Mondschein von dieser gesprungen ist und Alegria mich aus dem Wasser gefischt hat.

»Alles gut?«

Ich nicke auf Daxtons Frage hin und halte mich an einem Felsvorsprung fest.

»Was machst du als Erstes, wenn das hier vorbei ist?«, frage ich. Es ist so selten, dass wir reden, weshalb ich mir die Gelegenheit nicht entgehen lassen will.

»Auf die Regeln pfeifen und Celia um ein Date bitten.«

Ich verkneife mir zu fragen, was er an ihr findet. Denn mittlerweile weiß ich es. Celia ist zwar ruppig, aber sie ist auch ehrlich und liebevoll. Ich wünsche den beiden Glück. Auch wenn ich unsicher bin, ob Celia sich nur von Daxtons Sirenengenen beeinflussen lassen hat. Allein diese Sorge zu haben, ist sicherlich nicht leicht für die zwei. Mal ganz davon abgesehen, dass es verboten ist, mit Menschen auszugehen.

Noah ist bereits vor uns aufgetaucht. Sein verbissener Gesichtsausdruck macht mir Sorgen. Der Dreizack blitzt in der Sonne auf, als er sich zu mir dreht.

»Bist du dir sicher, dass sie da drin sind?«

Was erwartet er jetzt von mir? Dass ich noch mal mit Mayim Kontakt aufnehme? Ich will gerade antworten, als ich etwas spüre. Das Meer hat sich schon immer wie ein Teil von mir angefühlt. Doch jetzt empfinde ich mich auch als Teil von ihm. Die Meerhexen sind in der Grotte, das weiß ich so sicher, wie jemand bestimmen kann, ob gerade eine Fliege auf seinem Arm sitzt.

»Ja, und es sind mehrere.«

Noah zweifelt meine Aussage nicht weiter an.

»Okay, Lucia, du bleibst mit Mayla hier«, sagt Atlan, nachdem er zusammen mit ihr und Kelvin ebenfalls aufgetaucht ist.

Lucia reißt sich die Tauchermaske vom Gesicht und eine Zornesfalte zerstört ihre sonst so zarten Züge. »Wozu musste ich überhaupt mit, wenn das Versteck direkt neben unserer Bucht liegt?«

»Weil die Meerhexen auch dich hätten entführen können und das wollten wir nicht riskieren.«

»Wir? Oder nur du, Mayla?«

»Es ging mir nur um dein Wohl.«

»Und deshalb schleppst du mich mitten in den Ozean?« Diese spitze Aussage zeigt wohl eindeutig, wie sehr Lucia das alles hier missfällt. Bereitwillig klettert sie auf einen kleinen Vorsprung und atmet erleichtert aus, als ihr Po wieder Gestein findet.

»Mädels! Beruhigt euch«, zischt Daxton.

»Wir werden jetzt die Lage überprüfen und ihr bleibt hier. Jungs, wir verfolgen doch nicht die Strategie Elefant, sondern Maus«, erklärt Atlan ernst.

Ich will unbedingt wissen, was das bedeutet.

Noah gluckst und wispert mir ins Ohr: »Eigentlich wollten wir uns wie ein Elefant im Porzellanladen benehmen und den Überraschungseffekt nutzen. Aber jetzt gehen wir wie Mäuse in die Grotte.«

Mir kitzelt das Lachen so im Hals, dass ich es mit einem Husten tarnen muss. Es macht mich glücklich, dass Noah dennoch zu Scherzen aufgelegt ist.

Da ich Lucia keiner Gefahr aussetzen möchte, nur um meinen Willen zu bekommen, protestiere ich nicht gegen den Plan, das wäre einfach nur egoistisch.

»Okay, wir sind gleich wieder da«, sagt Atlan und zieht mich zu sich hinunter. Seine Stirn liegt an meiner. »Du bist die Prinzessin, du bist stark. Ich weiß es. Aber jetzt musst du hierbleiben.«

Gerade will ich ihm verbieten mich zu küssen, da es sich so nach Abschied anfühlt, als er es einfach tut.

Ich ertrage die stechenden und ungeduldigen Blicke der anderen Jungs in meinem Nacken, ehe sich Atlan abwendet und ihnen folgt.

Eine Weile sitze ich schweigend neben Lucia, doch plötzlich durchfährt mich ein markerschütternder Schrei, der zu hundert Prozent von Celia stammt. Ich erkenne ihn, weil sie genauso klingt, wenn sie eine Spinne sieht. Normalerweise würde ich die Augen verdrehen und das arme Ding vor ihr retten, doch jetzt will ich mir nicht ausmalen, warum sie so gekreischt hat.

Lucia und ich tauschen nur einen Blick aus, dann springen wir ins Wasser und schwimmen zur Grotte hinüber. Es ist unvernünftig und widerspricht meiner Meinung von vor ein paar Minuten, aber ich kann nicht anders.

Als Atlan und ich das letzte Mal hier waren, sah das Bild, das sich uns geboten hat, geradezu malerisch aus. Ein flach abfallender kleiner Strand vor einer großen Grotte mit dem Glitzern der Sonne auf dem Wasser. Doch jetzt hat sich alles an diesem Ort in einen Alptraum verwandelt. Ich weiß nicht, wie es möglich ist, aber der Strand ist vollständig verschwunden, der Wasserspiegel berührt fast schon die Decke vom Eingang. Ich strecke meine Hand nach Lucia aus. »Wir müssen tauchen, um reinzukommen.«

Eigentlich habe ich mit Widersprüchen gerechnet, mit Was-ist-Szenarien. So etwas wie: Was ist, wenn in der Grotte alles voller Wasser ist und wir nicht auftauchen können? Oder: Was ist, wenn uns unter Wasser eine Meerhexe empfängt? Doch sie greift mutig nach meiner Hand.

Unter Wasser ziehe ich sie vorsichtig mit, Lucia hält die Augen geschlossen, das macht sie immer beim Tauchen, egal ob mit Maske oder ohne.

Keine Meerhexe versperrt uns den Weg. Doch das Wasser ist geradezu trüb, weshalb ich Schwierigkeiten habe, etwas zu erkennen.

Tapfer schwimmen wir weiter und ich spüre eine dünne Kältewand, die nach einem Schwimmzug wieder verschwunden ist.

Vorsichtig taste ich mit einer Hand nach oben. Wenn ich mich recht entsinne, hat die Grotte eine sehr hohe Decke. Als meinen Fingerspitzen nichts mehr im Weg ist, traue ich mich zusammen mit Lucia wieder an die Wasseroberfläche.

Tatsächlich können wir gefahrlos auftauchen. Zunächst, denn das Bild, das sich uns bietet, verschlägt uns den wertvollen Atem. Die wunderschöne

Grotte ist ein Gefängnis geworden. Die Kälte des Wassers kriecht unter meinen Badeanzug.

An den Tropfsteinen sind Cheerleader gefesselt und die sehen alles andere als gesund aus. Ihre Gesichter sind bleich und ihre Haut aufgequollen, als lägen ihre Leiber schon länger im Wasser. Wenn es schon die ganze Zeit so kalt ist, kann das nicht gut sein. Aber sie leben noch, vermute ich jedenfalls. Und dann sehe ich sie.

Lucia drückt meine Hand so fest, dass ich einen Schmerzenslaut nur schwer unterdrücken kann. Die Fratzen aus meinen Alpträumen sind wieder da und sie sehen noch schrecklicher aus, als ich sie in Erinnerung habe.

Insgesamt dreizehn Meerhexen zähle ich, während Lucia sich hinter mir versteckt. Natürlich müssen es dreizehn sein – die Unglückszahl. Sie alle widmen ihre Aufmerksamkeit den vier Sirenenmännern und sind in einen Kampf verstrickt.

Eine von ihnen treibt auf der Wasseroberfläche und rührt sich nicht mehr.

Wir sollten gehen oder zumindest sollte Lucia wieder zurück zum Felsen schwimmen, aber sie ist wie erstarrt. Außerdem kann ich die Mädchen nicht hängen lassen. Und woher kam Celias Schrei? Alegria konnte ich auch noch nicht ausfindig machen.

Es gibt keinen Boden mehr in der gesamten Höhle, die einzigen Möglichkeiten, Halt zu finden, sind die von der Decke hängenden Tropfsteine.

Ich entdecke die Kapitänin der Cheerleader, die uns am nächsten ist, und nähere mich mit meiner Freundin so leise wie möglich dem Felsen.

»Lucia, wir werden jetzt Susan befreien«, wispere ich ihr zu.

Die Fesseln bestehen aus Algen, die sehr dick und fest sind. Ich zerre daran, doch es rührt sich nichts. Irgendwo muss es hier doch einen spitzen Stein geben. In Filmen liegt doch so etwas auch immer in Reichweite.

Ach verdammt …

Lucia ist von ihrer Angst so gelähmt, dass sie mir keine Hilfe ist.

Suchend schaue ich mich um, tauche hinab und versuche etwas in dem matschigen Sand zu finden. Ohne Erfolg.

Wie lange können wir noch unbemerkt bleiben? Etwas abseits von Susans

Gefängnis tauche ich auf und schreie erschrocken. Ich befinde mich abermals Auge in Auge mit einer Meerhexe. Dieses Mal in all ihrer Scheußlichkeit an der Wasseroberfläche.

»Mayla!«

Ich habe keine Ahnung, wer meinen Namen gerufen hat, und es ist mir gerade auch scheißegal. Alles, was ich weiß, ist, dass die Angst jeden Zentimeter meines Körpers beherrscht. Mit ihren scharfen Klauen packt sie mich am Arm und zieht mich mit einer immensen Kraft durch das Wasser direkt zum Kampfgeschehen.

»Bewegt euch nur einen Millimeter und sie stirbt«, zischt sie. Noch nie habe ich eine Meerhexe sprechen gehört. Es klingt merkwürdig, rau und zischend.

Die Sirenen halten inne. Kelvin hat eine große Schramme auf der Brust, der Rest sieht noch relativ unversehrt aus. Meerhexen können doch ihre Feinde verfluchen. Warum beenden sie es nicht einfach?

»Lass mich los, du Monster«, rufe ich, doch es hat keinen Effekt. Könnte auch an dem Zittern liegen und dass ich mehr gefleht habe als alles andere.

»Fehlt nur noch das letzte Mädchen und wir haben alle«, sagt eine andere Meerhexe mit raspelkurzen Haaren, wodurch ihr deformierter Kopf zur Geltung kommt.

»Dann machen wir mit diesem Abschaum kurzen Prozess«, sagt meine Kidnapperin und zieht noch mehr an meinem Arm. Unsanft stößt sie mich gegen den Felsen und kommt mir mit ihrer Fratze gefährlich nah. »Was meint ihr, ist sie das?« Mit einem ihrer langen Finger fährt sie mir unterm Kinn entlang und hinterlässt eine Kratzspur.

Ich habe Angst und doch will ich es ihr nicht zeigen. Trotzig beiße ich die Zähne zusammen. Egal was sie tun wird, ich werde nicht heulen.

Noahs entgeisterter Blick trifft mich mitten ins Herz. Nein, ich will nicht, dass er noch jemanden vor seinen Augen sterben sieht. Dabei spielt es keine Rolle, ob ich es bin oder jemand anderes hier. Sogar von hier kann ich sehen, wie er seine Lippe blutig beißt. Können wir denn gar nichts tun? Kann ich nichts tun?

Atlan befindet sich links neben Noah, hält seinen Dreizack kampfbereit, doch er rührt sich kein Stück.

»Schrei«, sagt er.

Und das mache ich auch. Ich schreie, so laut, so schrill ich kann. So viel, wie meine Seele herzugeben vermag, so kraftvoll, wie meine Stimmbänder es aushalten. Als ich schon heiser bin, öffne ich die Augen und die einzige Wirkung ist eine verdutzte Meerhexe direkt vor meiner Nase.

»Du hast ja ein Organ«, sagt sie und klingt dabei sogar belustigt. »Sie ist schon mal keine Sirene«, ruft sie abfällig über ihre Schulter hinweg zu den anderen Meerhexen, die auflachen und dabei zustimmend zischen.

Was meint sie damit? Habe ich versagt? Mayim hat mich doch geheilt, mir die Grotte gezeigt und jetzt bin ich hier und soll doch keine Sirene sein? Wozu dann das alles?

Mir steigen die Tränen auf und Schluchzer erschüttern meinen Körper. Ich bin gerade die Lachnummer. Eine Irre, die völlig sinnlos wie am Spieß geschrien hat.

Atlan sieht völlig schockiert aus, seine Hände wirken so verkrampft, dass ich mich am liebsten entschuldigen würde. Er hat an mich geglaubt und ich enttäusche ihn.

»Gut, holt die Schwache her, die macht es eh nicht mehr lang«, ruft eine der Meerhexen und schon setzt sich die mit dem deformierten Kopf in Bewegung.

Sie schlängelt durchs Wasser und verschwindet hinter einem weiteren Felsen. Der nächste Anblick lässt meinen Bauch rumoren und ich kann nur knapp mein Frühstück bei mir behalten.

An den Haaren zieht sie Alegria hinter sich her und wirft sie wie einen Gegenstand in die Mitte des Kampfplatzes. So tief kann das Wasser an dieser Stelle nicht sein, denn sie treibt an der Oberfläche. Ihr Anblick reißt mir das Herz heraus und lässt mich japsen. Sie ist leichenblass, ihre Augen zucken willkürlich hin und her, während in kurzen Abständen ein Ruck durch ihren Körper geht. Ihre Haare fließen strähnig an ihrem Kopf hinunter.

»Alegria«, schluchze ich. Was haben sie ihr angetan?

»Saugen wir ihr die restliche Seele aus, dann können wir die Sirenen verfluchen und holen uns die letzte Kleine«, befiehlt meine Entführerin.

Kann ich denn gar nichts tun? O doch.

Ich versuche meinen Arm aus ihrem Griff zu reißen, ohne Erfolg. Doch jetzt habe ich nichts mehr zu verlieren. Ich kreische, trete, beiße, schlage um mich.

»Beruhig dich, Mayla«, sagt Daxton, doch ich gebe nichts darauf.

Die Meerhexe knallt meinen Kopf gegen den Felsen. »Willst du wohl stillhalten!«

Verschwommen sehe ich, wie eine Meerhexe mit langen schwarzen Haaren sich Alegria annimmt. »Leide, dummes Mädchen.«

Ich will ihr widersprechen, ihr sagen, dass Alegria alles ist, aber nicht dumm. Sie ist die klügste Frau, die ich kenne. So viel wird sie noch bewegen und die Welt verändern. Deshalb habe ich sie immer bewundert. Sie jetzt so zu sehen, ist ein Zustand, den ich nicht akzeptieren kann. Wieder beginne ich mich zu wehren, doch das Monster vor mir sieht geradezu gelangweilt aus.

Die Schwarzhaarige richtet eine Klaue auf Alegria und ein dunkler unheilvoller Nebelschwaden wabert um sie, hebt ihren schlaffen Körper empor. Ihre sowieso schon blasse Haut wird noch fahler.

Alegria stöhnt auf.

»Nein!«, schreit jemand, der nicht ich bin.

Mein Kopf fühlt sich träge an, sodass ich ihn nicht in die Richtung drehen kann, aus der die Stimme kommt. Ich glaube, ich habe mir eine Gehirnerschütterung eingehandelt.

»Nehmt sofort eure Griffel von meinen Freundinnen!« Sie klingt so klar und rein wie fließendes Wasser an einem ruhigen Tag und ihre Worte haben einen größeren Effekt als gedacht.

Schmerzerfüllt halten sich die Meerhexen die Ohren zu.

»Tötet sie!«, schreit die Schwarzhaarige.

Meine Entführerin will sich von mir abwenden, doch jetzt bin ich am Zug.

»Keinen Schritt weiter«, keuche ich und halte sie am Arm fest. »Ich hoffe, dass es so etwas wie Karma gibt und du elendes Geschöpf in der Hölle schmorst.«

Die Meerhexe sieht mich überrascht an, wahrscheinlich überrumpelt, dass ich noch sprechen kann. Ich versuche noch mal meine Kraftreserven zu sammeln und schlage ihr mit der Faust in den Bauch. So sicher, wie es mit der Anatomie dieser Monster aussieht, bin ich mir zwar nicht, aber sie sackt schmerzerfüllt zusammen.

Mein Kopf wird immer schwerer. Am Rande bekomme ich mit, wie Atlan sich wieder gefangen hat.

»Lucia, mach weiter. Lass die Wut raus.«

»Das musst du mir nicht sagen«, ruft sie ihm zu und in diesem Moment sieht so schön aus wie nie zuvor. Ihr zierlicher Körper strotzt nur so vor Kraft, während sie auf den Kampfplatz zusteuert. Ihre hellbraunen Haare scheinen ein Eigenleben entwickelt zu haben, denn sie wehen in einem nicht vorhandenen Wind. Vielleicht habe ich mir den Kopf auch zu sehr angeschlagen, für mich sieht es so aus, als würde Lucia im Wasser schweben. Sie muss nicht mal schwimmen.

»Ihr habt genug angerichtet. Wenn ihr Alegria, Mayla oder sonst irgendjemandem hier noch ein Haar krümmt, werde ich persönlich dafür sorgen, dass ihr euch den Tod wünscht.«

Da ist sie, Mama Bär. Ihre Stimme ist allgegenwärtig, klingt erhaben und dringt tief in mein Herz, während die Meerhexen sich noch immer die Ohren zuhalten.

Die Schwarzhaarige kann die Verbindung zu Alegria nicht mehr aufrechterhalten und Noah schafft es gerade noch so, sie aufzufangen, bevor sie unsanft ins Wasser gefallen wäre.

»Und ich frage euch jetzt zum ersten und letzten Mal: Wo ist Celia?«

»Verdammt, kann sie jemand außer Gefecht setzen?«, schreit eine der Meerhexen.

Als wäre es ein Weckruf gewesen, nehmen die Sirenen ihre Kampfhaltung wieder auf, wirbeln ihre Dreizacke durch die Luft und vier Meerhexen fallen.

Unsere Jungs scheinen seit Lucias Auftreten eine echte Chance zu haben.

Tja, ich kann es natürlich leugnen, aber in diesem Moment wird mir klar: Lucia ist die Sirenenprinzessin und ich bin einfach nur ein Mensch, der hoffte, etwas Besonderes zu sein.

Kapitel 20

Positives Nummer 20: Ehrlich, langsam wird das hier schwer

Die nächsten Sekunden wirken wie eine Ewigkeit für mich, in der ich versuche mich zusammenzureißen und nicht zu zerbrechen.

Ich bin nicht die Sirenenprinzessin, doch damit kann ich mich später auseinandersetzen. Ich muss jetzt Celia finden. Denn ich habe das Gefühl, dass wir immer noch deutlich unterlegen sind.

Ich stoße mich vom Felsen ab und schwimme, bis das Wasser seichter wird. Wenn ich jetzt zum Kampfplatz schaue, verliere ich sicherlich die Fassung oder was davon noch übrig ist. Es ist noch nicht lange her, dass wir Celia aus den Augen verloren haben, ihr Schrei ist mir immer noch präsent, sie kann noch nicht den Zustand von Alegria erreicht haben.

Ein Stich geht durch mein Herz und ich komme nicht umhin, mich nach meiner Freundin umzusehen. Sie liegt in den Armen von Lucia, die Atlan mit seinem Leben verteidigt. Kurz schiebt sich Noah in mein Blickfeld. Sein blutrünstiger Ausdruck jagt mir Angst ein, da der Kontrast zu seinem Lachen so gravierend ist.

Ich schwimme um den nächsten Felsen herum, wo sie schon Alegria hervorgezogen haben. Dort hockt dieses schwarzhaarige Monster vor Celia und zerrt an ihren Seetangfesseln, die um Hände und Füße gelegt sind. Dann reißt sie meine Freundin von der Wand und ihre rot glühenden Augen erfassen mich. Mit einem kraftvollen Stoß wirft sie mich abermals gegen einen Felsen. *Reiß dich zusammen!*, befehle ich meinem Körper und greife nach einer Einkerbung im Felsen, um mich wieder hochzuziehen. Doch mein Glieder gehorchen mir nicht.

»Celia!«, rufe ich, doch sie kann nur erstickte Laute von sich geben, ihr Mund ist ebenfalls mit Seetang verbunden.

Instinktiv greife ich nach einem der beiden Beine des Dings. Es fühlt sich glitschiger an, als ich in Erinnerung habe, und entgleitet mir. Sie will Celia doch nicht etwa mitnehmen und ihr im Wasser die Seele aussaugen, um dann wieder Kraft für Flüche zu haben? So etwas haben die Jungs erzählt, oder? Es klingt logisch. *Komm schon, steh auf, Mayla.*

»Steh auf!«

Daxton zieht mich aus dem Wasser nach oben. Er sieht nicht gut aus, Schrammen bedecken seinen Körper, aber immer noch besser als einige der Meerhexen.

»Luft holen.«

Ich atme so viel Sauerstoff wie möglich ein und schon stürzen wir uns in die Fluten – der Meerhexe hinterher aus der Grotte heraus. Mit seiner Flosse ist Daxton sogar schneller als sie, das hätte ich niemals geschafft. Mit einer Hand drückt er mich an seine Brust, mit der anderen umklammert er seinen Dreizack.

Innerhalb eines Wimpernschlags holen wir sie mitten im weiten Ozean ein.

Er lässt mich los.

»Hol Celia«, befiehlt er, dann erwischt er mit seiner Waffe ein Bein der Meerhexe, das er dadurch sofort abtrennt.

Sie zischt vor Schmerz auf und lässt die wertvolle Fracht fallen. Wendet sich ihrem Angreifer zu.

Ich habe keine Zeit, auf ihn zu achten. Mit wenigen Schwimmzügen bin ich bei dem menschlichen Bündel und ziehe an den Schlingen, um sie nach oben zu befördern. Celia hat bestimmt nicht so einen langen Atem wie ich. Sie braucht frische Luft.

»Du Göre!«, brüllt die Meerhexe, aber ich habe keine Angst mehr. Besser gesagt ist im Moment kein Platz dafür in meiner Gefühlswelt.

Mit den wenigen Reserven, die ich noch habe, schaffe ich es tatsächlich, Celia nach oben zu ziehen. Mit einer gezielten Bewegung reiße ich den Seetang von ihrem Mund und sie japst panisch nach Luft. Völlig unkoordiniert strampelt sie in ihren Fesseln.

»Celia, hey! Celia!« Ich packe ihr Gesicht und zwinge sie mich anzusehen. Sie hat höllische Angst, ihre Augen sind weit aufgerissen und ihre Pupillen geweitet.

»Wir schwimmen darüber, damit ich deine Fesseln lösen kann.«

Apathisch nickt sie und ich bin sehr froh, mein Rettungsschwimmerabzeichen absolviert zu haben. Die Kräfte verlassen mich und nur mit Ach und Krach kann ich sie zum rettenden Felsen ziehen.

Noch sind die Wellen klein genug, um uns nicht gegen das Gestein zu drücken. Wenn die Wellen noch stärker werden, haben wir bald aber Probleme.

»Halt dich fest«, fordere ich Celia auf. Die Tränen laufen ihr die Wangen hinunter, ihre Haut wirkt merkwürdig aufgedunsen. Ob vom vielen Weinen oder ihrem unfreiwillig langen Aufenthalt im Wasser, ist mir nicht klar. Ich muss ebenso fertig aussehen. Meine Haare kleben mir schon wieder unangenehm im Gesicht und ich kann noch immer die Spuren meiner Tränen auf den Wangen spüren.

Abermals tauche ich ab. Das Wasser ist hier viel klarer und meine Sicht wird nicht mehr getrübt. So finde ich auch schnell das passende Werkzeug auf dem Meeresgrund. Ein recht spitzer Stein, der völlig ausreicht.

Während ich mich an den Fesseln zu schaffen mache, beobachte ich Daxton. Denn plötzlich schwimmt dieser auf uns zu, verfolgt von der Meerhexe und schwarzen Nebelschwaden. Warum? Warum kommt es sogar noch schlimmer? Ich kann nicht mehr, das Adrenalin kann auch nicht ewig meine Kräfte aufrechterhalten.

Endlich reißt der widerspenstige Seetang, der sicher kein normaler war.

Blubbernd tauche ich auf und will Celia schon wieder zur Seite ziehen, als ein Schatten auf uns fällt. Es ist keine Wolke am Himmel, sondern Daxton, der sich über uns beugt und seine Hände an dem Felsen abstützt.

»Geschafft.« Er grinst verschmitzt und Celia hebt die noch gefesselten Hände zu ihm empor. Vorsichtig streicht sie über sein Kinn, von dem etwas Blut heruntertropft. Eine Hand löst er von der Wand und zieht Celia in eine Umarmung an seine nackte Brust.

»Daxton«, schluchzt sie. Wie eine Ertrinkende klammert sie sich an ihn.

Seine braunen längeren Haare umranden seine Augen, die einen anderen Blauton haben als Noahs oder Atlans. Sie wirken ruhig. Es ist ein sattes Blau, wie nach dem ersten Pinselstrich, wovor das weiße Blatt noch unberührt war.

Sein Ausdruck ist nicht traurig, sondern bedauernd. Und dann wird mir klar, was er bedeutet. Der schwarze Nebel trifft seinen Rücken. Und Daxton löst sich einfach auf. Celia hält nur noch weißen Schaum wie Gischt im Arm und schreit herzerschütternd auf.

Ich kann es nicht fassen. Daxton ist gerade vor meinen Augen zu Schaum geworden. Er ist nicht mehr da. Meine Nerven sind überbelastet, ich weiß nicht mehr, was ich tun kann, was ich machen soll. Ich möchte schreien, aber mein Mund bleibt reglos. Ich möchte weinen, aber ich kann nicht. Ich möchte mich bewegen, aber mein Körper versagt den Dienst.

Celia neben mir weint hemmungslos.

Wieder ein Schrei. So laut und erschütternd, dass das Meer in Aufruhr gerät. Wie aus dem Nichts entstehen dunkle Wolken und der Wind frischt auf. Felsen bröckeln von der Klippenwand ab. Dann ist es wieder gespenstisch still, nur das Tosen des Meeres bleibt.

Das war Lucia, ihre Stimme würde ich unter Tausenden wiedererkennen. Offenbar hat sie die Meerhexe davon abgehalten, einen weiteren Angriff zu starten.

Das Nächste, was ich durch den Schleier der Erschöpfung wahrnehme, ist Noah. Langsam taucht er neben uns auf und hält mich an den Schultern fest.

»Ich kann nicht mehr«, wispere ich.

»Ich weiß, ich bin hier.« Ein trauriges Lächeln liegt auf seinen Zügen, dennoch ist es auf seine ganz eigene Weise wunderschön. Mein Kopf dröhnt und ich kann mich nicht mehr aufrecht halten. Meine Haare kleben mir noch immer unangenehm im Gesicht, doch auf dem Weg bis zu diesem Punkt der Geschichte habe ich die Kraft verloren, sie mir fortzustreichen.

»Komm her, ich bring dich zu Atlan«, sagt Noah.

Ich vertraue ihm, weshalb mein Körper lockerer wird. Die Anspannung lässt von mir ab und sorgt dafür, dass ich mich nicht mehr gegen den Felsen drücken kann. Wie in Zeitlupe sinke ich nach vorn in seine Arme.

Noah hebt mich hoch, wie es Daxton vorhin auch getan hat. Ein Stich geht durch mein Herz. Ist es meine Schuld? Hätte ich anders handeln können? War es das, was mich laut Mayim erwartet hat?

Dieses Wesen hat es gewusst, es kann in die Zukunft sehen und doch hat es mich lachend hineinrennen lassen. Wieder benetzen Tränen meine Wangen und ich bekomme nur am Rand mit, wie Noah mich zurück Richtung Grotte trägt, Celia im Schlepptau.

Der Wasserstand sinkt merklich, der Eingang der Höhle ist schon freigelegt. Celia atmet immer noch heftig ein und aus, versucht sich die Tränen aus dem Gesicht zu wischen.

Oh, Daxton. Es tut mir leid, so wahnsinnig leid. In meinem Dämmerzustand lege ich eine Hand an Noahs Brust.

»Noah, ich schaffe es noch in die Grotte. Bitte, trag Celia.«

Er lässt mich sanft hinunter, sodass ich selbst schwimme, und wendet sich zu Celia um. Dieses sonst so schöne Mädchen ist gebrochen. Es schluchzt, schüttelt den Kopf und dennoch kann ich jetzt erkennen, was Daxton in ihr gesehen hat. Ihre vielen verschiedenen Facetten, die auch ich erst seit diesem Urlaub entdecke.

Noah nimmt sie vorsichtig in den Arm.

»Nein, lass mich«, schluchzt sie und wehrt sich gegen ihn.

Instinktiv greife ich nach ihrer Hand, die auf seiner Schulter liegt.

»Lass dir helfen, Celia. Wir bringen dich aus dem Wasser.«

Sie schaut mich aus ihren wässrigen, braun-grünen Augen an und nickt schließlich.

»Halt dich an meinen Schultern fest«, sagt Noah und ich tue wie mir geheißen. So zieht er mich langsam zur Grotte.

Daxton hat sich an die Regeln gehalten, deshalb kam er Celia nicht zu nah. Seine Worte vor diesem Elend kommen mir in den Sinn. *»Auf die Regeln pfeifen und Celia um ein Date bitten.«*

Es ist nicht so, als wären wir die dicksten Freunde gewesen, aber er war wie ein strenger Bruder für mich. Jetzt ist er fort. Und ich bin schuld. Das alles hätte nicht so laufen sollen. Wir passieren den Eingang der Grotte, der nicht mehr unter Wasser gesetzt ist. Es sieht alles wieder fast genauso aus wie an dem Morgen, als Atlan von der Klippe sprang, und doch ist so viel in der Zwischenzeit passiert.

Ich sitze auf dem harten Untergrund weiter hinten in der Höhle und tropfe vor mich hin, den Blick starr nach vorne gerichtet. Das Wasser ist wieder zurückgegangen und hat den Strand freigelegt sowie den felsigen Boden.

In der Ecke sitzt eine fremde Frau, ungefähr um die zwanzig, die ihre Knie angezogen hat. Das muss die Sirene sein, die die Meerhexen gefangen gehalten und gezwungen haben, für sie zu singen. Ihr Blick ist merkwürdig leer.

Kelvin, Noah und Atlan haben alle Cheerleader von den Felsen losgemacht und auf dem Strand aufgereiht. Momentan sind sie bewusstlos. Celia hockt in der Ecke bei Alegria und Lucia, sie weint immer noch.

Auch Kelvin weint, während er die leblosen Körper einiger Meerhexen dem Ozean übergibt.

Ich lege einen Arm über meine Augen, weil ich es nicht ertrage. Nichts davon.

»Hey, wie geht es dir?«, fragt Atlan und setzt sich zu mir. Mittlerweile haben die Sirenen ihre menschliche Form wieder angenommen.

»Es tut mir so leid«, sage ich leise und hoffe, nur er kann mich verstehen.

»Es ist nicht deine Schuld, Mayla.« Er versucht sanft zu sein, aber seine Züge haben sich verhärtet.

»Ich bin es nicht, Atlan. Lucia ist die Sirenenprinzessin. Daxton hat sich in Schaum aufgelöst und Alegria ist nur noch eine leblose Hülle.«

Er streicht mir über den Kopf und haucht mir einen Kuss auf die Stirn. »Daxton war ein Soldat. Keiner von uns weiß, wann der Tod für uns kommt.«

»Er war dein Freund!«, entfährt es mir.

Atlan sieht mich streng an. »Wir sind in erster Linie Soldaten, die der Krone dienen.«

»Ah ja.« Mehr bekomme ich nicht mehr raus, da sich mein Hals erneut zuschnürt und schmerzt, als ich versuche die Tränen zurückzuhalten.

***

Was für eine Scheiße. Das alles hier ist eine ganz große Scheiße, doch ich versuche die Fassung zu bewahren. Ich habe meine Mission erfüllt, das sage ich mir immer wieder, während ich Mayla im Arm halte, die vor sich hin weint.

Natürlich zerreißt es mich, dass dieser Abschaum Dax ausgelöscht hat. Daxton war mein Freund, mein Berater und das Gewissen unserer Gruppe. Doch vor Mayla und den anderen muss ich stark sein. Ich bin der Anführer dieser Truppe und kann nicht zulassen, dass die Trauer mich umschließt. Was soll die Prinzessin denken, wenn derjenige, der sie mit seinem Leben schützen soll, wegen des Todes eines Soldaten zerbricht?

Mein Blick schweift durch die Grotte und bleibt an Lucia hängen. Sie hält Alegrias schlaffen Körper im Arm und drückt ihre Stirn gegen ihre.

Niemals hätte ich vermutet, dass sie die Prinzessin ist. Aber im Nachhinein spricht einiges dafür. Als ich das erste Mal die Anwesenheit der Prinzessin spürte, kam sie mit Mayla zusammen an. Beim zweiten Mal beobachtete ich die drei Mädchen von der Klippe. Sie tauchten ihre Füße nachts in das Meer und Lucia taumelte fluchend wieder zurück. Ihre große Angst vor dem Meer bewahrte sie davor, von den Meerhexen gefunden zu werden. Es war so offensichtlich, doch ließ ich mich von meinen Gefühlen blenden. Ein Anfängerfehler.

Ich balle die Hand, mit der ich Mayla halte, zur Faust.

Als Daxton aus dem Leben gerissen wurde, dachte ich, ein Teil meines Herzens wäre mit ihm gegangen. Ich stand vor Lucia, den Dreizack hoch erhoben, um die Prinzessin zu schützen. In derselben Sekunde fing Lucia an zu schreien, als hätte ihr jemand das Herz herausgerissen. So laut und so durchdringend, dass die Meerhexen augenblicklich erstarrten. Von meiner Königin habe ich gehört, dass es immer ein immenser Schmerz ist, wenn jemand von unserem Volk stirbt …

Durch Lucias Schrei hatten wir drei leichtes Spiel. Nur zwei der Meerhexen konnten fliehen, plus die Angreiferin, die mit Celia aus der Grotte getürmt war.

Niemals werde ich den Anblick vergessen, wie Kelvin mit Tränen in den Augen seine Waffe schwang und schreiend eine Meerhexe nach der anderen in die Knie zwang.

Noah und Kelvin stoßen zu uns, Kelvin versucht sichtlich die Fassung zu wahren, doch scheitert kläglich.

»Gut gemacht«, sage ich, »die Mission war erfolgreich. Wir konnten alle verschwundenen Mädchen befreien, die Menschen beschützen und haben die Sirenenprinzessin gefunden.«

Die beiden nicken, nur Mayla regt sich in meinen Armen, drückt mich von sich und funkelt mich empört an.

»Wie kannst du das sagen? Daxton ist tot.«

»Er ist für die Mission gestorben.«

Ich habe schon viele Gesichtszüge von Mayla gesehen, aber dieser wütende Ausdruck ist neu. Am liebsten würde ich sie halten, ihr alles versprechen, damit sie aufhört zu weinen und mich so anzusehen. Ich möchte sie küssen, damit sie all das hier wieder vergisst, und dabei die Tatsache ignorieren, dass sie keine Sirene ist. Aber ich kann nicht. Meine Loyalität gilt der Krone – meiner Königin.

Außerdem liegen hier zwanzig bewusstlose Cheerleader am Boden, Celia ist mit den Nerven am Ende, meine Prinzessin trauert um eine Freundin, bei der ich mir nicht sicher bin, ob jegliche Hilfe vielleicht sogar zu spät ist.

Ich hole Luft und will gerade Kelvin mit einer Aufgabe betrauen, doch der Anblick seiner schmalen hängenden Schultern hält mich davon ab.

»Schon gut, Atlan. Egal was es ist, ich kann es tun.«

Noah, meine Rettung, wie immer. Es ist nicht Kelvins erster Verlust, aber ich kann mir den Schmerz noch nicht einmal ausmalen, wäre es Noah gewesen. Schwer schlucke ich und atme einmal tief durch. Natürlich geht das alles nicht spurlos an mir vorbei. Es überrascht mich, dass gerade Noah sich so im Griff hat. Ich hätte gedacht, dass es für ihn besonders schlimm ist, noch jemanden, dem er nah stand, an die Meerhexen verloren zu haben.

»Wir müssen sie alle an Land schaffen. Schwimm bitte rüber und ruf die Polizei.«

Zwar ist das nicht meine gelungenste Lösung, aber die beste, die mir einfällt.

Noah nickt sofort und steht auf, doch einen Moment verharrt er und fixiert Mayla.

»Geh schon«, bitte ich ihn leise und Noah stürzt sich in die Fluten, ohne dabei in seine Sirenenform zu wechseln.

Bedacht lege ich Kelvin eine Hand auf die Schulter. Ich bin jetzt kein Anführer. Bis Hilfe auftaucht, bin ich ein Freund für ihn.

»Du hast alles gegeben. Es ist nicht deine Schuld«, versuche ich ihn irgendwie aufzubauen. »Du darfst jetzt weinen und schwach sein.«

Das ist der Moment, in dem mein Schützling zusammenbricht und herzzerreißend schreit, weint und nicht mehr an sich hält. Am liebsten würde ich mich seinem Ausbruch anschließen. Für mich brach ebenfalls eine Welt bei diesem Kampf zusammen. Ich wollte Mayla Aquarta zeigen, habe mir ausgemalt, wie es mit uns weitergeht. Wir beide gegen den Rest der Welt. Gemeinsam bezwingen wir die Meerhexen, dann gehen wir zur Königin, es wird Widerstand geben, doch ich beweise mich als tapferer Held und damit würdig, ihr Mann zu werden. All das habe ich mir ausgemalt, doch jetzt sehe ich mich einer neuen Prinzessin gegenüber.

Ich weiß schon, warum ich Geschichten über verbotene Liebe hasse. Dem Konflikt zwischen meiner Loyalität der Krone gegenüber und meiner Liebe zu diesem Mädchen wollte ich mich nie stellen müssen. Doch jetzt muss ich es tun.

Ein stummes Stoßgebet auf das offene Meer erlaube ich mir, während ich Kelvin im Arm halte und auf meiner anderen Seite über Maylas Rücken streiche.

»Mayim, wo auch immer du bist. Nimm dich bitte Daxtons Seele an und gib gut auf sie acht.«

Kapitel 21

Positives Nummer 21: Sie lebt noch

Wenig später kommt Noah mit einem recht großen Polizeiboot zurück, das uns und alle Cheerleader an Land bringt. Nach und nach erwachen die Mädchen und können sich dank unserer Sirenenkräfte an nichts mehr erinnern. Das Geheimnis der Meerhexen muss bewahrt bleiben, denn nur so können auch wir weiterhin ungesehen existieren.

Inzwischen sitzen wir mal wieder im Zimmer von Lucia und Mayla. Alle sehen mitgenommen aus, besonders Alegria, die Lucia nicht aus den Armen geben möchte. Nur dank meiner Überzeugungskräfte konnten wir die Rettungssanitäter davon abhalten, Alegria ins Krankenhaus zu verfrachten. Sie checkten das Mädchen einmal durch und überließen sie dann uns. Alegria lebt noch, das sind die guten Nachrichten. Doch nach einer kurzen Untersuchung war mir völlig klar, dass die Meerhexen ihr fast vollständig die Seele ausgesaugt haben.

»Und was tun wir jetzt?«, fragt Mayla und umarmt ihre Beine. »Wir müssen Alegria ja irgendwie helfen.« Sie hockt am Kopfende auf ihrem Bett und wirkt schwer getroffen.

Lucia sitzt ebenfalls auf ihrem Bett mit dem Rücken zur Wand und Alegrias Kopf auf dem Schoß.

Diese blinzelt nur ab und zu, ansonsten scheint sie weit fort mit ihren Gedanken. Wenn sie überhaupt noch imstande ist etwas zu denken. Noch nie ist mir jemand begegnet, der so lange den Schreien der Meerhexen ausgeliefert war und danach noch gelebt hat. Wenigstens erklärt Alegrias Zustand, warum wir das Versteck nicht finden konnten. Mithilfe ihrer Seele haben die Meerhexen einen Bann über die Grotte gelegt.

Mayla wirkt so hoffnungslos. Wenn ich ihr jetzt auch noch sage, dass man vermutlich nicht mehr viel für ihre Freundin tun kann, könnte ich sie vollständig verlieren.

Im Moment möchte sie von niemandem berührt werden, jedenfalls schreit ihre gesamte Haltung danach. Sie hat sich zurückgezogen und eine kleine Schutzmauer um sich herum aufgebaut.

Ihre Stirn ist von Sorgen zerfurcht, wann immer sie zu ihren Freundinnen schaut.

Celia sitzt neben Kelvin auf der Couch und hält seine Hand. Diese Geste hat nichts Romantisches, mich beschleicht eher das Gefühl, ohne ihre gegenseitige Unterstützung würden die beiden nur noch weinen. Aber sie halten sich tapfer – tapferer, als ich vermutet habe.

Der Einzige, der nicht am Boden zerstört ist, ist Noah und dafür bin ich mehr als dankbar.

Ich selbst hocke auf einem der weißen Plastikstühle von draußen, den ich mir reingeholt habe. Noch wage ich keinen zweiten Versuch, mich Mayla zu nähern, da ihre gesamte Ausstrahlung abweisend wirkt.

Noah stößt sich vom Türrahmen ab und geht langsam auf Mayla zu. Fast rechne ich damit, dass sie wie eine Katze faucht, einen Buckel macht und ihn kratzt. Doch nichts davon geschieht, als sich Noah zu ihr aufs Bett setzt.

Ein dumpfes Gefühl von Eifersucht klopft bei mir an. Sie ist meine Freundin, ich sollte jetzt bei ihr sein, doch ich kann nicht zu ihr durchdringen. Oder kann ich mich selbst nicht durchringen, zu ihr zu gehen? Ich kenne Mayla, ich fühle mich seit unserer ersten Begegnung mit ihr verbunden. Sogar noch davor. Seit ich auf der Klippe stand und diese kreischende Gruppe von Mädchen gesehen habe. Also warum kann ich es Noah nicht gleichtun, mich zu ihr setzen und ihre Hände in meine nehmen? Sie beruhigen und ihr Mut zusprechen. Eigentlich kenne ich die Antwort schon. Denn die ganze Zeit habe ich im Hinterkopf, dass sie ein Mensch ist.

***

Noah setzt sich zu mir aufs Bett und nimmt meine Hände in seine. Nur ein kurzer Druck, dann lässt er sie wieder vorsichtig auf meine Knie sinken.

Ich bin nicht schwach und auch nicht zerbrechlich, obwohl ich diese Befürchtung in Atlans Miene lesen kann. Es ist nur viel passiert. Ich brauche Zeit, damit ich alles verarbeiten und eine Lösung für Alegria finden kann. Sie so zu sehen, bricht mir mein Herz, was, wohlgemerkt, sowieso schon in Scherben liegt.

»Das ist auch für uns neu, aber wir werden eine Lösung finden. Alegria lebt, Lucia ist gerade noch rechtzeitig gekommen«, sagt Noah, dann macht er eine Kopfbewegung in ihre Richtung.

Alle Blicke im Raum richten sich auf meine beste Freundin. Wir hatten keine Zeit, über irgendetwas zu reden, und auf einmal ist sie da – diese Mauer zwischen uns. Sie ist die Sirenenprinzessin, das ist ihr Schicksal, von dem ich dachte, es wäre meins. Ich schäme mich für meine Gedanken. Mein ganzes Leben lang kenne ich Lucia schon, ich weiß, dass sie das nicht will. Doch wir müssen den Tatsachen ins Auge blicken.

Noah lächelt mich aufmunternd an. Vielleicht bin ich zu einfach gestrickt, aber das reicht aus, dass ich meine Beine loslasse und sie von mir strecke. Ich kann mich nicht selbst bemitleiden, wenn gerade so viel Schlimmeres passiert ist. Was bin ich für ein schlechter Mensch, dass ich mich nur mit der Frage nach meinem Schuldanteil an dieser Misere auseinandersetze, während meine beiden besten Freundinnen völlig neben der Spur sind?

Lucia hat noch nichts gesagt, seit sie so laut aufgeschrien hat, dass selbst das Wasser sich verdunkelt hat.

»Danke«, sage ich zu Noah und rutsche von meinem Bett, um mich neben Lucia und Alegria zu setzen.

»Wir kriegen das hin, Lucia.« Vorsichtig streiche ich ihr über den Kopf. »Wir haben bisher alles gemeistert, das hier schaffen wir auch.«

Ihre Unterlippe zittert, als sie sich unvermittelt in meine Arme wirft und mich fest an sich drückt. Zart streiche ich ihr über den Rücken.

»Wir werden Alegrias Seele retten.«

Kelvin macht den Mund auf. Ich weiß nicht, was er sagen will, aber im Moment sehe ich nur seine düstere Ausstrahlung. »Und wenn wir einen völlig neuen Weg erfinden. Wir werden sie retten«, füge ich hinzu, bevor er etwas sagen kann, was unser aller Hoffnung wieder schmälert.

Damit schließt er den Mund und nickt.

»Aber wie geht es jetzt weiter?«, fragt Celia mit rauer Stimme. Sie schaut durch die Terrassentür nach draußen, wo die Mittagssonne brennt und Kinder vor Freude quietschen und jubeln.

Hier drin ist das Getöse der Klimaanlage das einzige Geräusch. Am liebsten würde ich sie abstellen, aber dann wäre es im Zimmer nicht auszuhalten.

Atlan räuspert und erhebt sich, um den weißen Plastikstuhl zu drehen, sodass er nun verkehrt herum darauf sitzt.

Ich habe Angst davor, mit ihm allein zu sein, nicht weil ich mich vor ihm fürchte, sondern vor dem, was er tun oder sagen könnte. Auch wenn er es zu verbergen versucht, etwas hat sich verändert und das in der Sekunde, als Lucia aufgeschrien hat.

»Die Meerhexen wissen jetzt, wer die Sirenenprinzessin ist.« Er hat wieder seinen autoritären Ton aufgelegt. »Und sie werden alles daransetzen, Lucia zu vernichten.«

Ich schnaube und drücke Lucia noch enger an mich.

»Was?«, fragt Atlan.

Seit wann muss er fragen, was ich meine?

»O Mann, Atlan. Lucia hat eh schon Angst, also ein bisschen sachte bitte«, sage ich und deute auf das schlotternde Bündel in meinen Armen.

»Sie muss es so schnell wie möglich verstehen. Wir müssen sie nach Aquarta bringen, zu ihrer Mutter und ihrem Volk. Aber die Meerhexen werden das verhindern wollen. Denn nur durch sie werden wir diesen Krieg gewinnen.« Er redet sich immer weiter in Rage, aber er denkt dabei nicht an Lucia.

Ich springe auf und stelle mich ihm gegenüber. »Aber bloß keinen Druck aufbauen. Du verängstigst sie total.«

»Du hattest auch keine Angst.«

Wir stehen einander so nah, dass nur einer sich ein wenig nach vorn beugen müsste, um den anderen zu küssen. Stattdessen starren wir uns nieder und niemand ist bereit, auch nur einen Millimeter von seinem Standpunkt abzuweichen.

»Sie ist aber nicht ich!«, fauche ich.

»Offensichtlich! Sie ist die Prinzessin und du nicht.«

Das hat gesessen.

Wieder ist nur das Getöse der Klimaanlage zu hören und niemand sagt ein Wort.

»Streitet euch nicht.« Lucias zarte Stimme hat kaum Kraft, um gegen unsere lauten anzukommen.

Ich beiße die Zähne zusammen und versuche den Schmerz niederzukämpfen, den mir seine Worte bereitet haben. Atlan macht ein überraschtes Gesicht, dann breitet sich ein entschlossener Ausdruck aus, der mich näher zum Abgrund drängt. Atlan macht einen Schritt zurück und presst die Hand gegen sein Gesicht. »Shit.«

Noah ist der Erste, der sich wieder regt. »Ich denke, Atlan wollte sagen, dass wir Lucia trainieren müssen, damit wir alle unbeschadet in Aquarta ankommen.«

»Ihr vier, oder? Mayla und ich sind aus diesem Abenteuer wohl raus«, sagt Celia und wendet sich zum ersten Mal vom Fenster ab. In einer fließenden Bewegung steht sie auf und lässt Kelvins Hand los. »Ich gehe jetzt duschen, damit dieses schreckliche Salz endlich von meiner Haut verschwindet.« Damit schiebt sie die Terrassentür auf und bleibt mit dem Rücken zu uns stehen. Die Sonne wirft ihren Schatten in den Raum. »Und das mache ich in meinem Zimmer, allein. Oder wollt ihr mir einen neuen Wachschutz zur Seite stellen, der sich wieder in meinen Armen auflöst?« Ihren Schmerz hört man aus jeder Silbe heraus. Dann tritt sie nach draußen und knallt die Tür zu.

»Das war wohl eine rhetorische Frage«, seufzt Noah und vergräbt den Kopf in den Händen.

Ich will ihr hinterhergehen, doch Lucia greift nach meiner Hand und hält mich auf.

»Nicht, sie braucht Zeit für sich.« Noch immer zittert sie und trotzdem sorgt sie sich um Celia. Bestürzt stimme ich ihr zu, selbst jetzt kann Lucia ihre Emotionen so viel besser lesen, als ich es je könnte. Dennoch verbeißt sich der Gedanke in meinem Kopf, dass Daxton Celia einfach gefolgt wäre, stumm und beschützend.

Kapitel 22

Positives Nummer 22: Nein, ich kann das im Moment nicht

»Worüber wolltest du mit mir reden?« Ich will diese Frage nicht stellen, aber wir können auch nicht ewig von der Aussichtsplattform hinunterschauen und schweigen. Irgendwann wird das Mittagessen vorbei sein und die Urlauber kehren zurück zu ihren Liegen. Hier stand ich vor ein paar Tagen mit Lucia, noch nichts von der Existenz der Sirenen oder Meerhexen ahnend.

Atlan knetet schon die ganze Zeit seine Hände, nach meiner Frage hört er damit auf und ballt sie zu Fäusten. Dann wendet er sich mir zu und mir verschlägt es die Sprache. Ich weiß nicht, worauf ich mein Herz vorbereiten muss.

Seine Fingerspitzen berühren sanft meine Wange, ich kann seine Emotionen wie kleine Stromschläge spüren.

»Ich liebe dich«, sagt er.

Etwas in seinen Augen hält mich davon ab, es zu erwidern.

»Aber ich muss jetzt für Lucia da sein. Meine Pflichten gegenüber der Krone haben höchste Priorität.«

»Was willst du mir damit sagen?« Vielleicht ist es naiv, noch mal nachzufragen, aber ich kann das hier gerade nicht glauben. Ich habe noch nicht einmal realisiert, was in den letzten Stunden geschehen ist. Er wird mich doch nicht fallen lassen, nur weil ich nicht die Sirenenprinzessin bin, oder? Oder?!

Der sonst warme Wind fühlt sich plötzlich kalt an und ich bereue es, dass ich keine Jacke dabeihabe.

Als er vorbeikam, habe ich mir nur schnell ein Kleid über meinen Badeanzug geworfen und bin in die Flipflops geschlüpft.

Atlan atmet tief durch und auch wenn ich sehe, dass es ihm schwerfällt, kann ich gerade kein Verständnis für ihn aufbringen.

»Mein gesamtes Leben dreht sich um meine Loyalität gegenüber der Krone und meiner Königin. Meine Mission war es, die Sirenenprinzessin zu finden. Ich habe mich dabei in dich verliebt und mich davon ablenken lassen. So wäre mir fast die wahre Sirenenprinzessin entgangen. Du hast keine Vorstellung, wie wichtig sie für uns ist.«

»Doch, weil du es mir gesagt hast. Nur mit ihr könnt ihr diesen Krieg gewinnen.« Ich kann nicht atmen. Alles in mir zieht sich zusammen.

»Dann verstehst du es also«, wispert er und schaut herunter.

»Nein, tue ich nicht.« Jedes Wort fällt mir schwer und jeder Atemzug ist ein kleiner Kampf.

Warum sieht Atlan gerade aus, als würde ihm das Herz herausgerissen werden, obwohl er es ist, der mit einem Dolch auf meines losgeht?

»Es hängen zu viele Leben davon ab, dass ich Lucia beschütze. Außerdem bist du ...« Er bricht ab und ich schlage gegen seinen Oberarm.

»Sag es. Was bin ich?« Die Tränen stehen mir in den Augen, dennoch will ich es hören. Diese kleine dumme Hoffnung in mir, die immer da ist, egal in welcher Lebenslage, versucht Erklärungen zu finden, Argumente, warum wir trotz allem zusammen sein können.

»Ein Mensch. Du bist ein Mensch.« Es klingt wie ein Schimpfwort aus seinem Mund.

»Es ist verboten, sich in Menschen zu verlieben, denn so hat der Krieg zwischen den Meerhexen und den Sirenen begonnen. Wir hassen einander nicht grundlos.«

Ich umfasse seine Schultern. »Aber warum kann dann die Liebe zwischen einem Menschen und einer Sirene den Krieg nicht beenden?« Selbst an diese Hoffnung klammere ich mich, an diesen winzigen Funken. Bitte lass mich nicht fallen. Ich bin erbärmlich, das ist mir klar. Hätte ich Celias Stolz, würde ich mich aufraffen und gehen. Aber Atlan war der Erste, der an mich und mein Schicksal glaubte, der mich für etwas Besonderes hielt.

»Das ergibt keinen Sinn, Mayla. Ich muss jetzt Lucia beschützen, das ist die Geschichte.«

Ich lache trocken auf. Das ist doch absurd. Unkontrollierbar steigt ein Gefühl in mir auf, das ich nicht zulassen will. Der pure Neid auf meine beste Freundin. Sie bekommt nicht nur die Hauptrolle in diesem Stück, sondern auch meinen Prinzen. Ich hasse mich für diese Empfindungen, gerade weil ich Lucia kenne, besser als mich selbst. Doch jetzt muss ich hier weg.

Ich werde nicht rennen, so klischeehaft bin ich nicht. Daher gehe ich entschlossen Richtung Fahrstuhl und lasse ihn einfach stehen.

»Mayla.« Er greift nach meinem Arm, doch ich entreiße ihm diesen sofort wieder. Wie hat er sich das vorgestellt? Dass ich ihm die Hand gebe und mich für die schöne Zeit bedanke?

»Fass mich nicht an und komm mir nicht hinterher«, fauche ich und entschließe mich lieber die Treppen zu nehmen.

Zurück ins Zimmer kann ich nicht, es geht einfach nicht. Geräuschvoll schniefe ich und wische mir grob über die Augen, ehe ich den Weg zum Strand einschlage. Egal was geschehen ist, egal wie groß meine Angst vor dem Meer sein sollte, mit all seinen Kreaturen und was auch immer darin schlummert, ich kann nicht anders, als in ihm Trost zu suchen.

Mein Kleid und die Flipflops lasse ich auf einem der trockenen Felsen zurück. Das Wasser umspült meine Füße und ich warte darauf, dass die Glücksgefühle einsetzen. Doch sie bleiben aus. Vielleicht wenn ich weiter rausschwimme und vollständig vom Ozean umgeben bin, vielleicht spülen die Wellen dann meine Trauer fort. Einen Versuch ist es wert.

Also wate ich tiefer, bis das Wasser mir bis zum Bauch steht. Etwas stößt gegen meine Fingerspitzen. Ich greife danach und ziehe einen durchsichtigen Plastikbecher aus dem Wasser. Das ist doch wohl ein schlechter Scherz … Wofür kämpfe ich eigentlich? Mit großen Schritten und gesenktem Kopf stampfe ich also zurück an Land und lege diesen blöden Becher auf meinen Sachen ab.

»Du verdammtes Universum«, fluche ich leise und stürze mich, zurück im Meer, kopfüber in die Fluten. Ich tauche so lange, bis meine Lungen protestieren, und hole nur Luft, um danach wieder vollständig vom Wasser umgeben zu sein.

Es ist mir egal, wohin mich mein Weg führt. Ich will einfach einen Zug nach dem anderen machen und weiterschwimmen.

Nachdem ich die Bucht verlassen habe, wende ich mich nach links und schwimme an der Grotte vorbei. Meine Tränen sind mittlerweile versiegt, vielleicht sitzt der Schock noch zu tief.

Ich bin nicht die Sirenenprinzessin, ich bin nichts Besonderes. Meine Mutter ist keine Königin und hatte somit keinen plausiblen Grund, mich auszusetzen. Sie hat mich einfach so weggeworfen. Wie etwas, das man seit Kurzem besitzt und doch wieder aussortiert, weil es nicht passt oder man Platz für Neues schaffen will. Ich bin wie der Müll, gegen den ich schon mein halbes Leben ankämpfe, damit er an den richtigen Platz kommt. In einen Mülleimer. Vielleicht sollte auch ich akzeptieren, dass mein Platz nicht in einem Schloss ist oder an einer besonderen Position.

Ich schwimme, bis ich die Erschöpfung in meinen Knochen spüre. Dann drehe ich mich auf den Rücken und lasse mich treiben, beobachte die vorbeiziehenden Wolken. Sollte ich nicht so angsterfüllt sein wie Lucia, jetzt, wo ich die hässliche Seite des Meeres gesehen habe?

Ich hebe meinen rechten Arm und lasse Salzwasser an ihm entlanglaufen. Verfolge jeden Tropfen mit den Augen. Wie könnte ich Angst vor etwas haben, das mich mein Leben lang glücklich gemacht hat? Es gibt auch schreckliche Kreaturen an Land. Fürchte ich mich deshalb davor, wieder einen Fuß auf festen Boden zu setzen? Nein. Warum sollte es mir also hier anders gehen?

Meine Kräfte haben mich verlassen und nach dem Stand der Sonne zu urteilen, bin ich sehr lange geschwommen. Dieselbe Strecke zurück schaffe ich sicher nicht.

Seufzend drehe ich den Kopf zur Seite. Ein Strand ist in der Nähe, von dort aus gelange ich bestimmt irgendwie zum Hotel. Ganz durchdacht war meine Aktion ja nicht. Ich lockere die Schultern, ehe ich die letzten Meter zum weißen Sandstrand überbrücke. So weit bin ich also geschwommen, dass es hier statt schwarzem hellen Sand gibt.

Viele Familien sitzen zusammen, scherzen und lachen gemeinsam. Normalerweise schert mich so ein Anblick nicht mehr, doch heute verletzt er mich. Ich habe geglaubt, meine Mutter gefunden zu haben, nur um dann festzustellen, dass es Lucias ist – die bereits eine Mutter hat.

Wütend stampfe ich durch den Sand, der an meinen Füßen kleben bleibt. Ich bin tropfnass, habe kein Handtuch dabei, geschweige denn Schuhe, Papiere, Geld oder ein Handy. Ja, ich hatte schon bessere Ideen.

Zuerst sollte ich herausfinden, wo ich bin. Schlussfolgerung Nummer eins: Eine Straße ist ein guter Anhaltspunkt. Irgendjemand muss es gut mit mir meinen, denn es ist noch so warm, dass langsam das Salzwasser auf meiner Haut trocknet.

Der Strand ist nicht besonders groß, weshalb mir die Straße direkt auffällt, und ich habe noch mehr Glück, denn dies hier scheint ein beliebter Touristenort zu sein. Und wo Touristen sind, sind auch Bushaltestellen. Sehr gut, Mayla, positiv denken!

Die Bushaltestelle befindet sich direkt vor einem Eiscafé, das ich in nasser Badekleidung natürlich nicht betreten darf. Kein Problem, Geld habe ich sowieso nicht dabei.

Gott sei Dank habe ich Alegria bei ihren Vorträgen doch ein wenig zugehört, sodass ich weiß, wie unsere kleine Bucht heißt.

Wieder versuche ich das Bild von ihrem leichenblassen Gesicht aus meinen Gedanken zu schieben. Wenn ich hier mitten auf der Straße einen Nervenzusammenbruch erleide, hilft das niemandem, am allerwenigsten mir.

Zum Himmel betend werfe ich einen Blick auf die Abfahrtszeiten. Ich kann mein Glück kaum fassen, tatsächlich fährt dieser Bus zu meinem Hotel, wenn auch erst in einer halben Stunde. Aber das macht nichts.

Ich setze mich hin und bemerke, dass ich jetzt viel zu viel Zeit zum Nachdenken habe. Das ist nicht gut.

***

Endlich kommt der Bus in Sicht, hätte nicht gedacht, dass ich mal so froh wäre ein Teufelsgefährt vorfahren zu sehen. Mit einem nicht gerade vertrauenserweckenden Quietschen öffnen sich die Türen und der Fahrer mustert mich mit hochgezogenen Augenbrauen.

Danke, ich weiß selbst, wie ich aussehe. Ich hatte genug Zeit, mein Spiegelbild in der Glasfront des Cafés zu betrachten.

»Das macht dann drei Euro.«

Jetzt kommt der schwierige Teil.

»Könnte ich sie am Hotel bezahlen? Leider habe ich kein Geld dabei.«

Wieder mustert er mich von oben bis unten.

»Sehe ich aus wie die Wohlfahrt? Außerdem bist du nass und versaust mir die Sitze.« Damit schließt er die Türen und fährt davon, während ich mit offenem Mund zurückbleibe. Tief atme ich durch die Nase ein und aus, dabei beiße ich so fest die Zähne aufeinander, dass es mich schmerzt.

Kein Problem, davon werde ich mich nicht aufhalten lassen. Ich habe zwei Begegnungen mit Meerhexen überlebt, das spricht für meinen Überlebenswillen. Und wenn es sein muss, werde ich eben zurücklaufen – mit nackten Füßen und keinem Plan, wohin.

Eine weitere Stunde später hält der nächste Bus, ich bin mittlerweile trocken, dafür hungrig und verdammt durstig.

Die Tür geht auf und ein weiterer Busfahrer starrt mich an.

»Drei Euro«, sagt er und die Skepsis springt mir förmlich entgegen.

»Hören Sie, ich weiß nicht, wo ich bin, habe kein Geld, Hunger und Durst. Mein Freund hat mich wegen meiner besten Freundin verlassen, langsam wird es kalt und ich habe nichts zum Anziehen außer diesem Badeanzug. Bitte, ich bezahle Sie doppelt und dreifach im Hotel.«

»Oje, wenn ich mir dich so anschaue, stimmt die Geschichte wahrscheinlich sogar. Steig schon ein.«

»Danke, tausend Dank.«

Noch nie in meinem Leben war ich so froh in einen Bus zu steigen. Die Türen schließen sich und die anderen Fahrgäste starren mich an, doch das ist mir egal. Ich habe eine Chance, in das Hotel zurückzukehren.

Die letzte Reihe ist noch frei, weshalb ich während der holprigen Anfahrt nach hinten schwanke.

Wir sind noch nicht einmal hundert Meter gerollt, als mich die vertraute Übelkeit begrüßt. Mit einem Plumpsen lasse ich mich auf die schon durchgesessenen Sitze fallen.

Es gibt keine Klimaanlage in dem älteren Bus, aber vielleicht ist das auch gar nicht so schlecht.

Erst jetzt wird mir klar, dass ich völlig allein bin, wenn Lucia mit den Sirenen nach Aquarta schwimmt und Alegrias Zustand unverändert bleibt. Niemand wird mehr da sein, um mich zu halten, wenn ich im Bus sitze oder etwas anderes bewältigen muss. Außerdem zerfrisst mich noch immer der Neid auf Lucia. Denn sie bekommt nicht nur eine richtige Familie, Superheldenkräfte und kann bei den Jungs bleiben – nein, sie bekommt auch noch Atlan. Mein ganzes Leben lang bin ich schon auf der Suche nach Liebe, etwas, was mir als Kind verwehrt wurde. In Atlan habe ich sie gefunden und was für eine Liebe. So etwas Vertrautes habe ich nie zu hoffen gewagt. Er ist jemand, der mich wortlos versteht, bei dem ich zur Ruhe kommen kann. Auch jetzt spüre ich noch diese tiefe Verbundenheit zu ihm.

Ich weiß, dass Lucia nichts von dem wollte, was geschehen ist. Sie hat sich ehrlich für mich gefreut, als ich dachte, dass ich etwas Besonderes sei und meine Bestimmung gefunden hätte. Doch ich kann nicht anders, als neidisch auf sie zu sein. Und wütend.

Dann werde ich wütend auf mich selbst. Ich werde sie verlieren. Weil ich so schwach bin und meine Gefühle nicht kontrollieren kann. Vielleicht ist das heute sogar die schlimmste Erkenntnis. In diesem Moment kommen mir wieder die Tränen.

***

Unterwegs halten wir mehrere Male, aber ich sehe nicht raus, sondern versuche einfach nur angestrengt nicht zu kotzen, während ich mir die Seele aus dem Leib heule. Bestimmt kein schöner Anblick.

Ich habe keine Ahnung, wie weit wir noch vom Hotel entfernt sind, als sich nach einem weiteren Halt jemand vor mir aufbaut.

»Hab ich dich gefunden.«

Celia steht wie aus dem Ei gepellt vor mir. Sie hat sich geschminkt, steckt in einem schicken Outfit und wenn ich mich nicht täusche, sind sogar ihre blonden Haare gelockt.

Sie schiebt mich ein wenig unsanft zur Seite, sodass sie sich neben mich fallen lassen kann.

»Wie hast du mich gefunden?« Ob sie mich überhaupt versteht, ist fraglich, da ich nach jedem Wort schluchze.

»Atlan hat uns erzählt, was passiert ist.« Ungefähr das Letzte, was ich hören wollte, aber ich sehe keinen Sinn, sie dafür zu unterbrechen. Ruckartig zieht mich Celia an sich heran, sodass ich mich gegen sie lehnen kann. »Lucia wusste, dass du Verrückte natürlich sofort schwimmen gegangen bist. Ich habe es nicht glauben wollen, aber gut, du bist schließlich nicht normal. Noah hat dich im Wasser geortet und nachdem er wusste, wo du warst, hat er uns Bescheid gegeben. Ich habe beschlossen, dass ich die einzige richtige Wahl bin, um dich wieder nach Hause zu bringen. Daher habe ich allen gesagt, dass ich sie umbringen werde, wenn auch nur einer von ihnen dir auf die Pelle rückt. Und siehe da, du bist sogar von allein in den Bus gestiegen.«

Wow, damit hätte ich nicht gerechnet, aber sie hat recht. Ich hätte nicht gewollt, dass mich einer der Jungs so sieht, nur bei Celia ist es mir egal.

Sie streicht mir jetzt sogar über den Arm, um mich zu beruhigen.

»Wie kannst du mich nach alldem nicht verabscheuen?« Ich muss sie das einfach fragen. Es ist auch meine Schuld, dass Daxton gestorben ist. Den Anblick der beiden, eng umschlungen und einander festhaltend, werde ich nicht vergessen.

»Mayla, niemand konnte das ahnen.« Sie wirft ihre Locken zurück und eine Wutfalte entsteht zwischen ihren Augenbrauen. »Natürlich bin ich wütend, aber nicht auf dich. Das Schicksal hatte seine Hände im Spiel. Ich bereue nur, dass ich Dax nicht besser kennenlernen konnte. Außerdem werden wir jetzt nie erfahren, ob ich wirklich nur von seinen Genen verzaubert war oder von ihm.« Sie stockt und dreht eine Locke um ihren Finger. »Jedes Mal, wenn ich in Kelvins traurige Augen sehe, zerreißt es mir das Herz.«

Ich lehne mich vollends gegen sie. Ihre Nähe tut mir gut, es ist zwar anders als bei Lucia und Alegria, aber es hilft.

»Ich denke, es lag nicht nur an den Sirenenkräften«, sage ich nach einer Weile.

»Wie kommst du darauf?«

»Die Angestellte an der Rezeption oder Alegria haben ein Stück von sich selbst verloren und nur noch einen der Jungs angehimmelt. Aber du warst genauso nervig und zickig wie davor.«

Ich lache auf, als sie mich spielerisch in die Seite zwickt und böse anfunkelt.

»Außerdem denke ich, wenn du tiefe Gefühle empfindest, egal aus welchem Grund, dann sind sie auch echt.«

»Danke, Mayla.«

»O nein, ich danke dir.«

Dann schlafe ich ein und zum ersten Mal seit Langem können mein Körper und Geist abschalten. Ich vertraue Celia, sie wird schon auf mich aufpassen.

***

»Du Idiot, was hast du dir dabei gedacht, sie gerade jetzt abzuservieren?« Ich eskaliere schon zum dritten Mal innerhalb von zwei Stunden. Im Moment kann ich mein fröhliches Gemüt nicht aufrechterhalten. Ich war bereit auf alles zu verzichten. Wenn Atlan endlich die große Liebe gefunden und es Mayla auch noch glücklich gemacht hätte, dann wäre es okay gewesen. Aber jetzt verstehe ich die Welt nicht mehr.

»Sie ist ein Mensch, Noah!« Atlan ist ebenso ungehalten wie ich.

Unsere beiden Zuschauer, Lucia und Kelvin, sitzen auf der Couch, beide umarmen jeweils ein Kissen und greifen immer wieder in die Schüssel mit Erdnüssen. Übrigens ist das die dritte Schale. Eine habe ich gegen die Wand gepfeffert, die andere ist bei einer kurzen Prügelei zwischen Atlan und mir zerbrochen.

»Das sagtest du bereits.«

Noch immer kann ich nicht fassen, dass Atlan Mayla heute auch noch das aufgebürdet hat. Musste sie nicht schon genug für einen Tag durchmachen? Selbst ein Blinder hätte gesehen, dass es sie schwer mitgenommen hat, dass sie nicht die Prinzessin ist.

»Weil es stimmt. Sie ist ein Mensch, deshalb dürfen wir – ich betone, WIR – keine Gefühle für sie hegen.«

»Komm mir nicht auf die Tour. Ich habe mich brav zurückgehalten, nachdem du es mir befohlen hast.« Schon wieder bin ich kurz davor, auf ihn loszugehen, die Frage ist nur, wie viele Schläge hält dieses Hotelzimmer noch aus?

»Wusstest du, dass beide auf Mayla stehen?«, wispert Lucia in Kelvins Ohr und greift wieder zu den Erdnüssen.

»Nein, ist mir auch neu.«

»Wir können euch hören«, gifte ich und die beiden schrecken sogar vor mir zurück. Besser so.

Atlan hat darauf bestanden, dass Lucia bei ihm im Raum bleibt, wo er sie unter keinen Umständen aus den Augen verlieren kann. Und nur Kelvin rauszuwerfen, kam mir dann auch kindisch vor. Seitdem streiten wir uns immer mal wieder, während wir uns überlegen, wie wir Lucia unbeschadet nach Aquarta bekommen.

Ich mache eine wegwerfende Handbewegung. »Nur weil dieser beschissene Krieg angefangen hat, weil sich irgendeine Sirene mal in einen Menschen verliebt hat, heißt das noch lange nicht, dass dieses Verbot deshalb gerechtfertigt ist von *unserer königlichen Hoheit.*« Bei den letzten drei Worten äffe ich Atlan nach, wie er immer voller Ehrfurcht über sie redet. Als kleines Extra bekommt er wieder mal eine Faust ab und die nächste Prügelei ist im vollen Gange.

Lucia hat zu Beginn noch versucht uns beide zu trennen, doch Kelvin hat sie irgendwann davon überzeugt, dass es reine Zeitverschwendung ist.

Wenig später sitzen Atlan und ich mit jeweils einem Eisbeutel im Gesicht auf dem Boden im Zimmer. Kelvin und Lucia waren so nett, uns welche von der Rezeption zu holen. Noch immer kann ich nicht glauben, dass sie die Prinzessin ist. Aber seit ihrem Ausbruch in der Grotte ist es mehr als deutlich. Sie hat das Siegel mit ihrer eigenen Willenskraft aufgebrochen.

»Ich verstehe trotzdem nicht, wie du Mayla so plötzlich von dir stoßen kannst«, murmle ich vor mich hin, während wir die gebastelten Figuren von Kelvin für unsere Strategie von A nach B schieben.

»Argh, du machst mich wahnsinnig!«

»Dann sag mir einfach die Wahrheit.«

»Schön!« Atlan zwickt sich in die Nasenwurzel und seufzt schwer. »Sie ist ein Mensch.« Ich will schon wieder auf die Barrikaden gehen, doch versuche mich einen Moment zusammenzureißen, in welchem Atlan fortfährt: »Ganz davon abgesehen, dass es verboten ist und die Königin das sicher nicht gutheißen würde, hat sie mich von meiner Mission abgelenkt. Dafür dass ihre Liebe nicht mal echt ist.«

Nicht nur ich werde hellhörig, auch Lucia stutzt und rückt bis an die Kante der Couch vor.

»Seit unserer ersten Begegnung habe ich sie mehrmals mit meinen Kräften konfrontiert, damit sie uns hilft, was sie getan hat. Als wir dann alle dachten, sie wäre die Sirenenprinzessin, ging ich davon aus, dass meine Kräfte keinen Effekt auf sie hatten und sie uns aus freien Stücken geholfen hat. Dabei ist sie einfach nur meinem Charme erlegen. Wenn sie die Prinzessin gewesen wäre, dann wären ihre Gefühle real gewesen.« Er steht auf und rauft sich die Haare. Selten habe ich ihn so verloren gesehen, mit seinen Nerven am Ende. Es war für uns alle ein harter Tag. »Sie ist ein Mensch und damit sind alle Gefühle, die sie mir gegenüber hegt, von meiner Magie erzwungen.«

Dazu fällt mir dann auch nichts mehr ein. Mitleid gewinnt langsam die Oberhand in meinem Inneren, weil ich genau weiß, wie sehr Atlan immer mit seiner Wirkung auf die Menschen gekämpft hat.

»Mayla ist hier«, sagt Atlan aus dem Nichts heraus und die Verwunderung steht allen ins Gesicht geschrieben. Atlan zuckt mit den Schultern und lacht freudlos auf. »Tja, dieses ganze Seelenverwandtschaftsding funktioniert trotzdem noch. Ich kann spüren, wo sie sich befindet. Außerdem höre ich den Bus.«

Wenig später stehen wir alle vor der Lobby, wo ein klappriges Gestell ankommt, das kaum den Namen Bus verdient hat.

Lucia hat in weiser Voraussicht Geld mitgenommen. Diese Frau denkt wirklich an alles. Ich habe ganz vergessen, dass Mayla ohne Geld oder sonst etwas aus dem Hotel gestürzt ist. Sie reicht es dem Fahrer, während ich mich in das Gefährt wage.

Da ist sie ja. Völlig übermüdet lehnt sie sich gegen Celia, die einen Finger an ihre Lippen legt. Vorsichtig schleiche ich zu den Mädchen.

»Hilf mir mal mit ihr«, wispert Celia und deutet auf die schlafende Mayla. Ihr Gesicht sieht endlich friedlich aus. Ich überlege nicht lang, sondern hebe sie auf meine Arme und trage sie aus dem Bus, gefolgt von Celia.

»Danke fürs Einsammeln«, flüstere ich und ruckel ein wenig hin und her, damit Maylas Kopf gegen meine Schulter fällt.

»Selbstverständlich, ich hätte sie auch vermisst«, erwidert Celia mit einem sanften Blick, »aber sag ihr das bloß nicht.«

»Wie könnte ich?« Es ist verrückt, sobald ich gesehen habe, dass es Mayla gut geht, schlich sich wie von Zauberhand ein Lächeln auf meine Züge. Es war nicht gezwungen oder unecht. Sondern verursacht durch ein ehrliches Gefühl, was mich wie blöde strahlen ließ. Oh, verdammt.

Ich richte das Gesicht zum Meer, wo die Seele meiner Schwester bei Mayim ruht. Sie hat mein Lachen so geliebt, weshalb ich immer noch jeden Tag lache und fröhlich bin. Für sie. Denn wenn sie mich von irgendwo beobachten kann, wäre sie sicherlich traurig, wenn ich das Lachen verloren hätte. Doch als ich das erste Mal Mayla lachen gesehen habe, die jeden Moment genießt, die Vielfalt ihrer Gefühle zeigt, da musste ich noch ein Stückchen ehrlicher grinsen, befreiter.

O Mann, was für eine Situation habe ich mir da nur eingebrockt? Vielleicht bilde ich mir das nur ein, doch ich höre das glockenhelle Lachen meiner Schwester, das immer dann erklang, wenn ich mal wieder in eine ihrer Fallen getappt bin.

Ich schaue auf das schlafende Geschöpf in meinen Armen mit diesen wilden Locken und dem weißen Fleck am Hals. Und ich kann nicht anders, ich muss mir eingestehen, dass ich Gefühle für sie habe.

Kapitel 23

Positives Nummer 23:
Okay, uff, langsam kriegen wir das hier wieder hin

Am nächsten Morgen wache ich schon früh auf, allerdings stelle ich nach einem kurzen Rundumblick fest, dass ich nicht der Erste bin. Gestern haben wir die Matratzen aus unserem Zimmer in das der Mädchen gelegt, denn niemand wollte nach so einem Tag allein schlafen. Auch Celia hat es sich hier gemütlich gemacht und die ganze Nacht Alegrias Hand gehalten. Die beiden Mädchen liegen unverändert da, bei Alegria wundert es mich ehrlich gesagt nicht, aber auch Celia hat sich kein Stück bewegt, seit wir schlafen gegangen sind.

Nur Maylas Bett glänzt durch gähnende Leere. Es ist noch frisch draußen, aber auch ohne dieses Seelenverwandtschaftsding weiß ich genau, wo sie steckt.

In meinem Kopf habe ich Atlan für diese Bemerkung gestern noch die Zunge rausgestreckt. Aber ich sehe auch, wie sehr er unter der Situation leidet. Jetzt liegt Atlan vor Lucias Bett und nur seine leisen Atemzüge zeugen davon, dass er noch lebt.

Vorsichtig steige ich über meine Freunde hinweg und schnappe mir ein Handtuch sowie eine Flasche Wasser. Dann folge ich mal wieder dem Weg mit den vielen Stufen nach unten zum Meer.

Die Sonne versucht mit ihren Strahlen die Kälte der Nacht zu vertreiben, doch es ist noch zu früh, als dass sie wirklich Erfolg hätte.

Ich kann nicht anders, ich muss dümmlich grinsen, als ich zwischen den Wellen Mayla ausmache, die schon wieder schwimmt. Man müsste meinen, nach gestern hätte sie genug vom Meer, aber sie krault unerbittlich weiter.

Das Wasser müsste sich eiskalt für sie anfühlen, während mir tiefe Temperaturen nichts ausmachen.

Ich setze mich neben einen Kleiderhaufen, der verdächtig nach Maylas Sachen aussieht, und warte geduldig ab.

Nach einer Weile stapft sie mit blauen Lippen aus dem Wasser. Sie sieht traurig aus, doch der Ausdruck verschwindet, als sich unsere Blicke treffen.

»Noah, was machst du denn hier?«, fragt sie im Laufschritt.

»Offensichtlich habe ich dich gesucht. Man kann dich echt keine Sekunde unbeobachtet lassen, so schnell bist du wieder im Meer verschwunden.« Ich reiche ihr das Handtuch, das sie mit einem breiten Grinsen entgegennimmt.

»Wohl wahr.« Mit geübten Bewegungen trocknet sie zuerst ihre Beine ab und wringt anschließend ihre Haare aus, ehe sie diese abtupft. Als sie fertig ist, werfe ich ihr die Wasserflasche zu, die sie gerade noch auffangen kann.

»Ich weiß, du magst keine Plastikflaschen, aber es waren die einzigen im Zimmer. Jetzt schau nicht so überrascht, ich höre dir auch ab und an zu.«

»Ich habe doch gar nichts gesagt«, erwidert sie schmunzelnd, öffnet den Verschluss und nippt an der Flasche, ehe sie sich zu mir in den Sand setzt. Auch das mag ich an ihr. Es ist ihr egal, dass ihr Po voller Körner sein wird oder sie sich schmutzig machen könnte.

»Also?« Die Frage klingt beiläufig, während sie den Blick auf das Meer richtet. »Ist es jetzt dein Job aufzupassen, dass ich keinen Blödsinn mache?« Sie zieht die Beine an, streckt einen Arm aus und legt den Kopf seitlich auf ihren Knien ab.

»Meinst du nicht, dass ich dafür der ungeeignetste Kandidat wäre?«

Sie sieht so schön aus in der Morgensonne. Ich habe wirklich versucht meine Gefühle für sie abzustellen, aber wenn sie so nah neben mir sitzt, fällt es mir unwahrscheinlich schwer.

Wieder trinkt sie einen Schluck. »Auch wieder wahr. Du würdest mich eher unterstützen.«

»Und deinen Plan verbessern.«

»Er wäre schon perfekt.«

»Wirklich?« Belustigt pike ich ihr in die Seite. »Und was war das gestern?«

Auffordernd legt sie den Kopf schief. »Wieso? Ich bin wieder hier, also hat alles irgendwie geklappt.«

Ich will ihr widersprechen, doch sie kommt mir zuvor. »Danke, dass du mich gestern gesucht hast.«

»Wenn ich es verhindern kann, geht mir kein weiteres Schäfchen verloren.«

»Ich hätte nicht weglaufen sollen. Es tut mir leid.«

»Du hattest allen Grund dazu.«

Nachdenklich wiegt sie den Kopf hin und her. »Ja, das stimmt.«

Es kommt mir nicht falsch vor, hier mit Mayla zu sitzen, aber das schlechte Gewissen nagt an mir, weil Atlan und Mayla in meinen Augen zusammengehören. Sie ergänzen einander perfekt.

Mayla streckt sich ausgiebig. »Ich liebe das hier. Es ist so wunderschön. Wir sollten die anderen herholen, damit sie es sehen können. So einen Tagesanbruch sollte niemand nach solchen Erlebnissen wie gestern verpassen.«

Noch vor wenigen Stunden hat Atlan ihr das Herz gebrochen, Maylas Hoffnungen und Träume haben sich in Luft aufgelöst und sie hat vermutlich zum ersten Mal gesehen, wie jemand gestorben ist. Dennoch rappelt sie sich jetzt hoch und ist wieder voller Hoffnung für den neuen Tag.

Instinktiv greife ich nach ihrer Hand und halte sie auf.

»Wie machst du das?«

»Was denn?«, fragt sie und hält in ihrer Bewegung inne.

»Nach allem, was passiert ist, lachst du und willst die anderen hinzuholen. Wie kann man so positiv sein?« Nachdem durch die Ermordung meiner Familie für mich eine Welt zusammengebrochen ist, war ich Monate mies gelaunt. Bis ich das Lachen meiner Schwester zwischen dem Rauschen der Wellen gehört habe. Erst dann konnte ich mich wieder aufrappeln.

»Weißt du, Noah, in siebzig Jahren bin ich vielleicht nur noch eine Erinnerung bei meinen Liebsten. Also bei meinen Kindern, die ich dann haben werde, und meinen Enkeln.

Und in einhundertzwanzig Jahren wird niemand mehr an mich denken. Wir alle werden einfach vergessen sein. Es gibt nur wenige Menschen, an die sich die Welt erinnert, und die haben etwas Großes bewegt. Ich habe nur dieses Leben und möchte es für mich so unvergesslich wie möglich machen. Daher kann ich mich jetzt nicht verkriechen. Natürlich bin ich immer noch traurig und verletzt. Aber ich werde mir weder diesen Tag noch einen anderen versauen lassen.«

Und dann geht sie los und holt die anderen, während ich am Strand zurückbleibe, leise vor mich hin fluchend. Ich halte nicht viel von Atlans Obsession für Geschichten, aber es ist ja wohl ein verdammtes Klischee, dass ausgerechnet ich mich in das Mädchen verliebe, für das mein bester Freund bereits Gefühle hegt.

Als wir alle müde und teilweise grummelnd am Strand stehen, Kelvin sogar noch in seinem Pyjama, und das Glitzern der Sonne auf dem Wasser beobachten, da wird mir klar, dass ich ihr Zeit geben muss. Egal wie lange es dauert, ich will ihr die Zeit geben, sich zu erholen, und wer weiß, vielleicht habe ich dann ja doch eine Chance.

***

Tage vergehen, in denen wir langsam zur Normalität übergehen – soweit das mit Alegria möglich ist.

Lucia trainiert fleißig, um ihre Angst vor dem Meer zu verlieren, und Atlan ist die ganze Zeit bei ihr.

Ich weiß, dass ich nicht eifersüchtig sein sollte. Er hat mir schließlich klargemacht, wo seine Prioritäten liegen, aber ich kann noch nicht über meinen Schatten springen und mit ihm abschließen. Mit dem, was wir hätten haben können. Gerade das fällt mir schwer, wenn ich Atlan und Lucia beobachte.

Lucia hat nicht einmal das Gespräch mit mir gesucht, sie schaut mich immer nur wie ein scheues Reh von der Seite an.

Während Atlan und Kelvin alles daransetzen, dass Lucia nach und nach eine Verbindung zum Ozean aufbaut, versuchen Celia und ich Alegrias Seele wiederaufzubauen. Wir lesen aus ihren Lieblingsbüchern vor und zitieren Fakten über Gran Canaria, während sie einfach nur daliegt. Manchmal blinzelt sie etwas schneller, wenn Celia und ich uns über eine wissenschaftliche

Einzelheit uneinig sind und zu diskutieren beginnen. Ich bin ehrlich, in den paar Tagen habe ich mehr gelernt als in dem gesamten letzten Schuljahr.

Noah pendelt immer wieder zwischen unseren Lagern hin und her. Wenn er lacht, scheint Alegrias fahle Haut ein wenig mehr Farbe zu bekommen. An solchen Kleinigkeiten halten wir uns fest und so kommt es, dass ich jedes Mal gute Laune bekomme, wenn Noah in Sichtweite gerät. Dann beuge ich mich zu Alegria und flüstere: »Die Sonne kommt zu uns.«

Celia schneidet gerade Obst klein. Die Nahrungsaufnahme klappt ganz gut. Alegria schafft es zu kauen und zu schlucken, allerdings kann sie den Wunsch danach nicht äußern, genauso wenig wie sie überhaupt etwas sagen kann. Dennoch bin ich zuversichtlich, dass unsere Therapie von Erfolg gekrönt sein wird.

»Wie erklären wir ihren Zustand Alegrias Eltern?«, fragt Celia, als ich das Buch von Steven Hawking aus der Hand lege, aus dem ich gerade noch vorgelesen habe.

Wir liegen mal wieder am Strand und beobachten die anderen Cheerleader bei ihren Flirtversuchen, egal ob es um Atlan, Kelvin oder Noah geht.

»Gute Frage«, antworte ich auf Celias Überlegung. Alegria liegt auf der Liege zwischen uns und wir fühlen immer mal wieder, ob ihr zu kalt oder zu warm ist.

»Aber ich bin mir sicher, dass wir sie bis zur Abreise wieder fit kriegen.«

»Mayla, wir reisen bereits in ein paar Tagen ab.«

Lucias Schrei lässt uns herumfahren.

Meine Alarmglocken schrillen los, doch es folgt Entwarnung, als sie hinter Atlan springt. Vielleicht hat sie einen Fisch oder so berührt. Das alles muss sehr schwer für sie sein, doch ich kann ihr dabei nicht helfen, außerdem scheint sie hervorragende Unterstützung zu haben.

»Das schaffen wir schon.«

Ich will mich gerade in ein neues Buch vertiefen, als ein Schatten mir die Sonne raubt.

Atlan hat sich vor mir aufgebaut und macht nicht gerade ein glückliches Gesicht. Ja, ich bin ihm aus dem Weg gegangen und nach wie vor halte ich das für legitim. Es verletzt mich, ihn dabei zu beobachten, wie er mit Lucia umgeht.

»Wir werden jetzt reden«, fordert er und ich packe vorsorglich mein Buch zur Seite. Das hier wird länger dauern und er wird keine Ruhe geben, bis er bekommen hat, was er will. Aus der Strandtasche hole ich mein schwarzes T-Shirt-Kleid hervor und ziehe es mir über den Kopf, ehe ich nach meinen Flipflops greife.

»Anscheinend lässt es sich ja nicht vermeiden«, sage ich, nehme meine leere Glasflasche mit und gehe an ihm vorbei zu einer der Buden, um sie aufzufüllen.

Atlan folgt mir und trägt neben seinen schwarzen Badeshorts nur noch Turnschuhe. Gott, hat der Kerl kein Shirt? Seine Anziehung auf mich hat sich nicht verflüchtigt, im Gegenteil, ich finde ihn immer noch verdammt heiß, was aber nicht heißt, dass ich ihm sabbernd hinterherlaufe. Ich registriere lediglich seinen breiten Oberkörper und das Zusammenspiel seiner Muskeln.

»Also, was möchtest du?«, frage ich und nehme meine nun volle Glasflasche entgegen. Ich öffne sie und nippe daran, ehe Atlan weiterspricht.

»Du ignorierst Lucia.«

O mein Gott, ist das sein Ernst? Er mischt sich doch jetzt nicht wirklich in unsere Freundschaft ein, nur weil er Lucias Beschützer ist ...

Ein fahler Geschmack macht sich in meinem Mund breit und das kommt sicher nicht von dem Wasser.

»Ich ignoriere sie nicht.«

Wir verlassen die belebten Buden, da ich mir schon denken kann, dass diese Unterhaltung in einem Streit endet, und es muss nicht absolut jeder diese Auseinandersetzung mitbekommen.

»Doch, tust du. Sie hat es gerade nicht leicht.«

Wer von uns hat das schon?

»Und du bist jetzt ihr Bote, der mir diese Nachricht überbringt? Sie kann nach achtzehn Jahren Freundschaft nicht selbst zu mir kommen?« Sein Verhalten verletzt mich dermaßen. Gerade von ihm will ich mir eine solche Moralpredigt nicht anhören.

Ich laufe querfeldein und komme an vertrockneten Sträuchern vorbei.

Atlan folgt mir.

Der Sand wirbelt unter unseren Schritten auf und je weiter wir uns vom Meer entfernen, desto ruhiger wird es.

»Du kannst sie jetzt nicht im Stich lassen! Lucia braucht dich«, zischt er mit wutunterdrückter Stimme. Hat er sich auch so für mich eingesetzt, als wir zusammen waren und er glaubte, ich wäre seine Prinzessin?

»Dann soll sie selbst zu mir kommen und es mir sagen. Sie ist doch die Prinzessin, wozu braucht sie mich dann noch?«

Vertrocknete Äste knacken unter meinen weichen Sohlen und ich spüre jeden kleinen Stein. Für diesen Fußmarsch hätte ich mir Turnschuhe anziehen sollen, aber wer hätte gedacht, wo es uns noch hinführt?

»Du verrennst dich da in etwas. Das ist kindisch.«

Das weiß ich selbst, er muss es mir also nicht aufs Brot schmieren. Gleichzeitig machen mich seine Worte so wütend. Ich bleibe stehen und drehe mich zu ihm.

»Du verstehst es nicht, ich wollte einen Beweis, dass meine Eltern mich nicht grundlos weggeworfen haben, dass ich etwas Besonderes bin. Doch wie es aussieht, bin ich ein ganz normaler Mensch, der einfach so ausgesetzt wurde. Ich kann Lucia im Moment nicht unterstützen, da ich immer noch versuche damit fertigzuwerden, dass vor meinen Augen eine ganz wundervolle Geschichte passiert. Es ist alles geboten: Abenteuer, Magie, eine fremde Welt, Liebe, Verrat. Nur leider passiert das alles nicht mir, sondern meiner besten Freundin. Ja, ich bin ein schlechter Mensch, weil ich es mir für mich gewünscht habe und nicht damit klarkomme, dass all das nun Lucia erlebt. Aber ich kann gerade nicht anders. Herrgott noch mal. Allein, dass du mich zwingst es auszusprechen.«

Damit hat Atlan wohl nicht gerechnet, denn für einen Moment ist er still.

Der entschlossene Ausdruck kehrt in seine Augen zurück.

»Du hast Glück, dass du diese Bürde nicht tragen musst. Und ich habe gesehen, wie ängstlich du warst. Ich freue mich sogar für dich, dass du nicht die Prinzessin bist. Lucia muss einen Krieg beenden. «

Ich schnaube ungläubig und vor Wut treten mir wieder Tränen in die Augen.

»Aber was ist, wenn ich es wollte? Wenn ich all das wollte?« Ich breite die Arme aus und deute in die Richtung, in der das Meer liegt. »Inklusive dir, Atlan.« Ich habe es gesagt, auch wenn ich versucht habe, es tief in mir zu vergraben und die Tatsache zu ignorieren, dass er mir das verdammte Herz gebrochen hat. »Du hast gesagt, es ist Schicksal, das zwischen uns. Eine gute Geschichte. Der Anführer der Leibgarde und die Sirenenprinzessin. Aber ist es nicht auch eine gute Geschichte, dass sich ein normales Mädchen und der Prinz ineinander verliebt haben?«

Er ballt die Hände zu Fäusten und schafft es noch nicht einmal, mich anzusehen. Ich weiß genau, dass seine Liebe zu mir echt war. Doch der Zwiespalt zwischen seinem Pflichtbewusstsein und seinen Gefühlen zu mir zerreißt ihn.

»Nein, denn ich bin kein Prinz, Mayla. Und ehrlich gesagt wäre es eine langweilige Geschichte. Wenn Lucia die Prinzessin ist, dann ist das die bessere Geschichte. Meine Gene vernebeln dir einfach nur den Verstand.«

»Auch unsere Geschichte könnte Schicksal sein«, wispere ich an mich gerichtet.

Doch er dreht sich um und geht.

Kapitel 24

Positives Nummer 24: Ein Abschluss ist der Beginn von etwas Neuem

Ich hasse es, dass ich nicht mit Lucia reden kann. Noch nie hatten wir Streit und vermutlich wissen wir daher beide nicht, wie wir aufeinander zugehen sollen. Dieses beklemmende Gefühl, wenn ich Atlan sehe, macht es nicht besser.

Es sind zwei weitere Tage vergangen und unsere Abreise steht kurz bevor. Morgen müssen wir unsere Koffer packen, denn es geht am Nachmittag Richtung Flughafen und damit zurück nach Barcelona.

»Mir geht es gut, Tante Carla«, sage ich bestimmt schon zum hundertsten Mal in das kleine Mikrofon an meinen Kopfhörern. Es raschelt in meinem Ohr. Tante Carla hat mal wieder den Lautsprecher angestellt, während sie in der Küche ist und Vorbereitungen für den Nachmittag und Abend trifft. In ihrer Tapasbar läuft es hervorragend und sie sagt mir schon seit Tagen, dass sie sich auf meine Rückkehr freut.

»Du klingst aber unglücklich, Señorita.«

Ich liebe ihre Stimme, die immer warm klingt und in mir ein Gefühl von Heimat auslöst.

»Ach, es ist nur viel passiert.« Ich male mit den Zehen einen Kreis in den Sand.

»Magst du mir davon erzählen?« Im Hintergrund scheppert etwas und ich bin mir sicher, dass es ihre Küchenhilfe Ben war. Tante Carla ist großartig, hat nur kein Gefühl für Privatsphäre und Timing. Aber auch ohne den Mithörer Ben könnte ich ihr schlecht erzählen, dass Lucia und ich gerade Funkstille haben, weil sie die Sirenenprinzessin ist, und Alegria noch immer nicht zu sich kommt. Von Atlan, Noah und Kelvin kann ich ihr ebenso wenig berichten wie von der Tatsache, dass ich Daxton vermisse und mich mit Celia angefreundet habe. Gut, das Letzte könnte ich ihr schon erzählen, aber das würde sie mir am wenigsten glauben.

Also sage ich nur: »Nein, schon gut. Das mache ich, wenn ich wieder da bin.«

»Okay, meine Süße. Pass bitte auf dich auf und denk dran, dass es für alles eine Lösung gibt.«

Ein schrilles Pfeifen lässt mich aufschrecken, gefolgt von einem Fluchen, wie es nur Tante Carla kann.

»Ich muss Schluss machen, Señorita. Ben hat mal wieder die Küche in Brand gesetzt.« Dann tutet es in der Leitung und die Verbindung ist unterbrochen. Aber sie hinterlässt ein leichtes Lächeln auf meinen Zügen. Mein positives Denken habe ich nicht von ungefähr. Für sie gibt es keine Probleme, nur Lösungen, die noch gefunden werden müssen.

Noah winkt mir aufgeregt zu, während er und Kelvin mit Lucia das Tauchen üben.

Tante Carla hat recht, ich sollte mich auf die Lösung des Problems konzentrieren. Schnell bringe ich das Handy weg und gebe Alegria einen Wangenkuss. Auch das haben wir uns in den letzten Tagen angewöhnt, wir überschütten sie mit so viel Liebe, wie wir können.

Celia winkt mir nach, ehe sie wieder ihre Nase in das Buch steckt. Dieses Mal liest sie Alegria Eine kurze Geschichte der Menschheit vor.

Stück für Stück sehen wir kleine Veränderungen, wie ein Muskelzucken in ihrem sonst so starren Gesicht oder ein kurzes Aufglimmen in ihren Augen, wenn sie Noah mit nacktem Oberkörper sieht. Daher haben wir gemeinschaftlich beschlossen, dass alle seine Shirts tagsüber konfisziert sind. Sehr zu der Freude anderer Mädchen. Und ich kann sie verstehen. Noah mit freiem Oberkörper ist verdammt heiß. Er ist trainiert, aber auch nicht so, dass man Komplexe bekommt, wenn man ihn ansieht. Seine Statur ist definiert, seine blonden Haare durch die Narbe immer verstrubbelt und wenn ich das Seufzen der weiblichen Belegschaft richtig deute, sein Lachen die Geheimwaffe.

Dass Noah strahlt wie die Sonne habe ich vom ersten Tag an bemerkt, aber seit ich es tunlichst vermeide, mich mit Atlan zu beschäftigen, strahlt Noah noch heller. Und das macht mir Angst.

Alles, was Alegria hilft, wird augenblicklich umgesetzt. Und Noah mit freiem Oberkörper ist verdammt heiß. Er ist trainiert, aber auch nicht so, dass man direkt Komplexe bekommt, wenn man ihn ansieht. Seine Statur ist definiert, seine blonden Haare dank der Narbe immer verstrubbelt und wenn ich das Seufzen der weiblichen Belegschaft richtig deute, sein Lachen die Geheimwaffe.

Kelvin hat sich auch wieder aufgerappelt, allerdings ist er ruhiger als zuvor. Sein wachsames Auge liegt immer auf Lucia und auch Celia. Als wäre er es Daxton schuldig, sie zu beschützen. Celia und er haben eine geschwisterliche Verbindung aufgebaut, die sie beide stärkt. Daher mein Entschluss, die Beziehung zu meiner Schwester wieder zu kitten.

»Und? Wie läuft es?«, frage ich beiläufig, als ich bei der Dreiergruppe ankomme.

Lucia zuckt mit den Schultern, aber ich sehe in ihren Augen, dass sie sich gerade unbändig freut. So schwer war der Schritt auf sie zu doch nicht. Sie kann schließlich nichts für meine gekränkte Eitelkeit.

»Oh, wenn du einen Augenblick hierbleibst, Mayla, gehe ich kurz zu Celia und Alegria. Ich habe ihnen versprochen«, Noah stockt einen Augenblick, »also, ich haben ihn halt versprochen vorbeizuschauen.«

Grinsend schauen wir drei ihm hinterher, wie er auf die beiden Mädels zusteuert.

»Das war ja sehr geschickt«, sagt Kelvin.

»Also wie geht es voran?«, frage ich noch mal. Das Meer reicht mir nur bis zum Bauchnabel. Lucia hockt auf dem Boden und wippt immer mit, wenn eine neue Welle den Wasserspiegel anhebt.

»Es geht so, irgendwie schaffe ich es einfach nicht, unter Wasser zu bleiben, ohne Panik zu haben.«

Sie sieht erschöpft aus, ihre Angst vor dem Wasser war zuvor schon gigantisch, deshalb kann ich mir nicht vorstellen, wie sie sich jetzt fühlt, nachdem sie weiß, dass dort draußen Meerhexen auf sie lauern.

»Und was ist, wenn sie sich in ihre Sirenenform verwandelt? Dann könnte sie unter Wasser atmen. Es würde ihr sicherlich helfen«, schlage ich vor, während Lucia tapfer im Wasser bleibt und kritisch jede Welle betrachtet.

Kelvin fasst sich in die Haare. »An sich ja, aber dafür müsste sie entspannt sein, damit sie die Meeresmacht in sich rufen kann.«

»Meeresmacht?«, fragen wir beide wie aus einem Mund und lächeln uns vorsichtig an. Es klingelt in meinem Kopf, Atlan und Noah haben einmal darüber gesprochen.

»Na ja, jede Sirene trägt einen winzigen Teil Meeresmacht in sich. Das ist die Magie, mit der wir unsere Form ändern können. Lucia trägt als Prinzessin im Vergleich zu uns einen recht großen Anteil in sich. Deshalb ist ihre Stimme auch besonders kraftvoll. Wenn sie sich beruhigt, kann sie die Kraft in ihrem Inneren spüren und sie benutzen. Wir haben für eine bessere Kontrolle unsere Anhänger von der Königin bekommen«, erklärt Kelvin.

»Und was ist, wenn ihr Lucia einfach einen von euren Anhängern gebt?«

Er schüttelt den Kopf. »Das wird nichts bringen, jeder Anhänger ist auf eine Sirene angepasst.«

Ich überlege eine Zeit lang, während Kelvin und Lucia weiter ihre Übungen machen. Doch länger als eine Sekunde schafft Lucia es nicht, ihr Gesicht unter Wasser zu halten. »Jedes Mal, wenn ich die Augen schließe, sehe ich die Meerhexen vor mir«, sagt sie. Und ich kann es ihr nicht verdenken, da es mir zu Beginn auch so ging.

Wann hatte Lucia keine Angst? Als Kind hat sie Schwimmen gelernt, mit viel Mühe und es hat lange gedauert. Doch jetzt hält sie meist nur die Füße ins Wasser, außer in einer Situation. Ich will es nicht vorschlagen, aber wie Atlan schon gesagt hat, es steht mehr auf dem Spiel als mein Befinden.

»Und was ist, wenn Atlan dir beisteht?«, frage ich, als Lucia gerade wieder panisch aus dem Wasser taucht.

Den Gesichtern meiner Freunde nach zu urteilen, haben sie mit diesem Vorschlag nicht gerechnet.

»Als wir aufgebrochen sind, um die Meerhexen zu suchen, hast du Atlan vertraut. Du bist mit ihm geschwommen, getaucht und hast dich darauf eingelassen.«

»Das ist eine großartige Idee, ich hole ihn sofort!« Und schon rennt Kelvin in einem Affenzahn los, um Atlan zu suchen, wo auch immer er gerade steckt.

»Das will ich nicht, Mayla«, wispert Lucia.

Ich setze mich ebenfalls ins Wasser, damit wir auf einer Augenhöhe sind.

»Warum nicht? Es ist einen Versuch wert, um das hier zu schaffen.«

Sie wendet den Kopf zu mir und vor mir sitzt eine gefühlt fünfjährige Lucia in ihrer schlimmsten Trotzphase. »Vielleicht will ich es gar nicht schaffen. Ich will weder eine Prinzessin sein noch in einen Krieg ziehen und Atlan will ich schon gar nicht.«

O Mann, ich wollte mich wie eine Erwachsene verhalten. Der Situation angemessen. Aber in diesem Moment reißt bei mir der Geduldsfaden. Sie will all das nicht haben, was ich so unbedingt wollte.

»Wir können uns manches nicht aussuchen. Streng dich mehr an, alle hier zählen auf dich. Noah hat seine gesamte Familie an die Meerhexen verloren. Diese Monster haben Daxton getötet und was weiß ich wie viele Sirenen. Wenn ich es wäre, dann würde ich alles geben. Aber leider hat das Schicksal entschieden, dass ich es nicht sein soll. Sondern du.«

Lucia starrt mich mit großen Augen an. Ich glaube, wir beide können nicht fassen, dass ich das tatsächlich alles gesagt habe.

Wütend stehe ich auf und gehe zurück zu Celia.

Haben wir zuvor nur nicht gewusst, wie wir miteinander umgehen sollen, dann haben wir jetzt einen richtigen Streit. Unseren ersten, seit wir uns kennen. Wie ein begossener Pudel sitze ich auf der Liege und vergrabe mein Gesicht in den Händen. Einerseits weil ich mich schämen und andererseits erspare ich mir den Anblick von Lucia und Atlan, der sie immer wieder an sich drückt und mit ihr unter Wasser taucht.

»Ich bin ein schlechter Mensch«, jammere ich Alegria und Celia die Ohren voll.

»Das ist korrekt. Schließlich ist es ganz schön gemein von dir, ausgerechnet den zwei Menschen ein Ohr abzukauen, die sich nicht wehren können«, sagt Celia und überschlägt lässig ihre langen Beine.

»Du kannst doch weggehen«, murmle ich und vergrabe mein Gesicht in den Händen.

»Und Alegria dir allein überlassen? Keine Chance. Ich habe schließlich ein Herz.«

»Dabei habe ich mich doch so bemüht meine Gedanken für mich zu behalten.« Jetzt habe ich Lucia unter Druck gesetzt und ihr all das an den Kopf geworfen, was sie gerade nicht hören wollte.

»Hat nicht so gut funktioniert. Ich verstehe das Problem nicht. Lucia traut sich nicht zu tauchen, sehe ich das richtig?«

»Ja.«

»Aber sie kann tauchen.«

»Ja.«

»Also hat sie es doch mal gelernt.«

»Ja.«

Celia setzt ihre Sonnenbrille ab und rutscht neben mich auf die Liege.

»Dann gibt es doch nur eine Lösung. Wie hat sie denn damals schwimmen gelernt?«

Ich muss schlucken.

»Mit viel Geduld, gutem Zureden und meinem unbeugsamen Willen. Ich habe es ihr beigebracht.«

Celia schnaubt belustigt. »Mit euch wird es wirklich nicht langweilig.«

Dann legt sie mir eine Hand auf die Schulter und drückt sich wieder auf die Beine. »Das wird schon, Mayla. Nimm ihr die Angst davor. Außerdem muss ich gestehen, ich vermisse die alte Mayla. Gerade bist du ein Häufchen Elend.«

»Ja, ich hab dich auch gern, Celia«, sage ich monoton, aber sie hat recht. Während ich grübelnd die Strandbesucher beobachte, geht sie weg und kommt einen kurzen Moment später zurück. Sie hat ein Schokoladenhörnchen in der Hand, das sie mir vor die Nase hält, und ein Sandwich in der anderen. Dann setzt sie sich erneut. Sie wirkt angespannt.

»Okay, sag schon, was du auf dem Herzen hast. Seit wann wirfst du mir nicht mehr alles an den Kopf, was du denkst?«

Schweigend mümmelt Celia an dem belegten Sandwich und macht eine auffordernde Bewegung zum Hörnchen.

Ich beiße hinein und es schmeckt fantastisch.

»Seit ich weiß, dass ich dich irgendwie ganz gut leiden kann und du nicht so unverwüstlich bist, wie ich dachte.«

»Wenn du es mir nicht sagen kannst, wer dann?«, frage ich und putze meine Finger an dem Handtuch unter mir ab.

»Atlan wird sich in Lucia verlieben.«

Ich atme hörbar aus. Die Worte waren wie ein Schlag in die Magengrube.

»Und ich glaube, du ahnst es bereits, deshalb traust du dich nicht, genauer hinzuschauen.«

Ja, das stimmt.

Gemeinsam sehen wir zu den beiden hinüber. Sie – ein schüchternes, zierliches Mädchen, das auf die Hilfe von ihrem Retter in der Not angewiesen ist.

»Eine perfekte Geschichte«, sage ich. Mit Atlans Hilfe schafft sie es nun schon viel länger, unter Wasser zu bleiben, und vor Freude umarmt sie ihn. Kurz befürchte ich, dass erneut Tränen über meine Wangen rieseln, aber sie bleiben aus. Vielleicht weil ich es mir schon seit dem Gespräch beim Infinitypool gedacht habe.

Celia schlingt einen Arm um mich und drückt mich fest an sich. Ich verharre reglos, bis ich etwas auf meiner Hand spüre.

Mit einem starren Gesichtsausdruck, an den ich mich gespenstischerweise schon gewöhnt habe, sieht sie mich an. Ihre Hand liegt schlaff auf meiner. Als wollte sie mir auch Trost spenden. Und da kommen mir dann doch die Tränen.

***

Es ist mitten in der Nacht, als sich eine Hand auf meinen Mund presst. Panisch will ich aufschreien und schlage um mich.

»Scht! Mayla, beruhig dich«, zischt Noah und wartet ab, dass ich aufhöre ihn zu verprügeln. Erst dann gibt er mich wieder frei.

Es ist stockdunkel bei uns im Zimmer, das immer noch voll beladen ist.

Mittlerweile schlafen wir schon sechs Nächte zu siebt in diesem Raum, obwohl es zwei leere gibt.

»Gott, erschreck mich nicht so«, wispere ich zurück und setze mich schwer atmend auf. Mein Herz schlägt immer noch wie wild.

»Entschuldige, aber ich wollte dir etwas zeigen. Komm mit.« Entschlossen zieht er an meiner Hand und steckt mich mit seiner Vorfreude an. Egal was er vorhat, er strahlt so breit, dass ich nicht anders kann, als ebenfalls aufgeregt zu sein.

Ich schnappe mir im Dunkeln meine Schuhe und folge ihm nach draußen. Es ist still, nur das Meeresrauschen bietet uns eine unverwechselbare Geräuschkulisse.

»Also, was wolltest du mir zeigen?«, frage ich.

»Nicht hier, komm.«

Aufgeregt wie ein kleines Kind an Weihnachten läuft er vorweg durch das gesamte Hotel. An Schlaf ist nicht mehr zu denken, mein Körper ist hellwach. Doch dieses Mal laufen wir nicht zum Strand, sondern aus der Lobby raus und nach rechts. Dort gibt es einen weiteren Zugang zum Meer, auch wenn man sich erst einmal durch viele Felsen durchkämpfen muss.

»Noah, ich sehe nichts.« Ich kenne mich gut genug, um zu wissen, dass ich die Erste bin, die sich bei dieser Aktion den Fuß verstaucht. Ruckzuck hebt er mich auf die Arme, als würde ich nichts wiegen, und springt leichtfüßig den kleinen Abhang hinunter.

Mein Herz pocht wie wild und ich presse mich an ihn. Es ist keine ungewohnte Situation für mich, er hat mich schon öfter getragen, aber irgendwie fühlt es sich anders an.

»Was auch immer du vorhast, ich trage nur meinen Schlafanzug.«

Anzüglich lässt er die Augenbrauen wackeln, was ich mit einem Schlag auf seinen Oberarm quittiere.

»O nein, wir werden jetzt nicht schwi…« Doch da springt Noah bereits und landet mit mir zusammen im Salzwasser.

»Zu spät«, meint er kichernd und ich verdrehe belustigt die Augen. Was solls? Der Schlafanzug wird wieder trocknen.

Ich erinnere mich gut an diesen Ort, Atlan hat mir hier seine Sirenengestalt gezeigt und wir haben uns kurz darauf geküsst. Mein Herz wird schwer.

»Schau nicht so traurig. Wir haben es gleich geschafft«, sagt Noah und stupst mich gegen die Stirn.

Ich spüre den bekannten Sog unter mir und der Stoff seines Shirts unter meinen Händen verschwindet auf magische Weise. Noah hat seine Sirenengestalt angenommen.

»Immer wieder beeindruckend, wie einfach eure Klamotten verschwinden.«

»Ich wünschte, deine würden es auch tun«, seufzt er, was ihm wieder einen bösen Blick von mir einbringt.

Das Wasser ist recht kühl, aber nicht so, dass ich zu bibbern anfange. Außerdem ist Noahs Oberkörper wohl temperiert.

»Und jetzt?«, frage ich. So ganz werde ich nicht schlau aus seiner Aktion. Aber ich hatte bisher schon wesentlich mehr Spaß als in den vergangenen Tagen.

»Jetzt hältst du die Luft an.«

»Ist das nicht gefährlich? Wegen der Meerhexen und so?«

»Oh, absolut. Atlan würde mich umbringen, wenn er es wüsste. Also, bereit?«

»Und wie!«

Ich atme dreimal tief ein und aus, ehe ich drei schnelle Atemzüge hintereinander mache. Dann tauchen wir ab. Es ist so dunkel, dass ich nichts erkenne, also halte ich mein Gesicht an Noahs Brust verborgen und warte ab. Bei der Geschwindigkeit pikst das kalte Wasser wie kleine Nadeln auf meiner Haut.

Es dauert nicht lange und wir tauchen wieder auf. Es ist immer noch beeindruckend, dass die Sirenen sich nicht bewegen müssen, um oben zu treiben.

»Okay, du schleppst mich also mitten in der Nacht auf das offene Meer raus. Willst du mich loswerden?«, frage ich und schlinge meine Arme um seinen Hals, um ihn nicht zu verlieren.

»Schau nach oben.«

Was ich nun sehe, ist das wohl Wunderschönste, was ich in meinem Leben jemals gesehen habe. Wir befinden uns so weit draußen, dass ich Gran Canaria nur als dunklen Schatten wahrnehme. Kein künstliches Licht ist mehr zu sehen. Dafür strahlen die Sterne so hell und zahlreich, als hätte jemand Salzkristalle über dem Himmel verstreut.

Noch nie habe ich so klar den Nachthimmel gesehen.

»Dort hinten ist der Mars.« Noah zeigt auf einen rötlich leuchtenden Stern, der deutlich zu erkennen ist.

Ich bin so überwältigt, dass ich auf seinem Arm herumzapple, um alles betrachten zu können.

Leise lachend lässt er mich runter und die Kälte stört mich kein Stück. Ich lege mich auf den Rücken und betrachte dieses großartige Naturspektakel.

»Ich habe doch gesagt, ich zeige dir einen echten Sternenhimmel.« Er treibt neben mir auf der Wasseroberfläche. Seine Flosse streift ab und zu meine Füße.

»Und du hast nicht zu viel versprochen.«

Dann lasse ich alles auf mich wirken. So glücklich am Leben zu sein, war ich seit dem Tag des Kampfes nicht mehr. Ich strecke eine Hand aus, als könnte ich den Himmel erreichen. Dann wende ich den Kopf zur Seite und betrachte das Profil von Noah, der mir so ein unglaubliches Geschenk gemacht hat. Er erzählt mir von den Sternbildern, aber ich kann nicht hinsehen. Dieser Mann an meiner Seite hat das alles getan, um mich wieder aufzumuntern.

»Danke, Noah«, sage ich mitten in seinem Vortrag.

Erstaunt sieht er mich an und tippt gegen meinen Pigmentfleck am Hals.

»Das klingt jetzt echt merkwürdig, aber als ich dich das erste Mal gesehen habe, dachte ich, der Fleck leuchtet wie ein Stern.«

Ich gluckse und verstecke ihn nicht wie üblich hinter meiner Hand. »Das klingt ziemlich merkwürdig.« Aber ich habe Noahs sanftes Lachen auch einmal mit einem Stern verglichen.

Als seine Fingerspitzen meinen Arm streifen, weil er sich bewegt hat, klopft mein Herz wie wild. Es erinnert mich daran, wie oft es schneller schlägt, wenn Noah bei mir ist. Wie aufgeregt ich in seiner Gegenwart bin. Als ich ihn als gebrochenen Mann in den Arm genommen habe, habe ich es zum ersten Mal deutlich gespürt. Atlan ist wie ein Zuhause, wie Familie für mich, doch aufregend war es bei ihm nicht.

»Weißt du, was ich echt cool an dir finde?«, fragt er und ich widme mich schnell wieder dem Sternenhimmel.

»Dass ich mich der Gefahr genauso stelle wie du?«

»Auch. Aber ich meinte mehr die Tatsache, dass du scheinbar kein Kälteempfinden hast. Andere Menschen würden sich den Arsch hier draußen abfrieren.«

Dann schweigen wir wieder und auch wenn er mir gerade dieses Kompliment gemacht hat, wird mir langsam ein wenig kühl.

Dennoch versuche ich den Augenblick der Rückkehr so lange wie möglich hinauszuzögern.

»Was hast du dir damals von der Sternschnuppe gewünscht? Wirklich Rache?«

»Ja, zuerst. Aber dann hat mich deine Ansicht über das Leben positiv beeinflusst. Ich glaube, es war die pure Neugier, warum ich dich nicht aus den Augen lassen konnte.«

Ich verschlucke mich an einer kleinen Welle, weil ich nicht aufgepasst habe, zu sehr von seinen Worten überrascht. »Danke, so etwas zu hören, berührt mich. Weißt du, Noah, ich dachte immer, ich lebe für den Tag an sich. Aber das stimmt nicht. Ich lebe für diese kleinen Augenblicke, für den Sonnenaufgang, einen tiefen Atemzug, das schwerelose Gefühl, wenn ich im Meer schwimme, und für jede glückliche Erinnerung.« Ich betrachte ihn, seine Augen, dieses wundervolle, freche Grinsen und füge in Gedanken hinzu: *»Für dein Lachen.«* Schnell räuspere ich mich, weil es mir doch zu kitschig klingt.

»Auch wenn ich es nicht möchte, sollten wir langsam zurück. Bevor ich mir doch noch eine Erkältung einfange.«

Er nickt und zieht mich vorsichtig an seine Brust.

»Ein letzter Blick«, fordere ich und er wartet geduldig. Ich präge mir alles von diesem Moment ein. Wie meine Haut mit einer Gänsehaut überzogen ist, sich aber an Noahs Brust langsam wieder glättet. Wie die vielen Sterne strahlen, obwohl einige von ihnen schon lange erloschen sind. Wie der Mond sich auf der Wasseroberfläche spiegelt und keine Wolke es wagt, uns den Anblick zu verweigern.

»Gespeichert«, sage ich grinsend und atme aus.

»Ich auch.«

Langsam drehe ich mich zu ihm, doch er sieht nur mich an.

»Halt die Luft an.«

Und wieder bringt er mich zurück zur Insel, wo ich für einige Zeit mein gebrochenes Herz zurückgelassen habe.

Wir tauchen ein Stück vor der Küste auf und schwimmen beide den Rest zurück. Auch wenn er viel schneller sein könnte, bleibt er die gesamte Zeit über neben mir und beklagt sich keine Sekunde lang.

»Wie geht es dir?«, fragt er in die Stille hinein und seine Stimme hat ihre Leichtigkeit verloren.

»Eindeutig besser. Ich kann die Dinge jetzt mit mehr Abstand betrachten, denke ich.« Ich will das Thema nicht ansprechen, aber Noah ist Atlans bester Freund. Er kennt ihn von allen am besten. »Meinst du, er wird sich in Lucia verlieben, weil sie die Sirenenprinzessin ist?«

Noah geht sich durch die Haare. »Nein, so ist Atlan nicht gestrickt. Ich denke, er liebt dich aufrichtig. Aber du hast keine Vorstellung davon, wie weit er für seine Loyalität bereit ist zu gehen. Für ihn wird immer an erster Stelle die Krone stehen. Bisher hat sich Atlan noch nie verliebt. Deshalb wird er es sicher nicht gleich wieder tun. Aber er wird Lucia mit seinem Leben beschützen und tun, was getan werden muss.«

Ich nicke verstehend, einerseits erleichtert und andererseits auch bestürzt. Darüber, dass wir keine Chance haben, keine Zukunft. Aber je öfter ich die letzten Tage Revue passieren lassen, desto mehr frage ich mich, ob ich es überhaupt noch will.

Die schwarzen Steine ragen vor uns auf und ich klettere auf den ersten, um mich auf den zweiten zu ziehen. Ich werde hierbleiben und Lucia helfen.

Sollen die anderen ohne mich zurück nach Hause kehren. Auch wenn ich keine große Hilfe bin, ich habe das Gefühl, dass ich noch gebraucht werde.

»Du und Atlan habt da diese merkwürdige Verbindung, die keiner durchbrechen kann.«

Noah ist noch im Wasser und ich bleibe in der Bewegung stehen, versuche mein Gleichgewicht auf den beiden Felsen zu halten.

Umgeben von der künstlichen Beleuchtung sind die Sterne verblasst, nur das Mondlicht scheint für uns. Wie er da so als Sirene mit seinen nassen Haaren im Wasser liegt, sieht einmalig aus.

»Aber was du nicht weißt«, fährt er fort, »ich bin ein ziemlich guter Dieb. Ich kann Herzen stehlen.«

Bei jedem anderen hätte ich gelacht und ihn für wahnsinnig erklärt, dass er so etwas auch nur sagt oder gar daran glaubt. Aber nachdem er mir den schönsten Sternenhimmel der Welt gezeigt hat, glaube ich ihm.

Der Schmerz soll aufhören. Ich will nicht neidisch auf meine beste Freundin sein, sondern ihr alles Glück der Welt wünschen und es auch so meinen. Und Noah scheint es keinen Augenblick zu verunsichern, dass ich ein einfacher Mensch bin ohne magische Fähigkeiten.

Ich schlucke und muss dann grinsen. Vorsichtig gehe ich in die Hocke.

»Dann stiehl es.«

Gott sei Dank ist es so dunkel. Ich hoffe, er übersieht die Röte auf meinen Wangen, die ich nur zu deutlich spüre.

»War das eine Einladung?«

»Eine Herausforderung.«

Kapitel 25

**Positives Nummer 25:
Erinnerungen bleiben bestehen, wenn man sie hütet**

»Mayla, meinst du nicht, dass du es bereuen wirst?«

Celia steht in der Tür von unserem Zimmer und sieht mir dabei zu, wie ich meine Klamotten in den Koffer presse, dann wieder durch den Raum wirble und alles in eine Tüte stopfe, was nach meinem Kram aussieht.

»Ich habe bisher immer nur Dinge bereut, die ich nicht getan habe.« Meine Tonlage klingt genauso, wie ich mich fühle, aggressiv und unter Druck.

»Woho, ganz ruhig, Brauner«, sagt Celia und hebt ihre frisch manikürten Hände. Wer hätte gedacht, dass am Ende unseres Urlaubs sie meine Verbündete ist?

»Bin ganz ruhig.«

»Aber selbstverständlich.«

Oh, wie ihre Ironie mich in den Wahnsinn treibt, aber vielleicht ist Celia das, was ich im Moment brauche. Eine antreibende Kraft, weil ich gerade nicht ich selbst bin.

Unser Zimmer sieht aus wie ein Schlachtfeld und ja, mir ist absolut bewusst, dass es an mir liegt. Normalerweise hat Lucia mich ganz gut im Griff, sodass ich etwas ordentlicher bin, aber wir reden ja im Moment kaum miteinander. Vermutlich werde ich die Hälfte hier vergessen. Bei diesen ganzen Matratzen hat sowieso niemand mehr einen Überblick.

Ich krieche gerade unter die Kommode, weil eine Socke sich dahin aus dem Staub gemacht hat. Da finde ich auch mein lang vermisstes Haargummi. Das kann ich jetzt gut gebrauchen, meine krausen Locken kringeln sich mal wieder in alle Richtungen.

»Mayla, du drehst total durch, und ich bin sicher, dass, was auch immer der Grund dazu ist, das nicht wert ist.«

Ich bleibe regungslos in meiner Bewegung stehen und der gesammelte Kram in meinen Armen fällt auf den Boden.

»Wie bitte?« Ich verenge die Augen zu Schlitzen und gehe langsam auf Celia zu. Doch sie lässt sich von meiner Art nicht einschüchtern, natürlich nicht. Sie reckt ihr Kinn und kneift ebenfalls die Augen zusammen.

»Heute Morgen warst du noch der Sonnenschein in Person. Was ist passiert, dass du jetzt deinen Koffer packst, obwohl du erst vorhattest hierzubleiben? Erzähl es mir«, fordert sie.

»Schön«, gifte ich, doch da Celia den Umgang mit derartigen Bemerkungen bis in das kleinste Detail beherrscht, schert sie auch das nicht. Ein Wunder, dass wir nicht schon früher Freundinnen geworden sind.

Ich erzähle ihr in allen Einzelheiten, was letzte Nacht geschehen ist.

»Und deswegen packst du jetzt deinen Koffer? Du hast eine Macke.«

Sie schnipst mir gegen die Stirn und steigt über die vielen Matratzen zu meinem Bett. Letzte Nacht haben sie und Alegria darin geschlafen und ich habe einen Schlafplatz auf dem Boden bezogen.

»Nein, nicht deshalb ... Ich bin heute Mittag runter zum Strand und habe die Jungs mit Lucia gesehen. Also wollte ich hin, ihr helfen und sie unterstützen. Lucia hat sich da das erste Mal verwandelt. Und sie sah so wunderschön aus. Diese Sirenengene machen mich fertig. Und da kam mir der Gedanke: Was ist, wenn Atlan recht hat?«

Celia hebt mit spitzen Fingern ein paar meiner Sachen auf und wirft sie zu dem offenen Koffer, damit sie sich auf dem Bett niederlassen kann. Sie selbst hat schon gestern Abend ihre Sachen gepackt und Lucia die von Alegria.

»Womit soll er recht haben?«

Eifrig sammle ich das Zeug wieder vom Boden auf.

»Was ist, wenn diese Sirenengene mir wirklich das Hirn vernebelt haben? Wenn all diese Gefühle für Atlan und diese merkwürdigen Gedanken in Bezug auf Noah nur Hirngespinste sind? Lucia sah so wunderschön, ich habe sogar an meiner heterosexuellen Neigung gezweifelt.«

»Wow«, sagt Celia.

»Oder? Sehe ich genauso.« Ich werfe die restlichen Sachen in den Koffer und klappe ihn zu. Jetzt muss ich ihn nur noch schließen, wozu ziemlich viel Druck nötig ist.

»Nein, ich bin eher überrascht, wie viel Scheiße man labern kann.«

»Wie bitte?« Nur einen Moment bringt mich ihr Satz aus dem Konzept und ich rutsche ab, der Deckel springt wieder auf und knallt mir gegen das Kinn. Autsch, das wird eine schöne Schramme geben.

Celia steht auf, doch denkt gar nicht daran, mir zu helfen. »Ich fasse einmal zusammen: Lucia hat etwas ohne deine Hilfe geschafft, deshalb fühlst du dich jetzt überflüssig und willst sie im Stich lassen. Außerdem hast du am Strand gesehen, wie Atlan Lucia vor Freude umarmt hat, und das hat dich verletzt. Du brauchst es gar nicht zu leugnen, ich habe deine traurigen Kulleraugen gesehen.« Zuerst wollte ich widersprechen, doch nun klappe ich den Mund wieder zu. »Und weil das dein Stolz nicht verkraftet, legst du dir wieder wahllos Sachen zurecht, wie es dir passt. Aber nicht mit mir, Schätzchen. Du warst diejenige, die zu mir gesagt hat: Wenn du Gefühle empfindest, dann sind sie auch echt.« Sie sollte dringend aufhören, mich mit meinen eigenen Waffen zu schlagen, sonst wird diese Freundschaft nicht lange andauern. Scheinbar ist Celia noch nicht fertig, obwohl sie mich schon mundtot gemacht hat.

»Was ich damit sagen will, ist: Straff dich mal. Und sei wieder du selbst, meine Güte.«

Ich selbst sein. Das bin ich doch, oder?

»In Ordnung. Hilfst du mir jetzt mit dem Koffer?«, frage ich sie. Doch Celia marschiert auf ihren High Heels Richtung Terrassentür.

»Da ich das hier für einen großen Fehler halte, werde ich dir selbstverständlich nicht helfen, aber du kannst ja Lucia fragen.«

Sie verlässt das Zimmer und zieht meine beste Freundin am Arm herein. Wie lange stand sie denn schon da? »Und jetzt redet miteinander, damit ihr wieder diese Bilderbuchfreundschaft haben könnt. Von eurem Verhalten bekomme ich Migräne. Ich muss jetzt dringend meine Haare machen.« Und schon ist sie verschwunden und lässt eine beschämte Lucia und mich fassungslos zurück.

»Du willst also abreisen?«, fragt Lucia und ihre Stimme zittert dabei.

Ich lasse den Koffer offen und stehe unschlüssig im Raum. Dann schnappe ich mir ein Kissen und setze mich auf eine der Matratzen, das müsste Kelvins sein.

»Es ist schließlich der letzte Tag hier. Tante Carla und mein altes Leben erwarten mich. Außerdem muss ich mich um Alegria kümmern.« Meine Brust zieht sich zusammen und es fühlt sich ungewohnt an, nicht mehr so offen mit Lucia sprechen zu können. Aber etwas hält mich davon ab.

»Hier wartet noch ein Abenteuer auf dich.«

»Lucia, es ist nicht mehr mein Abenteuer, sondern deins.«

Mit schnellen Schritten ist sie bei mir, hockt sich vor mich und greift nach meinen Händen.

»Ich habe so große Angst, Mayla. Das hier wollte ich nie und alles zieht sich in mir zusammen, wenn ich daran denke, dass ich es allein durchstehen muss.«

Ihre Worte und ihr Verhalten erstaunen mich, mit ihrer kleinen Geste hat sie einfach die Mauer zwischen uns eingerissen. Ihre hellblauen Augen sind weit aufgerissen, die Panik hat sie fest im Griff.

»Aber du bist doch nicht allein, ich dachte, Atlan und die anderen reichen dir. Ich meine, du hast es dank Atlan geschafft zu tauchen und dich zu beruhigen.«

Vehement schüttelt sie den Kopf. »Mayla, manchmal machst du dich selbst so klein. Ich habe Atlan nur vertraut, weil du es tust. Vielleicht verlange ich Unmögliches von dir, aber bitte hilf mir. Bleib bei mir. Für mich wirst du immer besonders sein. Ich brauche dich. Vielleicht bist du nicht die Protagonistin dieser Geschichte, aber du bist für mich ausschlaggebend.«

Ohne darüber nachzudenken, schließe ich sie fest in meine Arme und drücke sie an mich. Ich war so egoistisch, Lucia kämpft jeden Tag mit ihrer Angst und ich habe nichts Besseres zu tun, als sie verlassen zu wollen. Nur weil Atlan sich von mir abwendet, heißt das noch lange nicht, dass Lucia es ebenso tut. Ich hätte es besser wissen müssen.

»Okay, hilfst du mir dann mit dem Koffer? Ich weiß beim besten Willen nicht, wie der jemals zugegangen ist.«

Sie schnaubt neben meinem Ohr, immer noch nicht bereit mich loszulassen. »Ich habe ihn ja auch gepackt.«

»Stimmt, Mama Bär.«

»Aber warum willst du den noch packen?«

»Wir können ja schlecht hier im Hotel bleiben. Oder hast du genug Geld? Außer du benutzt deine neuen Kräfte, um …«

Doch weiter komme ich nicht, da Lucia mich empört von sich drückt.

»Mayla Luna, ich werde auf keinen Fall meine neuen Kräfte einsetzen, damit wir kostenlos dieses Hotel nutzen können.«

Lachend zucke ich mit den Schultern. »War ja nur so ein Gedanke.« Und dann hilft sie mir unsere Sachen zu packen. Dabei funktionieren wir wieder wie ein eingespieltes Team und mir wird klar, dass ich ohne dieses Mädchen wohl aufgeschmissen wäre. In allen Lebenslagen.

»Ach, übrigens, was du da über Atlan und Noah gesagt hast«, beginnt sie, doch ich halte mir die Ohren zu, weil es mir so peinlich ist.

»Lalala, ich kann dich nicht hören.«

Lucia lacht auf. Da fällt mir ein, dass viele immer behauptet haben, dass ihr Lachen einen besonders schönen Klang hätte. Ich persönlich finde das nicht, genauso wie ihre Gesangsstimme etwas zu schief für meinen Geschmack ist, aber mit der Zeit habe ich mich an ihre Tonlage gewöhnt. Das kommt wohl davon, wenn man über achtzehn Jahre so viel mit einer Person spricht.

Mit einem kräftigen Ruck, den ich ihr überhaupt nicht zugetraut hätte, zieht sie meine Hände von den Ohren. »Ich denke, es ist okay. Dann wurden deine Gefühle halt von den Kräften beeinflusst. Du wolltest so unbedingt geliebt werden, vielleicht haben du und Atlan euch da in etwas hineingesteigert.«

Das glaube ich nicht, es hat sich echt zwischen uns angefühlt. Jeder Moment, den wir miteinander verbracht haben, war genau richtig. Das will ich auch gerade Lucia sagen, als ich sie dabei erwische, wie sie sich ihr Lachen verkneift.

»Ah! Das hast du mit Absicht gesagt!«

»Was unterstellst du mir, Mayla? So etwas würde ich nie tun.«

Dafür drücke ich ihr einen Kuss auf die Wange.

»Jetzt muss ich es nur noch Tante Carla sagen.«

***

Wir stehen alle zusammen vor diesem Teufelsgefährt, das uns hierhergebracht hat.

Noah hat Alegria auf einen Sitz verladen und ihr einen Kuss auf die Stirn gehaucht. Wir haben erst überlegt sie bei uns zu behalten, damit sie weiterhin in Noahs Nähe ist. Aber Lucia hatte mal wieder die besten Argumente. Alegria ist in Barcelona sicherer und Noah wird zurück nach Aquarta kehren. Diese Tatsache hat mir einen größeren Stich versetzt, als ich gedacht hätte.

»Ich gehe mich noch mal von ihr verabschieden«, sage ich und steige in dieses Monstrum. Die meisten Cheerleader haben schon Platz genommen und dank einer kleinen Manipulation der Jungs ist es für sie absolut normal, dass Alegria in diesem Zustand ist.

Der unangenehme Geruch von verschwitzten Menschen steigt mir in die Nase und viele Erinnerungen an gute und schlechte Momente kommen in mir hoch, die ich in Bussen wie diesem verbracht habe. Alegria sitzt hinten auf der Bank, wo auch Celia sich gleich niederlassen wird. Sie schaut aus dem Fenster, doch als ich näher komme, wendet sie mir den Blick zu. Noch immer sind ihre Augen leer und ihr Sprachzentrum funktioniert auch noch nicht. Aber ich glaube fest daran, dass wir es irgendwie hinbekommen.

Lucia richtet sich von dem Platz neben Alegria auf, sie hat ein Hörbuch auf ihr Handy geladen, damit sie Beschäftigung während der Fahrt hat. Sie streicht über Alegrias Kopf und drückt ihr einen Kuss auf die Stirn, ehe sie mir Platz macht. Vor Alegria gehe ich in die Hocke und lege meine Hand auf ihre.

»In Barcelona wird die Sirene auf dich warten, die von den Meerhexen entführt wurde. Sie hat schon dafür gesorgt, dass sich niemand wundert. Keine Sorge, sie schämt sich so sehr für ihre Taten, dass sie die ganze Zeit bei dir bleiben wird. Celia wird auch nicht von deiner Seite weichen. Es tut mir leid, dass ich nicht auf dich aufgepasst habe und dir so etwas passiert ist. Ich werde jetzt erst einmal Lucia unterstützen und danach komme ich zu dir. Wir finden einen Weg, deine Seele wiederaufzubauen. Ich liebe dich, Alegria. Bitte vergiss das nicht.« Vorsichtig hauche ich ihr einen Kuss auf den Handrücken und richte mich wieder auf. Ich will schon gehen, doch dann hält sie mich fest.

Ihre Mimik hat sich nicht verändert, doch eine Träne kullert ihre Wange hinunter. Ich mache kehrt und schließe sie so fest in die Arme, dass ich Angst habe, sie nicht mehr loslassen zu können. Ganz leise höre ich an meinem Ohr etwas und versuche meinen aufgeregten Herzschlag zu beruhigen, damit ich Alegria verstehen kann. Ein Finger tippt gegen meine Brust, wo mein Herz ist.

Die Worte verlassen leise und abgehackt ihren Mund. Aber ich bin mir sicher es verstanden zu haben. Jetzt möchte ich sie wirklich nicht mehr loslassen.

Aber der Busfahrer wird schon ungeduldig, schließlich müssen sie einen Plan einhalten. Deswegen drücke ich ihr einen Kuss auf den Kopf und verlasse zusammen mit Lucia schweren Herzens das Gefährt.

Celia steht noch draußen und umarmt die Jungs. Kelvin hält sie besonders lange im Arm und gibt ihm ein paar letzte Anweisungen.

»Lass dich nicht unterkriegen«, schließt sie ihr Plädoyer und Kelvin nickt artig.

Atlan ist als Letzter dran. »Wir werden dich vermissen.«

Noah nickt bekräftigend. »Wer soll denn Mayla Einhalt gebieten, wenn du nicht mehr da bist?« Dabei schiebt er seine Unterlippe nach vorn.

»Ich höre dich!«, rufe ich und verpasse ihm wieder einen Schlag auf den Oberarm. Er zuckt noch nicht einmal zusammen, aber hält sich den Arm, als hätte es ihm wirklich wehgetan. »Treffsicher immer auf dieselbe Stelle, Mayla.«

Ich ignoriere ihn und nehme Celia ebenfalls in den Arm.

»Also dann, wir sehen uns in Barcelona und pass gut auf Alegria auf. Sie hat gerade sogar etwas gesagt.«

Lucia und Celia lachen gelöst auf und dann klatschen wir uns gegenseitig ab. Es sind die kleinen Siege, die wir feiern müssen.

»Lucia wird es bestimmt schaffen, ihre Seele wiederaufzubauen.« Ich stupse Lucia in die Seite und sie wischt sich über die Stirn.

»Wir wissen zwar noch nicht, wie, aber für Alegria würde ich alles tun«, sagt Lucia und versucht sichtlich nicht schon wieder zu weinen. Es fällt ihr allerdings schwer, sodass Celia ihr mit dem Ärmel über die Augen wischt.

»Du kannst so froh sein, dass du kein Make-up brauchst. Mann, mir liegen Abschiede echt nicht.« Dann tritt sie zum Eingang des Busses. »Und ich weiß, dass du alles gibst, Mama Bär. Oder ist jetzt Eure Hoheit angemessen?«, fragt sie grinsend, dann steigt sie ein, ohne ein weiteres Wort des Abschieds.

»Ich werde sie echt vermissen«, sage ich, während wir artig winken, »aber sagt ihr das bloß nicht.«

Alle vier fangen an zu lachen und ich habe das Gefühl, etwas Wichtiges verpasst zu haben.

Der Bus fährt los und macht sich vom Hotel aus auf den Weg zur Hauptstraße.

»Was hat Alegria denn gesagt?«, fragt Lucia.

Ich lege eine Hand an mein Herz und schmunzle. Denn meine geliebte Alegria, der Wissenschaftsnerd schlechthin, der immer über meine Suche nach Liebe die Augen verdreht hat, hat mir etwas geschenkt. Worte, auf die ich kaum zu hoffen gewagt habe, und einen Ratschlag. »Folge dem«, sage ich.

Lucia lächelt und macht ein Foto von der Rückseite des Busses, der immer kleiner wird.

Jetzt sind wir nur noch fünf von ursprünglich acht.

»Jetzt weiß ich, warum du so gern Fotos machst.«

Lucia steckt den Deckel ihrer Kamera in ihre hintere Hosentasche und wendet sich wieder unserem Gepäck zu. »Du meinst, weil sie Momente festhalten?«

»Ja, sie sind wie festgefrorene Erinnerungen. Wir hätten mehr machen müssen.«

»O glaub mir, ich habe genug gemacht.« Sie zwinkert mir zu und zieht mich dann an der Schulter ran, um ein Selfie von uns beiden zu machen. Ein Krieg steht Lucia bevor, wir werden eine Weile getrennt sein. Deshalb umarme ich sie so fest, dass all meine Liebe für meine beste Freundin auf diesem Foto festgehalten werden kann. Egal wie albern es auch aussehen mag. Dann drückt sie den Auslöser und ich denke, es gab nie ein schöneres Bild von uns als dieses.

***

Wir haben unseren gesamten Kram vom Hotel in die Hütte hoch oben auf der Klippe gebracht. Noah war zwar sofort Feuer und Flamme von meinem Plan, mithilfe ihrer Kräfte im Hotel zu bleiben, doch Atlan hat es verboten. Also sind wir alle brav den Hügel raufgeklettert und beziehen nun die kleine Hütte.

Es gibt nicht viel Platz, aber wir haben eine Woche lang zu siebt in einem Hotelzimmer geschlafen. Wir sind also daran gewöhnt. Matratzen haben wir genug und ich bin sowieso nicht zimperlich.

Atlan hat entschieden, dass Lucia und ich das Bett bekommen, das groß genug für uns beide ist.

Als Nächstes steht wieder Training auf dem Plan, wofür wir uns jetzt abgeschiedene Plätze suchen. Jedoch müssen wir in der Nähe vom Land bleiben. Wenn wir zu weit draußen sind, besteht die Gefahr, dass die Meerhexen uns finden.

»Warum müsst ihr Lucia jetzt schon vorbereiten? Könntet ihr sie nicht auch erst nach Aquarta bringen?«, frage ich Atlan in einer ruhigen Minute, als Lucia gerade mit Kelvin und Noah Bilder schießt.

Atlan beobachtet mit Adleraugen das Geschehen. Vielleicht wäre unsere Verbindung wirklich nicht das Richtige gewesen. Ich hätte mich niemals so bewachen lassen und immer das Gefühl gehabt, ausbrechen zu müssen. Rede ich mir jedenfalls ein.

»Lucias Meeresmacht wird mit jedem Tag stärker und wenn sie erst einmal im offenen Meer ist, werden es auch die Meerhexen spüren. Es ist nur von Vorteil, wenn sie weiß, wie sie fliehen und sich zur Wehr setzen kann. Jetzt müssen wir nur noch ihre Stimme trainieren und dann ist sie bereit für den Weg nach Aquarta.«

Ich will nicht, dass sie alle gehen, aber ich kann verstehen, dass wir nicht zu fünft für immer auf dieser Insel bleiben können. Zwar hat Tante Carla viel gelassener reagiert, als ich es jemals für möglich gehalten hätte, aber man muss ja nichts provozieren.

Sie hat nur gesagt: »Komm wieder, wenn es das Richtige ist, Señorita.« Dann hat Ben wieder irgendetwas angestellt und sie musste auflegen. Aber nicht ohne mir zu sagen, dass sie mich liebt.

»Und für das Stimmtraining bin ich da, oder?«, frage ich und muss über die Grimassen der beiden Jungs lachen, die Lucia aus einem unteren Winkel fotografiert.

»Ja, du hast dein ganzes Leben mit einer Sirene verbracht. Wahrscheinlich bist du deshalb gegen unsere Gesänge immun. Der perfekte Trainingspartner.«

Gesagt, getan, die nächsten Tage verbringen wir viel Zeit im Wasser und mit Lucias Gesangskünsten. Aber egal wie laut und kraftvoll sie singt, bei mir verändert sich nichts. Mit der Zeit bekomme ich lediglich Kopfschmerzen. Da die Menschen sehr wohl auf Lucia reagieren und ihr am liebsten sofort hinterherspringen würden, müssen wir uns immer abgeschiedenere Orte suchen.

»Euer Gesang hat also immer dieselbe Wirkung auf die Menschen? Sie wollen mit euch schwimmen gehen?«

Atlan tauscht einen Blick mit Kelvin und Noah aus, ehe er mir zustimmt. Das bedeutet für mich, dass ich hier wohl die jugendfreie Version serviert bekomme.

Allerdings ist unser Training nicht ganz sinnfrei, denn nach einer Woche kann sich Lucia verwandeln, ohne dass Atlan sie umklammern muss. Langsam habe ich sie wieder an das Meer gewöhnt, bis sie irgendwann nur noch Blickkontakt mit mir halten musste, um die Verwandlung zu vollenden. Und meine Güte, sieht sie wunderschön aus. Ihre hellbraunen Haare wiegen sich im Wasser hin und her, ihre Haut wirkt so rein wie aus einer Beautywerbung und ihr Meerjungfrauenschweif glänzt golden.

Wenn sie sich verwandelt, verschwinden auch ihre Klamotten auf wundersame Weise, aber die goldenen Schuppen bedecken ihren Körper so, dass er nicht entblößt ist. Während die Jungs nackte Oberkörper haben, schlängeln sich die goldenen Schuppen von ihrer Hüfte an aufwärts seitlich über ihre Brüste.

»Ich kann jetzt damit angeben, dass ich die schönste beste Freundin auf der gesamten Welt habe.«

Allein für die Röte auf ihrem Gesicht war dieser Spruch es wert.

Am achten Trainingstag nimmt Lucia meine Hand und zieht mich von sich aus ins Meer. So schnell, dass ich gerade noch so meine Kleidung abwerfen und ihr im Bikini folgen kann.

»Ich habe eine Überraschung für dich.«

»Wenn diese Überraschung mich in ein weiteres Gefühlschaos stürzt, dann bin ich gegen sie«, sage ich grinsend.

Lucia schüttelt den Kopf und geht mit mir ein Stückchen weiter raus, aber so, dass wir augenblicklich zurück zum Strand rennen können.

»Ich denke, dein jetziges Gefühlschaos reicht völlig aus. Da setze ich nichts mehr drauf.«

Da hat sie recht. Dafür dass Noah so eine große Ankündigung gemacht hat und meinte, er will mein Herz stehlen, benimmt er sich genauso wie zuvor. Atlans Blicke spüre ich hingegen oft in meinem Nacken, wann immer ich mich Noah zuwende. Ich kann nichts dagegen tun, ich weiß immer, wo er sich gerade befindet. Und seine Gefühlslage kann ich spüren, das beruht leider Gottes auch noch auf Gegenseitigkeit. Denn seit neuesten sind es prüfende Blicke, wann immer ich mich nicht schnell genug von Noah abwende.

Mir ist zuvor nicht aufgefallen, dass Noah mich anzieht wie das Meer. Er bringt mich, wann immer es geht, zum Lachen und wir stellen leider viel zu viel an, weshalb Atlan und Lucia uns beide immer wieder ausschimpfen. Mit ihm ist auch mein normales Leben ein Abenteuer.

Gestern meinte Kelvin, dass wir uns nachts alle zusammen den Sternenhimmel ansehen sollten. Doch Noah und ich haben augenblicklich abgelehnt. Als wäre es eine Erinnerung, die nur wir teilen wollen.

»Also, was ist die Überraschung?«

Lucia hibbelt wie ein kleines Kind und zieht meine Aufmerksamkeit wieder auf sich. Ihre Nervosität überträgt sich auf mich.

»Okay, tauch unter und mach die Augen zu, bis ich dein Gesicht berühre.«

Ich bin zwar skeptisch, doch folge ihrer Anweisung.

Es dauert nur wenige Sekunden, bis ihre Fingerspitzen meine Wange berühren.

»Atme«, sagt sie.

Ungeduldig schlage ich die Augen auf und nehme einen tiefen Atemzug. Unglaublich …

Kapitel 26

Positives Nummer 26: Ein Traum wird wahr

Lucia hat es geschafft, eine Luftblase um meinen Kopf zu erschaffen.

»Wie?« Sogar meine Stimme kann ich klar unter Wasser hören. Probeweise mache ich ein paar Schwimmzüge. Sie hält, jedes noch so kleine Detail der Unterwasserwelt kann ich mir anschauen.

»Ich habe trainiert, weil ich dir das hier ermöglichen wollte. Damit kannst du eine Weile lang unter Wasser atmen. Wie lange genau, weiß ich nicht, ist ja alles noch recht neu.«

»Das ist unglaublich! Du bist richtig gut geworden.«

Lucia wird rot, während sie eine Superheldenpose einnimmt. Es ist ihr peinlich, aber für mich macht sie den Spaß.

»Da wir weite Strecken nicht wirklich üben konnten, muss mich immer noch einer der Jungs halten, wenn wir schnell schwimmen«, gesteht sie mir.

»Ach, das lernst du auch im Handumdrehen.«

Wir schwimmen weiter raus, bleiben aber noch immer in der Nähe vom Strand, sodass wir schnell flüchten können, und bisher merke ich nichts davon, dass der Sauerstoff knapp wird. Fasziniert betrachte ich die Fische und nehme jetzt auch Lucias Sirenenflosse genau unter die Lupe. Ein wenig später liegen wir auf dem Meeresgrund und schauen nach oben, wo das Sonnenlicht sich im Wasser bricht. Lucia hält mich mit einer sanften Meeresströmung auf dem Boden, sodass ich trotz der Luftblase nicht aufsteige.

»Ich habe immer noch Angst, Mayla«, gesteht mir Lucia und ich greife nach ihrer Hand.

»Keine Sorge, Noah, Atlan und Kelvin passen auf dich auf. Du bist doch ihre Prinzessin.«

Noch immer kann ich nicht fassen, was alles passiert ist. Meine beste Freundin ist eine Sirene mit magischen Fähigkeiten und einer Flosse.

»Wir werden nachher schon nach Aquarta aufbrechen.«

Ich schlucke hart. Seit wir uns kennen, gab es keinen Tag in unserem Leben, an dem wir einander nicht gesehen haben, und jetzt heißt es, auf Wiedersehen zu sagen. Ich weiß, es muss sein, aber mir fällt es schwer, sie in die große weite Welt zu entlassen. In einen Kampf, bei dem ich ihr nicht helfen kann.

Auch wenn sie jetzt neben mir liegt, vermisse ich sie schon. Sie hat bis zum letzten Augenblick gewartet, um es mir zu sagen. Vermutlich damit der Abschied nicht so hart für mich wird. Und wenn sie so überraschend abreisen, ist das Risiko kleiner, dass die Meerhexen etwas mitbekommen.

»Präg dir alles genau ein. Wenn wir uns wiedersehen, musst du mir davon erzählen.«

»Mayla.«

Ich weiß, was sie sagen will, ihre Stimme klingt gequält. Ruckartig drehe ich mich um, sodass der Sand aufwirbelt. »Versprich es mir. Wenn wir uns wiedersehen.«

Sie nickt. Ihre Flosse schwingt langsam auf und ab, dabei glitzern ihre Schuppen im Licht.

»Ich muss dir noch etwas sagen.«

»In Bezug auf Atlan?«

Ihr Kopf zuckt zu mir und das schlechte Gewissen steht ihr ins Gesicht geschrieben.

»Er ist zum Verlieben, oder?«, sage ich und lächle sie an. Ohne Vorwarnung wirft sie sich auf mich und drückt ihren Kopf auf meine Brust. Auch wenn ihr Aussehen sich verändert hat, ist sie immer noch meine Lucia.

»Es tut mir so leid.«

Es ist ein bisschen schwer, unter Wasser ihren Kopf zu tätscheln, da ihre Haare überall herumfliegen.

»Gegen Gefühle kann niemand etwas tun. Außerdem … sieh dich um.« Ich breite die Arme aus und warte darauf, dass sie aufschaut.

»Durch dich kann ich unter Wasser atmen. Das hier bedeutet alles für mich.« So ganz stimmt das nicht, aber ich will ihr kein schlechtes Gewissen machen. Es ist okay, irgendwie. Oder es wird okay sein. Schließlich bleibe ich sicher an Land zurück, während sie wer weiß was anstellen und in einen Krieg ziehen wird.

***

Die Luft in der Blase wird nach ungefähr einer Stunde sehr knapp. Dann muss ich dringend auftauchen, aber ich konnte eine Stunde lang unter Wasser atmen und die Schönheit des Meeres betrachten, ohne Sauerstoffgeräte oder Tauchermaske.

Zurück am Strand empfängt uns Atlan mit einem wachsamen Blick und das ist der Moment, in dem ich weiß, dass ich ihn wirklich geliebt habe.

Er wacht über Lucia, als wäre sie sein größter Schatz. Jede seiner Bewegungen kann ich schon erahnen, bevor er sie macht. Vielleicht ist da wirklich diese Verbindung zwischen uns.

»Na geh schon«, sage ich und schubse sie an der Schulter.

In Nostalgie schwelgend beobachte ich, wie Atlan Lucia ein Handtuch reicht und sie sich einkuschelt.

»Ahhhhh!«, kommt es von links, ehe mich eine schwere Gestalt niederreißt und ich mit einem Platschen zurück im Meer lande.

»Was zum Henker?«

Noah liegt lachend über mir und beginnt damit, mir immer mehr Salzwasser ins Gesicht zu spritzen.

»Hör … auf … bitte«, sage ich zwischen seinen kleinen Attacken, die jedoch nicht enden wollen. »Okay, du hast es nicht anders gewollt.«

Mit einem animalischen Schrei stürze ich mich auf ihn und kitzle ihn ordentlich durch. Ich kann mir schon denken, warum er diesen Angriff gestartet hat. Er macht sich wirklich zu viele Gedanken.

»Gegenattacke!«, ruft er aus und greift nach meinen Händen, doch bekommt sie nicht zu fassen. Geschwind rapple ich mich auf und laufe vor ihm davon, während er mich mit einem bösen Grinsen jagt. Das Wasser spritzt nur so auf.

Japsend gebe ich nach einer kurzen Verfolgungsjagd auf. Er hat mich bei ein paar größeren Felsen eingekesselt und stemmt einen Arm gegen die Wand.

Ich atme schwer, er grinst nur dämlich. Verdammte Sirenengene.

Das Meer reicht mir bis zur Mitte der Wade und kleine Wellen schwappen an uns vorbei, ehe sie mit einem leisen *Platsch* an den Felsen zerschellen.

Morgen wird Noah verschwunden sein und dann kann ich dieses breite Grinsen nicht mehr sehen. Ich weiß noch nicht einmal, ob wir uns danach wiedersehen.

»Ich werde dich vermissen«, sagt er unvermittelt und bedenkt mich mit einem liebevollen Grinsen.

Kleine Selbstzweifel in mir regen sich. »Ich bin nur ein Mensch. Einfach nur der Sidekick der Heldin dieser Geschichte.«

Er legt seine Stirn an meine, wobei er sich herunterbeugen muss.

»Du bist für mich nicht nur ein Mensch. Du bist Mayla. Reicht das nicht?«

»Hm«, mache ich und schaue zur Seite, unfähig etwas zu sagen.

Er nimmt meine Hand und legt sie an seine Brust, wo sein Herz schlägt, und mir wird warm. Wie sprunghaft können Gefühle sein?

»Hast du mich jemals mit deinen Kräften belegt?«, frage ich ihn.

Er lacht leise auf. »Das habe ich gar nicht nötig.«

Dann beugt er sich näher zu mir und ein kleiner Teil von mir will, dass er mich küsst.

»Hey Noah, ach hier seid ihr!« Kelvin kommt um die Ecke und sieht uns in dieser verfänglichen Situation.

Noahs Gesicht verändert sich in Sekundenschnelle und wäre ich an Kelvins Stelle würde ich mir große Gedanken um seine Gesundheit machen. Dennoch muss ich laut auflachen, was für ein Klischee.

Ich tauche unter Noahs Arm hindurch und hake mich bei Kelvin unter.

»Habe ich gestört?«, fragt er leise, doch ich schüttle den Kopf.

»Keine Sorge, hast du nicht. Warum hast du uns gesucht?«

Kelvin hebt mich auf seine Arme, um mit mir durchs Wasser zu rennen.

»Wir haben etwas für dich«, erwidert er lachend und setzt mich erst wieder ab, als wir trockenen Sand unter den Füßen haben.

Atlan und Lucia stehen grinsend vor uns und halten etwas hinter ihren Rücken versteckt.

Ich komme mir vor, als wäre ich ihre Tochter, die sie mit einem Geschenk überraschen.

»Noah sollte dich nur kurz ablenken, aber dann wart ihr verschwunden.« Lucia zieht eine Schnute und dreht sich immer wieder von mir weg, als ich hinter ihren Rücken spähen will.

»Dabei wollen wir alle heute etwas von dir haben.«

Atlan hebt mich an der Hüfte hoch, als würde ich nichts wiegen, und hält mich so davon ab, Lucia weiter auf die Pelle zu rücken. Seine Berührung fühlt sich genauso vertraut an wie immer, aber es ist so viel zwischen uns passiert. Noch immer fühle ich mich von ihm zurückgewiesen, auch wenn Atlan durchaus sein Bestes gibt, es so normal wie möglich zwischen uns zu gestalten. Es gelingt nicht immer. Vor allem dann nicht, wenn solch vertraute Augenblicke Erinnerungen wach rütteln. Etwas in mir rührt sich, eine zarte Stimme, die Noahs mit Atlans Händen vergleicht, die mich halten.

Bevor ich mir jedoch weiter Gedanken machen kann, präsentiert Lucia mir eine gebastelte Krone aus Seesternen, Steinen, Algen und allerlei anderen Sachen. »Natürlich sind die Seesterne nicht echt«, fügt sie schnell hinzu. Doch da falle ich ihr schon um den Hals.

»Weil du auch eine Königin für uns bist«, ruft Kelvin und will Lucia die Krone abluchsen.

»O nein, du machst sie nur kaputt«, sagt Atlan und setzt mir die Krone auf.

Lucia zaubert aus einer kleinen Tasche an ihrer Hüfte ein paar Haarklemmen hervor und befestigt das Kunstwerk.

»Und jetzt gehen wir ein letztes Mal mit dir schwimmen.« Kelvin klatscht in die Hände und treibt uns drei wieder Richtung Wasser. »So weit es uns möglich ist«, fügt er mit einem Blick auf Atlan hinzu, der eine strenge Miene aufgesetzt hat.

Wir gehen so tief rein, bis Lucia und ich gerade noch stehen können.

Noah wartet schon im Wasser auf uns und streckt eine Hand aus. Ich will sie ergreifen, doch Lucia kommt mir zuvor. Fassungslos starre ich auf ihre Hände, während Atlan sich neben mir räuspert.

»Wir dachten uns, ich habe dich zum ersten Mal in diese Welt entführt, da nehme ich dich auch auf die vorerst letzte Reise mit«, sagt er und kratzt sich am Kopf.

»Oh, natürlich«, sage ich schnell und stelle mich näher zu ihm, damit er mich in den Arm nehmen kann, wie er es bei unserem ersten Unterwasserabenteuer gemacht hat. Doch ehrlich gesagt finde ich es nicht gut, dass Lucia mit Noah schwimmen soll.

»Ähm, darf ich dich heute mal führen, Lucia?«, fragt Kelvin aus dem Nichts. Und ich bin viel zu erleichtert über sein Angebot.

Lucia nimmt es sofort an. Ich bin mir nicht sicher, ob sie es mir an der Nasenspitze angesehen hat. Atlan umarmt mich.

»Luft anhalten.« Dann tauchen wir.

Während wir schwimmen, habe ich einen Augenblick Zeit, meine Gedanken zu sortieren. Auch jetzt fühle ich mich wohl bei Atlan, aber ich spüre kein aufregendes Herzklopfen wie bei Noah. An dem verhängnisvollen Tag unserer Suche habe ich Lucia vorgeschlagen mit Atlan zu schwimmen. Es hat mich nicht gestört, dass Atlan Lucia auf den Armen trug, weil ich ihm vertraute. Doch bei Noah ist alles so ungewohnt. Egal ob ich ihm vertraue, ich will einfach nicht, dass er jemand anderen so nah an sich heranlässt.

Ich muss unter Wasser auflachen. O Gott, mir ist doch nicht mehr zu helfen.

Während ich bei Atlan jede Bewegung voraussehen kann, ist Noah wie ein Sturm, der mich mitreißt und dabei unberechenbar ist. Ihm ist es egal, wer ich bin, er strahlt mich einfach nur an und gibt mir trotz allem das Gefühl, etwas Besonderes zu sein.

Als wir auf der anderen Seite der Insel ankommen, nah genug am Festland und weit genug draußen, um tiefer tauchen zu können, schenkt mir Lucia erneut eine Luftblase. Doch dieses Mal habe ich unter Wasser kein Auge für die Schönheit dieser Welt, sondern nur für die schimmernden Schuppen von

Noah. Und hier, umgeben von meiner großen Liebe, dem Meer, wird mir klar, dass ich mein Herz verloren habe.

***

»Und du kommst allein zurecht?«, fragt Lucia mich gefühlt zum hundertsten Mal.

»Ich bin achtzehn Jahre alt, ich bin sicher, ich werde zwei Tage überleben, bis mein Flug geht«, versichere ich ihr.

Wir haben zu fünft einen wundervollen Mittag im Wasser verbracht und danach hat Lucia noch etwas zu essen gezaubert. Diese kleine Hütte ist wie unser Hotelzimmer ein Zufluchtsort geworden, an dem es immer laut und lebhaft ist.

»Ich bleibe in der Hütte und übermorgen werde ich brav in den Bus steigen.«

»Versprich es mir!« Lucias böser Blick ist furchteinflößend, jetzt mehr denn je.

Ich halte eine Hand an mein Herz und die andere erhoben, ohne die Finger zu kreuzen.

»Ich – Mayla Luna – verspreche hiermit in zwei Tagen in dieses Blechmonstrum zu steigen, um wieder nach Barcelona zu fliegen.«

»Braves Mädchen«, sagt Kelvin und verstrubbelt meine sowieso schon unordentlichen Haare.

»Ich liebe dich«, sagt Lucia und wischt sich über die Augen. Ihr erwartungsvoller Blick durchbohrt mich. Sicher möchte sie noch ein paar Worte von mir hören.

Ich will ihr noch etwas Aufmunterndes sagen, ihr alles Glück der Welt wünschen, versichern, dass sie es schafft. Aber heraus kommt nur: »Ich dich auch.«

Dann schließt Kelvin mich die Arme und wirbelt mich einmal herum. »Hoffentlich sehen wir uns mal wieder, Mayla.«

»Aber sicher doch. Wenn das Schicksal es will.«

Kelvin verdreht die Augen. »Manchmal hören du und Atlan euch zu ähnlich an.«

Atlan steht neben ihm und verschränkt brummend die Arme vor der Brust. »Das nehme ich mal als Kompliment.«

»Mit mir verglichen zu werden, ist immer eines«, scherze ich und stelle mich auf die Zehenspitzen, um meine Arme um seinen Nacken zu schlingen.

Sanft hält er mich in der Umarmung gefangen und drückt mir einen Kuss auf die Wange.

»Pass bitte gut auf Lucia auf. Sie ist das Wichtigste in meinem Leben.«

Wieder brummt er. »In meinem auch.«

»Ich weiß, deshalb überlasse ich sie dir.«

Der Rest unserer kleinen Gruppe tut so, als würde es etwas total Aufregendes am Horizont geben. Damit entsteht wenigstens die Illusion von Privatsphäre.

Atlan löst sich von mir und ich streiche ihm eine braune Strähne aus dem Gesicht.

»Es tut mir so leid, Mayla.«

Ich schüttle den Kopf. »Muss es nicht. Die Krone hat Priorität und das ist völlig okay.«

Wir halten kurz inne und wenden uns den dreien zu, wo Noah gerade ausgelassen über Kelvin lacht, der ausgerutscht und mit seinem Hintern auf dem glitschigen Felsen gelandet ist.

»Außerdem hat Noah mir mein Herz gestohlen«, sage ich so leise, wie es mir möglich ist.

Atlan betrachtet mich von der Seite. »Wie das?«

»Er hat mich mit Haut und Haaren wie ein Wirbelwind mitgerissen. Ich war machtlos.«

»Es ist verboten, Mayla.«

»Wissen wir und wir haben auch nichts getan. Aber Noah hat es nie interessiert, was ich bin. Nur wer ich bin.«

»Liebt er dich denn aufrichtig?«

Ich lache auf und stupse gegen Atlans Nase. »Wer weiß? Ich dachte, du als sein bester Freund wüsstest es.«

Er schüttelt den Kopf, dabei kann ich sehen, wie die Gedanken in seinem

Kopf gerade im Kreis rasen. »Wenn ich es wüsste, müsste ich es unterbinden. Also bin ich einfach unwissend.«

»Bis dann«, sage ich.

Er hat mir schon den Rücken zugewandt und hebt die Hand zum Abschied.

Nun kommt Noah zu mir, doch er umarmt mich nicht. Seine gesamte Körperhaltung wirkt angespannt und seine Hand verkrampft sich um seinen Anhänger.

»Du bist schon bereit für den Kampf, oder?«

Sein Kiefer arbeitet unaufhörlich.

»Ja, entschuldige. Ich wollte das hier als Versuch nutzen, dir dein Herz zu stehlen. Aber wenn ich an diese Monster im Wasser denke, kann ich nicht anders, als sie alle auslöschen zu wollen.«

Diese zwei Gesichter überraschen mich jedes Mal. Ich lege eine Hand an seine Wange. »Sei vorsichtig und komm heil zurück, wenn du den Krieg gewonnen hast. Dann kannst du ja einen neuen Versuch starten.« Ich zwinkere ihm zu. Es hat keinen Sinn, ihm zu sagen, dass er bereits gewonnen hat, wenn er in Gedanken schon weit weg ist.

»Mach ich. Verlass dich darauf.«

Ohne eine Umarmung geht er und sie alle winken mir, ehe sie in ihren Badeklamotten weit hinausschwimmen. Ich setze mich auf die glatten Felsen und beobachte, wie ihre Gestalten immer kleiner werden, bis sie irgendwann abtauchen und vollständig verschwunden sind. Aber auch dann kann ich nicht von der Stelle wegschauen.

Ich weiß, dass sie erst ein paar Runden um die Insel ziehen werden, um den besten Moment abzupassen, ihren Weg nach Aquarta fortzusetzen.

Plötzlich ist es ganz schön einsam. In die Hütte will ich noch nicht zurückkehren, also entschließe ich mich zum Strand unseres ehemaligen Hotels zu gehen. Man müsste meinen, ich hätte in den letzten Tagen und Wochen genug Zeit im Meer verbracht, aber dem ist nicht so.

Gerade treibe ich auf dem Rücken im Wasser und überlege, was ich die restlichen zwei Tage noch anstellen könnte, bis mein Flug geht.

Da spüre ich etwas. Das Meer wirkt unruhig. Nicht dass die Höhe der Wellen sich verändert hätte, aber tief in mir entsteht Nervosität. An meinen Fingerspitzen kitzeln kleine Stromschläge. Da stimmt etwas nicht. Ich weiß es, keine Ahnung, woher. Aber dieses Bauchgefühl lässt mich erzittern.

Ich schließe die Augen und folge einer Eingebung.

»Mayim, ich weiß, ich bin keine Sirene, aber du hast trotzdem Kontakt zu mir aufgenommen. Bitte sag mir, dass mit Lucia alles in Ordnung ist«, wispere ich vor mich hin. Dabei komme ich mir nicht merkwürdig vor. Mayim ist das Wasser selbst, vielleicht erhört mich das Wesen und beruhigt mich.

»O kleine Mayla.« Erschrocken reiße ich die Augen auf, als die überirdische Stimme direkt in mein Ohr wispert. Eine Welle schwappt mir ins Gesicht und benetzt es mit Salzwasser.

»Ohne dich wird sie verlieren, kleine Mayla. Die Angst lähmt sie.«

»Und was nun? Soll ich einen Jetski stehlen und hinterherfahren? Sie könnten schon wer weiß wo sein.« Ich halte einen Moment inne. »Obwohl, gute Idee.«

Damit kraule ich im Eiltempo zurück, renne zu meinen Sachen, krame nach meinem Portemonnaie und hole mein restliches Bargeld hervor. Kurz darauf renne ich zu der Bude, die die Jetskis vermietet.

»Ich brauche jetzt sofort einen Jetski«, sage ich mit Nachdruck und knalle die Scheine auf den Tisch. Der Inhaber ist völlig überrumpelt und deutet nur stumm auf ein Gefährt, das gerade frisch aufgetankt wird.

»Danke.« Wie aus dem Nichts fühle ich mich schon wieder so leer.

O nein, egal woher dieses Gefühl kommt, ich werde mich nicht aufhalten lassen. Ich springe auf das Ding und atme tief durch, ehe ich den Motor starte und losdüse. Ja, auch auf einem Jetski wird mir schlecht.

Meinem Instinkt folgend fahre ich erst nach links hinter die Klippe und von dort aus immer geradeaus. Dabei sinkt die Tankanzeige beachtlich.

Ich bin ein Mensch, vermutlich kann ich niemandem helfen und mache es vielleicht noch schlimmer. Aber ich vertraue Mayim einfach mal. Ich halte erst an, als dieses merkwürdige Gefühl verschwindet.

Sicherheitshalber halte ich meine Füße in das Wasser und weiß, hier bin ich richtig. Es ist eiskalt und jagt mir einen Schauer über den Rücken. Alles in mir schreit, dass ich auf gar keinen Fall nach unten sollte.

»Okay, dann noch ein Abenteuer«, spreche ich mir Mut zu. Gleich werde ich die Meerhexen wiedersehen, ihre grausigen Fratzen werden mich erneut verfolgen. Aber was tut man nicht alles für seine beste Freundin?

Dann springe ich vom Jetski hinunter in das eiskalte Wasser.

Kapitel 27

Positives Nummer 27: Ich bin nicht kälteempfindlich

Wenigstens blicke ich beim Tauchen nicht wieder in das Gesicht einer Meerhexe. Das beruhigt mich etwas. Aber nur bis ich mich dem Kampfgeschehen widme.

Die Meerhexen sind in der Überzahl, fünf hässliche Kreaturen zähle ich, die ich zuvor noch nicht gesehen habe. Sie waren nicht beim Kampf in der Grotte dabei. Alle drei Jungs haben ihren Dreizack gezückt, während Lucia sich ihre elfenartigen Ohren zuhält und sich so klein wie möglich macht.

Mayim hatte recht, sie hat die Nerven verloren und sich zurückgezogen.

Mit aller Kraft schwimme ich der Kälte entgegen und ignoriere das Zischen der Meerhexen.

»Tötet sie!«, schreit eine von ihnen, doch Atlan steckt ihr sofort seinen Dreizack in den Hals. Sie macht gurgelnde Geräusche und verendet zusehends.

Eine andere greift nach meinem Bein und ich fühle mich zurück zu meinem ersten Treffen mit den Meerhexen versetzt. Ihre langen spitzen Nägel krallen sich in meine Haut. Wenigstens sehen beide Beine gleich aus, wenn ich Narben davontrage.

Es fällt mir schwerer, den Atem anzuhalten, und ich strample wie wild nach ihr. Da greifen noch zwei weitere Arme nach mir und ich gebe zu, es war nicht mein durchdachtester Plan zu hoffen, sie würden mich in Ruhe lassen. Herrgott, ich bin doch nur ein Mensch, das sollte mal nützlich sein.

»Saugen wir ihr die Seele aus? Dann wird das hier ein Kinderspiel.«

»Hm?«, entfleucht es mir und Luftblasen steigen auf. Entschuldige mal, ich will meine Seele behalten. Jetzt habe ich ihnen auch noch Futter für ihre Flüche geliefert, na wunderbar. Aber wenn sie so scharf auf meine Seele sind, haben sie vielleicht gerade keine Möglichkeit, uns zu verfluchen.

»Finger weg von ihr!«

Noah stürzt sich mit einer schnellen Bewegung seiner Flosse auf meine erste Angreiferin und trennt mit dem Dreizack den Arm von ihrem Körper, während er mit der anderen Hand ihren Hals umschlingt. Das Knacksen ist nicht zu überhören. Um mich tretend löse ich den erschlafften Arm von meinem Bein, während zwei weitere Gestalten an mir zerren.

Noah schwimmt auf mich zu und rammt mich, ausgerechnet mich. Hat er sein Ziel so verfehlt? Durch den Aufprall verliert mein Körper für eine Sekunde die Spannung und ich sinke tiefer gen Boden, während Noah es mit beiden Meerhexen aufnimmt. Sie haben mich tatsächlich fallen lassen.

»Los, beeil dich!«

Das lasse ich mir von ihm nicht zweimal sagen und beeile mich meinen Weg fortzusetzen. Ohne Lucias Meeresmacht wird das hier eine ganz knappe Kiste. Ich hoffe, dass ich nicht vorher ertrinke.

Zwischendurch muss ich einen Druckausgleich machen, da wir ziemlich tief unter dem Meeresspiegel sind. Mit kräftigen Zügen passiere ich Atlan und Kelvin. Sie sehen nicht überrascht aus, sondern hoch konzentriert, während sie zwischen den Meerhexen herumwirbeln. Sie haben Schrammen an ihrem Körper und Blut vermischt sich mit dem Wasser.

»Jede, die auch nur versucht sich zu nähern, durchbohre ich sofort mit meinem Dreizack «, droht Atlan und zieht seine Waffe aus dem Rachen einer leblosen Hexe.

Die echsenartigen Augen der Monster zucken hin und her. Mögen sie noch so grausam sein, Angst kennen scheinbar auch sie.

Mir geht fast die Luft aus, doch endlich erreiche ich Lucia und ziehe sie in eine Umarmung.

Am liebsten möchte ich etwas sagen, aber ich habe weder den Atem noch wird sie mich verstehen.

»Mayla!«, kreischt sie und die Meerhexen verziehen ihre Gesichter. Lucia umfasst mein Gesicht und kurz darauf kann ich japsend nach Luft schnappen, als die Blase das Wasser von mir fernhält.

»Gott sei Dank hast du schnell geschaltet.«

»Was tust du hier?«, faucht sie.

»Ich werde dir jetzt etwas sagen, was ich dir zuvor nicht sagen konnte.«

»Jetzt? Hast du dich mal umgesehen? Wir werden gleich alle getötet und du mit uns, weil du so dumm warst und uns gefolgt bist. Wie hast du uns überhaupt gefunden?«

Lucia ist hysterisch und die Panik scheint aus jeder Schuppe ihres Sirenenkörpers zu dringen. Doch ich bin ganz ruhig. Denn endlich weiß ich, warum Mayim mich vor dem Fieber gerettet hat. Das Wesen kann in die Zukunft blicken, also wird es auch das hier gesehen haben. Deshalb hat Mayim den Kontakt zu mir gesucht, um mich jetzt hierherzulotsen.

Ich habe versucht Lucia meine Meinung aufzudrücken, sie auf den Weg zu schicken, der in meinen Augen der richtige ist. Aber sie muss ihren eigenen finden. Sie braucht nur einen Schubser und deshalb bin ich hier.

Ich lege meine Stirn an ihre, die Luftblase lässt ihren Kopf eintreten, ohne dass sie zerplatzt.

»Das Leben liegt direkt vor dir. Es ist wunderschön und beängstigend zugleich. Aber wenn du daran glaubst, dass alles gut wird, dann wird sich auch alles zum Positiven wenden und du kannst dein Schicksal selbst erschaffen. Nimm dieses Leben als Sirene an. Beschütze es.«

Ich kann ihr nicht helfen, ich kann ihr nur das geben. Ihr Mut zusprechen und sie davon überzeugen, sich dem hier zu stellen.

Unter meinen Fingern hört sie auf zu zittern und ein entschlossener Gesichtsausdruck legt sich auf ihre Züge. Meine Mama Bär taucht auf und sie brüllt.

Lucia schreit so laut und schrill, dass sogar mir die Ohren wehtun. Ich kann mir nur vorstellen, wie viel Kraft es sie kosten muss, denn sie japst immer wieder. Kämpft mit sich und beginnt von Neuem.

Die Meerhexen erstarren in ihren Bewegungen, dann verkrampfen sie sich und wimmern. Dieser Kampf ist kein Kampf mehr. Seit Lucia den Mund aufgemacht hat, ist er vorbei.

Ich bin so stolz auf sie, sie hat es ganz allein geschafft, auch wenn ich mich mit ihrer Stimme wohl nie anfreunden werde.

Als etwas Ruhe einkehrt, packt mich Noah an den Schultern und vergräbt seine Finger in meiner Haut.

»Autsch.«

»Was hast du dir dabei gedacht, dich in so eine Gefahr zu begeben?«

O wow, das ist also sein wütendes Gesicht. Interessant.

»Hey, mir geht es gut«, sage ich und lege meine Hände auf seine Unterarme.

»Das hätte aber auch anders ausgehen können!«

Dann zieht er mich so schwungvoll an sich, dass ich Angst habe, dass die Blase platzen könnte.

Atlan nickt mir erleichtert zu. »Danke dir, Mayla. Zum Glück geht es Lucia gut. Ich hätte es mir niemals verzeihen können, wenn das hier ins Auge gegangen wäre.«

Noah klammert sich noch immer an mir fest, während ich ihm beruhigend durchs Haar streiche und dabei seine Narbe berühre. Er hatte Angst um mich. Das berührt mich tief in meinem Herzen.

»Wie haben sie euch so schnell gefunden?«, frage ich vorsichtig. Doch Atlan und Kelvin tauschen nur ratlose Blicke aus.

»Wie bist du hierhergekommen?«

Auf Kelvins Frage deute ich nach oben, wo sich der Jetski befinden müsste. »Aber ich befürchte, der Tank ist fast leer.«

»Ich bringe Mayla zurück an Land«, sagt Noah.

Atlan macht den Mund auf, doch schließt ihn sofort wieder.

»Na schön, wir schwimmen nach Aquarta. Du wirst dich eh nicht abhalten lassen«, seufzt Atlan.

Ich drücke Lucia noch einen Kuss auf die Wange. »Ich bin so stolz auf dich.«

Dann lasse ich mich von Noah an die Wasseroberfläche ziehen. Mein fahrbarer Untersatz ist ein wenig abgetrieben. Wortlos verfrachtet er mich auf das Gefährt und beginnt dann beides Richtung Land zu bewegen.

Meine Haare tropfen und das eiskalte Wasser läuft mir unangenehm den Rücken hinunter. Ein Blick in die Richtung von Gran Canaria bestätigt mir meine Vermutung. Ich bin doch weiter rausgefahren, als ich gedacht habe.

Die Stille macht mich wahnsinnig.

»Ist es nicht gefährlich für dich, allein nach Aquarta zu schwimmen?«

Mein kläglicher Versuch, eine Unterhaltung in Gang zu bringen, wird geflissentlich ignoriert.

Also schweigen wir weiter.

»Bist du so sauer auf mich?«

Unvermittelt dreht er sich um und hievt sich mit seinen Armen auf die Stufe des Jetski. Sein Gesicht kommt meinem sehr nah, als er zischt: »Es ist nicht weniger gefährlich für mich als diese völlig bescheuerte, waghalsige Aktion es für dich war.«

»Allerdings wärt ihr ohne meine Hilfe aufgeschmissen gewesen. Und ich gebe gern zu, dass ich froh bin, dass dir eine weitere Narbe erspart geblieben ist.«

Er lässt sich zurück ins Wasser fallen und nimmt wieder Fahrt auf.

»Du magst doch meine Narbe.«

»Ja, weil sie dafür steht, wie mutig du bist. Aber es gibt einen Unterschied zwischen Mut und Leichtsinn.«

»Und das von dir. Ich habe nur meine Pflicht erfüllt«, schnaubt er.

Unsere Grotte kommt in Sicht und bevor ich protestieren kann, verfrachtet er mich dorthin.

»Warte hier, ich bringe den Jetski zurück.«

Ich weiß zwar nicht, warum genau ich das nicht selbst tun kann, aber da ich ihn nicht noch weiter reizen will, warte ich lieber hier. Ich setze mich in den Sand und halte meine Füße in den Ozean, der überraschend warm ist. Es freut mich, dass ich noch ein wenig mehr Zeit mit Noah verbringen kann.

Es dauert auch nicht lange, bis er zurückkehrt.

Er verwandelt sich in seine menschliche Gestalt und baut sich vor mir auf.

»Was hast du mit dem armen Budenbesitzer gemacht? Er war ganz blass.«

Ich kann nicht anders, als ihn ausgiebig zu betrachten, und seine Worte hören sich an wie aus weiter Ferne. Wassertropfen bahnen sich von seinen blonden verwuschelten Haaren über seine Brust. Ich folge ihnen, bis sie in seinen Badeshorts verschwinden.

Auffordernd hält er mir die Hand hin. Mein Herz schlägt mir bis zum Hals und ich weiß nicht, was ich tun soll.

»Eigentlich wollte ich warten, bis alles erledigt ist und ich zu dir nach Barcelona schwimmen kann. Aber da du das Talent hast, dich in jedes noch so gefährliche Abenteuer zu stürzen, muss es eben jetzt schon sein.«

»Ich verstehe nicht«, beginne ich und lasse mich von ihm auf die Beine ziehen.

Doch weiter komme ich nicht, denn er nähert sich meinen Lippen. Kurz vor der Berührung hält er an und seine hellblauen Augen mustern mich amüsiert.

»Du weichst gar nicht zurück«, wispert er.

»Ich steh halt auf Abenteuer«, erwidere ich und endlich küsst er mich.

Es ist ganz anders als jeder Kuss, den ich bisher bekommen habe.

Es ist nervenaufreibend, mein Körper steht unter Strom und mein Herz ist sich unsicher, ob es doppelt so schnell schlagen oder doch aussetzen soll. Ich kralle meine Finger in seine Haare, um ihn noch näher an mich zu ziehen. So viele Gefühle überwältigen mich.

Als er den Mund öffnet, bekomme ich eine Kostprobe von diesem Hochgefühl, das in den Liebesliedern dieser Welt beschrieben wird. Er schmeckt nach Freiheit, Abenteuer und natürlich Meerwasser. Wie ferngesteuert dränge ich mich noch näher an ihn. Spüre seine nackte Haut an meiner. So fühlt sich also Leidenschaft an.

Wir lösen uns voneinander, ich betrachte sein Gesicht und sein breites Grinsen raubt mir den Atem.

Ich muss an unsere Unterhaltung denken, als ich ihm gesagt habe, dass ich mich verlieben will. Aber nicht so wie andere. Und er hat jede Vorstellung davon übertroffen.

»Warum hier in der Grotte?« frage ich gehetzt und lehne mich gegen ihn.

Er schnaubt und windet sich einen Moment, wohl um sich vor einer

Antwort zu drücken. »Ich wollte deinen Augenblick mit Atlan überschreiben.«

Das ist so kindisch und doch so niedlich, dass ich ihm gleich noch einen Kuss geben muss.

»Du weißt aber schon, dass hier auch der Kampf stattgefunden hat?«

»Aber du stehst doch auf Abenteuer.« O ja, das tue ich. Und Noah hat mir wohl das größte geschenkt.

»Du bist grausam, dass du gleich gehst.«

»Ich weiß, aber ich werde zurückkommen. Hierher, zusammen mit Lucia.«

»Wie meinst du das?« Das war doch nie eine Option. Ich dachte, dass ich Lucia erst einmal nicht wiedersehe.

»Wir haben doch alle gesehen, dass sie am stärksten ist, wenn sie bei dir ist. Ich werde Atlan überzeugen. Gib mir ein, zwei Tage und ich werde alles klären. Wir holen nur schnell Verstärkung und dann kommen wir zurück. Schwimm nicht so weit raus, sonst erwischen dich die Meerhexen.«

Ich will schon protestieren, dass ich zurück nach Barcelona muss, doch er küsst mich flüchtig und rennt schon wieder los.

»Versprich, dass du wartest!«

Dann ist er verschwunden.

Also beide Versprechen kann ich nicht halten. Kraftlos sinke ich auf die Knie und die Leere empfängt mich wieder. Ich reibe mir über meine Brust, unter der mein Herz liegt, denn es schmerzt gerade.

***

Ich entscheide mich dafür zu warten. Auf Noah, auf eine Chance. Also verbringe ich meine Tage damit, zur Grotte zu schwimmen und auf den Punkt zu starren, wo Noah verschwunden ist, bis der Hunger mich zum Umkehren zwingt. Zwischendurch arbeite ich als Rettungsschwimmerin am Strand, da mir das Geld ausgegangen ist. Nur meine täglichen Telefonate mit Tante Carla und Celia lassen mich nicht wahnsinnig vor Sorge und Sehnsucht werden. Einfach nur nichts zu tun, war noch nie meine Stärke.

So vergehen Stunden und Tage. Denn aus zwei Tagen werden vier, dann sechs und schließlich warte ich zehn Tage lang. Doch weder Noah noch Lucia, Atlan oder Kelvin tauchen auf. Mit jedem weiteren Tag drehe ich ein Stückchen mehr durch.

Mittlerweile lebe ich einen Monat lang auf Gran Canaria, halte mich gerade so über Wasser und vereinsame. Die Grotte ist ein Zufluchtsort geworden, zu dem es mich immer zieht, egal bei welchem Wetter.

»Wo steckst du nur?«, frage ich nicht zum ersten Mal das offene Meer und bekomme wie so oft keine Antwort. Das ist doch kein tragbarer Zustand mehr. Ich sollte zurück nach Barcelona fliegen und dort abwarten. Lucia weiß doch, wo ich wohne. Aber was ist, wenn sie nicht zurückkehren kann? Was ist, wenn der Krieg schon längst tobt?

Langsam bin ich wirklich verzweifelt.

»Mayim?«, frage ich in die Stille hinein, doch das Wesen antwortet mir nicht. Natürlich nicht, es ist nicht das erste Mal, dass ich es probiere. Ich weiß nicht mehr, was ich tun soll.

Ich trage meinen schwarzen Badeanzug, als ich beschließe, dass es reicht. Es bringt mich nicht weiter zu warten. Also verlasse ich die Grotte und schwimme drauflos. Auf das offene Meer hinaus.

Als ich sicher bin, dass mich niemand hört, beginne ich lautstark zu schimpfen.

»Mayim! Jetzt verrate mir endlich, wo Noah ist! Mit deinem Schweigen treibst du mich in den Wahnsinn. Wo. Ist. Noah?«

Das Wetter schlägt um, dunkle Wolken ziehen auf und das Meer wird unruhig.

»Gut, kleine Mayla. Ich habe dich erhört, aber du musst die Konsequenzen tragen.«

»Das werde ich«, brülle ich entschlossen zurück, um den Wind und den einsetzenden Regen zu übertönen.

Mayim scheint sauer zu sein, denn das Meer stößt mich zum ersten Mal in meinem Leben ab. Ein Strom erfasst mich und reißt mich einfach mit, wie ein Blatt im Wind wirft er mich herum.

Immer wieder gehe ich unter und kämpfe mich mühselig nach oben, um

Luft zu holen. Es ist eine Tortur. Der Regen peitscht mir ins Gesicht und irgendwo höre ich ein Donnergrollen. O Mann, was hat Mayim mit mir vor? Habe ich das Wesen mit irgendetwas gereizt?

Etwas schlingt sich um meinen Knöchel und ich kann nicht so schnell schreien, wie ich unter Wasser gezogen werde. Es müsste stockfinster sein, die schwarzen Wolken verbergen die Sonne, aber ich kann alles erkennen. Und damit auch die altbekannte Fratze vor meinem Gesicht. Es ist dieselbe Meerhexe, die mich auch schon in der Grotte töten wollte. Dieselbe, die sich einen Kampf mit Atlan geliefert hat, als ich von ihrer Existenz noch nichts wusste.

»Endlich kriege ich dich zu fassen.« Sie grinst und spitze Haifischzähne strahlen mich an. Man müsste meinen, dass ich mich daran gewöhnt habe und weniger Angst mich beschleicht. Doch dem ist nicht so. Ich habe große Angst. Die Hexe zieht mich tiefer in den Abgrund und all mein Kämpfen ist sinnlos. Sie ist ein Raubtier, das ich einmal zu oft gereizt habe.

Das Monster zieht mich in einen Kreis aus Meerhexen, die mich alle mit ihren Echsenaugen begaffen.

»Verflucht seist du zu atmen«, sagt eine von ihnen und augenblicklich spüre ich die Kälte durch meine Adern schießen. Dann kann ich atmen, auch wenn jeder Zug in meiner Brust brennt. Ich befinde mich immer noch im Wasser, so tief unten wie noch nie in meinem Leben.

Es sind so unglaublich viele Meerhexen, dreißig oder noch mehr. Und niemand, der mir helfen könnte.

Oh, ich muss Mayim schlimm verärgert haben.

»Das ist das Mädchen, das uns so viel gekostet hat?«

Zwischen dem ganzen Gezische klingt diese Stimme ruhig und fast schon menschlich.

»Genau, dürfen wir sie jetzt verschlingen?«, fragt die Schwarzhaarige mit wirrem Blick. Aus den Reihen der Meerhexen schreitet eine besonders große Gestalt auf mich zu. Auch sie hat zwei Beine, nur wo Füße sein sollten, sind Flossen. Ihre Haut wirkt durchscheinend, ihre bläulichen Adern pulsieren. Raspelkurze Haare bedecken ihren Kopf und eine Schnittwunde hat ihre Lippen längs zerteilt. So ein Geschöpf habe ich noch nie gesehen.

»Noch nicht. Das werden wir genießen.«

O bitte nicht.

Sie hebt langsam einen Arm und öffnet ihre Faust, sodass ihre Finger gestreckt sind. »Ich verfluche dich dazu, all deine schmerzhaften Erlebnisse noch einmal zu durchleben.« Ich sinke auf die Knie, der Schmerz ist so überwältigend, dass ich mich nicht aufrecht halten kann.

Die Szenerie wird mir entrissen. Ich sehe vor mir, wie Atlan mir das Herz bricht, Noah vor der Grotte im Meer versinkt, Daxton in Celias Armen stirbt, meine einsame Busfahrt und Lucia, die ihre Stimme in der Grotte einsetzt, während mir klar wird, dass ich eine Hochstaplerin bin. Allerdings reicht das noch nicht. Ich durchlebe die abgelehnte Adoption eines Elternpaars, das mich nicht haben wollte, den Moment, als mich ein Junge auslachte, weil ich ihm meine Gefühle gestand. Jede Sekunde, in der mein Herz in Mitleidenschaft gezogen wurde, ertrage ich erneut. Wenn ich hoffe, dass es vorbei ist, wird noch eine Szene aus meinem Unterbewusstsein gekramt. Das alles gipfelt in einer lebhaften Erinnerung. Es schüttet und eine fremde Frau presst mich an ihre Brust, ihre Schritte machen patschende Geräusche. Ich fühle mich behütet und denke nicht daran zu weinen. Sie riecht zwar ein bisschen modrig, doch da sind Arme, die mich halten, mich beschützen. »Es tut mir leid, Mayla«, wispert sie immer wieder und sieht sich nervös um. »Es tut mir leid, dass du so leiden musst.«

Ein dicker Regentropfen fällt auf meine Stirn und ich greife mit meinem pummligen Babyärmchen danach.

»Du wirst es schaffen.«

Dann verschwindet die wohlige Körperwärme. Sie legt mich ab und ich fange sofort an zu weinen. Verlass mich nicht, will ich brüllen, doch heraus kommt nur lautes Geschrei, während die Frau davonrennt.

Meine Ärmchen greifen nach oben, doch bekommen nichts zu fassen. Ich bin allein auf dieser Welt und die Kälte des Bodens kriecht in meinen Körper.

Endlich ist es vorbei, rasselnd hole ich Luft. Ich habe einen Heulkrampf, kann nicht atmen, ohne dabei unfassbare Schmerzen zu spüren.

»Mayla!«

Irgendjemand ruft nach mir, doch alles, was ich sehe, ist der weiche Sand unter meinen Beinen. Das ist zu viel, das ertrage ich nicht. Jemand muss mich erlösen.

»Mayla!«

Die Stimme soll die Klappe halten.

»So und jetzt werden wir ihr langsam die Luft abschnüren.« Die ruhige Stimme der Meerhexe dringt wie durch Watte zu mir.

Ich schaue auf.

Dort hinten zwischen den Meerhexen ist Noah, gefangen in mehreren Fesseln. Er windet sich auf dem Boden, peitscht mit der Flosse hin und her. Doch es hat keinen großen Effekt. Sein Körper scheint kraftlos zu sein und abgemagert.

»Noah«, wispere ich unter großen Mühen und strecke eine Hand in seine Richtung aus. Haben sie ihn geschnappt, als er auf dem Rückweg war? Was ist mit Lucia und den anderen?

»Ach wie süß, ein Mensch und eine Sirene.« Die Narbe, die ihre Lippen zerteilt, lässt sie beim Sprechen noch furchterregender wirken. Sie scheint die Anführerin der Meerhexen zu sein, denn sie tritt vor und greift schmerzvoll in meine Locken, um meinen Kopf nach oben zu reißen. »Hat er dich verzaubert? Mit seiner Stimme oder seinem Aussehen?«

»Weder noch«, bringe ich hervor und versuche nicht den Verstand zu verlieren.

»Dann werden wir mal deine Seele verspeisen. Leidgeplagt sind sie doch am schmackhaftesten.«

Sie entziehen mir die Luft zum Atmen, ich röchle. Dass mein geliebtes Meer mein Grab sein wird, ist schon Ironie des Schicksals. Dabei konnte ich Noah noch nicht mal sagen … Nein, das werden sie mir nicht nehmen.

»Noah, du hast mein Herz erfolgreich gestohlen«, bringe ich stoßweise hervor und versuche mich an einem schiefen Lächeln.

»Mayla.«

Seine Augen spiegeln den Schmerz wider, den ich in jeder Zelle meines Körpers spüre.

»Moment … Also habe ich es doch richtig verstanden? Das ist Mayla? Lasst mich etwas probieren!«

Eine Meerhexe mit grünlich schimmernder Haut und einem Zopf mit verfilzten Haaren kämpft sich durch die Reihen.

»Was soll das werden? Aquila, reiß dich zusammen.«

»Schweig, Sybell, du wirst es nicht bereuen.«

Aquila kommt auf mich zu und im Moment ist mir egal, ob ich lebe oder sterbe. Diese seelischen Qualen und die Schmerzen sollen nur aufhören und sie sollen Noah freilassen.

»Ich helfe dir, Mayla.« Sie lächelt, doch es sieht unheilvoll aus. Ihre Hand beginnt zu leuchten und als sie auf meinen Hals zusteuert, kneife ich panisch die Augen zu. Ich dachte, das zuvor war schlimm. Wie sehr kann man sich täuschen?

Mein gesamter Körper vibriert, nie war mir jeder Nervenstrang so bewusst.

»ARGH!«, schreie ich und halte meinen Kopf.

***

Sie haben Mayla, an nichts anderes kann ich denken. Vor meinen Augen foltern diese abscheulichen Kreaturen das Mädchen, das ich liebe.

Mich gefangen zu halten, ist eine Sace, aber Mayla leiden zu lassen, ist das Letzte.

»Das verzeihe ich euch nie, ihr Abschaum des Meeres. Ausgeburten der Hölle, alle miteinander. Lasst sie gehen!«, schreie ich und reiße an meinen Fesseln, dire nur noch mehr in meine Haut schneiden.

Aquila, dieses Monster, geht auf Mayla zu und legt ihre leuchtende Hand an ihren Hals. Das ist neu. So etwas habe ich noch nie gesehen. Was hat sie vor?

Mayla fasst sich an den Kopf und schreit.

»Mayla«, wimmere ich. Vor meinen Augen zersetzt sich das Mädchen meiner Träume. Wenn sie gegrinst hat, wurde mein Lachen auch breiter – ehrlicher. Sie brachte mir die Sonne, wo vorher mein Herz von Zorn auf die Meerhexen durchzogen war. Der Kuss zwischen uns hat mich vergessen lassen, dass ich von Hass zerfressen bin, und mich an das Glück erinnert, dass ich einst hatte. Jetzt muss ich mit ansehen, wie sich ihr Körper auflöst. Aber … Nein.

Ihre Haut überzieht sich mit Schuppen, nur Gesicht, Dekolleté und Schlüsselbein bleiben verschont. Zwischen ihren Finger bilden sich Schwimmhäute, ihre Füße wandeln sich zu zwei Flossen. Sie reißt vor Schmerzen ihren Mund auf und spitze Haifischzähne erscheinen.

Meine große Liebe, für die ich alles getan hätte, verwandelt sich vor meinen Augen in meinen Erzfeind.

»Ich wusste es, sie ist meine Tochter«, haucht Aquila und geht zu dem neugeborenen Monster.

»Nein, nein, alles nur das nicht!«, kreischt Mayla und rutscht über den Sand, versucht vor Aquila zu fliehen. Dann schaut sie auf, ihre wundervollen grünen Augen ähneln der einer Echse und Panik spiegelt sich darin wider.

Ich erstarre und verfolge jede Regung des abscheulichen Wesens, das mein Herz noch vor Kurzem höherschlagen ließ. Bilder der fünf Männer schießen mir ins Gedächtnis, die nach ihrer Umweltsünde im Wasser litten. Sie hat danach Fieber bekommen, weil sie ihre Fähigkeiten eingesetzt und sie verflucht hat.

Mayla ist eine Meerhexe.

ENDE von Band 1

Danksagung

Hi, du hast gerade mein Buch beendet. Ich weiß, ziemlich offensichtlich. Also den ersten Teil meiner zweiten Dilogie und dafür danke ich dir.

Normalerweise werde ich an dieser Stelle total sentimental und das kommt auch noch, keine Sorge. Doch ich möchte den Platz auch für etwas Wichtiges nutzen. Bei diesem Projekt habe ich eine Thematik angesprochen, die nicht nur Mayla, sondern auch mir sehr am Herzen liegt. Und das ist die Verschmutzung der Meere.

Ich wollte mit diesem Buch etwas schaffen, das nicht mit erhobenem Zeigefinger vor einem steht und sagt: Müll in die Meere zu werfen, ist böse, tu das nicht. Damit erreicht man meiner Meinung nach nicht besonders viel. Es sollte nebenbei aufgegriffen werden.

Jedes Mal, wenn ich am Meer bin – und ich habe das Privileg, einmal im Jahr ans Meer fahren zu können –, macht es mich sauer, wenn ich verdreckte Strände sehe. Auch beim bloßen Spazieren durch den vermüllten Park oder wenn ich jemanden sehe, der seine Kippe auf den Boden wirft und sich nichts dabei denkt, brodelt es in mir.

Wann ist es so selbstverständlich geworden, seinen Müll in der Natur zu entsorgen?

Wenn ich Bilder vom Müllstrudel im Pazifik sehe, dann frage ich mich, warum wir Menschen so egoistisch sind. Dabei ist das alles vermeidbar. Es ist vermeidbar, dass Tiere sich im Müll verheddern und daraufhin sterben, Meere vergiftet werden und wir unserem Planeten schaden, mit einer einfachen Geste: unseren Müll in einen dafür vorgesehenen Behälter zu werfen. Darauf aufmerksam zu machen, war eine der Grundideen für dieses Buch. Wenn ich damit nur eine Person erreichen kann, die es sich das nächste Mal, wenn sie ihre Zigarette auf den Boden schnippen will, anders überlegt, dann haben sich all die langen Nächte, mein Herzblut und der Schlafentzug ausgezahlt.

Ich glaube ganz fest daran, dass, wenn jeder seinen eigenen Beitrag leistet, wir eine bessere Welt schaffen.

So, nach dieser kleinen Moralpredigt, die ich mir nun doch nicht verkneifen konnte, möchte ich ein paar Menschen danken.

Zuallererst meinen lieben Testleserinnen Amelié und Diana – ihr beide habt mir so viel Motivation geschenkt, da ich unbedingt eure Reaktion auf das nächste Kapitel lesen wollte, und dann wieder auf das nächste. Ich danke euch beiden für eure Zeit und euer unglaubliches Feedback. Die Noah-Shirts stehen doch immer noch, oder?

Apropos Noah-Shirt, eines werde ich definitiv an meine liebe Seele Ronja schicken. Von Herzen danke ich dir für all deine Mühen, deine Anmerkungen und deine Liebe zu Noah.

Diese Reihe spukt schon seit meinem Urlaub 2018 auf Gran Canaria in meinem Kopf herum, daher danke ich der lieben Kerstin und dem gesamten Impress-Team, dass ihr meiner Idee auch dieses Mal wieder ein Zuhause gegeben habt. Obwohl ich ein Jahr pausieren musste, habt ihr mich mit offenen Armen empfangen.

Außerdem durfte ich wieder mit Diana arbeiten. Diana, du bist ein so liebevoller Mensch und deine aufmunternden Worte sowie dein Fleiß haben dieses Buch um so vieles besser gemacht. Als Lektorin bist du der Wahnsinn! Und du warst wirklich geduldig, obwohl ich die Deadline leider sehr ausreizen musste.

Als Nächstes möchte ich meinem besten Freund David danken. Was wir beide schon alles erlebt haben, könnte bestimmt auch ein Buch füllen. Ich danke dir für deine vielen aufbauenden Worte, Anfeuerungen und einfach für dein Dasein.

Ebenfalls auf meiner Liste steht der liebe Philipp, der mit mir gelitten hat und einer der Ersten war, dem ich von Mayla erzählt habe. Er war es, der mit mir am Cover gearbeitet und die wohl beste Covergestalterin der Welt gefunden hat. Einfach nur danke.

Natürlich möchte ich mal wieder meiner Familie danken. Ohne die Inspiration von und den kleinen Austausch mit Tanja Voosen und Julia Dippel hätte ich es nicht so hinbekommen, wie es jetzt ist.

Und ich danke dir, liebe/r Leser/in. Denn weil es Menschen gibt, die mein Buch lesen, möchte ich mich immer verbessern, noch mehr geben, noch ausgefallenere Ideen kreieren und mich anstrengen. Du bist der Antrieb für mich, alles zu geben, und egal wie viel ich dafür in Kauf nehmen muss, ich werde es tun, damit ich dir etwas mitgeben kann. Und wenn es nur ein Lachen, ein erstauntes Gesicht oder eine Träne ist, dann macht es mich glücklich.

Jetzt mache ich aber Schluss, die Fortsetzung will geschrieben werden. Und wenn du willst, lesen wir uns im nächsten Buch wieder. Bis dahin sage ich: Tschüss :).

DIE MACHT DER GEFÜHLE
TAUCH EIN IN ROMANTISCH-FANTASTISCHE GESCHICHTEN.
IMPRESS
#IMPRESSBOOKS
ALLES VON IMPRESS HIER:
IMPRESSBOOKS.DE

Romantische Märchenadaptionen

Jennifer Alice Jager
BEING BEASTLY.
DER FLUCH DER SCHÖNHEIT
ISBN 978-3-551-30076-8
Softcover
Auch als E-Book erhältlich

Als die schöne Valeria erfährt, wen sie heiraten soll, ist ihr wohlbehütetes Leben auf einen Schlag vorbei. Graf Westwood benimmt sich mehr wie ein Biest als ein Mann von Stand. Doch dann stößt Valeria auf magische Windlichter, die ihr einen ganz anderen Grafen zeigen …

Jennifer Alice Jager
PRINZESSIN FANTAGHIRO.
IM BANN DER WEISSEN WÄLDER
ISBN 978-3-551-30121-5
Softcover
Auch als E-Book erhältlich

Fantaghiro ist nicht nur die Jüngste von drei Königstöchtern, sondern auch die Wildeste. Tagtäglich setzt sie sich über alle Regeln des Hofs hinweg und streift oft stundenlang in den verbotenen Weißen Wäldern umher. Bis sie plötzlich nur mit einem Stock bewaffnet dem gut aussehenden Schwertkämpfer Alessio gegenübersteht …

Jennifer Alice Jager
DIE NACHT DER FALLENDEN STERNE
ISBN 978-3-551-30122-2
Softcover
Auch als E-Book erhältlich

Niemals trüben Wolken den Blick auf das Firmament des Landes Havendor. Der Mond leuchtet stets und die Sterne flüstern sich Legenden über den silbernen Thron der alten Könige zu … Als direkte Nachfahrin und rechtmäßige Regentin hat Luna die Erzählungen schon immer geliebt, aber nie geglaubt. Bis eines Nachts die Sterne vom Himmel fallen und zu Männern werden – den Kriegern der Mondkönigin.

WWW.IMPRESSBOOKS.DE

Impress
Die Macht der Gefühle

Impress
Ein Imprint der CARLSEN Verlag GmbH
Oktober 2020

Lektorat: Diana Steigerwald
Umschlagbild: shutterstock.com / © Image DJ
Umschlaggestaltung: formlabor, Elena Dudina
Satz und Umsetzung: readbox publishing, Dortmund
Druck und Bindung: CPI Books GmbH, Birkach
ISBN 978-3-551-30309-7
Printed in Germany
www.carlsen.de/impress

Alle Bücher im Internet: www.carlsen.de